KB236738

현대 소설의 시각

박종홍

국학자료원

'제 눈의 안경'이라고 한다. 대상은 보는 사람의 척도나 입장에 따라 매우 다르게 보인다는 얘기일 것이다. 이처럼 대상은 실제 그대로가 아니라 그가 볼 수 있는 만큼만 보이거나 보고 싶은 만큼만 보인다고 할 수 있다. 시각의 차이에 따라 대상이 다르게 인식된다는 점을 절감하면서 현대소설을 읽을 때에 작가는 왜 그런 인물과 상황을 설정하여 그렇게 말하고 있으며 그것은 어떤 시각인가를 주목하게 되었다.

이 책에는 1900년대 이인직의 신소설에서부터 1980년대 이문열의 장·단편소설에 이르는 중요 작품의 서술 시각을 중점적으로 살펴본 논문 14편을 싣고 있다. 그래서 책의 이름도 '현대소설의 시각'이라 붙였다. 이 글들을 지금 다시 읽어보니 논의가 미진한 부분이나 표현이 적확하지 않은 부분이 상당히 많다. 못생기고 모자란 자식이라고 버리거나 잊어버릴 수는 없다. 필자의 지적 분신들인 이 글들에 대해서도 그런 심정이기에 듬성한 손가락으로 얼굴을 가리며 부끄러움을 무릅쓰고 한 권의 책으로 묶어낸다.

이 책에 실은 논문들은 거의 대부분 영남대학교 국어교육과로 옮겨온 뒤에 쓴 글들이다. 이전에 10여 년 동안 근무한 대구교육대학교 국어교육과에서도 현대소설론을 강의했었다. 하지만 초등학교에서 국어를 가르쳐야 할 학생들에게 있어 현대소설론 강의는 직접적인 의의를 갖기 어려 웠을 것이다. 그래서 일제강점기의 역사소설연구로 문학박사학위를 받은 1990년대 초반 무렵 현대소설 연구자로서의 정체성에 심각한 위기 의식을 느꼈다. 교육대학 학생들과 일체감을 가지기 위해서는 동화나 아동소설 연구로 학문의 방향을 바꾸어야 한다는 생각이 들었기 때문이다. 그렇지만 이제까지 해온 연구의 방향을 완전히 바꾼다는 일이 쉽지 않았다.

그런데 다행스럽게도 그러한 고민을 해결해 줄 최고의 기회가 주어져 1995년 3월부터 영남대학교 사범대학 국어교육과로 자리를 옮기게 되었다. 사실 이것은 단순히 직장을 바꾼 것에 그친 것이 아니라 전공을 새롭게 찾은 획기적인 일이었다. 대구의 야시골에서 경산의 압량벌로 옮겨온 뒤에 새로운 환경에 적응해야 하는 어려움이 전혀 없었던 것은 아니었지만, 무엇보다 연구와 강의를 일치시킬 수 있었다는 점에서 행복한 하루하루를 보낼 수 있었다.

비사교적이고 고지식한 촌놈이라 고마운 분들에게 감사의 인사를 제대로 드리지 못하는 경우가 많다. 엄격한 자기 검증을 통한 절제된 글쓰기의 모범을 보여주시며 학문적 기초를 닦아주신 경북대학교와 서울대학교의 은사님들, 자유롭고 편안하게 연구에 전념할 수 있는 분위기를 만들어준 동료 교수들, 각자의 생활로 바쁜 가운데서도 서로를 아끼고 사랑하는 가족들, 항시 과분한 후의와 관심을 보여주는 지우들, 모두에게 이 자리를 빌어 충심으로 고맙다는 인사를 올린다.

지금 사범대학 연구동 4층의 연구실에서 바라보는 교정의 풍취는 유월의 짙디짙은 빛깔로 치장한 무성한 초목으로 인해 눈을 떼기 힘들 정도로 매혹적이다.

2002. 6. 15. 압양벌 연구실에서

박 종 홍

차례

제3부 역사 인식의 다각화

〈운현궁의 봄〉, 영웅주의와 극적 서술…179

제4부 대중 독자에의 관심과 통속성

윤백남 역사소설의 통속성과 민권의식…201

김말봉 〈밀림〉의 통속성…225

제5부 한국전쟁의 충격과 구원의 모색

〈광장〉, 풍문과 현장의 거리…249

〈원형의 전설〉과 〈시장과 전장〉의 사회윤리의식 대비…271

제6부 진보 이념의 비판과 반근대주의

김동리 해방기 소설의 지향…295

제1부

'문명개화'의 계몽과 굴절

이인직 소설의 합리주의 세계관

I. 문제 제기

이인직은 선구적인 신소설 작가이다. 그의 문학사적 중요성에 비례하여 그에 대한 연구가 다양하게 이루어져 왔다. 문학사의 언급을 시작으로,[1] 후속 작업의 기반을 다진 실증적인 연구,[2] 비교문학적 연구,[3] 작품의 내재적 특성에 대한 연구,[4] 작품의 정신사적 성격에 대한 연구,[5] '정

---

1) 안자산,『조선문학사』, 한일서점, 1922. 김동인,「조선근대소설고」, 『조선일보』1929.7. 28-8.16. 김태준,『조선소설사』, 청진서관, 1933. 임화, 「(속)신문학사」, 『조선일보』, 1940.2.2-5.10. 백철,『조선신문학사조사 근대편』, 수선사, 1948.

2) 김하명,「신소설과 혈의누와 이인직」,『문학』, 1950.5. 전광용, 「이인직연구」, 서울대 논문집 6집, 1957.

3) 이재수,「신소설문학고」,『한국소설연구』, 선명문화사, 1973. 이재선,「신소설의 외래적 요소」,『한국개화기소설연구』, 일조각, 1977.

4) 송민호,「국초 이인직의 신소설연구」, 고려대학교문리논집 5, 1962. 조석래, 「이인직의 문학과 그의 작가적 위치」, 어문학 11호, 1964. 김윤규,「작중 갈등의 양상과 성격을 통해 본 이인직 소설」, 국어교육연구14집, 경북대 국어과, 1982. 임성래,「<혈의누>연구」, 순천대학 논문집 제2집, 1983. 윤명구,「이인직과 그의 소설」,『개화기소설의 이해』, 인하대출판부, 1986. 신춘자,「이인직 소설 연구」,『개화기 소설연구』, 인문당, 1990.

5) 성현경,「이인직 소설의 재평가-<은세계>의 경우」,『동양문화』16, 1975. 1976. 이주형,「<혈의누>와 <모란봉>의 시대적 성격검토」, 이숭녕고회기념논총, 1977. 최원

치소설'의 범주에서 다루는 연구 등이 그러하다.6)

본고에서는 이인직의 정신사적 방향성을 문제삼는다. 하지만 그의 친일행위를 작품의 가치평가에 직선적으로 연결짓지는 않을 것이다. 작가의 실천적인 행동은 작품의 검토에 중요한 고려사항이다. 그러나 정치가로서가 아닌 문학가로서의 이인직을 살펴보고자 한다면, 1910년의 한일합병기를 즈음한 그의 친일 행위에 구속되어 작품의 가치를 일방적으로 매도해서는 안될 것이기 때문이다. 또한 그의 소설을 정치소설의 범주와 관련해 다루지도 않을 것이다. 일본의 정치소설은 신문매체의 보급과 의회제도를 바탕으로 정당 지도자들의 정치이념을 주장하고 선전하기 위한 명치시대의 독특한 형식임에 비해,7) 이인직의 신소설은 작가의 정치적 이념을 소설화했다는 포괄적인 의미의 정치소설에 속하는 것으로 보이기 때문이다.

여기에서는 이인직이 어떠한 시각으로 1900년대의 현실을 인식하고 있으며, 그러한 시각이 한일합방 이후에는 어떻게 변질되어 갔는가를 작품의 체계적 분석을 통해 구체적으로 살펴보고자 한다. 이때 시각이란 작가가 무엇을 현실의 본질적이고 중요한 측면으로 인식하여 작품에 형상화하고 있는가를 가리키는 것이다. 시각은 인간과 세계에 대한 전반적인 인식체계인 세계관을 기반으로 삼는다. 세계관은 정치, 철학, 윤리, 문학 등을 포함한 자연현상과 사회현상에 대한 총체적인 관점이다.8) 따라서 세계관

식,「<은세계>연구」,『창작과 비평』48, 1978년 여름호. 최원식,「<혈의누>소고」,『한국학보』제36집, 1984년 가을호. 박승규,「<혈의누>의 사상적 배경과 그 변질」, 호남대학 논문집 세6집, 1986. 박용찬,「개화기 지식인의 시대인식과 현실대응 양상」, 국어교육연구 23집, 경북대 사대 국어과, 1991.

6) 현창하,「국초 이인직의 개화사상과 문학」,「조선학보」21·22 합병특집호, 1961. 芹川哲世,「한일개화기정치소설의 비교연구」, 서울대 석사논문, 1975. 홍일식,「신소설의 사상적 배경」,『한국개화기의 문학사상연구』, 열화당, 1982. 김윤식,「정치소설 결여형태로서의 신소설」,『한국학보』31집, 1983년 여름호.

7) 矢野龍溪의 <經國美談>, 柴四郎의 <佳人之奇遇>, 末廣鐵腸의 <雪中梅> 등을 들 수 있다. 芹川哲世, 앞의 글, pp.23-41.

은 현실에 대한 작가의 태도 및 실천에 결정적인 방향성을 부여한다.

골드만에 의하면, 세계관은 철학자나 작가의 의식 속에서 개념적 혹은 감각적 명료성이 최대치에 도달한 것이다. 개인이 통합적인 일관성에 도달하거나, 적어도 그것에 가까이 접근하는 것은 예외적이며 드문 일이다. 통합적인 일관성을 개념적이거나 형상적인 차원에서 충분히 효과적으로 표출할 수 있는 예외적 개인이 철학자나 작가가 된다. 그리하여 작품은 세계관의 도식적 일관성에 충실할수록, 즉 사회집단의 가능한 의식을 최대치에 가깝게 표현할수록 그만큼 더 중요한 의의를 지닐 것이다. 역사적으로 사회적으로 한정된 상황 속에서 하나의 독자적 전체를 이루고 있는 사회 집단은 어떤 집단의식, 다시 말해서 한 집단의 구성원들을 결합시키고 다른 집단에 맞서게 하는 갈망과 감정과 사상의 총체를 내포하고 있는 것이 바로 세계관이다.9)

본고에서 연구 대상으로 삼은 작품은 <혈의누>와 그 후편인 <모란봉>, 그리고 <귀의성>, <은세계>의 네 편이다.10) <치악산>은 상권과 달리 하권의 작가는 김교제이며,11) 그것의 특징도 이인직 작품의 일반적인 특성에서 벗어나고 있다.12) 그렇다면 <치악산>상권도 이인직의 작품이라 보

---

8) 후건·유학령·허자강,『문학이론학습』,임춘성 역, 제3문학사, 1989, p.182.

9) Lucien Goldmann, *The Hidden God*, Routledge and Kegan Paul Ltd, 1964, pp.16-17.

10) <혈의루>는 1906년 7월 22일부터 동년 10월 10일까지 50회에 걸쳐 「만세보」에 연재된 이인직의 첫 장편이며, <모란봉>은 <혈의루>의 하편에 해당되는 작품으로 1913년 2월 5일부터 동년 6월 3일까지 65회에 걸쳐 「매일신보」에 연재되다가 미완으로 끝난 작품이다. <귀의성>은 상하로 되어 있으며, 1906년에서 1907년까지 「만세보」에 연재되고, 1908년에 중앙서관에서 단행본으로 초판본이 발간되었다. <은세계>는 1908년 동문사에서 초판본이 발간된 것이다.

11) <치악산>상권은 이인직의 명의로 1908년 유일서관에서 가장 오래된 초판본이 발간되었으며, <치악산>하권은 1911년 동양서원에서 김교제의 이름으로 초판본이 발간되었다.

12) 양반에 대한 강한 적대감 대신에, 개화양반은 선으로 수구양반은 악으로 구현되고, 악한 평민 부자가 선한 양반 부인을 탈취하고자 하며, 선량한 충복이 헌신적으로 양반 주인의 곤경을 해결하고자 하고, 주인공의 유학목표가 불분명하며 유학생활이 생략되고 있는 점이 그러하다.

기 어렵다.13) 또한 <백로주강산촌>은 줄거리만 전하는 작품이고, <단편>과 <빈선랑의 일미인>은 너무 소략한 작품이다.

Ⅱ. 봉건 권위의 실추와 금력의 위세

  이인직은 봉건제도에 근거한 양반 관료계급은 무능하고 부패하여 지배자로서의 권위를 상실했으며, 인간을 움직이는 현실의 추동력은 금력에 있음을 강조하고 있다. 그리하여 <혈의루>에서는 평민층의 의식과 행위를 통해 통치계급의 타락과 무능이 직접적으로 고발하고 있으며, <귀의성>에서는 양반층의 의식과 행위를 통하여 간접적으로 그들의 무능과 타락상을 폭로하고 있고, <은세계>의 전반부에서는 평민층과 양반층과의 극한적인 대결 속에서 양반관료의 부패상을 고발하고 있다.

      평안도 빅셩은 염라더왕이 둘이라 ᄒ나는 황쳔에 잇고 ᄒ나
    논 평양 션화당에 안젓논 감스이라 황쳔에 잇논 염라더왕은
    나만코 병드러서 세상이 귀치안케된 스롬을 잡아가거니와 평
    양 션화당에 잇논 감스는 몸셩ᄒ고 지물잇논 스람은 낫낫치
    즈바가니 인간 염라더왕으로 집집에 터주까지 겸ᄒ 겸관이 되
    얏논디 고스를 잘지니면 탈이 업고 못지내면 왼집안에 동토가
    나셔 다죽을 지경이라 제손으로 버러노혼 제지물을 마음노코
    먹지 못ᄒ고 쳔싱 타고논 제목숨을 놈의게 미여노코 잇논 우

13) <치악산> 상권에서 이씨 부인은 산중에서 불한당의 봉변을 피해 외딴 집을 찾아
   들지만, 그것이 또 다른 위기를 가져와서 노파 모자에 의해 강제 결혼의 위기를
   겪는다. 그런데 이러한 사건은 <마상루>에 그대로 나타난다. 1912년 동양서원
   에서 발간된 <마상루>는 '민준호 저, 아속 김교제 열'로 표기되어 있다. 그러나
   <현미경>이나 <비행선> 등 김교제의 다른 작품이 민준호를 발행자로 삼고 있
   음을 볼 때에, 민준호는 발행자이며 김교제가 작가라고 할 수 있다. 그렇다면 김
   교제가 이인직의 이름을 빌려 하편뿐만 아니라 상편 역시 썼을 것이란 추정도 가
   능하다.

리ᄂᆞ라 빅셩들을 불상ᄒᆞ다 ᄒᆞ깃거던 더구나 남의 나라 스람이
와서 싸홈을 ᄒᆞ나니 질알을 ᄒᆞ나니 그러ᄒᆞ 셔슬에 우리ᄂᆞ 피
가ᄒᆞ고 사롬 죽난 것이 ᄃᆞ 우리나라 강ᄒᆞ지 못ᄒᆞᆫ 탓이라.14)

　인용문에서는 일청전쟁의 혼란 속에서 이산되는 김관일 가족 및 평양
시민이 겪게 된 고난과 불행이 양반관료들의 무능과 타락에 기인한 것으
로 신랄하게 비판하고 있다. 최원식의 지적처럼 "요컨대 봉건제도의 중
추가 되는 벌열을 타파하고 우리나라가 '밝은 세상이 되고 강한 나라' 가
되면 외국군대의 각축도 있을 수 없다"15)고 여기는 것이다.

　최주사가 나라를 위하는 마음을 지니라고 충고하자, 하인 막동이는 오
히려 주인에게 대꾸한다. 그리고 "ᄂᆞ라는 양반님네가 다 망ᄒᆞ야 노셧지
오 상놈들은 양반이 죽이면 죽엇고 써리면 마젓고 지물이 잇스면 양반의
게 쎄겻고 계집이 어엿뿌면 양반의게 쎄겻스니 소인갓튼 상놈들은 제지
물 제게집 제목슘 ᄒᆞᄂᆞ를 위ᄒᆞᆯ 슈가 업시 양반의게 미엿스니 ᄂᆞ라 위ᄒᆞᆯ
힘이 잇슴닛가"16)라고 양반을 강하게 비난한다. 이런 막동이의 태도에서
양반의 무능과 타락에 대한 평민 하층의 거부감이 잘 드러나고 있다.

　<귀의성>에는 양반층의 무능과 위선이 처첩갈등과 복수행위를 통해
폭로된다. 여기에서 명문양반 김승지는 춘천군수로 있을 때 길순을 첩으
로 맞아들였으나, 벼슬이 갈려 서울로 돌아가야 되자 그녀를 버리고 간
다. 또한 길순이 서울로 직접 찾아왔을 때에도 부인의 질투가 무서워 길
순을 바로 받아들이지 못하고 딴 집에 살게 한다. "쥬인 김승지는 어졔밤
에, 그부인의게, 손이 불이 되도록 빌고, 싱젼에 다시는 첩을 두면, 기자
식이니 쇠ᄋ들이니, 맹셰를 짓고"17)라고 하는 것이다. 이런 김승지의 면
모에서 양반의 권위나 가부장의 권위를 찾아볼 수는 없다. 그는 시종 유

---

14) 이인직, <혈의누>, 광학서포, 1907, pp.12-13.
15) 최원식,「<혈의누> 소고」, 앞의 글, p.123.
16) 이인직, <혈의누>, 앞의 책, p.27.
17) 이인직, <귀의성>, 광학서포, 1907, pp.43-44.

약한 면모만을 드러내고 있다.

양반관료의 부패 양상은 <은세계>에 집중적이고 극적으로 제시되고 있다. 사리사욕에 급급한 지방수령과 개명한 평민 부농 최병도와의 대결이 한치의 양보도 없이 팽팽하게 이루어진다. 여기에서 지방수령들은 백성들의 원성이나 고통은 아랑곳 없고 수단과 방법을 가리지 않고 재물을 긁어모으기 때문에 '쇠를 먹는 불가살이'로 불릴 정도이다.

> 이쩌 진남문밧게 닉명셔가 흔달에 멧번식 걸려도 감사는 모르는쳬ᄒ고 져흘일만흔다 그ᄒ는 일은 무슨일인고 글거셔 붓치는 일이라 글씨는 무어슬 글그며 붓치기는 어디로 밧치는고 강원일도에 먹고사는 직물을 쎄서다가 셔울잇는 상뎐들의게 붓치는 일이라 상뎐이라 ᄒ면 강원감사가 남에집에 문셔잇는 죵이 아니라 무셔워ᄒ기를 상뎐갓치 알고 밋기를 상뎐갓치 밋고 셤기기를 상뎐갓치 셤기는뎌 그상뎐의게 등을 디고 만만흔 사롬을 죽여닉는 판이라.18)

그리고 인용문에서처럼 그들 지방수령도 그렇게 모은 돈을 다시 서울의 권문세가에 갖다 바쳐야만 자신의 지위를 보전한다. 이러한 수령에 기생하는 관원들의 부패 역시 평민에 대한 그러한 약탈을 가중시키고 있을 뿐이다. 최병도가 뇌물을 탐하는 강원감사의 억지 죄목에 강하게 반박하며 악형에도 불구하고 끝내 항거하는 것도 바로 양반계급의 이러한 허위성과 타락을 거부하고자 함에 있다. 이처럼 양반사회는 밑에서부터 위에 이르기까지 철저히 썩어서 치유가 불가능하다는 것이 최병두의 항거와 죽음을 통해 드러나는 작가의 현실인식이다.

최원식에 의하면, 농민층과 봉건 지배층과의 집단적 갈등을 다루는 <은세계>의 전반부는 당시에 유행하던 '최병두타령'을 기반으로 작가가 개작한 것이고, 옥순과 옥남 남매의 미국유학과 귀국을 다루는 후반부는

---

18) 이인직, <은세계>, 동문사, 1908, p.119.

작가가 창작적인 첨가를 한 것이다.[19] 전반부가 최병두 타령의 개작이든 전적인 창작이든 간에 양반관료층에 대한 이인직의 강한 적대감에 미루어 짐작해 볼 때에, 그것은 작가의 시각에 의해 선택된 것이다. 그러므로 김윤식의 지적처럼 "우리가 이 자리에서 문제삼는 것은 <은세계>의 '전반부'가 최병도로 대표되는 평민화된 양반층과 정감사로 대표되는 구 정치인의 갈등을 내용으로 했고, 끝내 평민 상층이 지반의 미숙으로 말미암아 원통히도 패배한 내용을 다루었다는 사실"[20]이 중요한 것이다.

<은세계>의 후반부에서 최병도의 유지를 받들어 그들 남매를 미국으로 유학시키고 있던 개명한 선각자 김정수 역시 양반관료들의 탐욕 때문에 파멸하고 만다. 그는 아들을 통해 관리하던 최병도의 재산이 양반관료의 술수로 탕진되었다는 사실을 귀국하여 확인한다. 이전에 최병도는 양반관리의 강압에 의해 재산과 목숨을 빼앗겼다면, 김정수의 아들 김치일은 그들 군수나 관찰사들이 추겨주고 얼러주는 통해 그들에게 재물을 갖다바치고 말았다는 것이다. 이에 김정수는 비관하여 술에 빠져 지내다 죽고 만다.

> 다시말하면 관제의 개혁은 탐관오리의 민중약탈을 소멸시키지 못했슬뿐만아니라 그것을 새로운 단계로 전개케 하엿다. 즉 '치고 빼앗는' 시대에서 '얼르고 빼앗는' 시대로 전환시킨 것이다. 이것은 정치의 본질은 갓고 형식만이 변해젓기 때문이다. '김정수의 아들'의 경험은 이 단계의 전형적사실이기에 충분하다. 그러므로 이 사실은 단순히 소설의 한 '에피쏘드' 아니라 최병도일가의 비극과 기픈 관련을 가진 역사적사실이다. 작자가 두 사실의 그러한 연락을 의식햇다는 것은 이 소설에 충분히 나타나 잇다. 그것은 작자의 현실관과 거기서 오는 적확한 상상력의 소산일 것이다.[21]

---

19) 최원식,「<은세계>연구」, 앞의 글, p.278.
20) 김윤식, 앞의 글, p.37.
21) 임화,「(속)신문학사」,『조선일보』, 1940.3.30.

인용문에서 잘 지적하고 있듯이, 그러한 김정수 부자의 파산은 갑오개혁 이후의 조선의 현실에 대한 적확한 반영이기에 그들의 개인적인 무능과 잘못으로 돌릴 수 없는 일이다.

이해조의 <화의혈>에도 "군슈—니 관찰ᄉ—니 디위도 놉파뵈고 긔구도 잇셔뵈지마는 그 속을 파보게되면 모도다 쳥보에 기동 싼모양이라 가량 공도로왓다는쟈는 대가후예로 부형의 덕이나 인아의 연비로 그벼슬을 어더힛지 ᄌ격은 누구누구 홀거업시 무식ᄒ거나 못싱긴 것들이오 납뢰를ᄒ고 온무리는 더구나 ᄌ격을 의론홀 여디가업시 쌍그리 도적놈들이오"22)라고 한다. 지방수령에 도임하는 양반관료의 무능과 부패가 공도나 납뢰를 막론하고 만연되어 있음을 지적하고 있다. 여기에서 이도사라는 인물을 통해 양반관료의 부패상이 제시되고 있으나, 그것이 그들 양반층을 비판하고 고발하기 위해서가 아니라, 타락한 양반의 면모를 제시하여 그것을 반성의 거울로 삼아, 진실된 양반의 면모를 회복하기 위해서 그렇게 한다. 이런 점에서 이해조의 소설은 이인직의 소설과는 큰 차이를 보여준다.

봉건적 권위는 앞에서 살펴본 바와 같이 심각하게 실추되고 있다. 그렇지만 금력의 위력은 인간관계의 본질적인 추동력을 이룬다. <은세계>에서 양반관료들의 부패 역시 금전에 대한 그들의 욕망에서 비롯된 것이다. <귀의성>에서도 평민 강동지나 하녀 점순같은 인물들의 금전에 대한 욕망은 강렬하다. 이러한 인물들의 의식과 행위를 통해 작가는 당대현실의 모든 계급의 인물들에 있어 금력이 그들을 지배하는 추동력이 되고 있음을 보여주고 있는 것이다.

> 강동지가, 성품은 강ᄒ고, 심은 장ᄉ이라, ᄒ늘에서, 쩌러지는, 벼락도 무섭지 아니ᄒ고, 삼학산에서 ᄂ려오는, 범도 무섭지 아니ᄒᄂ, 겁ᄂ는 것은, 양본과 돈이라 양본과 돈을 무셔워

---

22) 이해조, <화의혈>, 오거서창, 1918, p.26.

ᄒ면, 피ᄒ야 다라ᄂᆫ 거시 아니라, 어린 아ᄒ 젓꼭지 ᄯᆞ르듯,
ᄯᆞ른다 ᄯᆞ르ᄂᆫ 모냥은 ᄒᆞᆫ가지ᄂ ᄯᆞ르ᄂᆫ 마음은 두가지라 양번
은 보면, 디포로 노아서, 뭇질러 죽여, 씨를 업시고 시픈 마음
이 잇스면서, 거죽으로 ᄯᆞ르고, 돈을 보면 어미 의비보다 본갑
고, 게집자식보다 귀이하는 마음이 잇셔서, 속으로 ᄯᆞ른다.23)

  인용문에서처럼 <귀의성>에서 길순의 아버지 강동지가 가장 중시하
는 것은 돈이다. 양반은 당장 죽이고 싶도록 밉지만 겉으로 따르는 체하
는 반면에 금전은 무엇보다도 중시한다는 것이다. 이러한 강동지의 면모
는 바로 금력을 최우선하는 실리추구의 면모를 뚜렷하게 드러내고 있다.
  김승지 부인을 도와 길순을 죽게 하는 점순 역시 금력을 최우선한다.
그녀는 돈만 쓰면 춘천집과 침모를 죽일 방법이 있다고 김승지부인을 충
동질하고 있다. 그리고 점순은 길순을 제거함에 있어 오랜 시일을 기회
를 노리며 치밀한 계획을 세우는데, 침모가 길순을 죽이도록 하여 두 사
람을 함께 해치고자 한 음모가 실패한다. 그러자 길순이 딴 남자와 사통
하여 도망한 것으로 꾸미고 하수인 최가를 시켜 그녀 모자를 잔인하게
살해하도록 하고 있다. 이러한 그녀의 악랄하고 치밀한 행위는 금전에
대한 맹목적 욕망에 기인한 것으로 어떠한 반성적 뉘우침도 찾아볼 수
없다.
  점순에게 신분의 속량이 제시되고 있지만 그것은 부수적인 댓가에 지
나지 않는다. 점순은 춘천집을 죽이고 최가와 함께 부산으로 도망한 뒤
에, 김승지부인이 요구한 돈을 보내주지 않자 이전의 상전에게 악담까지
하고 있다. "우리가 춘쳔집을 미워셔, 죽인 것도아니오, 다만, 돈하ᄂ 바
라고, 죽인 터인딕, 돈도 보닉 쥬지 아니하고, 편지답쟝도아니하니, 이런
긔믹힐 일이 잇소 여보, 최서붕, 이것 춤 분하야 못살깃소구려 김승지딕
마님이, 져직물을, 혼ᄌ 먹고쓰고, 지닌단물이오 갓갑게, 잇ᄂ 터갓하면,

<hr>

23) 위의 책, pp.16-17.

밤중에 가서, 김승지덕 안방에, 화약이ᄂ 텃더리고 십쇼"24)라고 한다. 이 것은 김승지부인과 점순을 묶어주는 것이 금력임을 단적으로 보여주는 것이다. 점순에게 있어 선악의 윤리는 존재하지 않으며, 단지 돈의 획득 유무만 중요할 뿐이다.

이처럼 이인직의 소설에서 모든 계급의 인물들은 물욕에 따라 움직이 고 있다. 이것은 당대 조선의 현실이 이미 자본주의적 욕망에 따라 움직 이고 있음을 보여주는 작가의 시각을 나타내는 것이다. 이제 개인은 신 분적 질서나 관념적 명분에 의해 사고하고 행위하는 것이 아니라 철저한 실리추구적 입장에서 개인적 욕망을 달성하기 위해 타산적으로 움직이고 있다.

국권의 고양에 헌신적인 구완서, 최병도 같은 한 두 인물의 경우를 예 외로 한다면, 이인직 소설에 나오는 인물들의 삶에 대한 태도는 지극히 공허하고 삭막하다. 그들은 삶의 위기에 처하면 의지적이고 적극적으로 상황을 극복하려고 하기보다는 쉽게 낙담하고 좌절한다. 김우창의 지적 처럼 "주어진 상황이 전통적으로 정해진 상황이든 아니든 그 점에 상관 하지 않고, 내면화된 일정한 도덕적 원칙으로 행동하는 사람은 존재하 지 아니한다. 이것이 이인직의 소설에 나오는 인물들의 자가당착성과 변 덕스러움을 설명해 주는 것이라고 볼 수 있다"25)는 것이다. 이런 점은 그들이 삶의 진정한 방향성을 찾지 못하고 있음을 나타내 준다.

<혈의루>에서 옥련의 어머니 최정애는 청일전쟁의 와중에서 남편과 딸을 잃어버리자 며칠동안을 참고 기다리지 못하고 절망하여 자살을 하 리기며, 옥련 역시 양모가 된 경상부인의 박대를 받자 쉽게 낙담하여 대 판항구에 나가 자살하고자 하고, <은세계>의 옥순과 옥남 남매도 생활 비가 떨어지고 돈을 구하러 귀국한 후견인 김정수가 죽었다는 소식을 받 자 자살을 결심한다. 또한 <모란봉>에서도 아버지의 무지와 서모의 악

---

24) 위의 책, pp.78-79.
25) 김우창,「한국 현대소설의 형성」,『궁핍한 시대의 시인』, 민음사, 1985, p.89.

독함에 어머니는 자살하고 자신도 자살을 하려다 장승에 놀라 미쳐버린 장옥련이나, 그녀의 말에 놀라 사실을 확인도 않고 자살하려 가는 최정애의 태도가 그러하다. 그들에게 우연적인 구원자가 등장하지 않았다면 그들의 생명은 더 이상 존재할 수 없었을 것이다.[26]

봉건제도을 지탱하던 성리학의 이념은 거부되고 배척되었으나, 새로이 그들을 이끌어줄 이념은 정착되지 못해 사소한 장애에도 그들은 좌절하고 체념하며 방황하고 있는 것이다. 공동체적 연대감은 깨어지고 개인적인 욕망추구에 몰두하면서 삶의 허무에 방황하는 인물들이 모여 있는 사회가 바로 이인직이 인식한 당대 조선의 현실이었다. 그의 이러한 세계인식은 그의 시각이 선험적인 권위를 거부하고 이성에 입각한 개인의 자유와 평등을 중시하는 근대의 '합리주의 세계관'에 기반을 두고 있음을 말해준다.[27]

---

26) 신소설 작품에 있어서 어떤 작품이 자살과 또는 자살적 충동을 제시하고 있는가 하는 문제보다도 오히려 역설적으로 이를 다루지 않은 것이 어떤 것인가를 가리는 일이 더 어렵게 느껴질 정도로 환경으로부터의 퇴행적 현상인 자살 충동이 현저하고, 그러한 자살은 주로 여자 주인공에 의해서 이루어지지만 구조자인 선의의 협조자에 의해서 거의가 미수에 그치며, 소설의 구성상에 있어서 자살은 파멸의 계기가 아니라 운명적인 전환의 의미를 갖고 있다고 한다. 이재선,『한국현대소설사』,홍성사, 1984, pp.128-133.

27) 골드만은 '비극적 세계관'을 중점적으로 연구하면서,'합리주의 세계관'을 근대적 세계관의 출발에 두고 그 특징을 언급한 바 있다. 16세기와 17세기에 이르면, 시민계급이 점차 경제적으로 지배계급이 되고 부의 생산을 조직화하며, 적어도 귀족계급과 동등한 힘을 소유하게 되었다. 이때 '인식론'과 '물리학'의 기본적인 차원 위에서 합리주의는 '공동체'와 '우주'의 개념을 제거했으며, 그 개념들을 '고립된 개인'과 '무한한 공간'으로 대체했다. 인간과 소통할 수 있는 유일한 대상인 공동체와 우주가 상실된 상태에서, 신은 더이상 인간에게 말을 걸 수 없게 되었으며 결국 세계를 떠나버렸던 것이다. 합리주의 세계관은 사회적 차원에서 개인적 자유와 정의를 가치규범으로 주장하며, 사상적 차원에서 '기계론적 물리학'을 창조했다. 그것은 점차로 위계질서화된 사회 대신에 자유로운 교환관계를 보장하는 고립되고 자유롭고 평등한 개인을 발전시켰다. 그러므로 개인주의의 원칙을 논리적 궁극으로 끌고 갈 때에, 윤리와 종교의 영역은 더 이상 인간생활의 특수하고 상대적으로 독립적인 영역으로 존재하지 못한다. Lucien Goldmann, 앞의

이인직은 성리학적 세계관을 거부하며 합리주의 세계관을 지향하고 있다. 이것은 그의 작품의 주요인물이 시민층에 기반을 두고 있다는 점과도 밀접하게 연관된다. <혈의루>의 김관일은 전통적 양반은 아니며 지주로서 평안도의 토착 지주에 가까운 듯하며, 장인인 최항래 역시 평양의 아전신분인 주사로서 부산에 내려가 크게 장사를 한다고 하니 초기 상업 자본가에 속한다고 할 수 있다.[28] 구완서의 집안 역시 김관일의 집안과 유사하다. 또한 <은세계>의 최병도도 시민층의 근간을 이루는 평민 지주층이다. 이들 인물들이 실무직 관료층과 평민상층에 속한다는 것은 작가의 출신기반과 무관하지 않다. 한산이씨양경공파세보에 의하면, 이인직의 집안은 무관집안으로 그의 친형 운직, 육촌인 항직과 승직들도 실무직 관료인 주사로 되어 있다.[29]

당시 조선은 내적 계기와 외적 충격에 의한 급격한 사회변동 속에서, 양반계급은 자체의 무능과 타락으로 몰락해 가며, 경제력을 갖춘 시민계급이 사회의 주도력을 잡아가고 있었다. 근대적 개혁을 도모한 '문명개화파'의 경우 주동인물은 김옥균, 박영효 같은 명문 양반계급에 속하는 인물들이나, 오경석과 유대치 같은 중인계급의 영향과 이상아래 움직였다. 그리고 그들의 이념은 입헌군주제를 통한 근대 자본주의 사회의 확립이었다. 그러므로 합리주의 세계관은 바로 이들 문명개화파의 집단의식이며, 이인직은 예외적 개인으로서 이러한 의식을 감각적인 명징성을 통해 첨예하게 표출하고 있다고 할 수 있는 것이다.

책, pp.22-39.
28) 최원식,「<혈의루 소고>」, 앞의 글, p.127.
29) 김윤식,『한국근대소설사연구』, 을유문화사, 1986, p.43.

Ⅲ. '문명개화'의 외국유학과 민족계몽

이인직의 소설에서 '문명개화'를 통한 민족계몽에의 열렬한 의지를 보여주고 있는 인물들은 작가의 시각을 긍정적 구현하고 있다.[30] 그들은 국민 교육을 통해 무지한 조선의 암담한 현상을 타개하고자 한다. <혈의 누>의 김관일과 구완서의 미국유학, <은세계>에서 김정수, 최옥순, 최옥남의 미국유학이 그러하다. 그들은 민족 계몽에의 이상을 실현하기 위해 스스로 외국유학에 나서거나, 최항래나 최병도처럼 학자금을 대어주면서 외국유학을 권장하고 있다.

이인직의 소설에서 주인공들의 외국유학 과정은 다른 신소설 작가의 작품과는 달리 상세하게 기술되고 있다. 특히 미국유학이 주류를 이루고 있는데, 일본유학보다 미국유학이 문명개화의 심도를 기할 수 있다는 점을 인지하고 있다는 점에서 개화사상의 수용에 대한 이인직의 높은 안목이 드러난다. 이인직은 1900년 39세로 일본에 유학하여 동경정치학교와 도신문의 견습기자로 근무했다.[31] 이런 체험 속에서 근대성의 본원을 서구와 미국으로 인식했던 것이다.

여기에서 외국유학을 하는 인물들은 자신의 개인적인 삶을 희생해서라도 민족의 몽매한 생활을 혁신해야 한다는 굳은 결의를 보여준다. 그들은 외국유학에서 신교육을 받음으로써 새로운 지식을 익혀 민족의 계몽에 유용하게 사용할 수 있다고 믿고 있다. 외국유학을 통한 그들 인물의 구체적인 성과는 거의 나타나지 않으나, 목표만은 분명했다는 것이다.

그들에게 민족 계몽이란 어떤 것인가. 그것은 문명개화가 나라를 팔아

---

30) 역사적으로 보아 '문명개화'란 용어는 1873년 이라쿠라 토모미를 대표로 하는 서양시찰단의 귀국 이래 일본에서 유행하였다가, 개국 후 우리나라에 전파된 뒤에 1883년 이후부터 일반화된다. 1882년 이전의 단계에서는 '문명화', '개국화'를 뜻하는 말로서 주로 '경시(更始)', '부강(富强)', '자강(自强)' 등이 사용되었다. 김영작, 『한말내셔널리즘 연구』, 청계연구소, 1989, p.112.

31) 전광용, 「이인직 연구」, 앞의 글, pp.160-175.

먹고, 나라를 망하게 하는 길이라고 본 '수구사대파'나 '위정척사파'의 시각에 동조하는 민중의 현실인식을 바꾸어, 문호개방을 통해 이웃나라와 친선을 도모하며 근대 문명과 제도를 습득하는 것이 부국강병에의 첩경이라는 '문명개화파'의 시각에 동조하게 하는 일이었다. 즉 민중의 사유방식 자체를 바꾸어 문명개화를 당연하고도 시급한 당면과제로 인식시키고자 하였던 것이다.

<혈의루>에서 김관일은 일청전쟁의 와중에서 아내와 딸을 모두 잃어버린다. 하지만 "셰상에 뜻이 잇는 남즈되야 쳐즈만 구구히 싱곽ᄒ면 ᄂ라의 큰일을 못ᄒᄂ지라 ᄂᄂ 이길로 쳔하ᄀ국을 단이면셔 남의ᄂ라 구경도 ᄒ고 ᄂ공부 잘ᄒ 후에 ᄂᄂ라 스업을 홀이라ᄒ고"32) 부산의 처가에 들려 장인을 만나 학자금을 마련한 뒤에 곧장 미국유학을 떠난다. 전광용의 적절한 지적처럼 "이는 당시 개화인으로서의 애국애족에 불타는 적극적인 실천인의 표징"33)을 보여주고 있는 것이다. 구완서의 미국유학역시 김관일의 경우와 마찬가지로 자신의 개인적인 안일을 희생하고서 이루어지는 것이다.

> 니가 우리ᄂ라에 잇슬 쩌에 우리부모가 니ᄂ히 열두셔너살
> 부터 장가를 드리려 ᄒᄂ 거슬 니가 마다ᄒ엿다 우리나라사람
> 들이 죠혼ᄒᄂ거시 올혼일이 아니라 ᄂᄂ 언제던지 공부ᄒ야
> 학문지식이 넉넉ᄒ후에 안히도 학문잇ᄂ 사람을 구ᄒ야 장가
> 들깃다 학문도 업고 지식도 업고 입에셔 졋니가 모랑모랑 ᄂ
> ᄂ 거슬 장가드리면 짐승의 자웅갓치 아무것도 모르고 음양비
> 합의 낙만 알거이라 그런고로 우리나라사람들이 짐승갓치 제
> 몸이나 알고 제계집 제식기ᄂ 알고 나라를 위ᄒ기ᄂ 고사ᄒ고
> 나라지물을 도둑질ᄒ여 먹으려고 눈이 벌것케 뒤집펴서 도라
> 든기ᄂ거시 다 어려서 학문을 비우지 못혼 연고라.34)

---

32) 이인직, <혈의누>, 앞의 책, p.14.
33) 전광용, 앞의 글, pp.193-194.

인용문에서 구완서는 신학문을 배워서 나라에 기여하는 인물이 되기 위하여 일신상의 쾌락에 탐닉하는 조혼을 거부했다고 말한다. 그리고 <은세계>에서 옥남의 인식 역시 이와 동일하다. 그는 누나 옥순이 미친 어머니에 대한 걱정과 근심으로 그에게 귀국을 종용하자 그것을 민족적 사명감에서 거절한다.

> "스람이 부모의게 효성을 ᄒ려면 부모요혜서 부모봉양만 하고 드러안젓는 거시 효성이 부모의 은혜받은 이몸이 나라의 국민의 의무를 직히고 국민의 직분을 다ᄒ는 거시 부모에게 효성이라……중략……이나라를 붓들고 이빅셩을 술니랴ᄒ면 정치를 기혁ᄒ는데 잇는 거시니 우리는 아모쪼록 공부를 만히 ᄒ고 지식을 널펴서 아모쩐던지 기혁당이 되야셔 ᄂ라의 스업을 ᄒ는 거시 부모에게 효성ᄒ는 거시오"35)

인용문에서처럼 오히려 옥남은 누나 옥순을 그녀를 설득하고 있다. 그는 문명개화파의 이상을 실현하는 것이 성리학적 삼강오륜의 규범에도 일치함을 강변한다.

이처럼 이인직의 소설에서 외국유학을 하는 인물들은 개인과 가정보다는 민족과 국가를 보다 중시하며, 문명개화를 통한 국민 계몽의 실현을 위해 헌신하고자 한다. 근대적 인식이란 선험적이거나 규범적으로 규정되는 인간관을 거부하고 개인의 자각과 자발성을 중시하는 것이며, 이런 자각과 자발성으로 인해 개인과 민족, 가정과 국가가 분리된 실체로서 인식되는 것이다. 그러나 여기에서 개인의 자각과 자발성이 충분하게 구현되고 있지 않다. 인물들은 그들의 삶을 자발적으로 선택하고 있기는 하지만, 그러한 선택에 있어서 반성적 성찰이 뚜렷하지 않고 다분히 당위적 결정으로서 민족이나 국가가 선택되고 있다. 이것은 이인직의 근대적 인식이 아직

---

34) 이인직, <혈의누>, 앞의 책, p.72-73.
35) 이인직, <은세계>, 앞의 책, pp.116-117.

충분히 성숙한 상태에 있지 못함을 말해주는 것이다. 그러나 이것이 이인직 개인의 한계인 것만은 아니다. 당시 조선의 근대적 상황이 아직 초보적 차원임을 반영해주는 것으로, 그의 개인적 안목의 협소함을 넘어서 문명개화파의 전체적인 미숙성을 말해주는 것이기도 하다.

그러면 외국유학을 하고 있는 이들 인물들이 지향하는 국권의식은 어떠한 것인가. <혈의루>에서 "구씨의 목적은 공부를 심써ᄒ야 귀국혼 뒤에 우리ᄂ라를 독일국갓치 연방도을 삼으되 일본과 믄쥬를 혼더 합ᄒ야 문명한 ᄀᆼ국을 맨들고즈 ᄒᄂ (비스믹)갓한 마음이오"36)라고 한다. 일본을 중심으로 한 대동아연방의 창설에 이어지고 있는 것이다. 1901년에 결성된 낭인단체 흑룡회는 일본의 국경을 흑룡강으로 삼아야 한다는 것을 나타내고 있으며, 이무렵 자유민권파는 백인종의 아시아 침략을 막기 위해서는 한국과 일본이 대등하게 합방해야 된다는 대동합방론을 제창한다.37)

<은세계>에서 옥남 역시 "남으로 일본과 동맹국이 되고 북으로 아라스 세력이 버더 나오는 거슬 트러막고 셔으로 청국의 니버리ᄂ 유리를 취ᄒ야 장찻 디륙에 전진의 길을 여러셔 불과 긔년에 쏘혼 일등강국을 긔약ᄒ얏슬거시오"38)라고 주장하고 있다. 그는 당시 일본의 대륙침략정책에 호응하고 있으며, 여기에는 이인직의 개화의식이 자연스레 반영되고 있다.39) 또한 후반부에서 제정신이 돌아온 어머니와 함께 절에 올라가 불공을 들이다가 강원도 의병들에게 선유사의 정탐꾼으로 오해를 받아 잡혔을 때에도 옥남은 그들을 설득하려는 연설을 한다.

　　　여러분 동포가 의리를 잘못잡고 싱각이 그릇드러서 요슌갓

---

36) 이인직, <혈의누>, 앞의 책, pp.85-86.
37) 최원식,「<혈의누>소고」, 앞의 글, pp.126-127.
38) 이인직, <은세계>, 앞의 책, p.128.
39) 현창하, 앞의 글, p.391.

흔 황제폐하 칙령을 거스리고 흉긔를 가지고 산야로 츌몰ᄒ며 인민의 지산을 강탈ᄒᄃ가 슈ᄃ대 일병 스오십명만 맛나면 슈 십명 의병이 뎌당치못ᄒ고 패ᄒ야 ᄃ라나거ᄂ 그럿치 아니ᄒ 면 스망 무슈ᄒ니 동포의 ᄒᄂ 일은 국민의 싱명만 업시고 국 가 힝졍샹에 히만 씻치는 일이라 무어슬 취ᄒ여 이런 일을 ᄒ 시오 쏘 동포의 마음에 국권을 일은 거슬 분ᄒ게 여긴ᄃᄒ니 진실로 분ᄒ 마음이 잇슬진더 먼져 국권 일흔 근본을 살펴보 고 쟝ᄎ 국권이 회복될 일을 ᄒᄂ 거시 오른 일이라 우리나라 슈십년니 학졍을 싱각ᄒ면 이 빅셩의 싱명이 이ᄆ치 남은거시 쯧봇기요 이ᄂ라가 멸망의 화를 면ᄒ거시 그런 ᄃ힝ᄒ 일이 업소.40)

인용문에서처럼 국권의 상실이 봉건관료들의 학정에 있으며 조선 백성의 생명이 이나마 보존되고 국가가 멸망하지 않은 것만도 큰 다행이라는 옥남의 인식은 바로 작가인 이인직을 인식을 대변하고 있는 것이다. 그런데 이것은 국권문제에 대한 전체적인 시야를 확보하지 못하고, 개화지상주의의 편향적 시각에 강하게 묶여 있음을 보여준다. 이인직에 있어서는 개화파정부가 비록 일본의 군사력을 이용하였다고 하더라도 그것은 어디까지나 이상화된 개화사회를 실현하기 위한 것이었다는 점에서 정당화되고 있다.

그러므로 일본의 힘을 빌려서까지 개화사회를 구현하려는 마당에 또다시 전개된 농민들의 투쟁은 유길준의 생각처럼 "개불학무뢰기우방탕ᄒ야 양졍부하에 거ᄒ야도 긔활계를 영구ᄒ기 불능ᄒ 자"이거나, "일시의 경홀ᄒ 의론으로 전국의 소란을 선기하는 신진ᄒ 소년"41)들의 행동으로밖에 여겨지지 않았던 것이다. 김윤식도 동학농민군에 대해서 "대저 '비도'가 취당하여 성세를 이루고 있으나, 그 실에서는 '도수지적'이오 '오합

---

40) 이인직, <은세계>, 앞의 책, p.138.
41) 유길준, 「서유견문(전)」, 유길준전집 제1권, 일조각, p.101, p.272.

지중'으로 겁낼 것이 못된다……고로 일본인 한명이면 비도 몇 천명을 당할 수 있고, 조선정부군 10명이면 비도 몇 백명을 당할 수 있다."[42]라고 한다. 그들 개화파는 민중의 역량을 철저히 무시하고 있는 것이다. 이것은 의병들에 대한 옥남의 입장과 완전히 일치하는 것으로, "문명개화로 표방되는 개화사상의 계몽이란 근대적 독립국가를 위로부터 창출해 가려고 하는 관료사상가의 이데올로기 였"[43]기 때문이다.

그러나 개혁을 찬양하여 만세를 부르는 옥남을 지켜보던 의병들은 "져놈이 선유스의 심부름으로 너려온 놈인가보듸 져놈을 쟈바가쟈"[44]라고 하며 그들 남매를 잡아간다. 그들 민중에 있어 개화파정권을 찬양하는 인물들은 바로 일제의 주구나 도당에 다름 아니었다. 일본의 침략행위가 내정개혁을 방패로 삼고 있었기 때문에, 그리고 실제로 개화파의 개혁사업이 많은 군사적 경제적인 희생을 수반하고 있었기 때문에, 대다수 민중에게는 개혁을 추진하는 개화파정부의 존립자체가 타도의 대상이 되었던 것이다. 그러므로 정부에서 공문을 전달해도 지방관민 모두가 의구심을 품고 감히 관명에 복종하지 않으며, 이는 모두 왜당의 소행이며 본정부의 뜻은 아니다고 여겼다는 것이다.

그렇다면 문명개화파가 한편에서는 근대적 개혁을 진행하면서도, 다른 한편에서는 대내적으로 농민운동을 탄압하고 대외적으로 일본의 침략에 대한 대비책이 전무했던 이유는 무엇인가. 그것은 안이한 국제인식과 민족 구성원 전체에 대한 불신에 기인한 것이며, 민중의 역량을 배제한 위로부터의 내셔널리즘이 갖는 결함 때문인 것이다. 옥남이 헤이그 밀사사건으로 인한 고종의 되위와 순종에의 선위를 경축해야 할 개혁의 발현으로 인식하고 있으며, 위정척사파의 주도아래 국권을 회복하고자 하는 민

---

42) 김윤식,「금영내찰」, 국사편찬위원회편, 동학란기록(상), 한국사료총서 제10권, 1959, p.91.

43) 김영작, 앞의 책, p.116.

44) 이인직, <은세계>, 앞의 책, p.225.

중들의 의병운동을 경망하고도 해로운 무의미한 행동으로 인식하고 있듯이, 이인직 역시 민족구성원 전체에 대한 이러한 불신의식에 깊이 빠져 있었던 것이다.

이러한 이인직의 시각을 "개화당의 정치리념조차 바로 이해하지 못했던 작자의 입장을 노출시키고 있는 것이다"45)라고 보기도 한다. 그러나 보다 포괄적으로 살펴본다면 반침략에 대한 뚜렷한 대응의식을 지니지 못한 개화사상의 내재적 결함이 전반적으로 이러한 인식을 불러왔다고 보아야 할 것이다.

개화파는 청국에 대한 조선의 전근대적 예속에서 벗어나야 한다는 점은 절실하게 인식하고 있었으나, 조선에의 새로운 침략과 지배를 위해 청국에 대한 조선의 독립을 강조한 일제의 야욕은 간과하고 있었다. 그들이 궁극적으로 목표한 개화사회는 '인간의 천사만물이 지선극미한 경역'에 달한 사회로 서양의 자본주의 사회였다. 미개한 청국은 조선의 자주독립을 억압하는 점에서뿐만 아니라 조선의 수구파를 옹호하고 개화를 방해하는 면에서도 타도의 대상이 된다. 이에 반해 일본은 혁신을 위해 따라야 할 선진문명국이었다.

이인직이 김옥균을 비롯한 문명개화파를 얼마나 추종하고 있었는가는 <은세계>의 최병도가 김옥균을 가장 존경하고 있는데서도 잘 드러난다.

> 최병도는 강릉바닥에서 재소로 유명하던 사름이라 갑신년
> 변란나던 히에 나히 스물두살이 되얏는디 그히 봄에 서울로
> 올라가서 기화당에 유명한 김옥균을 차져보니 본리 김옥균은
> 엇더한 사름을 보던지 녯날 류국시절에 신릉군이 손대접하더
> 시 너그러운 풍도가 잇는 사름이라 최병도가 김씨를 보고 심
> 복이 되야서 김씨를 디단히 사모하는 모양이 잇거날 김씨가
> 쏘한 최병도를 사랑하고 긔이하게 녀겨서 텬하형세도 몰한 일

---

45) 芹川哲世, 앞의 글, p.109.

그러나 갑신정변의 실패 이후에 일본에의 의존이 얼마나 허망한 것인가를 절감한 초기 개화파 김옥균, 박영효 등의 경우와는 달리,47) 일본에 기대면서 교육 및 제도의 개혁과 보급을 통해 근대화라는 새로운 이상을 실현할 수 있다고 믿은 갑오개혁 주도세력인 후기 개화파 김홍집, 유길준 등의 입장을 이인직은 선택하고 있다.48)

유길준은 문명화한 사회에 이르는 길을 다만 민중의 계몽에 의한 점진적 개량주의에서만 찾고 있는데, 이것은 그의 심각한 민중불신에 기인한다. 그는 개개인의 참된 자유와 권리를 위해서 교육이 존중되어야 하며 그것이 부국강병의 길이라고도 보았다. 또한 그는 좋고 나쁨을 불문하고 현존한 법률은 모두 존중해야 한다는 입장에서 밑으로부터의 민중의 저항, 또는 민중의 주체적 혁명적 행동이야말로 국민적 통합과 민족적 독립에서 가장 위험한 것으로 간주하였다.49)

이러한 유길준의 입장은 이인직에게 그대로 이어진다. 또한 민중의 역량을 부정하고 민족의 장래를 비관적으로 인식하는 이인직의 자민족 열등의식은 일제강점기에 이르면 이광수의 '민족개조론'에 그대로 이어지

---

46) 이인직, <은세계>, 앞의 책, p.55.

47) 김옥균 등의 개화파들은 특히 후꾸자와 유키찌와 그의 동료들의 도움에 의지하려고 했다. 그러나 김옥균은 일본 자유당 당수인 고또 쇼지로와 담화하는 과정에서 조선의 개혁가들을 돕고싶다는 그들의 말이 위선이고 거짓임을 깨달았다고 한다. G.D. 짜가이,『한국부르조아 민족주의 이데올로기 형성』, 인간사, 1990, p.142.

48) 박영효와 유길준은 같은 부르조아 계몽사상에 의거하고 대중의 혁명성을 긍정적으로 인정하지 않지만, 전자가 압제의 개혁을 선행시킴으로써 밑으로부터의 지지를 구한데 반하여, 후자는 정부의 개혁보다도 대중의 계몽을 선행시킨다. 박영효는 아시아가 유럽에 뒤진 원인은 압제정치의 책임이고 본질적으로 민중을 노예와 같이 본 정부의 잘못이었지, 민중의 잘못은 아닌것으로 보았음에 반하여, 유길준은 압제정치의 책임도 궁극적으로는 민중의 무식 때문이라고 봄으로써 후진성의 원인도 민중의 잘못으로 보았다.

49) 김영작, 앞의 책, p.262.

고 있는 것이다. 이러한 민족에 대한 부정적 태도는 국권에 대한 그들의 편향적 시각에 기인한 것이다. 따라서 그들은 자연스레 근대화의 모범적 실천국인 일본에 의존하게 된다.

민중의 시각에서 본 침략과 개혁의 야합은 반작용으로서 농민투쟁의 성격 속에 '척왜'라는 반침략의 요소를 확대하고 강화시켰을 뿐만 아니라, 반침략을 위해서는 개화를 적극적으로 배척하게 되었다. 이것은 이제 하나의 민족, 하나의 국가에 있어서도 지향하는 집단의 의식이 상이함에 따라 동일한 문제가 아주 상반되게 인식되고 있음을 극명하게 보여준다. 한말 국권상실의 위기적 상황에 있어 국민통합에 의한 국가독립의 달성과 민족의 이상은 정당하게 추구되지 못하고, 오히려 내부의 심각한 분열과 갈등 속에서 국력의 분산과 약화를 가속화시키고 있었다는 것이다.

Ⅳ. 계몽의식의 변질과 전망의 중단

1910년에 일제가 한반도를 완전히 강점하게 되자, 외세 의존적인 문명개화파의 계몽의식은 그 의의를 잃어버렸다. 문명개화의 선진국으로 일본을 모방하고 의지하고자 하였던 개화지상주의자들도 일제에 의해 나라를 빼앗겼다는 엄연한 사실을 부정할 수 없게 된 것이다. 합병 이후에 발표된 <모란봉>에는 이인직의 계몽의식이 변질되고 있다. 이러한 시각의 변화는 정치적 이념이 현저히 제거된 개작본 <혈의루>에서도 잘 드러난다.50)

<모란봉>에는 미국에서 아버지를 만난 뒤에도 계속 학업에 열중하던 옥련이 돌연 학교를 중도에 그만두고 귀국한다. 그리고 귀국 후에도 여

---

50) 1912년의 동양서원본으로 여겨지는, 1940년 『문장』 제2권 2호에 개재된 <혈의누>에서 정치성이 제거된 개작 양상은 최원식의 「<혈의누>소고」(앞의 글), 박승규의 「<혈의누>의 사상적 배경과 그 변질」(앞의 글)에서 검토되었다.

성교육에 이바지 한다는 그녀의 포부는 전혀 실현되지 않는다. 대신에 옥련을 짝사랑하는 서일순이라는 새로운 인물을 등장시켜 애정문제를 전면에 부각시킨다. 즉 이주형의 정당한 지적처럼 "<모란봉>은 <혈의누>에서 거론되었던 개화의 문제를 제거하고 삼각의 남녀관계를 둘러 싼 음모를 다룸으로써 현실적인 문제에 대한 논의를 원치 않는 일제당국자의 요구에 부응하는 한편 향락적인 방향으로 독자를 인도함으로써 현실의식을 둔화시키고 있는"51) 것이다.

> (밤아, 새지를 말아라. 밝은 날은 구완서와 이별이라. 육만리를 떠나가서 십년이나 될 터이라, 세월아 차라리 어서 가거라, 삼천육백일만 지나가면 구완서가 조선에 돌아간다더라. 내가 한 되는 일이 많으나 제일 한 되는 일은 남자되지 못한 것이라. 내가 만일 남자가 되었더라면, 구완서와 서로 체면도 아니 차릴 것이요, 남의 이목도 아니 가릴 것이라. 하루 열 번을 보고 싶으면 열 번을 상종하고, 주야 같이 있고 싶으면 거처를 같이 할 터인데, 불행히 남녀가 유별하므로 지척이 천리같이 떠나 있고, 모처럼 만나보더라도 텁텁한 회포를 흉중에 쌓아두고 말 못하니, 그 아니 애닯지 아니한가! 세상 사람의 부부간 정리는 어떠할 것인지, 나같은 미가녀는 알 수 없는 일이나, 대체 부부간의 정의는 남녀간 치정으로 생긴 정이어니와, 나는 구완서에게 의리로 생긴 정리요, 교분으로 생긴 정이요, 품행을 서로 알고, 인격을 서로 알고, 심지가 서로 같은 것으로 부지중에 정이 깊었으니, 유별한 남녀간의 조촐한 정이라, 그렇게 징든 사람을 떼쳐놓고 혼사 가는 내 마음이야……)52)

인용문에서 옥련은 부부간의 정은 치정에서 생긴 것이라면, 그녀의 구완서에 대한 정은 의리와 교분에서 생긴 것이고, 그녀가 남자가 아니기

---

51) 이주형, 앞의 글, p.576.
52) 이인직, <모란봉>, 을유문고5, 을유문화사, 1969, pp.95-96.

에 그와 꺼리낌 없이 교제할 수 없음을 한탄하고 있다. 이러한 옥련의 심정은 청춘남녀의 연애감정이라 보기 어렵다. 애정이라기보다는 오히려 의리와 존경의 마음이라 해야 할 것이기 때문이다. 구완서의 경우 역시 옥련과 마찬가지이다. <혈의누>에서 <모란봉>에 이르기까지, 구완서의 옥련에 대한 연애감정은 거의 찾아 볼 수 없다. 그는 미국에서 옥련을 도와 5년 동안이나 학자금을 제공했으며, 김관일의 요청이 있자 선뜻 그녀와 약혼을 하면서도, 문명개화와 국민교육에 헌신하고자 하는 열의만 보일 뿐 그녀에 대해 감정을 보여주지는 않는다. 단지 후원자와 선배의 위치에서 그녀를 이끌어주며 지원하고 있다.

<모란봉>의 서두에서 김관일이 구완서에게 옥련과의 결혼을 요청하지만, 그는 십년만 더 공부한 후에 고국에 돌아가서 결혼하겠다며 그러한 제안을 거절한다. 이에 김관일이 구완서의 부모가 그들 남녀의 결혼을 반대한다면 어떻게 하겠느냐고 거듭 묻자. 부모에게 간청해 보다가 듣지 않으면 자기 뜻대로 하겠다고 하여 자유결혼의 실천을 굳게 다짐한다. 그러나 구완서의 이러한 자유연애사상은 신념의 소산일 뿐이고 감정이 담겨 있지 않기에 상당히 공허하다. 그는 인간적인 면모를 거의 보여주지 못하고 있기 때문이다.[53]

그런데 작가가 긍정시하는 이들 두 주인공과는 달리 상대 인물인 서일순은 생생한 연애감정을 보여준다. 그는 현실에서 살아 있는 인물로서 생동감을 지닌다.

잠만 들면 옥련이를 만나보고, 잠을 깨면 옥련이가 간 곳 없

---

53) 전광용도 그들의 혼약이 "미국까지 가서 오년간이나 같은 분위기에서 학비를 나누어 쓰며 공부를 한 성장기에 있는 젊은 남녀가 애정이라는 것은 하나도 느끼는 흔적이 없이 마치 어른들끼리 자녀의 혼사를 사의하듯이 16세의 한창 피어나는 옥련과 20세를 갓 지난 피끓는 구완서가 하등의 연모에 대한 충격을 느끼지 않고 태연히 사무적적이다시피 혼담을 진행하는 것은 너무나 관념적이라 하겠다"고 하여 그런 점을 비판한 바 있다. 전광용, 앞의 글, p.197.

으니, 밤낮 없이 잠만 들면 좋으련마는 생각이 간절할 때는 잠
들기도 어려우니 잠 못자는 심병이라. 달밝고 서리찬 가을밤에
귀뚜라미소리 그윽한데, 때때로 부는 바람, 떨어지는 나뭇잎을
끌어다가 적적한 나그네 창을 창을 툭툭 치는데 잠 못들어 번
열증 나서 혼자 앉아 담배만 먹다가 혓바늘이 돋아서 담배도
못 먹고 마음을 붙이려고 <서상기>를 보다가 화증이 나서 책
을 집어 던지고 모으로 툭 쓰러지더니, 오분 동안이 못되어 다
시 벌떡 일어나서 체경을 앞에다 놓고 들여다 본다.54)

  여기에는 옥련에 대한 연모의 정으로 안절부절하는 서일순의 심리적
흐름이 세세하게 제시되고 있다. 구완서나 옥련이 작가의 시각을 직선적
으로 대변하는 인물들이라면, 오히려 서일순은 살아 움직이는 현실의 인
물로서 자유연애의 실질적 면모를 보여주고 있다는 것이다.55) 그러나 서
일순 역시 옥련에 대한 애정을 스스로의 실천에 의해서가 아니라, 의남
매를 맺은 서숙자와 기숙하는 집의 주인인 최여정에 의존해서 실현하고
자 한다는 점에서 한계를 보인다. 여기에서 그들이 서일순을 돕는 것은
다른 이유가 아니라 재물에 대한 욕망 때문이다. 서일순은 옥련을 얻는
데 드는 비용을 아끼지 않으며, 그들 두 사람은 <귀의성>의 점순처럼
재물을 얻는다면 무슨 일이라도 하고자 한다.
  자유결혼을 위한 서일순의 욕망에도 금력이 주된 동인으로 작용하고
있다. 이것은 현실생활에서 자본주의적 욕망의 분출을 작가가 얼마나 중
시하고 있는가를 말해주는 것이다. 이런 면은 이해조의 작품에서는 현저
히 약화되어 있다. 그것은 그러한 시대와 사회를 인식하는 시각이 이인
직의 경우와는 그 기반을 달리 하고 있음을 말해 주는 것이다. 다같이 문

---

54) 이인직, <모란봉>, 앞의 책, p.126.
55) 최찬식의 <추월색>에서 주인물인 김영창과 이정임의 애정을 방해하는 강한영이
    악한으로만 제시되어 실질적인 경쟁자의 역할을 하지 못하는 것과는 대조적으로
    구체성을 획득하였다.

명개화의 계몽사상에 경도되어 있다고 하더라도 한미한 집안 출신의 이인직과 명문 양반 집안 출신의 이해조와는 당대의 현실에 대한 시각이 현격한 차이를 드러낼 수밖에 없었던 것이다.56)

> 김관일이는 화재 본 후에 여간 셈평이 펴인다 할 것이 아니라 큰 수가 난 터이라. 말이 서씨집을 빌어들었지, 실상은 까치집에 비들기 들어 있듯 김씨가 자기집같이 들어 있고 서일순은 식객같이 붙여 있는 터이라. 김씨는 옛날 평양서윤이 내행을 데리고 도임이나 한 것 같고, 서씨는 이방이 원의 관황돈이나 맡아가지고 진배하듯 정성을 다하여 거행하는 터이라. 그렇게 날이 가고 달이 지날수록 김씨부부의 마음에는 서씨를 자비심 있는 부처님같이 알고 항상 서씨 은혜갚을 도리만 생각한다. 대체 돈이 무엇인지 서일순이가 돈으로 김씨부부의 마음을 사고 정신을 빼았으나, 돈으로 살 수 없는 것은 옥련이의 마음이요, 돈으로 뺏을 수 없는 것은 옥련의 정신이라. 만일 옥련의 입으로 구완서의 혼인 파약하겠다는 말 한마디만 있을 지경이면, 그 어머니는 옥련의 등을 똑똑 두드리며, 에그 내 딸이야 하고 옥련이를 기특하게 여길 만치 되었고, 김관일이는 말로 칭찬할 리는 없지마는, 에그 나 모르겠다, 제 마음이 그러한 것을 내가 어찌한단 말이냐, 하고 드러누울만치 된 터이라.57)

인용문에서처럼 재물의 위력 앞에 옥련의 어머니는 완전히 굴복하였으며, 아버지 김관일도 마찬가지이다. 그러나 옥련은 이러한 부모의 생각을 분명하게 거부한다. 그녀는 어머니가 은혜를 갚기 위해서라도 서일순과의 결혼을 승락하라는 강압에도 불구하고 그러한 요구를 단호히 거절한다. 청춘 남녀의 직접적인 애정실현은 새로운 사회질서의 성립을 의미하

---

56) 이해조의 출신가문에 대한 상세한 검토는, 이용남,「이해조연구」, 서울대 석사논문, 1982 및 최원식,「이해조문학연구」, 서울대 박사논문, 1986 참조.
57) 이인직, <모란봉>, 앞의 책, p.167.

는 것이다. 이것은 남녀의 애정이 삶에 있어 본질적인 가치임을 드러내는 근대적 개인주의의 표출이며, 부권의 무력화를 통한 전통적인 종적 윤리의 전환을 예고하는 것이기 때문이다.[58]

옥련모와 옥련의 차이는 바로 자유결혼에 대한 세대가 다른 두 집단의 시각 차이를 드러내는 것이다. "지금 세상에는 자유결혼인지 무엇인지 우리 자랄 때는 들어보지도 못하던 말이 있읍니다마는, 내 사윗감은 내 눈에 들고 내 마음에 드는 사람이 아니면 옥련이를 시집보내고 싶은 생각은 없소"[59]라는 옥련모의 인식이나, "자유결혼이란 것이 무엇인고. 그런 소리는 처음부터 내 귀에 거슬리나"[60]라고 하며, 아들의 요구에 억지로 응하고 있는 구완서의 아버지 구즉산의 인식은 동일한 것이다.

그러므로 옥련의 가족에게 접근하여 옥련의 마음을 돌리는데 실패한 서숙자가 이번에는 구완서의 가족에게 접근하여 옥련과의 파혼을 도모하고자 할 때에, 도모하고자 하는 바는 너무도 쉽게 이루어질 수 있다. 옥련에 대한 서숙자의 험담이 자신의 인식에 부합하기에 아무런 거부감 없이 그것을 그대로 받아들이는 구즉산에 의해 구완서와 옥련의 파혼은 자명한 일이 된다.

그러나 작품은 그곳에서 중단되고 있다. 양반계급의 허위와 무능을 폭로한 뒤에, 평민이 그들에게 개인적으로 원한을 해소하는 <귀의성>을 예외로 한다면, <혈의루>가 그러하고, <은세계>가 그러하며, <혈의루>의 하편인 <모란봉> 역시 그러하다.[61] 그렇다면 작품이 이렇게 미결

---

58) 이언 와트는 영국에 있어서 근대소설의 발홍과 결혼에 있어 여성의 자유주의와 결부시키고, 이것을 경제적인 개인주의의 성장에 따른 가족제도의 변화와 관련시키고 있다. 결혼에 있어 개인의 자유선택은 부모와 자녀간의 종적인 연계가 단절된다는 것이다. Ian Watt, *The Rise of the Novel*, Penguin Books, 1966, pp.143-144.

59) 이인직, <모란봉>, 앞의 책, p.177

60) 위의 책, pp.216-217.

61) <모란봉>이외도 『제국신문』(1907.5.17-6.1)에 연재된 미완의 <혈의누 하편>이 있다. 사건의 연결관계로 볼 때에, 필명을 양도받은 다른 작가가 썼든 이인직 자신이 썼든 간에 <모란봉>을 쓸 때는 <혈의루 하편>을 잊었거나 무시하고 있다.

된 형태로 끝나고 있는 것은 무엇 때문인가. 이것은 신문사측의 사정 같은 외부적인 여건의 변화 때문이라기보다는 작가의 내적인 사정에 기인한 것으로 보아진다. 현실의 전개를 경험적이고 합리적으로 인식하고 구현하고자 하는 작가의 소설관과 그러한 현실의 전개를 그대로 용납할 수 없는 작가의 의도가 심각하게 충돌하여 전망을 더 이상 제시할 수 없음에 기인한다는 것이다.

<은세계>에서 옥순과 옥남 남매가 현실의 장애 아래 패배할 것이 예견되듯이, <혈의루>에서 문명개화에 헌신하고자 하는 구완서 역시 귀국하여 자신의 포부를 조선에서 펼치고자 할 때에 마찬가지의 결과가 예견된다. 또한 <모란봉>에서는 서일순을 집요한 구혼을 거절하고 자유결혼을 고수하고자 하는 김옥련 역시 패배가 예견되고 있다. 합병 이전에 헌신적으로 문명개화와 국민교육을 주창하던 지식인의 활동이 구체적 성과 없이 국권의 상실로 귀결되듯이, 합병 이후에 있어 개명한 남녀의 자유결혼 역시 가부장적 가족제도라는 관습의 굳은 벽에 부딪쳐 실질적인 패배가 예정되어 있었던 것이다. 이러한 패배는 그들이 민족 구성원 대다수의 보편적인 공감대를 획득하지 못한 채, 개명 지식인으로서 당시 조선의 현실여건과는 현격한 격차가 있는 추상적인 이상을 일방적으로 실현하고자 하였기 때문일 것이다.

그렇다면 이인직은 당대 현실의 본질적이고도 중요한 측면을 적확하게 포착하고 있지만, 문명개화의 국민교육 및 자유결혼의 실현이라는 관념적 목표가 굴레로 작용해 결국 작품을 종결하지 못하고 전망의 중단을 야기한 것이다. 최찬식의 <춘몽>과 <추월색> 등에서, 의병 내지 폭도들에 납치된 주인공이 계략을 써서 탈출하고 경찰이 그들을 토벌하는 경우나, 부모의 방해에도 주인공들이 의지적으로 결합을 성취하는 경우처럼, 작가가 우연적인 해결책을 제시하여 파국적 결말을 반전시킬 수도

이주형, 앞의 글, pp.562-563.

있을 것이다. 하지만 합리주의 세계관을 지향하는 이인직은 그렇게 하지
않는다. 그러한 결말은 현실과 동떨어진 작가의 작위적인 해결방식에 불
과하다는 점을 잘 알고 있기 때문이다.

V. 결 어

이인직의 소설은 반침략보다 반봉건을 중시한 문명개화파의 시각을 통
해, 전근대적인 신분적 권위를 거부하고 근대적 민권의 신장을 중시하고
있었다. 그는 무엇보다 양반계급의 몰락과 시민계급의 상승을 통한 조선
사회의 변혁을 기대하고 있었다. 이러한 시각은 실무관료를 출신기반으
로 삼은 이인직의 합리주의 세계관에 기인한 반봉건의식의 첨예한 표출
이었다.

구한말 전근대적 양반관료사회는 이미 역사적 역할을 다하고 무능과
부패 속에서 쇠퇴하고 있었다. 그러나 이제 국권이 기울어 국가의 존망
이 위태로운 시기에 자기 민족의 결함만 극단적으로 강조하는 것은 오히
려 국권의 상실을 방조하거나 동조하는 일이 되고 만다. 그들 문명개화
파들은 반봉건이라는 일면의 과제에만 치우쳐, 반외세라는 민족의 보다
주된 과제에는 눈감고 있었던 것이다. 더욱이 민중의 역량에 대한 그들
의 심각한 불신은 민족의 분열을 가속화시켜 외세의 침략에 대한 민족
구성원의 통합적인 대응을 현저히 약화시키고 말았다.

이인직 소설은 근대적 합리주의 세계관이 선구적이고 본격적 형상화라
는 의의를 지니지만, 민족의 정당한 전망을 구체적으로 제시하는데 실패
하고 있었다. 한일합병을 전후한 시기에 있어 이인직의 적극적인 친일행
위는 바로 전근대 양반관료 체제에 대한 극단적인 반감과 그러한 체제를
변혁할 수 있다면 그것의 주체가 누구이든 상관없다는 편협한 합리주의
자의 약점을 극명하게 보여주는 것이었다.

이광수 '초기단편'의 이중성

Ⅰ. 머리말

이광수는 1910년대의 대표적인 계몽주의 작가로 일컬어지고 있다. 백철은 "육당의 모든 논문이나 그의 신체시나 시조에서 일관되히 부르짖은 것이 이른바 「조선주의」의 선전이요 선양임은 이상에서 보아온 바와 마찬가지어니와 춘원의 당시 작품 역시 일언하여 모도 이 민족주의를 설교하고 민족의 이상을 말하는 문학이었다."[1]라고 했다. 또한 송민호는 "신소설의 창시자인 국초 이인직이나 춘원이 작품을 쓰게 된 창작동기는 서로 비슷하다. 거의 같은 시기의 작가라 사회적 배경이 동일한 관계도 있겠지만 둘이 다 문학수업의 과정을 거친 결정이 아니고 독자를 통하여 나타날 영향을 목적으로 작품이 주는 공덕을 중요시한 계몽작가였다"[2]라고 했다.

골드만에 의하면, "계몽주의는 미신과 '신학'으로 왜소화된 신앙에 대한 투쟁뿐만이 아니라 또한 세계에 대한 비판적 개념, 즉 인간과 세계와

---

1) 백철,『조선신문학사조사 근대편』,수선사, 1948, p.107.
2) 송민호,「춘원 초기작품의 문학사적 연구」,『고대 60주년 기념 논문집 인문과학편』, 고려대, 1965, p.92.

의 관계를 합리적인 지식과 순수한 통찰로서 파악하는 방법이"3)다. 그리고 계몽주의는 미성년 상태의 인간을 깨우쳐 경험에 의거해 독자적 인식 능력을 발휘할 수 있는 성년의 상태로 인도하는 것이다. 이에 계몽사상은 이성의 자율성을 존중하며, 독단적인 주장을 거부하고, 자유와 평등을 중시하며, 역사의 진보를 신뢰한다.4) 그러므로 계몽주의자는 이성에 입각해서 독단적인 주장을 거부해야 하며, 낙관적인 전망 속에서 자유와 평등을 실현할 역사의 진보에 대한 신뢰를 보여주어야 한다.

그런데 1910년대에 발표된 이광수의 '초기단편'은 의외라고 할 정도로 비관적 전망 속에서 역사의 진보에 대한 신뢰를 보여주고 있지 못하다. 외형적으로는 계몽성을 추구하는 듯하지만 실질적으로는 그것을 부정하고 있거나, 일탈된 애정을 옹호하면서 민족에의 헌신을 거부하고 있기 때문이다. 계몽성이 애매하게 추구되면서 오히려 심미성이 중시되는 이중성을 드러내고 있다는 것이다. 이에 본고에서는 이들 초기단편의 이러한 이중성이 어떻게 나타나고 있는가를 구체적으로 살펴보고자 한다.

Ⅱ. 외형적 계몽과 실질적 부정

1910년대 초·중반에 발표된 <무정>, <어린 희생>, <헌신자>, <김경>에는 인습비판, 외세저항, 민족교육에 대한 계몽이 외형적으로 이루어지고 있는 듯하나, 비관적 전망 속에서 실질적으로는 그것이 부정되고 있다

<무정>(『대한흥학보』제11-12호, 1910.3-4)은 인습적 혼인으로 불행하게 된 '한국 모형적 부인'의 자살을 보여주고 있다. 여기에서 주인공은 16세 되던 해에 모친의 결정에 따라 박천 송림 한좌수의 아들인 12세의

---

3) 뤼시엥 골드만,『계몽주의의 철학』,이춘길 역, 지양사, 1985, p.18.
4) 엘리자베스 클레망 외 3인,『철학사전』,이정우 역, 동녘, 1996, p.29.

한명준과 정혼한다. 그리하여 "제일 풍채됴코 천재잇눈 졍잇눈 소년을 선택ㅎ야 '한명준'이라눈 이름을 짓고눈 즐겨ㅎ며"5) 혼인의 행복을 고대하지만, 그녀의 남편은 처음엔 철부지 아이였고 어른이 된 뒤에는 외도와 축첩으로 그녀를 불행하게 만든다.

그녀는 친정에 다녀오는 동안에 첩이 안방을 차지하자 남편이나 첩에게 항의 한 번 없이 집을 나와 자살하고 있다. 그런데 그녀로 하여금 자살을 결심하게 한 중요한 계기가 잉태한 자식이 딸이라는 무녀의 예언이다. 이런 점은 그녀의 자살을 의아스럽게 만든다. 그녀는 딸을 잉태했다는 무녀의 예언을 그대로 믿어 절망하여 자살함으로써, 인습의 피해자이기보다 허황한 미신에 사로잡혀 충동적으로 자살하는 무지한 부인이 되고 있다. 그리하여 낡은 혼인제도에 대한 고발은 방향을 이탈하며 인습 비판이란 외형적인 계몽은 실질적으로 부정되고 만다.6)

그리고 <어린 희생>(『소년』제14호-17호, 1910.2-5)도 외형적으로는 외적의 침략에 항거하는 손자의 죽음 및 조부의 복수를 통해 외세저항에 대한 계몽이 이루어지고 있으나,7) 결말에서 조부의 발언을 통해 그것이

---

5) 이광수, <무정>,『대한흥학보』제12호, 1910.4, p.48.

6) 가부장제의 모순으로 인한 여자 주인공의 비극적 죽음은 이광수의 <무정>뿐만 아니라 현상윤의 <박명>과 <청류벽>에도 나타나고 있다. <박명>(『청춘』제3호, 1914.12)에서는 동경으로 유학을 떠난 남편이 병사하자 그 동안 계시모의 구박을 받아오던 며느리 '이영옥'이 자살하고, <청류벽>(『학지광』제10호, 1916.9)에서는 방탕아인 남편에게 이혼을 당하고 다른 남자의 첩이 되었다가, 결국 창가에 팔려간 '김영은'이 그곳에서 빠져나갈 길이 막히자 자살한다. <박명>의 경우는 <무정>처럼 충동적인 자살을 보여줄 뿐이지만, <청류벽>에는 상황의 절박성이 구체적으로 제시되고 있다.

7) <어린 희생>은 발표시에 '외국소년의 과외독물'이란 단서가 붙어 있고, '고주 역'이라 표시되어 있어 번역이라는 의문도 제기된다. 그러나 이광수 자신이 <첫번 쓴 것들>에서 "<어린 희생>이란 것을 세 호 동안 련재한 것이 잇다. 이것이 '고주 역'이라고 하엿스나 그것은 편즙인인 공육이 아마 번역인가 하여서 그리한 것이요, 기실은 나의 창작이다."(『조선문단』제6호, 1925.3, p.72.)라고, 창작임을 강하게 천명하고 있다. 그러므로 구체적인 반증이 나오지 않는 한 이 작품은 이광수의 창작으로 보아야 할 것이다.

실질적으로 부정되고 있다.

> 전 아라사ㅅ 놈들을 다 잡아서 **뼈**를 갈아 가루를 만들고 고
> 기를 탕쳐 젓을 당거도 오히려 만족치 못할 이 원수를 안갑고
> 야 엇지해! 우리 사랑하난 아바지가 저놈의 손에 죽고 **또** 우리
> 의 피를 난혼 전 동포가 저놈들의 노예가 되야 개와 도야지갓
> 히 학대를 밧게 되얏난데. 우리는 쌍도 업고 집도 업고 자유도
> 업고 권리도 업서 살고도 죽은 모양이야. 사라서 잇슲데가 업
> 고 죽어서 뭇칠쩨가 업스니 이에서 더한 불행이야 우리밧게
> 더 잇겟나.8)

소년은 전쟁에 나간 아버지가 전사했다는 전보를 받자 당장에 총을 들고 아버지의 복수에 나서고자 한다. 그는 할아버지의 만류로 총을 빼앗기자 몰래 나가서 침략의 산물인 전선을 끊다가 아라사 기병들에게 발각되어 처형당할 정도로 외세 침략에 적극적으로 항거하는 투사의 모습을 보여준다. 하지만 소년의 할아버지는 시종 힘을 기른 뒤에 외세의 침략에 대항해야 한다며 소년에게 지금의 무력투쟁이 무모함을 강조하는 타협적 면모를 보여준다.

물론 노인도 아라사 기병 세 명에게 독주를 먹이고 사지가 마비된 그들을 창으로 찔러 죽여 손자의 복수를 한다. 그러나 그러한 복수는 우연적인 계기에 따른 것일 뿐이다. 손자를 죽인 군인들이 우연히 그 집으로 들어와 모욕적인 태도로 그에게 술을 달라고 강요하고, 공교롭게 소년이 가지고 나간 노인 자신의 머플러를 그들에게서 발견하여 소년의 죽음을 알 수 있었기에 그러한 복수가 가능하였던 것이기 때문이다.

그리고 노인은 복수를 끝내자마자 그것을 후회하는데, 그들 역시 원수이기 이전에 동일한 인간이란 점 때문이다. 「내가 너의들을 원망한 것 갓히 너의 부모처자가 이것을 보면 얼마나 나를 원망할까?」 노인이 새 슯

---

8) 이광수, <어린 희생>, 『소년』 제14호, 1910.2, p.59.

흠이 또 생겨서 이째껏 업든 기병들의 시체가 손자의 시체와 갓히 정다와진다."⁹⁾라고 그들의 죽음을 안타깝게 여기고 있다. 노인은 그들에게 죽은 손자와 자신이 죽인 그들 군인들을 인간이란 점에서 동일시하고 있는 것이다.

그러므로 노인의 이러한 태도에 대해서 이동하의 지적처럼 "이처럼 적국의 사람들에게서 '인간'을 발견하는 태도는, 앞서도 말했듯 그 자체로서 투쟁의 포기를 뜻하는 것이 아니다. 경우에 따라서 그것은 민족주의의 테두리 안에서 움직일 수밖에 없는 현실의 한계를 인식하면서도 그것을 초월한 경지를 이념적 목표로 설정한다는 점에서 매우 높은 뜻을 지닐 수도 있는 것이다."¹⁰⁾라고 보기는 어렵다. 그러한 무차별적인 인간애가 국권상실의 위기 상황에서 민족주의를 넘어선 고차원의 사상이 될 수 없기 때문이다.

노인은 침략자이자 손자를 죽인 특정의 원수에게 복수한 것이다. 그런데도 자신의 손자를 죽인 군인들을 죽은 손자와 같은 인간이기에 존중해야 한다고 한다면 외세 침략에 대한 어떠한 저항도 무의미해진다. 노인의 그러한 태도는 행위의 판단기준을 모호하게 함으로써 민족의 위기에 대한 올바른 대처를 불가능하게 만들 것이다. 자신의 손자를 죽인 특정한 침략자마저 같은 인간으로 용서해야 한다면, 어떠한 횡포와 압제도 무조건 용납해야 할 것이기 때문이다. 이처럼 <어린 희생>에서 소년에 의해 강하게 표출되던 외세저항의식은 노인의 보편적 인간애로 인해 실질적으로 부정되고 만다.

그리고 <헌신자>와 <김경>에도 외형적으로는 민족교육의 중요성이 강조되고 있지만, 그것의 실천자인 주인공들의 의식과 행동이 왜곡되거나 애매하게 제시됨으로써 그러한 계몽이 방향을 잃고 있다.

<김경>(『소년』제20호, 1910.8)에서 평안도의 어느 사립학교 교주인

---

9) 이광수, <어린 희생>,『소년』제17호, 1910.5, p.52.
10) 이동하,「1910년대 단편소설 연구」,서울대 석사논문, 1982, p.32.

'김광호'는 헌신적인 민족교육자로 교사와 학생들로부터 존경을 받고 있다. 그런데 그의 인물됨은 "그 신앙과 경모의 바탕은 학식도 아니오, 언론이나 문장도 아니오, 다만 그 참스럽고 쓰거운 마음과 한번 정한 이상에는 미욱스러히 나가난 정신"11)이란 직설적인 언급만 있을 뿐이다. 그리고 그것을 구체적으로 보여주는 사건은 아주 엉뚱한 것이다. 병석에 있는 김광호는 젊은 교사 '어옹'에게 외국의 경우 중학교 졸업식에서 예복을 입히는가를 물어본다. 외국에서 그렇게 하고 있다면 무리를 하더라도 졸업생들에게 예복을 만들어 입히겠다는 것이다. 이런 점은 주체적인 민족교육자의 자세라기보다는 선진문물에 대한 맹목적인 추종자의 자세를 보여주고 있는 것일 뿐이다.

이광수는 <헌신자>의 '후기'에서 "고주왈 이는 사실이오. 다만 인명은 변칭. 이것은 한 장편을 맨들맛한 재료인데 업슨 재조로 쏠못된 단편으로 만드럿스니 주인공의 인격이 아조 불완전케 나타낫슬 것은 무론이오."12)라고, 장편의 재료로 단편을 만들었기에 주인공의 인격이 아주 불완전하게 나타날 것이라고 한다. 그러나 장편의 재료로 단편을 만들었기에 그렇게 된 것은 아니다.

이광수는 <헌신자>에서 자신을 모델로 삼은 화자 어옹을 통해 주인공 김광호가 무식하고 성정이 불합하여 존경할만한 점이 적으며, 상업으로 성공할 때에 촌 양반으로부터 '상놈에도 사람이 잇서'라는 말을 들었다는 점을 강조하고 있다. 그렇다면 근대교육을 받지 못한 상놈 출신 민족교육자에 대한 작가의 신분적 편견이 은연중에 작용하여 오산학교 교주었던 이승훈을 모델로 삼은 김광호를 그렇게 왜곡되게 형상화한 것으로 볼 수 있다.

그리고 <김경>(『청춘』6호, 1915.3)에서 오산학교의 젊은 교사 '김경'

---

11) 이광수, <헌신자>,『소년』제20호, 1910.8, p.57.
12) 위의 책, p.58.

은 교육을 가장 중시한다고 말하면서 그런 말과는 달리 교사인 자신의 처지를 계속 후회하고 있다. 그는 학생들의 사소한 행동에도 쉽게 실망하여 회의에 빠지며, 오산학교 교사생활로 인해 자신의 장래를 망치고 있다고 생각한다. 그리하여 오산을 떠날 것인가 머물 것인가를 놓고 시종 번민하며 방황하고 있다. 그의 몸은 오산에 있지만 마음은 이미 동경으로 떠나가고 있는 것이다.13)

그러므로 "김경은 제 행위에 무엇이든 고상한 의의를 부치고야 마는 버릇이 잇다 이번에도 이 '자기희생'이라는 말에 그만 속아넘어간 것이다."14)라고 한다. 이처럼 김경이 오산에 머물기로 결심하는 것도 그의 본심과 어긋나는 허위적 결정에 불과하다. 이처럼 민족교육에 헌신하겠다는 그의 결심은 실천적 의지가 박약한 순간적 충동의 산물일 뿐이다. 그리하여 <김경>에서도 <헌신자>와 마찬가지로 민족교육에 대한 계몽은 실질적으로 부정되고 만다.15)

Ⅲ. 일탈된 애정추구와 계몽의 부재

1910년대 후반에 발표된 이광수의 <소년의 비애>, <어린 벗에게>, <방황>, <윤광호>에는 비관적 전망 속에서 개인의 일탈된 애정이 전

---

13) 결국 이때 이광수는 오산을 벗어나 동경으로 떠난다. 이광수가 최남선의 주선으로 김성수의 후원을 받아 재차 도일하여, 1915년 9월 30일 조도전대학 고등예과에 입학하고, 1916년 9월에 대학부 문학과 철학과에 진학한 것이 그러하다. 김윤식,『이광수와 그의 시대 ②』,한길사, 1986, pp.475-483.
14) 이광수, <김경>,『청춘』제6호, 1915.3, p.123.
15) 물론 "헌신자를 끝으로 문필적 침묵을 지킨 몇 년을 보내고 난 1915년에 이광수는 <김경>을 발표했는데, 여기서부터 방황하는 젊은 지식인들이 이광수 작품의 주인공이 된다."(이주형,「이광수의 초기단편과 1910년대 지식인의 방황」,『한국근대소설연구』,창작과비평사, 1995, p.210)란 지적처럼, 방황하는 지식인 주인공이 민족운동의 길에서 벗어나려 한다는 점에서 <김경>은 1910년대 후반 작품의 특성도 동시에 드러낸다.

면에 부각되고 민족에의 헌신은 무시되거나 거부됨으로써 계몽은 부재하게 된다.

<소년의 비애>(『청춘』제8호, 1917.8)에서 주인공 '문호'의 종매 '난수'는 재질이 뛰어나지만 고루한 가부장제적 관념 때문에 공부를 계속하지 못하며, 16세 되던 해 이웃마을의 15세 되는 부잣집 아들과 정혼하게 된다. 얼마 후 그녀의 정혼자가 천치라는 사실을 알게되지만 소위 '양반의 체면' 때문에 집안에서 그 혼인을 그대로 강행하여 그녀도 <무정>의 주인공처럼 인습적 결혼의 희생자가 되고 만다.16)

그렇지만 난수의 정혼을 통한 이러한 인습비판이 작품의 중심에 놓여 있는 것은 아니다. '소년의 비애'란 제목처럼 문호가 이상을 추구하던 소년에서 점차 현실에 동화되는 어른으로 변모해 가는 것에 비애를 느낀다는 그의 감상적 내면이 더욱 중시되고 있기 때문이다. 즉 김현실의 지적처럼 문호가 비애를 느끼는 결말 부분이 삼 년 뒤로 건너뜀으로써, 인습을 비판하는 난수의 혼인은 과거사가 되어 그 의미가 현저히 약화되고 있다.17)

그런데 <소년의 비애>에서 문호의 난수에 대한 사랑은 친척 누이에 대한 정상적인 친밀도를 훨씬 넘어서는 일탈된 애정이다. 문호는 "영국

---

16) <무정>에서는 남편의 외도가 아내를 불행하게 만들고 있다면, <소년의 비애>에서는 신랑이 천치라는 점이 신부를 불행하게 만들고 있다. 이것은 결함 있는 특정 남편이 선량하고 총명한 특정 아내를 불행에 빠트린다는 것이다. 그러므로 이들 작품이 전통적 혼인제도의 부당성을 구조적인 차원에서 비판하고 있는 것은 아니다 남편이 외두를 한다거나 신랑이 천치라는 극히 개별적인 경우를 문제 삽고 있기 때문이다.

17) <소년의 비애>가 현재 사건을 분석, 성찰, 대화, 묘사 등의 시간 정지나 완만한 시간으로 진행시키다가, 갑자기 3년이라는 기간을 생략으로 뛰어넘고 있기 때문에 갑작스런 시간 리듬의 단절감을 드러낸다는 것이다. 특히 난수의 혼인과 문호의 절망을 다룬 중심 사건을 핵심에서 이탈시키고 과거로 후퇴시키면서 현실적인 긴박감을 상실하게 하여, 결국 그러한 사건이 문호의 내향적 차원에 종속되면서 삽화로 전락되고 만다는 것이다. 김현실, 『한국근대단편소설론』,공동체, 1991, p.189.

시인 워즈워드가 그 누이와 일생을 갓히 보낸 모양으로 자기도 난수와 일생을 갓히 보냇스면 하엿다."18)라고 하거나, 바보 신랑과 첫날밤을 보낸 난수를 보면서 "힘이 잇스면 그 악한 무리들을 왼통 째려부쉬고 그 무리들의 손에서 죽는 난수를 구원하여 내고십다."19)라고 한다. 난수와 일생을 같이 보내고 싶다고 한다든지 난수가 처한 상황에 극단적인 반응을 보인다는 것이다.

그리고 <어린 벗에게>(『청춘』제9호-11호, 1917.9-11)에서 주인공 '임보형'의 '김일련'에 대한 사랑 역시 기혼남의 미혼녀에 대한 일탈된 애정이다. 임보형은 동경에서 조도전 대학에 다닐 때에 친구의 누이인 김일련을 사랑하여 그녀에게 연애편지를 보내고 노심초사하며 답장을 기다리지만, 그의 편지가 그대로 되돌아오고 친구로부터 기혼자로서 자신의 누이에게 어떻게 그럴 수 있느냐는 심한 꾸중을 들으며 실연했다. 그런데 몇 년 뒤에 상해에서 우연히 그녀를 다시 만나 사랑을 이어갈 수 있게 된다.

이 때에 임보형은 정혼제도에 의한 전통적 혼인은 자신의 자유의사가 조금도 들어있지 않은 강제였기에 그것에 법률상으로나 윤리상으로 아무런 책임을 질 필요가 없음을 강변한다.

> 조선에 엇지 남녀가 업사오리잇가마는 조선남녀는 아직 사랑으로 만나본 일이 업나이다. 조선인의 흉중에 엇지 애정이 업사오릿가마는 조선인의 애정은 두닙도 피기 전에 그만 말라 죽고 말앗나이다. 조선인은 과연 사랑이라는 것을 모르는 국민이로소이다. 그네가 부부가 될째에 얼굴도 못보고 이름도 못듣던 남남끼리 다만 계약이라는 형식으로 혼인을 매자 일생을 이 형식에만 속박되어 지나는 것이로소이다. 대체 이짜위 계약 결혼은 즘생의 자웅을 사람의 맘대로 마조부침과 다름이 업슬 것이로소이다.20)

---

18) 이광수, <소년의 비애>,『청춘』제8호, 1917.6, p.112.
19) 위의 책, p.116.

이처럼 그는 남녀가 진실로 사랑하고 있다면 도덕과 법률을 위반해도 무방하다고 여긴다. 즉 인간의 의지는 자연스런 것이기에 불변하는 절대적인 것이라면, 도덕과 법률은 인위적인 것이며 변화하고 상대적인 것이기에 도덕과 법률보다는 인간의 의지에 따라야 한다는 것이다.

또한 임보형은 김일련에 대한 그의 사랑이 누이에 대한 오빠의 사랑처럼 정신적인 것임을 강조하고 있으나, 그러한 생각이 가식적인 관념임은 그의 꿈에 잘 드러난다. 그는 꿈속에서 그녀와 함께 공원을 거닐면서, "두 입술은 꼭 마조 부텃나이다 짜뜻한 입김이 내 입술에 감각될 째 나는 나를 니져바렷나이다. 불가치 쓰거운 그 입수가 바르르 쩔리는 것이 내 입술에 감각되더이다."[21]라며, 그녀와의 육체적인 접촉에 탐닉하고 있다. 이것은 정작 그가 원하는 것이 정신적인 사랑이 아니라 그러한 육체적인 사랑임을 말해준다. 그런데도 자신의 일탈된 애정을 신성한 것으로 미화시키고자 정신적인 사랑임을 표방하고 있는 것이다.[22]

이광수는 이 무렵 "개인의 행복중에 최대훈 행복은 연애라 흡데다. 인생백년의 노역은 오직 연애의 행복에 대한 대가라 흠은 얼마큼 시인의 과장이라 흐더라도, 적어도 연애의 행복이 인생의 행복의 반에 과흠은 사실이겟지오."[23]라고, 개인의 행복은 연애에 있다는 연애지상주의를 표명하고 있다. 임보형은 김일련과의 사랑에서 사회가 그를 간음자니 중혼자라며 배척하고 법률이 그를 처벌할지라도 그러한 제재를 감수하고 그녀를 사랑하겠다는 연애지상주의 태도를 보임으로써 이광수의 그러한 연애관을 대변하고 있는 것이다. 한편으로는 변변치 못한 부모에 대한 반삼으로 인해,[24] 나른 한편으로는 백혜순과의 애정 없는 혼인으로 인해,[25]

---

20) 이광수, <어린 벗에게>, 『청춘』 제9호, 1917.9, p.105.

21) 위의 책, p.120.

22) 1930년대의 장편『유정』(『조선일보』,1933.10.1-12.31)과 『사랑』(박문서관, 1938) 등에서 뚜렷하게 부각되는 정신적 사랑에의 맹목적인 찬양과 동경이 가식적인 관념의 산물임이 1910년대 후반의 <어린 벗에게>에 이미 잘 나타나고 있는 것이다.

23) 이광수, 「혼인에 대한 관견」,『학지광』제12호, 1917.4, p.29.

이광수는 자신을 인습적 혼인의 희생자로 생각하고 있었다. 이에 이처럼 전통적 혼인제도의 비판 및 자유연애의 행복에 집착하고 있는 것이다.

그런데 <어린 벗에게>에서 임보형은 연애를 무엇보다 중시한다고 말하면서도 현실적 장애를 의지적으로 극복하려 하지는 않는다. "나는 이제는 명일일을 예상할 수 없고 순간 일을 예상할 수 업나이다. 다만 만사를 조물의 의에 부하고 이 열차가 우리를 실어가는 대까지 우리 몸을 가져가고 이 영혼을 쓸어가는 데까지 우리는 쓸려가려 하나이다."26)라고, 김일련과의 장래가 어떻게 될 것인지 모르겠다는 말을 반복하고 있는 것이 그러하다.

임보형은 상해에서 민족운동을 하던 중에 심하게 앓고 있지만, 그를 돌봐주는 동지는 없다. 동지들에게 불편을 주지 않기 위해서 연락을 하지 않았다고 말하고 있으나, 실질적으로는 그들과 연대감을 갖지 못하고 고립되어 있는 것이다. 그는 "나를 사랑하지 안는 여러 사람의 간호를 밧기보다 상상으로 실컨 사랑하는 그대의 간호를 밧는 것이 천층만층 나으리라하야 아모에게도 알리지 아니한 것이로소이다."27)라고 한다. 동지보다는 서울에 있는 벗이 더욱 소중하다며 편지에 자신의 고독한 처지와 심정을 하소연하고 있는 것이 그러한 점을 잘 말해준다.

그리고 임보형이 국외에서 민족운동에 나서게 된 이유도 김일련에 대

---

24) 그의 부모는 아버지 이종원이 서른 다섯 살 때 어머니 충주 김씨가 열 다섯 살 삼취 부인으로 혼인하였는데, 춘원에 있어 어머니는 "그리 잘난 어머니가 아니"었고, 그의 아버지도 어린 아들로 하여금 "부끄러워하지 아니할 수 없는" 인물이었다. 그러므로 1917년 11월 『매일신보』의 「혼인론」에서 조혼의 폐습을 통렬하게 공격하고 있는 것은 그 아버지의 수치심에 대한 아들로서의 모종의 복수가 스며 있는지도 모른다는 것이다. 김윤식, 『이광수와 그의 시대①』,한길사, 1986, pp.19-37.
25) 이광수는 1910년 6월에 백혜순과 향리 지인의 중매로 정혼하여 결혼한 뒤에 날이 갈수록 애정 없는 결혼을 후회하며 실망했다고 한다. 노양환편, 「춘원년보」, 『이광수전집 별권』, 삼중당, 1971, p.156.
26) 이광수, <어린 벗에게>,『청춘』제11호, 1917.11, p.147.
27) 이광수, <어린 벗에게>,『청춘』제9호, 1917.9, p.100.

한 실연 때문이었다. 그는 실연의 절망 속에서 타락한 생활을 하다가 민족운동이란 새로운 길을 찾았다는 것이다. "마치 인생에 실망한 다른 사람들이 혹 삭발위승하고 혹 자선사업에 헌신함가치 인생에 실망한 나는 '동족의 교화'에 내 몸을 바치기로 결심하야 이에 나는 새 희망과 새 정력을 어든 것이로소이다."28)라고 한다. 그러므로 <어린 벗에게>가 국외의 민족운동가를 주인공으로 삼고 있다고 해서 민족의식을 고취하는 작품일 수는 없다. 민족운동을 한다는 주인공의 일탈된 애정이 전면에 부각됨으로써 오히려 민족의식은 훼손되고 있는 것이다.

그리고 <방황>과 <윤광호>에서는 아예 민족운동이 무의미한 일임을 나타내고 있다. 여기에서 주인공인 '나'와 '윤광호'는 고독과 비탄 속에서 소외감과 허무감을 강하게 느끼는 고립된 개인으로 그들에게 민족에의 헌신이나 민족적 연대감을 찾아 볼 수는 없다. 그들은 김윤식의 지적처럼 '사랑기갈 콤플렉스'29)로 인해 애정의 충족에 매달리고 있을 뿐이기 때문이다.

<방황>(『청춘』제12호, 1918.3)에서 '나'는 감기에 걸려 사흘 동안이나 텅 빈 기숙사에 혼자 누워 있는데, 외형적인 육체의 병보다 정신의 병이 훨씬 심각하다. "내 니불이 엷기는 엷어도 결코 칩지는 아니하얏다. 내 몸은 지극히 짜쓴하얏다. 그러나 내 생명은 무론 치웟다. 마치 지금이 대한철인 것과가티 내 생명은 치웟다."30)라고 한다. 그리고 이처럼 그의 마음이 얼어붙을 정도로 고독감과 단절감을 느끼는 데에 구체적인 이유도 없다. 오히려 많은 사람의 사랑을 받았는데도 불구하고 늘 적막하며, 늘 춥고, 늘 괴롭나는 것이다.

더욱이 '나'는 "년전에 어떤 관상자가 나를 보고 「그대는 승려의 상이

---

28) 위의 책, p.121.
29) 김윤식은 『이광수와 그의 시대 ②』(앞의 책, p.579)에서 <윤광호>, <방황>, <어린 벗에게>에 일관하는 주제를 사랑기갈 콤플렉스로 본다.
30) 이광수, <방황>,『청춘』제12호, 1918.3, p.75.

잇다」하던 것을 생각하엿다. 그째에는 우습게 듯고 지내엇거니와 지금은 그 말에 무슨 깁흔 쯧이 잇는 듯하다. 내 운명의 예시가 잇는 듯하다.”[31] 라고 한다. 승려가 되겠다는 자신의 생각을 운명으로까지 비약시키고 있는 것이다. “<방황>은 고독과 방황이란 현대적 병리의 자기 고백적 서술이며 자아의 내면적 인식을 표출한 기록이다”[32]라고 하듯이, '나'의 고독하고 허무한 내면만 적나라하게 드러나고 있는 것이다.

> 나는 저 큰 애국자들이 하는 모양으로 「조선과 혼인하」지는 못하엿다. 나는 조선을 유일한 애인으로 삼아 일생을 바치기로 작정하기에 니르지 못하엿다. 「적막도 해라」「칩기도 해라」할 적마다 「조선이 내 애인」이라고 생각하려고 애도 썻다. 그러나 나의 조선에 대한 사랑은 그러케 작열하지도 아니하고 조선도 나의 사랑의 대답하는 듯하지 아니하엿다.[33]

이처럼 '나'는 일찍이 조선사람을 위해 자신의 몸을 바치기로 결심한 적도 있고, 친구들에게 "너는 매우 조선인을 사랑한다."라는 치하도 받기도 했지만, 그것은 의무감에 따른 의례적인 외관일 뿐이란 것이다. 즉 고립된 개인인 '나'는 민족운동에서 진정한 만족이나 연대감을 갖지 못했고, 오히려 그러한 의무감에서 도피하고자 했다는 것이다.[34] 이광수는 "<방황>은 나의 가장 초기작품인데 나의 그때 사상 급 생활을 알기에는 가장 적당한 작품이 아닌가 합니다."[35]라고 했다. 그렇다면 그도 <방황

---

31) 위의 책, p.81.

32) 주종연,『한국근대단편소설연구』,형설출판사, 1979, p.126.

33) 위의 책, p.80.

34) 물론 <방황>의 '나'와 같은 이러한 고립된 개인이 1910년대 이광수의 초기단편에만 나타나는 것은 아니다. 진학문의 <부르지짐>(학지광 제12호, 1917.4), 현상윤의 <핍박>(『청춘』 제8호, 1917.5)과 양건식의 <슬픈 모순>(『반도시론』 제10호, 1918.2)의 주인공 역시 그러하다. 그렇지만 <방황>과 <부르지짐>이 개인의 고립성에 머물고 있다면, <핍박>과 <슬픈 모순>은 개인적인 허무감이나 고독감을 넘어서는 사회적인 고뇌를 보다 구체적으로 제시하고 있다.

>의 '나'처럼 민족운동에의 참여를 부담스러워하고, 그러한 의무감의 굴레에서 벗어나고자 했던 것이다.

그리고 <윤광호>(『청춘』제13호, 1918.4)에서도 <방황>처럼 고립된 개인의 내적 고뇌가 중시되고 있는데, 일탈된 애정의 추구 속에서 민족운동은 거부되고 있다. 여기에서 '윤광호'는 동경 K대학 경제과 2년급 학생으로, 외견상으로는 학교에서 주는 특대장을 받아 동경유학생의 명예를 드높인 존경받는 모범생이다. 그러나 그의 내면에 크고 깊은 동굴이 있어 항상 형언할 수 없는 비애와 적막을 느끼고 있다.

그리하여 윤광호는 아름다운 소년이나 소녀를 사랑함으로써 그러한 심각한 고독감과 비애감에서 벗어나고자 한다. "머리에는 아츰부터 저녁까지 쏘는 잘째에 꿈에까지 보이는 것이 아름다운 소년과 소녀뿐이엇다. 그의 눈압혜는 본적도 업고 일홈도 모르는 아름다운 소년소녀가 무수하게 왓다갓다할 쓴이"36)란 것이다. 그는 인류에 대한 사랑, 동족에 대한 사랑, 친우에 대한 사랑, 자기의 명예와 성공에 대한 갈망 같은 추상적 사랑으로는 만족할 수 없기에, 어떤 특정한 개인에 대한 특정한 신체적 접촉을 통한 구체적 사랑에서 동굴처럼 빈 가슴은 채워지고, 적막과 비애가 위안을 받을 수 있다고 여긴다.

그리하여 윤광호는 'P'라는 동성을 사랑하게 되는데, "모친은 맛당히 죽을 사람이로대 P는 결코 죽어서 못될 사람이엇다. 천지는 없질지언정 P는 업서서 되지 못하엿다. 광호의 목숨은 P를 위하야서 잇고 P가 잇기 때문에 잇는 것이엇다."37)라고 P를 자신의 목숨보다 소중하게 여긴다. 그럼에도 P로부터 사랑을 서부냥하자 윤광호는 스스로 복숨을 끊는다. 이주형의 지적처럼 "남성인 P를 보고 동성애를 느낀다는 것은 자기의 내면적 공백을 메우면서 올바른 삶의 길을 찾는 데 실패함"38)을 나타내는 것

---

35) 이광수, 「현대 조선문학전집 제1회 배본에 즈음하여」,『조선일보』, 1938.2.3.
36) 이광수, <윤광호>,『청춘』제13호, 1918.4, p.72.
37) 위의 책, p.74.

이다. 그러므로 <윤광호>에서와 같이 동성애라는 일탈된 애정을 추구하는 인물에게 민족의식이 차지할 자리는 없다.

물론 장편『무정』(『매일신보』,1917.1.1-6.14)에는 이들 초기단편과 달리 계몽성이 뚜렷하게 나타나고 있다. 지식인 남녀의 애정 갈등이 여실하게 형상화되고 있을 뿐만 아니라, 낙관적 전망 속에서 교육을 통해 선진 문물을 적극적으로 수용하여 민족발전에 기여하고자 하는 그들의 진취적 자세가 전면에 부각되고 있기 때문이다.

그러나 장편『무정』의 이런 점은 1910년대 이광수 소설의 본질적인 면모라 보기 어렵다. 주관적이고 자의적인 낙관론을 보여주고 있다는 점에서 이동하는 "1910년대 유학생 소설의 흐름에서 장편「무정」이 차지하는 위치는 단지 예외적인 존재로 그친다는 것이 확실하다."39)라고 본다. 또한 김영민은 "『무정』을 쓰면서『매일신보』라는 발표 매체와 대상 독자를 함께 생각한 후 의도적으로 문체의 변화를 시도했다."40)라고 하여, 이광수가 발표 지면과 대중 독자에 호응하여 이제까지 잡지에서 써오던 국한문체를『무정』에서 국문체로 바꾸었다고 본다. 그렇다면『무정』은 총독부 기관지라는 발표지면을 의식해 전망뿐만 아니라 문체도 변했으며, 이에 초기단편과 달리 예외적으로 계몽성을 뚜렷이 나타낼 수 있었던 것이다.

> 춘원에게 상반된 두가지의 욕구가 서로 다투고 잇는 것은 감출수업는 사실이다. 「미」를 동경하는 마음과 「선」을 쪼츠려는 바람이 다 이 두가지의 상반된 욕구의 갈등! 마귀와 신의 투쟁! 춘원에게 재하여 잇는 악마적 미에 미에의 욕구와 의식적으로, 오히려 억지로 환기시키는 선에 대한 동경 이 두가지의 갈등을 우리는 그의 온갖 작품에서 볼수 잇다. 그는 악마의 부하다. 그는 미의 동경자이다 그러면서도 그는 자기의 본질인

---

38) 이주형, 앞의 책, p.212.
39) 이동하, 앞의 글, p.126.
40) 김영민,『한국근대소설사』,솔, 1997, p.450.

미에 대한 동경을 감초고 거기다가 선의 도금을 하려한다.[41]

이처럼 이광수에게는 선을 지향하는 계몽성과 미를 지향하는 심미성이 공존하며, 그가 심미성을 추구할 때에 높은 예술적 성취를 거둠에 비해, 의식적으로 계몽성을 추구할 때에는 모순과 자가당착으로 떨어지고 있었던 것이다. 도덕적이고 계몽성보다는 오히려 퇴폐적인 심미성이 그에게 본질적인 측면을 이룬다는 것이다. 그렇다면 본질적으로 미를 추구하는 이광수가 어떻게 선을 구가하는 계몽 운동에 나설 수 있는 것인가. <소년의 비애>에서 문호의 경우가 이에 대해 대답한다.

> 양인이 엇던 의미로 보아 문학에 뜻이 잇는 것은 공통이엿다. 그러나 문호가 미적 정적 문학을 애함에 반하야 문해는 지적 선적 문학을 애한다. 즉 문해는 문학을 사회를 교화하는 일 방편으로 녀기되 문호는 쫴 분명하게 예술지상주의를 이해한다. 그럼으로 문호는 문해를 유치하다하고 문해는 문호를 방탕하다한다.[42]

이처럼 문호는 미적이고 정적인 문학을 애호하는 예술지상주의자이고, 문해는 지적이고 선적인 문학을 애호하는 사회교화주의이다. 그런데도 작가를 대변하는 인물은 계몽주의자 문해가 아니라 심미주의자 문호이다. 그리고 문호가 오히려 인습비판에 적극적으로 나섬으로써 계몽주의자와 심미주의자의 역할이 전도되고 있다. 이를 통해 이광수가 심미주의자로서 계몽운동에 나설 수 있다는 점을 짐작할 수 있게 된다. 이동하도 "<소년의 비애> 가운데서는 문호의 입장이 작가에 의해 압도적인 지지를 얻고 있으며 낡은 폐습의 극복이라는 문제에서도 진취적인 위치에 서는 것으로 그려진다."[43]라고 본다.

---

41) 김동인, 「조선근대소설고 (6)」, 『조선일보』, 1929.8.3.
42) 이광수, <소년의 비애>, 앞의 책, p.109.

또한 이광수가 계몽성보다 심미성을 선호한다는 점은 초기단편에서뿐
만 아니라 1910년대의 비평 활동에서도 그대로 나타나고 있다. 그는 「문
학의 가치」(『대한흥학보』,제11호, 1910.3)에서 문학의 중심에 정의 영역
을 설정하고 있다. 뿐만 아니라, 「문학이란 하오」(『매일신보』,1916.11.10-
23)에서는 정의 만족을 문학의 본질로 삼으면서 문학의 계몽성을 부차화
시키고 있다.44) 손정수의 지적처럼 "이광수의 초기 문학론은 비록 구체
적 성격을 띠고 있지는 못하지만, 교훈적·계몽적 기능과는 분리된 문학
의 자율적 성격에 집중되어 있다고 할 수 있"45)다는 것이다.

이처럼 이광수는 자신의 주장을 형상화하여 나타내는 단편소설에서뿐
만 아니라 그것을 개념화하여 나타내는 비평에서도 문학의 자율성을 강
조하고 있다. 그렇다면 그는 본질적으로 계몽주의자가 아니며, 오히려 심
미주의자라 할 수 있는데 시대 상황으로 인해 계몽주의자로 활동한 것이
라고 볼 수도 있을 것이다.

Ⅳ. 맺음말

1910년대 초·중반에 발표된 이광수의 <무정>, <어린 희생>, <헌신
자>, <김경>에는 인습비판, 외세저항, 민족교육이 외형적으로 제시되고
있으나, 비관적 전망 속에서 그것들이 실질적으로 부정되고 있었다. 인습
비판과 외세저항은 방향을 잃고 있으며, 민족교육의 추구는 실천자의 모
습이 왜곡되거나 혼란스러워 그 의의를 잃고 있었기 때문이다.

또한 1910년대 후반에 발표된 <소년의 비애>, <어린 벗에게>, <방
황>, <윤광호>에는 비관적 전망 속에서 일탈된 애정이 전면에 부각되

---

43) 이동하, 앞의 글, p.35.
44) 김재용 외 3인,『한국근대민족문학사』,한길사, 1993, p.263.
45) 손정수,「1910년대 이광수의 문학론과 작품의 관련양상에 대한 고찰」,『한국학보』제
    85호, 1996년 겨울호, p.47.

며 민족에의 헌신은 거부되고 있었다. 인습비판이 일탈된 애정을 미화하는 방편이 되고 있으며, 고립된 개인의 방황 속에서 사회적 관계가 무시되고 있었기 때문이다. 물론 장편 『무정』은 계몽성을 뚜렷이 보여주고 있지만, 그것은 『매일신보』라는 총독부 기관지를 의식하여 이광수 자신의 진면목을 달리 한 예외적인 성과라고 할 수 있었다.

이처럼 1910년대에 발표된 이광수의 초기단편은 외형적으로는 계몽을 추구하면서도 실질적으로 그것을 부정하고, 일탈된 애정을 추구하며 민족운동을 거부하는 이중성을 드러내고 있었다. 그리하여 계몽성보다 심미성이 본질적인 측면을 이룬다. 그렇다면 통념처럼 1910년대의 이광수를 민족에의 헌신을 설교한 대표적 계몽주의 작가로 보기보다는 오히려 애정의 성취를 보다 중시한 심미주의 작가로 보아야 할 것이었다. 자유연애의 고취 역시 계몽을 위한 사회적 발언으로 보이기보다는 개인적 합리화를 위한 변명으로 보이기 때문이었다.

제2부

리얼리즘과 모더니즘의 거리

염상섭의 초기소설, 개성의 자각과 생활의 발견

Ⅰ. 문제 제기

1920년대 초반의 한국 근대소설은 공통적으로 생활과 분리된 개성의 자각을 중시하고 있었다. 그렇다고 개성의 자각만을 맹목적으로 미화하고 있었던 것은 아니다. 개성의 자각 못지 않게 그것에 대한 현실적 장애가 얼마나 견고하고 냉혹한가를 동일한 비중으로 다루고 있기 때문이다. 그러므로 이 시기 생활과 분리된 개성이 그 자체만으로 중시된 것을 부정적으로 볼 필요는 없다. 그러한 흐름은 개성을 생활과 보다 튼튼하게 결합시킬 수 있도록 하는 필수적인 하나의 과정으로 볼 수 있다.

1900년대 이인직의 신소설이 생활의 개혁에 치우쳐 있는 것과는 달리 1910년대 이광수의 소설에서는 개성의 자각이 중시된다. 그러나 이광수의 소설에 있어서 개성의 자각은 생활의 개조와 뒤섞여 있었다. 개성의 자각과 생활의 개조가 일관성과 필연성을 지니지 못하고 작품에 따라 선택적으로 제시되며, 한 작품 내에서도 경우에 따라 개성의 자각이 중시되거나 생활의 개조가 중시되고 있었다는 것이다. 그러므로 이광수의 소설은 개성 자체만을 중시한 것이 아니었다.

1919년 3·1운동 전후에 작품 활동을 시작한 작가들은 개성의 자각을 전면에 내세우며, 총독 정치와 종속 경제 속에서 문화 운동을 통해서나마 근대적인 자아를 실현시켜 보고자 했다. 당시 3·1운동을 가능하게 만든 시민 의식의 전반적인 성장이 그러한 인식과 활동의 토대가 되었음은 물론이다. 그들 작가들은 이전에 무자각적이고 무의지적으로 뒤섞여 있던 개성과 생활을 확연히 분리하여 개성을 절대시하고 외계의 억압에 대한 자아의 각성과 해방을 적극적으로 모색하였다. 비록 그러한 자아의 실현이 완강한 현실적 장애 속에서 좌절되기는 했으나, 그들은 이후에 보다 자각적이고 의지적으로 자신의 사회적 처지와 입장에 따라 다양하게 개성과 생활을 결합시킬 수 있게 되었던 것이다.

이에 본고에서는 1920년대 초기에 염상섭이 개성의 자각과 생활의 발견이라는 이러한 시대적 요청을 작품에 어떻게 실현하고 있는가를 구체적으로 살펴보고자 한다. 먼저 개성이 가장 잘 드러나는 일인칭 주인공 화자에 의거하고 있으며, 생활과 분리된 개성의 자각을 중시하고 있는 <표본실의 청개고리>(『개벽』14-16호, 1921.8-10)와 <제야>(『개벽』20-24호, 1922.2-6)를 검토할 것이다. 그리고 생활의 발견을 통해 개성과 생활을 조화롭게 결합시키고 당대의 현실을 구체화함으로써 한국 근대소설사의 기념비적 작품이 된 <만세전>(고려공사 단행본, 1924.8)을 중점적으로 검토하기로 한다.

Ⅱ. 개성의 자각, 광기와 죽음

<표본실의 청개고리>와 <제야>는 일인칭 주인공 화자인 '나'와 '정인'에 의해 자아의 각성과 해방을 통한 개성의 자각이 현실적 장애 속에서 광기와 죽음에 이르게 됨을 침울한 어조로 말해주고 있다. 여행기 형식을 취한 <표본실의 청개고리>가 구체적으로 언급하고 있지는 않지만 정치적인 억압으로 고뇌하는 지식 청년의 내면을 드러내고 있다면, 유서

형식을 취한 <제야>는 인습적인 가부장제와 정조관념이란 문화적인 억압으로 고뇌하는 신여성의 내면을 드러내고 있다.

염상섭은 「개성과 예술」(『개벽』22호, 1922.4)에서 "소위 개성이라는 것은 무엇인가. 즉 개개인의 품부한 독이적 생명이, 곳 그 각자의 개성이다. 함으로 그 거룩한 독이적 생명의 유로가 곳 개성의 표현이다."[1]라고 하여, 다른 개인과 구별되는 개인의 독자적인 삶을 개성이라 규정하고 있다. 그리고 예술이란 작자의 개성이 투시한 창조적 직관의 세계가 투영된 것이라고 여긴다. 이 시기 염상섭에 있어 예술이란 바로 개성과 거의 동일한 의미를 지닌 것이었다.

<표본실의 청개고리>에서 신경과민증세를 드러내는 '나'는 원인 불명의 압박감 속에서 심한 무력감에 빠져 있다. 심지어 중학 시절에 박물실험실에서 해부 당하던 개구리의 비참한 모습을 연상하면서 자살 충동에 사로잡히기도 한다. 그리하여 '나'는 이런 암울한 분위기를 잠시나마 벗어나고자 친구 H의 남포 방문에 동행한다. 그곳에서 하나님의 분부를 받아 세상을 구원할 동서친목회의 회장이라 자처하는 광인 '김창억'으로부터 강한 충격을 받는다.

'김창억'은 남포 굴지의 객주 김건화의 아들로 경성에서 한성고등사범학교에 다니던 중에 부친의 죽음으로 학업을 중단하고 고향에 돌아와 소학교 교사로 있다가 몇 달 동안 억울한 감옥살이를 하게 되고 그 동안에 후처마저 그를 배신하여 가출하자 발광한 인물이다.[2] 그는 광기로 인해

---

1) 염상섭, 「개성과 예술」,『개벽』22호, 1922.4, p.4.
2) 전부 9장인 <표본실의 청개고리>에서 김창억의 내력이 6장에서 8장까지 어색하게 제시되고 있다. 김동인의 <배따라기>에서는 외화의 화자인 '나'가 기자묘 솔밭을 산책하다가 중년 어부를 만나 그의 유랑에 얽힌 내력을 듣고, 내화에서 그것을 전달하고 있으며, 외화의 일인칭 화자가 내화의 삼인칭 화자로 바꾸어 중년 어부의 유랑 내력을 자연스럽게 진술한다. 이에 비해 <표본실의 청개고리>에서 김창억의 내력은 삼인칭 작가 화자에 의해 생경하게 진술되고 있다. 이무렵 염상섭의 기법적 역량은 아직 김동인에 미치지 못함이 드러난다.

집을 뛰쳐나와 산록에 3원 50전으로 3층 집을 짓고 살면서 금전만능의 시대를 비판한다. 그리고 구주대전이라는 불의 심판이 끝났기에 이제는 세계 평화를 이루고 인류애를 실천해야 함을 강변하고 있다.

'김창억'의 3층집은 유곽이 내려다보이는 곳에 자리잡고 있다. 그런데 그는 유곽이 본래 자기 집이고 자신의 아내는 그곳에 있는 여자라고 말한다. 그녀가 다른 남자와 바람이 나서 도망할 정도로 성욕이 과잉하고, 전처와의 결혼할 때에 장만했던 화류농장 두 짝까지 몰래 가져가 버릴 정도로 물욕이 과잉한 여자임을 비난하고 있는 것이다. 자신의 감옥행과 그녀의 배신이 광기의 원인이 되고 있음을 볼 때에, 그를 억압한 것은 억울하게 범죄자로 만들고, 본능적 욕망을 부추기는 왜곡된 정치적 경제적 상황이다. 그리고 그러한 '김창억'에게 '나' 역시 최대의 경의를 표하고 있음을 볼 때에, '나'를 압박하는 실체 역시 그러함을 짐작할 수 있다.

'나'가 신념이냐 광기이냐를 놓고 고민하고 있는데, 상황은 신념보다 광기를 선택하도록 강요하고 있다. 그리하여 신동욱은 "이 광인의 상태에서 오히려 삶의 참된 의미를 일깨우는 내용을 보임으로써, 우리의 삶의 짜임이 겉으로는 멀쩡한 것 같으면서 무의미하고 이면적으로 비정상 상태에서 그 참됨의 값이 드러난다"[3]라고 여긴다. 정상인이 외면하거나 망각한 진실을 광인을 통해 추구한다는 것이다. '나'는 광인이 된 '김창억'과 일체감을 느끼면서 그의 현실적인 불행에도 불구하고 그가 정상인들보다 오히려 행복하다고 본다. 감옥이나 무덤과 같은 암담한 상황에서 진실을 추구하고자 하는 자에게는 광기의 길만이 열려 있다고 여기기 때문이다.

염상섭은 1923년에 단편집 『견우화』 서문에서 "그러나 사람은, 야차의 마음을 가즌 보살갓고 보살의 마음을 가진 야차 가티, 자기모순과 자기분열에 번뇌하도록 맨들어 노혼 것이다."[4]라고 한다. 인간을 모순과 분열

---

3) 신동욱, 「<표본실의 청개고리>와 우울미」, 『염상섭연구』, 김열규·신동욱 편, 새문사, 1982, Ⅱ-11.

의 복합적 존재로 파악한 것이다. 이처럼 모순과 분열의 복합적 존재인 인간이 암담한 현실에서 자신의 신념을 진지하게 실현하고자 한다면 정상인으로서 일상적인 삶을 살아가는 것이 불가능하다. 그러므로 이같은 상황에서는 오히려 정상인은 진실을 말할 수 없고 광인만이 진실을 말할 수 있다. 이에 루카치의 지적처럼 지극히 훼손된 자본주의 사회에 있어서는 범죄 의식과 영웅 의식, 광기와 지혜의 구분도 불확정적인 것이 된다.5)

그러므로 '나'가 부벽루에서 마주친 '장발객' 역시 '김창억'의 연장선상에서 일상의 굴레를 벗어 던진 광기의 분출자이다. 뿐만 아니라 박물실험실에서 지극히 냉정하게 청개구리를 해부하던 수염텁석부리 '박물선생' 역시 그들과 마찬가지의 인물이다. 박물실험실은 바로 암담한 상황을 축소한 곳이고, 해부 당하는 개구리는 바로 해부하는 박물선생이면서, 그러한 장면을 강박적으로 받아들이고 있는 '나' 자신이기 때문이다. 이에 '나'는 '박물선생'을 연상하면서 '장발객'과 '김창억'을 속악한 사회의 굴레에서 벗어 던진 광기의 분출자로 경외한다.

그러나 당시 김기진에 의해 "작자는 '나'라는 인물의 신경상태의 물질적 근거를 분석하지 못하였고, 전편을 통하여 시대적 사회적 배경을 고려하지 않고 김창억의 발광의 원인을 단순한 개인적 동기에로 귀결시키고 말았으니"6)라고 비판을 받는다. <표본실의 청개고리>에서 '김창억'의 광기는 현실의 구체적인 기반에서 벗어나 있다는 것이다.

---

4) 염상섭,『견우화』자서, 동명사, 1923.
5) 루카치(Georg Lukács)에 의하면, 소설의 주인공은 언제나 찾는 자인 데 찾는다는 사실은 목표와 그 목표에 이른 길이 직접적으로는 주어질 수 없다는 것을 의미하며, "범죄를 긍정적인 영웅 정신과 구분 짓고 또 광기를 삶을 지배하는 지혜와 구분 짓는 경계선은, 비록 마지막으로 도달한 결과가 점차 분명해지는 절망적인 혼돈과 미로의 상태 속에서 일상적인 현실과는 구별된다고 하더라도, 유동적이고 단순히 심리적인 경계선이다." 루카치,『소설의 이론』,반성완 역, 심설당, 1985, p.77.
6) 김기진,「10년간 조선문예변천과정」,『조선일보』,1929.1.9.

이가튼 중에 자미잇는 유쾌한 오육년간은 무사히 지냇다. 소학교는 제십회창립기념식을 거행하고, 그는 십년속근축하를 밧게 되엇다.

그러나 운명은, 역시 피의 호운을 시기하얏다. 내월이면 명예롭은 축하를 밧겟다는, 이때에 피는 불의의 사건으로 철창에 매달리어 신음치 안흐면 아니되게 되엇다.……압서거니 뒤서거니하며, 피의 일생을 통하야, 노려보며 안젓는 비운은, 피가 사개월만에 무죄방면되어, 사파에 발을 들여놀 째까지, 하펨을 하며, 기대리고 잇섯다.[7]

인용문에서처럼 ‘김창억’이 감옥에 가고 그의 아내가 도망간 것을 불운 이라는 운명의 소산으로 보고 있는 것이 그러하다. 또한 "신의에 짜라서만 살 수 있다는 신념을 확집한 피는, 인제는 금강산으로 들어갈 째가 되엇다고 삼층위에서 쮜어내려온 것이요. 그리고 신에게 들린 것이요."[8]라고 하여, 그가 삼층 집을 불태우고 종적을 감춘 것이 신의 뜻이란 초월적 힘에 따른 것이라고 보는 것도 그렇다.

그렇다고 ‘김창억’이 기독교를 무비판적으로 수긍하고 있는 것은 아니다. 백철 또한 "그 문명비판을 하는 주체적인 입장을 동양인과 그 도덕성 문화성에 두고 있는 사실이다."[9]라고 한다. 오히려 서양적인 기독교에 대한 맹목적 추종자들을 비판하고 있다. "나도 교회에 좀 단여보앗지만, 그 놈들처럼 무식하고, 아첨조하하는 더러운 놈은, 업겟습디다.…… 헷, 그 중에도 목사인지, 하는 것들, 한참 때에 대원군이나 뫼신 듯이, 서양놈들 입다 남은, 양복조각들을 썰처 입고, 그 더러우 놈들 미테서 굽신굽실하며, 돌아단이는 것들을 보면, 이 주먹으로 대구리들을……"[10]라는 ‘김창억’의 말에서 그러한 점이 잘 나타나고 있다.

---

7) 염상섭, <표본실의 청개고리>,『염상섭전집』9, 민음사, 1987, p.33.
8) 위의 책, p.46.
9) 백철, "<표본실의 청개고리>와 시대적 의미, 염상섭연구, 앞의 책, I-32.
10) 염상섭, <표본실의 청개고리>, 앞의 책, p.26.

염상섭은 <표본실의 청개고리>에서 김동인의 <배따라기>(『창조』9
호, 1921.6)에서나 전영택의 <생명의 봄>(『창조』5-7호, 1920.3-7)에서와
마찬가지로 운명을 중시하고 있다. 그렇지만 김동인에 있어 운명이 인간
을 압도하는 냉혹한 상황의 위력이었다면, 전영택에 있어 그것은 절대자
인 하나님의 섭리였다. 그렇다면 염상섭이 생각하는 운명은 김동인보다
전영택에 근접한다. 그러면서도 염상섭은 전영택과 달리 김동인처럼 기
독교에 대해서 비판적이다. 그러나 김동인의 기독교 비판이 전지전능한
절대자에 대한 맹신을 거부하는 본질적인 비판이라면, 염상섭의 경우는
서양적인 것을 경계하고 조롱하는 현상적인 비판에 그친다.

<제야>에서 '정인'은 고루한 결혼제도와 위압적인 가부장권을 비판하
고 그러한 인습의 굴레에서 벗어나 자아를 해방하고자 한다. 그녀에 있
어 자아의 해방이란 연애의 자유였다. 그녀가 이렇게 연애를 중시하는
것은 <암야>(『개벽』19호, 1922.1)의 삼인칭 화자인 '피'가 예술과 연애
를 지향하면서,11) 전통적인 결혼을 남녀의 일생에 있어 간음적 결단의
선고라고 보는 것에 이어진다. 그들은 자아의 각성과 해방을 통해 자아
를 실현하고자 하기에 연애에 의하지 않은 인습적 남녀의 결합을 죄악으
로 여기고 있다.

> 소위 도덕이란 질곡은, 한 남자에게만 일생애를 노예적 봉사
> 에 바처야만 한다는 조문을, 정조의 미니, 정조의 숭고니 하는
> 등 미의에 숨겨가지고, 섬약한 여성에게 군림한다. 더구나 파
> 행적으로 여자에게만 엄혹하다. 그러나 설사 남자에게도, 동일

---

11) 염상섭의 <암야>와 <제야>는 '백화파'의 아리시마 다케오(有島武郎)가 예술을
위해 삶을 희생하고자 하는 <출생의 고뇌>(1918)와 <돌에 짓눌린 잡초>(1918)에
기대어 쓰여졌고, <표본실의 청개고리>를 포함한 초기 3부작이 일본식 삼인칭대
명사 '피'와 '피녀'를 무자각적으로 사용하고 있기에, 일본 근대소설과 분리해 이
들 작품의 주체성을 인정하기 어렵다는 지적도 있다. 김윤식,『염상섭연구』,서울대
출판부, 1987, pp.167-188.

히 요구한다 할지라도, 그것은 우직하나 기실 허위에 만족하는 맹종의 도에게나 통용될 것이다. 감정이 민활하고 이지가 명석한 남녀에게는, 아름답을 전생애를 대상없는 희생에 공헌하라는 것은 폭군의 찌로친이다.[12]

인용문에서처럼 과거의 정조관념은 여자에게나 지나치게 엄격하게 적용되었으며, 청춘남녀에게 대가없는 희생을 요구하는 억압적인 규제장치였을 뿐이었다는 것이다. '정인'에게 있어서 정조란 남자가 여자에게 생활보장을 조건으로 강요하는 소유욕의 만족이거나, 교양인을 자처하는 자가 고상한 취미성을 만족시키고자 한 명분에 불과하다.

그리하여 '정인'은 재래의 전통적인 성윤리를 거부하는 전위적인 정조론을 내세운다. A와의 정교가 계속할 때에는 A에게 대하여 정조를 지키는 정부가 될 것이고, B와 부부관계가 지속할 동안은 또한 B에 대하여 정숙한 아내가 되면 된다는 것이다. B에게 어떠한 애착도 느끼지 않으면서 B와 부부관계를 지속하는 것이야말로 오히려 간음이라고 여긴다. 그러한 경우에 B가 나에게 애정이 있다고 하더라도 그것은 상관이 없다. 그에게 감사의 뜻을 표시할 수는 있겠지만 결합 상태를 지속할 필요와 의무는 없다는 것이다. 정조는 상품도 취미도 아니며 자유의사에 일임할 개성의 발로이어야 함을 강조한다.

또한 최고의 도덕적인 표준에서 보면 정조란 육체의 문제가 아니라 정신의 문제라고 본다. 육체는 정신에 대해 부대조건일 뿐이란 것이다. 그러므로 적극적으로 돌진하는 곳에만 진정한 생명의 발로가 있는 것이기에 연성이 일어날 때에 쌍방이 합의만 하면 욕구대로 실행해야 한다는 것이다. 즉 정조는 강제 받는 노예적 도덕에서는 얻을 수 없는 자발적인 개성의 실현이다. 그러하기에 한 연애에 포만의 비애를 느낄 때에 다른 연애에 옮겨간다고 하여 거기에 부도덕한 결함이 있거나 인류의 공동생

---

12) 염상섭, <제야>, 『염상섭전집』9, 앞의 책, p.74.

활이 깨트려질 요인이 있을 수 없다는 것이다.

이러한 '정인'의 새로운 정조론은 자유연애론을 처음으로 제기하고 그 것을 '여성해방'과 연결시킨 '제1세대 신여성' 작가인 김명순과 나혜석 등에 연결된다. 김복순의 지적처럼 그들은 "구도덕과 전통적인 규범이 가부장제의 산물인 만큼 여성에게 더 억압적이라는 점을 자각하여야 한 다고 하면서 성도덕으로부터의 여성해방을 부르짖었으며, 인간을 억압하 는 모든 인습에서 탈피할 것을 주장하는 '신여자주의'를 표방하고 있"[13] 기 때문이다.

'정인'은 동경유학 중에 자신을 따르는 청년들의 여왕이 되어 유희적 향락을 즐긴다. 하지만 이러한 행동에 싫증을 느끼자 최종적으로 기혼남 인 P씨 및 E씨와의 이중 관계를 유지한다. P씨는 의지가 약하여 여자에 게 곱살스럽게 추종하는 남자이기에 약자에게 대한 강자의 여유 있는 온 정의 은혜를 베풀 수 있다는 점에서 애정을 갖는다. 그리고 E씨는 여간한 여자는 안중에도 없다는 듯한 다소 오만하고 냉정한 남자이기에 스스로 약자가 되어 애호를 얻을려고 하는 투쟁적인 긴장된 기분을 요구하는 애 정을 갖는다. 그러나 결국 그녀는 자신의 허영심을 충족시킬 수 있는 저 명인사인 E씨와의 정식 결혼에 집착한다. E씨는 인간적인 매력을 지녔을 뿐만 아니라 P씨와 달리 자신의 아내와 이혼할 결심을 하고 있으며, 그녀 역시 원하던 독일 유학을 예정하고 있었기 때문이다.

그러나 '정인'의 그러한 욕망은 E씨 집안의 반대와 그녀 부친의 결혼 강요로 성취되지 못한다. 그리고 그녀는 원치 않는 결혼을 하게 되고 혼 전 임신이 드러나자 친정으로 돌아와서 이혼하게 된다. 그런데 의외로 자신을 그렇게 만든 세상을 원망하고 남편을 비난하던 그녀가 몇 개월 후에 남편이 자신의 명예를 도외시하고 참된 애정으로 그녀를 용서하고 그녀와 재결합을 원한다는 편지를 보냈다는 것에 크게 감격하여 양심의

---

13) 김복순,「'지배와 해방'의 문학-김명순론」,『페미니즘과 소설비평』,한국여성소설연구
   회, 한길사, 1995, p.30.

가책을 느껴 자살을 결심한다. 이런 그녀의 변모는 돌발적이고 자연스럽지 못하다.

'정인'은 결혼 이전에도 "결코 단 한 번이라도 후회한 일은 업섯습니다. 더구나 약간의 독서로부터 어든, 소화도 잘 되지 안는 비지가튼 지식은, 돌이어 자기의 추행을 변명할 방패를 쥐어주엇습니다."14)라고 하며 자신의 방종을 후회한 적이 없었다. 그리고 이혼 이후에도 "하여간 몸이 가벼워진 뒤에 이약이다. 모든 것이 내년이다— 한 생명으로부터 해방만 되면! 나을 것을 내노키만하면, 자기의 전도는 구구히 남에게 의뢰하지 안트래도, 독력으로 능히 개척하야 나가리라는 자신이 아즉도 남아 잇섯습니다."15)라고 재기를 기약하고 있다. 이처럼 그녀는 시종 무반성적인 태도를 보여주고 있었다.

남편 역시 인습적 결혼에 한 번 실패한 적이 있기에 그러한 제도의 희생자이기도 하다. 그런데도 그는 서녀이자 혼기가 지난 노처녀란 약점을 등에 업고 그녀의 부친이 신뢰하는 유력한 중매인을 통해 자신과의 결혼을 성사시켰다. 그리고 결혼 이전에 이루어진 그녀의 부정을 포용해 주지 못하고 있다. 이런 점으로 인해 그녀는 남편의 소극성과 고루성을 신랄하게 비판하고 있었다.

그런데 '정인' 스스로 "육의 반석우에 선 부친과, 파륜적 더구나 성적 밀행에 대하야 괴이한 흥미와 습성을 가진 모친 사이에서 비저만든, 불의의 상징입니다."16)라고 한다. 불의의 결합으로 태어난 유전적 기질과 방탕한 성장 환경에 기인한 방종으로 자신의 연애를 비하하고 있다.

또한 "그녀는 사아해방의 욕구도부터 급선회하여 자기의 행위에 대한 윤리적 고발을 한다. 남의 아이를 배고 친정으로 쫓겨온 그녀는 허영에 들떠서 저지른 성의 행각을 돌아보며 후회와 절망에 싸이고 남편에 대한

---

14) 위의 책, p.73.
15) 위의 책, p.106.
16) 위의 책, p.69.

충실을 혼자서 맹세한다. 이것은 결국 전통적 여성상의 복권을 의미하는 것이다.[17] 그리하여 그녀의 전위적 정조론을 무의미화시켜 버리고 있다.

이처럼 결말에서 '정인'은 가부장제의 아내로 되돌아오며, 그녀 자신이 주장한 전위적 정조론을 지속적으로 실천하지 않는다. 오히려 그녀의 돌연한 변모는 그녀 자신이 이전에 비판하고 거부하던 가부장제를 옹호하고 그것에 안주하려 하고자 하는 것처럼 보인다. 서종택의 지적처럼 "정인의 '자유연애'론은 표면적 가치로 주창되었을 뿐 내면적 진실성의 결여라는 오류를 범하고 있을 뿐이"[18]란 것이다.

이처럼 염상섭은 전위적인 정조론을 수긍하는 듯하면서도, '정인'의 그러한 변모를 통해 결국은 그것을 부정하고 전통적인 정조관을 긍정하고 있다.[19] 이런 점에 미루어 본다면 그녀의 새로운 정조론은 논리와 실행이 심하게 괴리되고 있는 것이다. 그러므로 김우창은 "사실 염상섭은 <제야>의 탕녀의 도덕에 상당히 공명하고 있다. 그녀에게 잘못이 있다면 그것은 한편으로는 이 도덕의 의미를 제대로 고수하지 못한 것이요, 다른 한편으로 또는 부차적으로, 관습적 도덕으로부터 일탈한 것이다."[20]라고 한다.

염상섭은 '정인'의 전위적 정조론을 상당히 긍정하고 있는 듯하다. 그런데도 그녀의 새로운 정조론이 논리와 실행의 괴리 속에서 그녀 자신에 의해 거부되고 있는 것은 무엇 때문인가. 그것은 신여성의 자유연애에 대한 염상섭의 복합적인 태도에 기인한 듯하다. 염상섭이 신여성의 자유

---

17) 정명환,「염상섭과 졸라」,『염상섭』,김윤식 편, 문학과지성사, p.93.
18) 서종택,「초기작 <제야>에 대하여」,『염상섭연구』,앞의 책, p.Ⅱ-23.
19) <해바라기>(『동아일보』, 1923.7.18-8.26)의 '최영희'가 최정인에 비해 인습적인 결혼제도에 대하여 더욱 타협적인 태도를 나타내고, <너희들은 무엇을 어덧느냐>(『동아일보』, 1923.8.27-1924.2.5)에서 아버지뻘인 영감의 후처 '덕순'이 남편의 후원으로 잡지사를 경영하며 젊은 남자와 연애를 하는 것을 부정시하고 있는 데서도 신여성의 자유연애에 대한 염상섭의 비판적인 입장이 잘 드러나고 있다.
20) 김우창,「리얼리즘에의 길-염상섭 초기 단편」,『염상섭전집』9, 앞의 책, p.440.

연애를 논리적으로는 긍정하지만 심정적으로는 부정하고 있다는 것이다. 즉 그는 전통적인 정조관념을 비판하면서 긍정하고, 신여성의 자유연애를 긍정하면서 비판하고 있는 것이다.

물론 <제야>에서의 '정인'과 달리 당시 다른 작가들의 작품에서 신여성은 현실적 장애에 일방적으로 패배하고 있다. 김동인의 <약한자의 슬픔>(『창조』1-2호, 1919.2-3)에서 '강엘니자벳'은 자신의 나약함과 냉혹한 상황에 의해 일방적으로 패배당하고, 전영택의 <혜선의 사>(『창조』1호, 1919.2)에서 '혜선'은 남편의 이혼 요구 속에서 인습적 결혼의 희생자로서 자살하며, 현진건의 <희생화>(『개벽』5호, 1920.11)에서 '누님' 역시 인습의 장애로 인해 자유연애에 실패하자 죽음을 맞게되고, 나도향의 <출학>(『배재학보』2호, 1921.4)에서 '영숙'은 방탕한 남자와 연애를 하다가 정조를 잃고 배신당하자 자살하고자 한다.

그러므로 다른 작가들이 인습적 결혼제도 및 허황한 자유연애의 희생자들을 통해 자아의 실현을 방해하는 억압적 상황을 고발하는 데 그치고 있다면, 염상섭은 허위적인 인습적 결혼제도와 자유연애의 타락상을 함께 비판하면서 인습적 성윤리에 대한 대응 논리로 전위적인 정조론을 제시하는 진취성을 보여준다고 할 수 있다. 당대에 있어 '정인'의 전위적 정조론과 행위는 파격적으로 인습에 저항하고 있는 것이며 그것만으로도 충분한 의의를 지닌다. 물론 결말에서 그녀가 개심하여 자살하려 한다. 하지만 그것은 자살해야 할 '강엘니자벳'이 참사랑을 지향하면서 갱생의 의지를 내세우는 것처럼 돌발적인 선택으로 작품의 전반적인 흐름에서 벗어난 것이다. 그러한 점은 작가의 의도가 작품의 자연스런 전개에 무리하게 개입하고 있음을 말해준다.

그러한 작위적 결말을 예외로 한다면 '정인'의 의식과 행위는 합리적이고 경험적인 인과성에 의거하고 있다. 그녀가 강요에 의한 결혼을 거부하기 위해 동래 온천장으로 도망가지만 여행권이 나온 E씨가 먼저 독일로 떠나고 그녀는 여행권을 얻을 동안 일본으로 피신해 있고자 준비를 위해 서울로 돌아오다가 경찰에게 잡혀 집에 인도된다. 임신한 몸이 점점 달라지는 것을 보면서 결혼 외에는 방책이 없다고 여기고 결혼하면 일본여자대학에 공부를 계속하게 해주겠다는 남편의 약조를 생각하여 결혼을 작정하게 된다.

이러한 점은 염상섭의 관심이 점차 개인적이고 초월적인 삶에서 집단적이고 경험적인 삶으로 옮아가고 있음을 나타낸다. 그가 점차 개성에서 생활로 관심의 방향을 돌리고 있다는 것이다.

Ⅲ. 생활의 발견, 가족과 민족

<만세전>은 1922년부터 1924년까지 잡지와 신문에서 두 차례나 연재가 중단되었으나 단행본으로 완결되었다.[21] <만세전>을 비롯한 초기 소설과 1924년 이후의 소설은 확연히 구별된다. 초기의 「개성과 예술」과 달리 「문예와 생활」(『조선문단』19호, 1927.2)에서, "여기에 와서 문예는 비롯오 자기의 광대한 영지와, 취재의 무한대한 범위를 발견하는 동시에, 생활과 현실사이에 개입하야 인생의 고민상으로 일관하는 것이며, 생활이 잇슨 후에 문예는 존재하고 성립되는 것을 명백히 한다."[22]라고 한다.

염상섭의 초기 소설이 정치적 문화적 억압을 거부하는 개성에 중점을 두고 있다면, 1924년 이후의 소설은 생활에 중점을 두고 있는 것이다.[23]

---

21) <만세전>은 『신생활』1922년 7월호에서 9월호까지 <묘지>라는 제목으로 연재되다가 중단된 뒤에, 『시대일보』1924년 4월 6일에서 6월 7일까지 59회에 걸쳐 연재되다가 다시 중단되었으며, 고려공사에서 <만세전>이란 제목의 단행본으로 1924년 8월 10일자로 발간되었다. 이재선, 「일제의 검열과 <만세전>의 개작」, 『한국문학의 이해』, 새문사, 1981.

22) 염상섭, 「문예와 생활」, 『조선문단』제19호, 1927.2, p.4.

23) 일찍이 박종화도 「신춘창작평」(『개벽』45호, 1924.3, p.114)에서 "염상섭씨의 <니즐 수 업는사람들>(폐허이후)을 읽은 나는 작자의 경향이 전에 비하야 훨신 달러진 것을 알엇다. 훨신뿐이 아니라 아주 정반대로 달러저버렷다. 전에 나타난 씨의 작

그렇지만 <만세전>은 개성을 중시하거나 생활을 중시한 두 시기의 특성을 공유하고 있으며, 생활의 발견 속에서 절제된 개성이 생활과 조화롭게 결합되고 있다.

<만세전>에서 일인칭 주인공 화자인 '이인화'는 3·1운동 이전을 반성적으로 회고한다. 그는 동경의 비교적 자유로운 분위기 속에서 일제 강점 하의 조선인이라는 자신의 처지를 한순간 잊고 있었다. 하지만 아내가 위독하다는 전보를 받고 관부 연락선을 타면서부터 자신의 처지를 실제적으로 인식하게 된다. 비록 동경에서 대학에 다닐 수 있는 혜택받은 조선인이긴 하지만 그 역시 조선인으로서의 생활을 망각하거나 거부할 수 없다는 것이다. 그러므로 그는 동경에서 서울에 이르는 여로를 통과하면서 가족의 일원이자 민족의 일원인 자신의 처지를 구체적으로 깨닫게 된다. 이에 그는 이전까지의 자아중심주의에서 벗어나 가족 및 민족의 생활에 대한 성숙한 의식을 갖게 되는 것이다.

<만세전>에서 '이인화'의 민족의 생활에 대한 자각은 두 방향에서 이루어진다. 하나는 조선인을 감시하고 탄압하거나 멸시하는 일부 일본인들을 통해서이며, 다른 하나는 자신의 이익을 위해 일본인들에게 영합하거나 피해 의식에 젖어 있는 조선인들을 통해서이다. 그는 이런 인물들을 비판하는 한편으로 자기 자신에게도 그러한 측면이 있음을 반성하고 있다. 그리고 일본인을 일방적인 가해자로 보거나 조선인을 일방적인 피해자로 보고 있지 않다. 이런 점 역시 인물과 상황에 대한 염상섭의 복합적인 태도가 그대로 드러나고 있는 것이다.

품은 늘 암흑면에 서서 잇섯다. 그리고 캄캄한 그 암흑 속에서 해조되지안는 목쉬인 소리로 늘 고함치며 울붓고 잇섯다. 그러나 지금은 그의 작품은 산뜻한 일광을 향하야 경쾌한 거름을 것는 것갓다. 전작품에는 가장 만흔 열정이 발로되얏다. 그러나 지금엔 싸늘한 이지가 날카로웁게 번적인다. 교어발을 씹는 듯하든 고삽한 문장은 녹진녹진한 숙란을 씹는 것가티 유연하다. <제야> <죽음과그림자>의 작자와 <니즐수 업는사람들> <금반지>의 작자가 한사람이 아니라 할만큼 그의 경향과 필법은 달러젓다."라고 이러한 점을 지적한 바 있다.

일제의 조선인에 대한 감시와 탄압은 집요하고 철저하다. '이인화'는 부두 대합실에서부터 자신이 조선인 유학생임을 알아본 일본 '임바네쓰'에게 시달림을 받는다. 그리고 선실 목욕탕에서 목욕을 하는 도중에 불려나가 자신의 짐을 모두 수색 당하며, 서류 뭉치는 두고 와야 했다. 또한 배가 부산에 도착했을 때뿐만 아니라 서울로 가는 기차에서도 시종 형사가 그를 미행하며 집에 도착했을 때는 관할서의 형사가 그 역할을 할 정도로 감시가 철저하다. "사실 그속에는, 집에서 온 최근의 편지 몃 장과 소설초고와 몃가지 원고 외에는 아모것도 업섯다. 애를 써서 기록한 서류이라야, 원래 나에게는, 사회주의라는 사자나 레-닌이라는 레자는 물론이려니와, 독립이라는 독자도 업슬 것은, 나의 전공하는 학과만 보아도 알것이엇다."[24]란 그의 독백이 그러한 점을 잘 알려주고 있다. 일제는 철저한 감시를 통해 조선 유학생들이 사회주의 운동 및 독립 운동에 관여하는 것을 막고자 했던 것이다.

일제의 엄격한 감시가 '이인화'에게 민족 의식을 촉발시키고 있듯이, 일본인들의 조선인에 대한 멸시 역시 그런 역할을 한다. 그는 목욕탕에서 일본 회사의 조선인 노동자 모집원과 조선 주둔 헌병의 동생으로 처음 조선을 찾는 촌민과의 대화를 들으며, 조선 민중의 참상을 절감하고 민족적 모욕감을 강하게 느낀다. 노동자 모집원은 "생번이라 하야도 요보는 온순한데다가, 도처에 순사요 헌병인데, 손한아 꼼짝할 수 잇나요. 그걸보면 寺內상이 참 손아귀심도 세지만 인물은 인물이야!"[25]라고 한다. 강압적인 총독 정치를 찬양하고 조선인을 야만인이라며 멸시하고 있는 것이다. 그가 조선 농민을 꾀어 일본에 노동자로 넘기고 두서너달 동안에 천원 이상의 큰 수익을 얻었음을 자랑하자 촌민도 그의 엄청난 소득에 솔깃해 하고 있다. 그들에 있어서 그렇게 일본 회사에 넘겨진 조선인 노동자들이 낮은 임금과 가혹한 노역으로 혹사당해 비참하게 죽어간다는

---

24) 염상섭, <만세전>,『염상섭전집』1, 민음사, 1987, p.45.
25) 위의 책, p.37.

사실은 철저히 외면되고 있다. 비록 그들 두 사람은 품성에서는 차이가 있을지라도, 두 사람 모두 지배 민족인 일본인이란 점을 활용해 조선에서 막연한 횡재를 바라고 있다는 점에서 동질적인 가해자들인 것이다.

<만세전>에서 '이인화'의 민족에 대한 자각은 일본인의 조선인에 대한 감시와 멸시를 통해서 이루어질 뿐만 아니라, 피해 의식 속에서 자신이 조선인임을 부끄러워하고 그것을 은연중에 숨기고자 하는 조선인들을 통해서도 이루어진다. 일본인들과 함께 목욕탕에 들어 있는 '이인화'를 어색한 일어로 불러내며 일본인 행세를 하고자 하는 조선인 형사, 대구의 조선인 어머니보다는 자신들을 버리고 떠나버린 일본인 아버지를 찾아 일본으로 가겠다는 부산 변두리 술집의 혼혈 작부, 또한 조선인 헌병 보조원에게 끌려간 갓 장사의 헌 우산을 전해주라고 부탁하자 조선어를 못 알아듣는 시늉으로 재차 일본어로 응대하는 역부 등에게 무력한 조선인이란 혈통은 구차스러운 굴레처럼 여겨지고 있다.

또한 처음에는 기개를 지녔으나 차츰 현실과 타협하는 조선인 역시 이들과 다를 바가 없다. '김의관'은 과거에 위생비나 청결비를 독촉하러 찾아온 순검에게 큰 소리를 치고 그들에게 끌려가면서도 의연한 면모를 보여주었다. 하지만 두 번째로 끌려 가면서는 올가미를 쓴 개새끼처럼 그러한 반항심을 잃어버리고 그들에게 매수 당해 낙향하여 사업을 벌인다. 그리고 파산하자 '이인화'의 집에 기식하면서 협잡으로 살아가고 있다.

조선인들이 일본인들로부터 '요보'라고 멸시를 받고 있음에도 불구하고 기차에서 만난 갓 장사는 스스로 '요보'처럼 취급받고자 한다. 그는 자신처럼 망건을 쓰고 무지한 면모를 보이면 일본인에게 천대를 받기는 하지만 유치장에 들어가거나 목숨을 잃는 일은 없다는 것이다. 그러나 일시적으로만 탄압을 모면하고자 하던 갓 장사도 대전 역에서 헌병보조원에게 끌려 내려간다. 이를 통해 그의 '요보' 행세가 얼마나 허망한 처세이고, 상황이 얼마나 암담한 지경인가를 잘 보여준다.

정차장문 밧그로 나서서 눈을 바삭바삭 밟으며 큰길거리로 나가니짜 칠년전에 일본으로 도망갈 째에 오정째 대전에 나려서, 점심을 사먹든 집이 어데인지 방면도 알 수가 업섯다. 길마즌 편으로 쑥 느러슨 것은 컴컴스그레해서 자세히는 안이 보이나 일본사람집인 모양이다. '야과온포'(밤에 파는 일본국수)을 파는 수레(차)가 적막한 밤을 째트리며 호젓하고 처량하게 쩔렁쩔렁 요령을 흔드는 것을 한참 바라보고 섯다가, 그째에 밥을 팔든 삼십남짓한 객주집 계집은 지금쯤 어데 가서 파무쳣누? 하는 생각을 하며 다시 정차장구내로 드러왓다. 발자곡 한아 말한마듸 덱걱 소리도 업시 어러부튼 듯이 안젓는 승객들은, 응숭그릿드리고 드러오는, 나의 얼굴을 치어다보며 여전히 옥으랏드리고 안젓다. 결박을 지은 계집은 쏘다시 나를 치어다보앗다. 겻헤 안젓는 순사짜지 불상히 보이엇다. 목책안으로 드러오며 건너다보니짜 차장실속에 섯든 두 청년과 헌병은 여전히 이약이를 하고 섯는 것이 보인다. 나는 짜닭업시 처량한 생각이 가슴애 복바처 올으면서 몸이 한층 더 부르를 쩔리엇다. 모든 기억이 쑴갓고 눈에 씌이는 것마다 가엽서 보이엇다. 눈물이 슴여 나올 것가타얏다. 나는, 승강대로 올러스며, 속에서 분노가 치미러 올라와서 이러케 부르지젓다.……

「이것이 생활이라는 것인가? 모다 되어젓버려라!」

차간안으로 드러오며,

「무덤이다. 구덱이가 끌는 무덤이다!」라고 나는, 지긋지긋한 듯이 입살을 악물어보앗다.[26]

'이인화'는 기차에서 내려 대전 역 주변을 돌아본 뒤에 심각한 절망에 빠진다. 부산에서와 마찬가지로 대전 역시 도심에는 일본인이 활개를 치고, 조선인은 계속 변두리로 밀려나다가 결국 유랑자나 범죄자가 되고 있기 때문이다. 그리하여 그는 당시 조선 민족의 생활이 구더기가 끓는 무덤 속 같은 상황에 처해 있음을 구체적으로 인식하게 된다.

---

26) 위의 책, pp.82-83.

‘이인화’는 생활의 발견 속에서 이러한 민족에 대한 성찰뿐만 아니라, 가족에 대한 성찰 역시 할 수 있게 된다. 가족은 바로 민족의 가장 기본적인 구성 단위이다. 그러하기에 민족의 문제란 항상 가족의 문제와 긴밀하게 관련되어 있다. 그의 아버지는 기생연주회의 후원이나 지명인사의 호상이나 하면서 주색 잡기로 세월을 보내는 친일파들의 모임인 ‘동우회’에 열심히 참여하고 있다. 또한 총독정치 아래서도 자신의 정치적 야심을 버리지 못해 ‘김의관’을 곁에 두면서 중추원 부찬의 자리를 교섭하고 있다. 그러면서도 서양 의학을 불신해서 중병에 걸린 며느리를 한 의사에게만 맡길 정도로 완고하다.

김천에 사는 형 역시 아버지와 다를 바가 없다. 그는 교사가 환도를 차고 교단에 서야하는 불행한 시대에 살고 있지만 그러한 민족의 고통에는 전혀 관심이 없다. 그는 부근이 일본인 주택가로 변한 자신의 집 시세가 두 배 이상 올랐다는 점을 기뻐하고, 예전부터 친교가 있던 최참봉의 둘째 딸을 후처로 삼으면서 그것이 아들을 얻기 위해서라든지 몰락하여 어려운 형편에 놓인 사람을 구하기 위해서라든지 라는 명분을 내세우는 데 급급해 하고 있다. 종형이 일으킨 선산 문제에서도 집안의 산소를 확보하기 위해서 해결을 서두르고 있다고 말하지만 실제로는 그것의 재산 가치에만 더 관심을 두고 있다.

이에 ‘이인화’는 집안의 무관심과 자신의 냉대 속에서 불행하게 죽어가는 아내의 존재를 새롭게 인식하게 된다. 그녀는 그가 열셋이었을 때에 열다섯의 나이로 시집왔다. 하지만 2년 후 동경으로 건너간 뒤에 그녀를 돌아보시 않았기에 10여 년 동안에 부부로 함께 시낸 날은 얼마 되시 않는다. 그녀는 남편도 없는 대가족 집안에서 고생만 하다가 해산 후유증으로 치료도 제대로 받지 못하고 죽어 가고 있는 것이다. 그런데도 그녀는 자신의 죽음보다 아들 ‘중기’의 장래를 더욱 걱정하고 있다. 그는 그녀를 통해 전통적 부덕의 가치를 재인식하고 그녀에 대한 정을 느끼기 시작한다. 그녀에게서 지속적인 희생과 고통을 묵묵히 견뎌내고 자신보다 가족을 위하는 순진성을 발견하였기 때문이다.

이처럼 '이인화'는 생활의 발견 속에서 가족과 민족에 대한 보다 성숙한 의식을 갖게 된다. "아버지나, 그렇지 안으면 코ㅅ백이도 보지못한 조상의 덕택으로, 공부자나 어더하얏거나, 소설권이나 들처보앗다고, 인생이니 자연이니 시니 소설이니 한다야 결국은 배가 불너서, 포만과 비애를 호소함일다름이요, 실인생 실사회의 이면의 이면 진상의 진상과는 아모 관계도 연락도 업슬 것이다."27)라고 하며, 자신의 진면목을 냉철하게 되돌아 볼 수 있게 되었다는 것이다.

'이인화'는 과거와 달리 아내에 대한 애정이 생겨났음에도 불구하고 5일장으로 청주의 산소에 매장하자는 가족들의 제의를 단호히 거부한다. 그리고 주변 사람들의 오해를 받으면서도 3일만에 공동묘지에 그녀를 매장한다. 이것은 살아서는 공동묘지 속에서 지내고 있으면서, 죽어서는 공동묘지를 거부하는 그들의 허위성을 비판하고 있는 것이다. 그는 아내의 장례를 치룬 뒤에 서울을 떠나 동경으로 향한다. 하지만 여로의 출발 시기와는 크게 달라졌다. 이전과 달리 그는 죽은 아내를 비롯한 가족과 민족에 대한 애착을 가지게 되었기 때문이다. 그러므로 외견상으로 일본으로 떠나고 있지만 실질적으로는 조선으로 다시 돌아오고 있는 것이다.

'이인화'는 전보를 받고 귀국하기 전에 M헌에 있는 카페에 '정자'를 만나러 가서 그녀에게 포옹을 하며 목도리를 선물한다든지, 귀국하는 도중에 고베에 내려 기숙사로 '을라'를 찾아가 그녀에게 실없는 소리만 늘어놓고 돌아온다든지 한다. 이런 행동이 단순히 그의 유희적 충동을 나타내는 것이 아니었다. 그것은 올바르게 자아를 정립하기 위한 부단한 모색의 한 과정이었던 것이다. 헌신적인 구여성의 순진성을 깨달았기에 타산적인 신여성 '을라'의 허황성을 비판할 수 있고, 가족과 민족을 고려하여 일본인 '정자'에 대한 자신의 애정도 정리할 수 있게 된 것이다.

---

27) 위의 책, p.40.

　‘이인화’는 반성과 모색의 과정을 거쳐 최종적으로 순종적인 아내를 긍정하고 자유분방한 ‘을라’를 부정함으로써 전통적 윤리를 중시하고 있다. 또한 아내에의 애정을 확인하고 ‘정자’와의 애정을 단념함으로써 민족 이념을 존중하고 있다. 정호웅은 “요컨대 <만세전>의 자아중심주의는 고정되어 변화하지 않는 절대적인 추상적 가치가 아니라 객관 현실과의 교섭이란 개인의 구체적 경험에 의해 검증받고 마침내는 수정되는, 그리고 계속해서 그런 과정을 거치게 될 상대적, 구체적 가치이다.”28)라고 한다. 이처럼 그는 진지하게 자신을 성찰함으로써 생활을 발견하고 개성을 절제하여 개성과 생활을 조화롭게 결합시킬 수 있게 된 것이다.

　그러나 <만세전> 이후의 <전화>, <밥>, <조그만 일> 등은 이러한 균형감을 상실하고 생활에 일방적으로 기울어진다. 그리고 그 생활이란 파편적이고 주변적인 측면에 치중해 있다. 그러므로 최원식은 “작가는 생활을 발견하였다. 그러나 그는 생활을 얻은 대신 무언가 본질적인 것을 잃어버리고 민족현실의 핵심으로부터 멀리 벗어나 버린 것이다.”29)라고 한다. 그들 작품이 일상 생활에 치중함으로써, 오히려 초기 작품의 장점을 잃어버렸다는 것이다. 이것은 올바른 생활의 발견은 개성의 확립 없이는 불가능함을 말해준다. 생활에 치중하여 삶의 전체성과 역동성을 확보하지 못한 1924년 이후 염상섭 소설이 이러한 점을 잘 나타내고 있다.

　<만세전>에서 ‘이인화’는 “덕의적 이론으로나 서적으로는 소위 무산 계급이라는 것처럼, 우리 친구가 되고 우리 편이 될 사람은 업다고 생각하면서도, 실제에 그들과 마조 짝 대하면 어쩐지 얼굴을 찝흐리지 안을 수 업섯다.”30)라고 하며 민중에 대한 자신의 태도가 이중적임을 고백하고 있다. 논리적으로는 민중을 인정하면서도 심정적으로는 그들과 거리

---

28) 정호웅,「<만세전>,한국근대소설의 기점」,『우리소설이 걸어온 길』,솔, 1994, pp.48-
　　49.
29) 최원식,「소설과 생활-<조고만 일>을 중심으로」,『염상섭연구』,앞의 책, II-53.
30) 염상섭, <만세전>, 앞의 책, p.48.

감을 느끼는 이런 '이인화'의 태도는 바로 염상섭의 민중에 대한 태도라 할 수 있다.

염상섭은 논리적으로는 계급주의 사상을 용인하고 무산 계급을 이해하고 있으나, 심정적으로는 그들과 상당한 거리를 두고 있었던 것이다. 이러한 점 때문에 당대 현실의 주체가 누구인가에 대한 염상섭의 태도가 선명하지 못하다고 비난받는 것이다. 하지만 김우창의 지적처럼 "이러한 주인공의 특징은 그를 우유부단한 지식인의 본보기가 되게 하지만, 또 다른 한편으로는 자신의 삶의 진실 위에 서지 않은 관념적인 선택이 사실을 단순화하고 거짓되게 한다는 생각에서 우러나왔다"[31]라고 보아야 할 듯하다. 염상섭은 초기 소설에서 시종 이러한 복합적인 태도를 보여주고 있었기 때문이다.

염상섭은 1919년 3월에 오오사카 노동자대표 독립선언 사건으로 구속되어 재판을 받고 무죄 판결을 받아 3개월만에 풀려난 뒤에 요코하마 복음인쇄소에서 얼마 동안 인쇄공으로 근무하여 자신이 노동 현장에 직접 참여하기도 했고, 동아일보 기자가 된 뒤에 「노동운동의 경향과 노동의 진의」(『동아일보』, 1920.4.20)를 발표하는 등 노동 운동에 이론적인 관심을 보이기도 했다. 하지만 자신은 무산계급의 일원이 될 수 없으며, 그들의 입장을 그대로 받아들일 수도 없음을 명료하게 인식한 중산층 지식인 작가였다.

생활을 거부하고 영웅의 강렬한 개성으로 현실적 장애를 극복하고자 하는 김동인과 달리 염상섭은 개성에서 생활로 관심을 전환한다. 하지만 그가 발견한 생활은 중산층 지식인의 민족적 생활이었다. 그러므로 관념적으로 민중의 계급적 생활을 중시한 김기진이나 박영희의 생활에 대한 자각과는 뚜렷이 구별된다. 또한 동일하게 민족적 생활에 관심을 둔 현진건과 나도향이 지식인의 허위성을 반성적으로 극복하고 민족과 동일시

---

31) 김우창, 「비범한 삶과 나날의 삶」, 『염상섭』, 앞의 책, p.136.

된 민중을 중시하고 있는 것과도 구별된다.

Ⅳ. 맺음말

생활과 분리된 개성을 그 자체로만 중시하고 있는 <표본실의 청개고리>와 <제야>에서 '나'와 '정인'은 규범과 인습을 거부하고 자아의 각성과 해방을 실현하려다 견고하고 냉혹한 현실적 장애 속에서 좌절하며 광기와 죽음에 이르고 있었다. 그리하여 타락한 상황에서 진실되게 자아를 실현한다는 것이 얼마나 힘겨운 일인가를 잘 보여주고 있었다. 그러나 생활과 분리된 개성만의 추구로 현실의 구체성을 확보하지 못해 그들 작품의 소설적 성과는 미흡했다.

물론 생활의 발견 속에서 개성과 생활이 단단하게 결합되고 있는 <만세전>에서는 '이인화'의 여로를 통해 예외적이라고 할 정도로 당대 현실의 구체성을 확보하고 있었다. 그것은 가족과 민족에 대한 냉정한 성찰 속에서 현실의 전체성과 역동성을 구체적으로 포착할 수 있었기 때문이었다. 또한 전통을 비판하면서 긍정하고 전위를 긍정하면서 비판하는 복합적인 태도를 보였다. 이런 점에서 <만세전>은 개성과 생활의 조화로운 결합을 통해 삶의 핵심과 본질에 한층 접근하고 있었다.

<물레방아>와 <날개>의 가치의식 대비

Ⅰ. 문제 제기

문학은 언어를 매체로 삼아 객관적 현실을 총체적으로 반영한다. 여기서의 총체적이란 세부사항에 집착하지 않고 전체적으로 대상을 바라보는 작가의 태도를 가리킨다.[1] 또한 반영이란 것도 수동적이고 기계적인 모방이나 복사를 의미하는 것이 아니라 작가에 의해 본질적인 것과 비본질적인 것이 구별되어 재현된다는 것을 뜻한다. 즉 작가의 시각에 의해 주어진 현상의 무한한 복합성으로부터 현 상황에 실질적으로 중요한 요소들이 선택되고 재조직된다는 것이다.[2]

소설은 문제적 개인이 훼손된 세계에서 훼손된 방법으로 진정한 가치를 추구하는 서사 양식이다. 이때의 진정한 가치란 연구자나 독자가 진

---

1) Béla Királyfalvi, *The Aesthetics of György Lukács*, Princeton University Press, 1975, p.59.
2) "시각(perspective)은 과정과 내용을 결정하며, 서술의 실타래를 끌어들이고, 예술가에게 중요한 것과 피상적인 것, 결정적인 것과 부차적인 것을 선택할 수 있게 하며, 인물의 발전 방향을 결정한다."라고 한다. 이처럼 시각은 작품에서 핵심적이고 본질적인 대상을 선택하고, 그러한 대상을 여실하고 충분하게 재현하도록 하는 원칙 및 원리로 작가의 가치의식 및 이념의 지향점을 가리키는 것이다. Georg Lukács, *Realism in Our Time*, Harper Torchbooks, 1971, p.33.

정한 것으로 생각하는 가치가 아니라 암묵적인 상태에서 소설 전체에 구조화된 가치이다.3) 이처럼 인물의 가치 추구의 방식은 소설 구조의 핵심 문제가 된다.

이에 본고에서는 나도향의 <물레방아>(『조선문단』 11호, 1925.9)와 이상의 <날개>(『조광』 11호, 1936.9)를 대상으로 삼아 주인공의 가치의식의 대립과 화해의 양상을 중점적으로 규명해 보고자 한다. 여기서의 가치의식이란 작중인물이 작중에서 취하는 행위, 즉 사유의 궁극적 척도를 지칭하는 것이며, 한 개인이나 사회가 갖고 있는 근원적인 이념과 연결되는 것이다.

<물레방아>와 <날개>는 윤리를 기저로 한 남녀간의 결합인 부부관계를 통해 정신적인 것을 우위에 놓는 가치의식과 물질적인 것을 우위에 놓는 가치의식의 대립을 그리고 있다. 그러면서도 <물레방아>에는 하층 유랑민 부부의 외적 갈등을 통해 가치의식의 문제가 제기되고 있다면, <날개>에는 지식인의 내적 갈등을 통하여 그러한 것이 부각되고 있다.

그런데 <물레방아>에는 생동하는 작중인물의 행위 속에 가치의식의 심각한 대립이 형상화되어 격렬하고도 직선적인 대립이 나타나며, <날개>에는 관념적으로 자신만의 폐쇄된 세계에 묶여 있는 인물의 내면을 통해 암시적이고 우회적인 대립이 나타나고 있다. 또한 <물레방아>에서는 그러한 인물간의 대립이 극도로 완강하여 현실에서 화해가 불가능한 반면에, <날개>에 있어서는 관점의 전환을 통해 그들의 화해가 이루어질 수 있음을 보여주고 있다. 이런 점에서 그 두 작품은 실질적인 차이를 보여준다.

본고에서는 <물레방아>와 <날개>를 연구 대상으로 선정했다. 그것은 그들 작품에서 나타나는 이러한 상이한 시각을 대비적으로 검토함으로써, 그들 작가의 개별적인 특성을 보다 명백히 밝힐 수 있다고 보기 때

---

3) Lucien Goldmann, *Towards a Sociology of the Novel*, Trans., Alan Sheridan, Tavistock Publications, 1975, pp.1-3.

문이다. "작가의 전기적 사실이 작품을 해명할 수는 없지만, 작품은 작가의 진면목을 밝혀 줄 수 있다"[4]고 한다. 이에 작품의 세밀한 검토를 통해 작가의 가치의식이 어떠한가를 구체적으로 밝혀 볼 것이다.

Ⅱ. 〈물레방아〉와 화해의 결렬

〈물레방아〉에서 '방원'과 아내는 그들 두 사람이 결합하고자 고향마저 등질 정도로 감정적인 유대가 긴밀한 사이였다. 그럼에도 이들은 점차 격렬하게 대립하고 마침내는 완전히 분리된 이질적인 사이가 되고 만다. 화합된 존재였던 이들 부부가 극단적으로 대립하게 된 근본 원인은 어디에 있는가. 가치의식이 인간의 행동을 결정한다고 하듯이, 그들이 대립한 것은 그들의 가치의식의 차이에 기인한다. 그가 어떤 행동을 취한다는 것은 그가 어떤 가치의식을 갖고 있는가를 드러내는 것이다.[5] 여기에서 방원은 정신적인 사랑으로 물질적인 욕구를 극복할 수 있다고 믿고 있는 반면에, 그의 아내는 물질적인 것을 궁극적인 척도로 삼고 있다.

〈물레방아〉의 서두는 표제이기도 한 '물레방아'에 대한 묘사로 시작된다. 이것은 물레방아가 작품에서 차지하는 비중이 몹시 큼을 보여주는 것이다.[6] 가난하지만 단란했다고 할 수 있는 방원 부부의 대립을 야기시킨 인물인 신치규의 등장도 물레방아간에서 이루어진다. 물레방아는 로맨틱한 면을 지니는 것이다.[7] 하지만 그것은 근대적인 기계화의 단계를 예시하는 것이기도 하다. 그것이 자연력을 개발하여 사람의 힘을 대신하

---

4) Charles Mauron, *Des Métaphores Obsédantes Au Mythe Personnel*, Paris : Librairie José Corti, 1962, pp.227-232.
5) 박이문,『노장사상』,문학과 지성사, 1982, p.107.
6) "표제에 사용된 언어란 그 언어 자체가 지니는 미적 감정과 아울러 그 언어가 소설 창작의 형식상의 요소적 의미까지도 내포한다."라고 한다. 유기룡,「한국현대소설에 나타난 표제의 특질」,『현대소설연구』,국문학총서 10, 정음사, 1982, p.300.
7) 임헌영, 『한국근대소설의 탐구』, 범우사, 1974, p.104.

는 동력기관이기 때문이다. 물론 물의 낙차를 이용한 초보적인 기계장치이지만 인간의 노동에 의존하지 않는 것이란 점이 중요하다. 물레방아는 전통적 인력사회와 근대적 산업사회의 교량적 역할을 담당하고 있는 기구라 할 수 있다.

그러므로 방원의 아내를 금전의 힘으로 빼앗고자 하는 지주 신치규의 유혹이 물레방아를 배경으로 하여 이루어진다는 점 역시 우연의 일치인 것은 아니다.8) 여기에서 그들 두 남녀의 대화는 철저히 상품거래적인 것이다. 신치규는 그의 집에서 막실살이 하는 방원의 아내에게 물질적인 풍요를 미끼로 유혹한다. 그리고 그녀 역시 "네가 허락만 하면 무엇이든지 네가 허고싶다는 것은 내가 전부 해줄터이란말야"9)란 그의 제의를 의외로 쉽게 수락한다. 이러한 그녀의 행위는 그것이 그녀의 가치의식과 일치하고 있다는 점을 드러내는 것이다.

방원의 아내는 "오십이 반이 넘어 인생으로서 살아올 길을 다살고서 거의거의 쇠멸의 구렁이를 향하여가는" 늙은이인 신치규를 남자로서 받아들인다. 그녀가 허락한다면 당장 방원을 내쫓고 그녀를 자신의 첩으로 맞아들이겠다는 신치규의 제안에 그녀는 그렇지만 너무 과하지 않을까요란 인사치레에 불과한 말을 던질 뿐, 오히려 적극적으로 그러한 제안을 수용한다. 그녀는 자신의 행동이 부부간의 질서를 파괴하는 행위로 관습적 윤리와 어긋난다는 사실은 염두에 두고 있지 않다. 이것은 그녀가 자신의 이해타산에 따라 능동적으로 행동할 수 있는 물질지향적인 인물이란 사실을 알려주고 있다.

그런데 그녀가 기존 윤리의식을 이렇게 서리낌없이 팽개쳐 버릴 수 있

---

8) <물레방아>에서 "이러한 배경과 인물, 사건의 유기성은 초기작품들의 감상성이나 <행랑자식> 계열의 과도기적 작품에서 흔히 보이는 피상적 인간상의 묘사를 지양한 기법이다"라고 한다. 윤홍로,「나도향의 <물레방아>-한 시대의 풍속화와 문제점」,『한국현대소설 작품론』,이재선・조동일 편, 문장, 1981, p.157.
9) 나도향, <물레방아>,『현대조선문학전집』단편집 상, 조선일보사, 1938, p.16.

는 의식의 근원은 어떠한 것인가? "아무리 보더라도 무섭게 이지적인 동시에 또는 창부형으로 생긴 여자이"10)기 때문에, 그렇게 행동한다고 보기는 어렵다. 물론 방원과 그녀의 결합은 정상적인 혼례의 절차를 거친 것은 아니다. 그녀가 전남편을 버리고 방원과 함께 도망 온 야합의 관계이기 때문이다. 그렇다고 이것이 그녀의 의식을 자유롭게 한 결정적인 요인은 아닌 듯하다. 그녀와 전남편과의 관계는 뚜렷이 언급되어 있지는 않지만 정상적인 혼례의 절차를 거친 것인데도 그녀가 그를 배반하고 있기 때문이다. 방원이 그녀로 인해 고향과 가족마저 등졌다고 할 때 그들의 결합이 사회의 용인을 얻기 힘든 불륜의 관계임을 나타내고 있다.

그렇다면 과거에 남편에게 칼까지 맞으면서도 방원과의 결합을 원했던 그녀가 돌아서게 된 근본적인 원인은 어디에 있는 것인가? 그녀가 신치규에게 몸을 맡기는 목적은 명백하다. 편안한 생활과 사치를 해볼 수 있다는 점이다. 관습적인 윤리의식은 그녀에게 아무런 구속력도 지니지 못하며, 물리적인 폭력도 그것을 억제할 수가 없다. 이런 점에 미루어 볼 때에, 그녀의 가치의식은 경제적 이익 추구에 수단과 방법을 가리지 않은 시민계급의 현실적 욕구와 닮았다. 그녀는 물질적인 부의 획득에 궁극적인 가치를 부여하는 '부정적 경제시민'11)의 모습을 드러내고 있다는 것이다.

이에 반해 방원은 관념의 질곡에서 벗어나지 못한 인물이다. 그의 행위는 기존 규범에 의해 많은 제약을 받으며, 이러한 제약에의 이탈은 취중에서나 극도의 한계상황 속에서 이루어지고 있다. 뚜렷한 이유도 없이 신치규가 그를 내쫓지만, "아무 조건도 없다. 또한 이곳에서도 할 말이

---

10) 위의 책, p.17.

11) 루카치는 분열된 삶을 자본주의 시민사회의 소외현상과 결부시키고 있으며, 귀족사회의 속박에서 벗어나 인간의 능력 및 개성을 펼 수 있었던 생산력을 지닌 긍정적 문화시민, 또 다른 한편으로는 사회생산구조의 변화로 부를 누리는 부정적 경제시민의 의식적 분열을 지적한 바 있다. 정명환외 공저,『20세기 이데올로기와 문학사상』,서울대학교출판부, 1981, p.134.

없다. 죽으라고 하면 죽는 시늉이라도 해야 하는 것이다"[12]라고 하며, 소극적인 항의에 그칠 뿐이다. 이런 방원의 태도는 그 자신에 국한된 개별적인 의식이라기 보다는 당대의 소작인들이나 유랑농민이 지주에게 대하는 보편적 태도이며, 극심한 농촌의 빈궁상을 예증해 주는 한 단면이라고 할 수 있다.[13]

또한 방원은 아내와 자신의 대립이 야기된 근본 원인을 제대로 파악하지 못하고 있다. 그러기에 그는 아무런 현실적인 대책도 마련하지 않은 채 무작정 함께 떠날 것을 그녀에게 종용한다. 신치규의 제안을 적극적으로 받아들이는 그녀에 있어 무엇보다 우선하는 욕구는 물질적인 충족이다. 그것을 제외한 다른 것은 더 이상 의미를 갖지 않는다. 처음에는 감정적인 유대감을 중시하여 방원을 따라 왔던 그녀였지만, 이제는 그러한 관념적인 가치의식에서 벗어나 현실적인 가치의식을 선택한 것이다.

이러한 그녀의 가치의식의 변화를 냉철히 파악하지 못하고 있는 방원에 의해 그들의 대립은 격렬해지고 극단화된다. 방원의 이같은 피상적인 현실대응으로 가치의식의 차이로 인한 그들의 심각한 대립을 해소할 수 없음은 물론이다. 그리고 방원은 아내와의 부정한 행위를 발견한 직후에도 신치규의 면전에서 주종관계의 굴레로 인해 행동의 제약을 받을 정도로 무기력하다.

---

12) 나도향, <물레방아>, 앞의 책, p.22.
13) 일제하의 조선농촌은 지주 소작인간의 계급 분화가 더욱 선명해지고, 한편에서는 기생지주 계급의 점차적 증대와 토지의 겸병현상이, 그리고 다른 한편에서는 소농의 영락과 몰락과정이 더욱 현저하고 더욱 강렬한 형태로 발현되었던 것은 외지적 자본주의화 과정에서 부여받은 특징적인 성격이었다. 특히 소농은 궁핍의 밑바닥에서 방황하고, 그 근대적인 극도의 궁핍이야말로 때로는 도리어 그들의 향상심 또는 반발심을 좌절케 하고, 그로 하여금 지주의 순박한 소작농 내지 농업노무자로서 최저 한도의 임금 지불에도 항거없는 체념 속에 농촌에 계류케 하는 기반이 되기도 하였다. 김문식외 공저,『일제의 경제침탈사』,아세아문제연구소(II), 민중서관, 1971, p.61.

　　방원은 한참이나 치어다보고서 말이 없었다. 생각대로하면
한 주먹에 때려누일것이지마는 그래도 그의 머리속에는 아까
까지의 상전이라는 관념이 남아 있었다. 번개불 같이 그 관념
이 그의 입과 팔을 얽어놓았다. 어려서부터 오늘날까지 남을
섬겨보기만한 그의 마음은 상전이라면 모두 두려워 하는 성질
이 깊이 깊이 뿌리를 박아놓았다. 그러나 오늘부터는 신치규가
자기의 상전도 아니요 자기가 신치규의 종도 아니다. 다만 똑
같은 사람으로 마주섰을 뿐이다. 아니다. 지금부터 신치규는
방원의 원수였다. 그의 간을 씹어 먹어도 오히려 나머지 한이
있는 원수다.[14]

　계급이란 용어는 사회적 불평등과 동의어로서 사용되어 왔다.[15] 방원
에 있어 종과 주인과의 관계라는 계급의식은 신치규의 부당한 행위를 응
징하는데 장애가 되고 있다. 그리고 지주의 권위로서 자신의 잘못을 호
도하고자 하는 신치규의 태도 역시 불평등한 계급의식에 의거한 것이다.
　그러나 방원은 자신이 이미 쫓겨나 신치규와의 주종관계에서 벗어난
위치에 있다는 것과, 그가 자신의 아내를 가로채려 한다는 것을 깨닫고
권위에 의해 이루어지는 위계질서의 질곡에서 벗어나게 된다. 이처럼 방
원은 신치규를 상전이 아니라 원수라고 여겼을 때 그에 대해 폭력을 행
사한다. 방원은 주종관계의 종적질서를 거부한 것이 아니라 대상을 다른
것으로 바꿈으로써 그러한 굴레에서 벗어날 수 있었던 것이다.
　그리고 방원이 신치규에게 항거하는 명분은 관습적인 윤리에 뿌리를
두고 있다. 신치규가 부부관계의 질서, 즉 아내의 정조를 깨뜨린 인물이
라는 점에 의해 항거의 행동이 이루어지고 있는 것이다. “인간의 활동은
인간 생활의 불평등을 개선하기 위하여, 수단과 목적이 보다 큰 완전성

---

14) 나도향, <물레방아>, 앞의 책, p.31.
15) 최재현,「Ralf Dahrendorf 연구-계급갈등이론의 문제제기」, 『한국사회과학연구』 제1집,
　　서울대학교 사회학연구회, 1977, p.89.

을 향하여 진전하면서 변증법적으로 발전한다."16)라고 할 때에, 방원은 이러한 발전적 면모를 보여주지 못한다.

또한 신치규를 구타하면서 방원은 이성을 잃어버리며 가학적인 잔인성마저 나타내 아내와의 불륜에 대한 징계의 범위를 넘어선다. 이것은 신치규에 대한 그의 항거가 의식적인 상태에서 이루어지는 것이 아니라 무의식적인 상태에서 이루어지는 것임을 나타내는 것이다. 잠시후 마을사람들이 몰려오자 제 정신을 차린 방원은 자신이 범법 행위를 저질렀다는 사실을 깨닫자 아내를 데리고 도망하고자 한다. 하지만 이미 그와는 융합할 수 없는 그녀는 그것을 완강히 거부한다. 방원과 그를 둘러싼 현실의 상황과는 메워 놓을 수 없는 간격이 존재하고 있는 것이다.

<물레방아>에서의 본질적인 대립은 자신을 상품화함으로써 경제적 부를 누리고자 하는 방원 아내의 물질적 가치의식과 그녀에 대한 애정이란 방원의 정신적인 가치의식의 차이로 인해 야기된 것이다. 두 사람의 가치의식은 상반되며, 그것의 충돌은 격렬하고 직선적이다. 방원의 신치규에 대한 구타행위를 중시하여 <물레방아>를 지주와 소작인의 대립을 그린 작품으로 보는 견해도 있다.17) 하지만 이는 세부에 집착하여 작품의 전체적 질서를 잘못 파악한 것이다. 그러한 대립은 부분적인 것이며, 작품의 전반적인 구조에 의해 야기된 본질적인 대립이 아니다.

방원과 아내의 대립을 해소할 수 있는 해결책은 방원이 경제적 부를 지닌 존재나 그것을 획득할 능력을 지닌 존재가 되는 길밖에 없다. 그러나 그것은 현실적으로 불가능하다. 방원의 경제적 궁핍은 그 개인에 주된 원인이 있는 것이 아니라, 사회의 전반적인 구조적 모순에 기인한 것이기 때문이다. 그러므로 방원 같은 유랑 농민이 열심히 노력한다고 해서 그의 경제적 궁핍이 해결될 수 없다. 이에 그녀는 그러한 상황에서 벗어날 수 있는 유일한 길로 자신을 상품화한 것이다. 현실적인 해결책을

---

16) Béla Királyfalvi, 앞의 책, p.42.
17) 윤홍로, 앞의 글, p.153.

내놓을 수 없는 방원이 칼로서 그녀를 위협한다고 해서 그들의 심각한
갈등이 해소될 수는 없다.

> 「말요? 임자의 말을 들을렬것 같으면 벌써 들었지요. 이때까
> 지 있겠소? 임자도 남의 마음을 알지요. 임자와 나와 이년 전
> 에 이곳으로 도망해 올 적에도 전 남편이 나를 죽이겠다고 칼
> 로 허리를 찔러 그 험이 있는 것을 날마다 밤에 당신이 어루
> 만지었지요? 내가 그까짓 칼쯤을 무서워서 나 하고 싶은 짓을
> 못한단 말이요. 힝 이게 무슨 비겁한 짓이요 사내자식이 자!
> 찌르려거든 찔러보아요. 자, 자,」[18]

방원과 그의 아내의 대립을 해소할 수 있는 방안은 현실에서 존재하지
않는다. 그렇다면 그 해결책은 이러한 문제를 망각할 수 있는 죽음밖에
없다. 과거의 화려했던 생활에 대한 복고적인 회상도 있을 수 없고, 미래
에의 환상적인 꿈도 제시할 수 없는 방원에 있어 택할 수 있는 길은 죽음
뿐이었던 것이다. 이에 방원은 그녀를 죽이고 자신마저 그 칼로 죽는다.

이것을 "심미적으로 승화된 죽음은 아니며, 사회계층적 구조에 대한
냉철한 반발에서 결행되는 살인도 아니다. 다만 배반에 대한 격렬한 분
노와 절망적인 열등감과 결부된 자기퇴행적인 칼질이다."[19]라고 보는 견
해와 "남자를 취사 선택할 권리를 가진 요부가 스스로 택한 죽음이며 한
여자의 패배를 의미하는 것이 아니라 한 남자의 패배를 의미한다"[20]라고
보는 견해도 있다. 그러나 그것들은 모두 방원과 그의 아내 사이에 일어
난 가치의식의 격렬한 대립과 죽음을 통한 대립의 해소라는 작품의 본질
적 면모를 간과하고 있는 것이다.

인간의 가장 근본적인 욕망은 삶의 연장이라 할 수 있지만, 그러한 욕

---

18) 나도향, <물레방아>, 앞의 책, p.40.
19) 이재선,『한국단편소설연구』,일조각, 1979, p.215.
20) 강인숙,「낭만과 사실에 대한 재비판」,『문학사상』9호, 1973, p.298.

망이 강하면 강할수록 그와 동시에 죽음에의 강한 충동을 느낀다. 또한 죽음에의 충동은 사회적인 붕괴의 시대에 있어 가장 격렬해 진다. 즉 전통적 가치가 붕괴되면서 신념의 갈등과 마주치게 되면 개인에게 더욱 심각하게 인식되어 진다.[21]

방원은 현실의 고난을 위로해 줄 수 있는 유일한 안식처였던 아내와의 결렬을 계기로 삶의 의미를 잃어버린 것이다. 또한 그의 아내는 물질적 욕망을 채울 수 없을 때 삶의 가치가 없어지는 것이다. 칼을 든 방원의 위협 속에서도 "나는 언제든지 당신 손에 죽을 것까지도 알고 있소"[22]란 그녀의 완강한 거부는 이점을 거듭 확인시켜 주고 있다. 또한 이 말은 죽음만이 그들의 대립을 해소시켜 줄 수 있다는 점을 분명히 드러내 주는 것이다.

한편 이들 두 사람의 죽음이 물레방아간에서 이루어졌다는 사실에서 우리는 그들과 물레방아와의 연관성을 다시 한번 생각해 보지 않을 수 없게 된다. 기계문명의 급격한 진출에 밀려 조만간 사라질 물레방아의 운명은 바로 그들의 운명과 대응되고 있다고 볼 수 있기 때문이다. 즉 근대 시민 사회의 실리추구적 인물과 이에 적극적으로 가담할 수 없는 관념적 인물의 화해할 수 없는 가치의식의 충돌과, 그러한 과도기적 상황을 암시해주기 위해 물레방아가 선택되었다는 것이다. 물레방아와 그들 부부의 운명에 있어 이러한 유추를 통해 나도향은 봉건사회의 해체와 근대 시민사회의 융성이라는 역사적 발전의 변모를 작품에 여실히 반영하고 있는 것이다. 또한 방원과 그의 아내 사이의 격렬하고 직선적인 대립과 죽음을 통한 대립의 해결은 바로 속악한 현실과의 타협을 거부하는 나도향의 시각을 그대로 보여주고 있다.

<물레방아>에서 방원의 아내는 아주 생동감 있게 그려지고 있다. 나도향이 물질적 욕구를 중시하는 방원의 아내를 그처럼 생동감 있게 묘사

---

21) 이재선, 앞의 책, p.202.
22) 나도향, <물레방아>, 앞의 책, p.42.

할 수 있으며, 그렇게 하는 이유는 무엇 때문인가? 나도향에게 방원의 관념적 이상주의적 경향과 방원의 아내의 실리적 현실주의적 경향이 공존하면서 갈등하고 있었다고 볼 때 이 문제를 해결할 수 있는 실마리가 풀린다.

나도향에 있어 이러한 모순되는 가치의식이 동시에 작용하게 된 요인은 그의 전기적 사실을 참조함으로써 윤곽이 드러난다. 그는 한의사였던 조부의 뜻에 따라 경성의전에 입학했으나, 의학보다는 문학에의 열망이 강하여 몰래 자퇴하고 도일한 적이 있다.23) 경제적 능력을 지닌 현실적 인물로서 사회의 일상적 일원이 되어 주기를 바란 조부의 엄격한 조치에도 불구하고 나도향은 그것을 거부한 것이다. 그러나 학자금 미송달로 일본에서 많은 어려움을 겪은 뒤 어쩔 수 없이 귀국하게 된 그는 재물의 위력을 새삼 인식하게 되었던 것이다.

일찍이 나도향은 사랑마저도 돈이 없을 때 불가능하다며, 재물의 중요성을 강조한 바 있다.24) 이처럼 그가 의식적으로는 문화시민의 역할을 존중하여 수행하고 있었지만, 무의식적으로는 경제시민에의 욕망도 배제할 수 없었으며, 그것이 자신의 내부에서 심각한 갈등을 야기하였던 것이다. 이에 이러한 그의 치열한 내적 갈등이 바로 방원과 그의 아내에게 투영되어 그들의 성격 및 행동이 생동감을 가질 수 있었다고 여겨진다.

그리고 상반되는 가치의식의 심각한 대립을 <물레방아>에 형상화함으로써 나도향은 그의 내적 갈등을 대리적으로 해소할 수 있었을 것이다. 인물의 성격 및 행위에 작가의 자아를 투영시킴으로서 그의 의식적이거나 무의식적인 갈등을 해소할 수 있기 때문이다.25) 또한 독자 역시 자신들의 그러한 갈등을 대리적으로 해소할 수 있다. "작품의 미적 효과는 정화작용과 불가분의 연관"26)을 가진다고 한다. 작품은 독자들에게 정서적

---

23) 김용성,『한국현대문학사탐방』,국민서관, 1973, pp.132-135.
24) 나도향,「내가 믿는 문구 몇개-나의 연애관」,『조선문단』10호, 1925.7, p.54.
25) Lev Semenovich Vygotsky, *The Psychology of Art*, The M.I.T. Press, 1971, p.75.

반응을 유발시켜 그들의 억압된 욕망마저 해소시켜 주는 역할을 하기 때문이다.

Ⅲ. 〈날개〉와 회귀적 화해

〈날개〉에는 사회에서 고립된 지식인이 겪는 가치의식의 충돌이 주인공 화자 '나'의 내적 갈등을 통하여 그려지고 있다. '나'는 의식적으로는 비일상적인 정신적 가치를 추구하여 사회와의 타협을 거부하고 있지만, 무의식적으로는 일상적인 물질적 가치 추구라는 사회의 흐름에 가담하고자 한다. '나'는 이같은 자신의 양면성을 감추고자 '박제가 되어버린 천재'라 자칭하며 '위트와 파라독스'의 수법을 통하여 유희적으로 현실에 대처하고자 하는 것이다.

'나'는 자신의 가장 절실한 문제를 유희적으로 제시하고 있다. 진지한 문제를 진지한 태도로 접근한다는 것에 대한 작가의 의도적인 거부반응도 염두에 두어야 하지만, 그렇다고 〈날개〉에서의 유희적 태도를 이러한 입장에서 가볍게 보아 넘길 수는 없다. 그러한 시각은 바로 이상의 현실에 대한 태도가 방관자적인 것임을 잘 드러내 주고 있기 때문이다.

〈날개〉를 엄밀하고 충분하게 해석하고자 함에 있어 '박제'와 '천재'는 세심하게 검토되어야 할 단어들이다. '박제'는 생명은 빼앗긴 채 외양만 갖추고 있는 존재이다. 그러므로 바라보는 자의 시선 속에서만 존재할 뿐 주체적으로 다른 생명체와 어떠한 교섭도 가질 수 없다. 마찬가지로 〈날개〉에서 박제와 같은 '나'는 주체적이고 능동적인 의식과 행위를 하지 못하는 무기력하고 무능력한 존재이다. 그런데도 이런 사실을 인정하길 거부하는 '나'는 자신을 천재라 부르며, 무력하거나 무능하다는 비난에서 벗어나고자 한다.

---

26) Béla Királyfalvi, 앞의 책, p.119.

<날개>에서 '나'의 아내는 많은 남자들과 관계를 맺는다. 그녀가 많은 남자들과 관계를 맺는다는 것은 매음의 행위를 하고 있다는 것을 말한다. 그러나 이러한 엄연한 사실을 인정할 수 없는 '나'는 그녀를 '미망인'이며 '여왕봉'이라 지칭하여 그것을 비일상화 시킨다. 자신은 살아있지만 죽은 박제와 같은 존재이기에 자신의 아내는 실제로 미망인과 같으며 부부간의 윤리에서 자유로울 수 있다는 것이다. 또한 그녀가 여왕봉이란 얘기 역시 마찬가지이다. 그녀는 여왕봉이 다른 많은 숫벌을 거느리듯이 많은 남자를 거느릴 수 있다는 것이다. 그러나 이런 관념적인 변명이나 합리화로 그녀의 매음이 정당화되거나 무화될 수는 없다.

1930년대에 이상과 절친한 사이였던 김유정 역시 매음을 그의 작품에서 빈번하게 다루고 있지만, 이상처럼 허위적 몸짓으로 그것을 관념화 시키지는 않는다. 김유정의 <산골나그네>나 <소낙비> 등에서는 매음을 하지 않을 수 없는, 필연적이라 할 수 있는 극한 상황이 냉철히 제시되어 현실적인 필연성을 확보하고 있다.[27] 이에 반해 <날개>에서의 매음은 구체적인 이유가 제시되어 있지 않으며 그러한 행위가 극도로 추상화되어 있다.

매음과 같은 한계 상황에 이른 행위가 모호하게 그려지고 있다는 것은 객관적 현실에 대한 작가의 태도가 불분명하다는 것을 말해준다. '나'는 아내가 손님에게서 받는 돈이 그들 부분의 생계수단이 된다는 것과 그것이 어떤 연유로 해서 얻어지는 것인가에 대해 지나치게 과민하게 반응하고 있다. 그러면서도 애써 그러한 실상을 부정하고 그것을 자신의 관념 속에서 해체시킨다.

> 깨달았다. 안해가 쓰는 돈은 그 내게는 다만 실없는 사람들
> 로 밖에 보이지 않는 까닭모를 내객들이 놓고 가는 것에 틀림

---

27) 이주형,「<소낙비>와 <감자>의 거리」,『국어교육연구』 8집, 경북대학교 사범대 국어교육연구회, 1976.12, pp.59-84.

　없으리라는 것을 나는 깨달았다. 그러나 왜 그들 내객은 돈을
놓고 가나 왜 내 안해는 그 돈을 받아야 되나 하는 예의관념
이 내게는 도무지 알 수 없는 것이었다.[28]

　돈과 사회적 위세를 절대적 가치로 간주하는 후기 시민사회의 형성과
더불어 교환가치의 위력은 사람들에게 새로운 불안을 가져다주었다. 더
구나 권력이나 부를 획득할 수 있는 실질적인 수단이나 방법을 지니지
못한 지식인에 있어 이러한 사태는 보다 심각한 문제를 던져 주었다고
할 수 있다. 이에 그들은 자신의 지식이 허망한 것이라는 자조적인 의식
속에서 오히려 의도적으로 그것을 거부하는 듯한 몸짓을 나타내게 된다.
　이들 지식인처럼 '나'는 엄격한 거래관계를 통한 지불행위를 예의관념
으로 환치시키고 있다. 즉 그러한 거래행위를 의도적으로 부인하고자 하
는 것이다. 그러나 객관적 현실이 그와같은 관념의 작희에 의해 무시되
거나 변경되어 질 수는 없다. 또한 돋보기로 불장난을 하며 논다든지, 아
내의 화장대에서 화장품을 가지고 논다든지 하는 유아적인 행위가 소외
된 자의 강박관념을 해소시켜 줄 수도 없다. '나'는 이러한 작위적 행동
에 권태를 느끼며 더욱 더 무기력해지고 있는 것이다.[29]
　그리하여 '나'는 자신보다 강대한 외계의 무거운 압력으로 인해 위축되
고 마멸되어 가는 자신의 소극적인 모습을 감추고자 오히려 극도의 게으
름을 피우게 된다. 역사와 사회와의 밀접한 관계 속에서만 자신에게 주
어진 정당한 위치를 파악할 수 있는 개인이 그러한 사실을 부정하게 될
때 그의 행동은 인위적인 것이 되고 만다. 이게아 저극저으로 대결할 수
없는 그는 그 사실을 고의적으로 회피하고자 스스로 무기력을 자처하기
때문이다. 이와 같이 바라보는 자로서 그의 행동을 제약하고, 바라보이는

---

28) 이상, <날개>,『현대조선문학전집』단편집 중, 조선일보사, 1938, p.189.
29) 이재선은 작중화자 '나'가 '권태의 자위책으로 유희로의 전회를 시도한다'고 본다.
　　이재선,「이상문학의 시간의식」,『현대소설연구』, 국문학연구총서⑩, 정음사, 1982,
　　p.50.

자로서 그 자신을 박제화할 때 그의 의식은 더욱 위축되고 분열에까지
이른다. 그리하여, 그는 자신의 지식을 사회에 발휘하지 못하고 폐쇄된
공간 속에서 낭비해 버린다.

> 나는 그러나 그런 이불속의 사색생활에서도 적극적인 것을
> 궁리하는 법이 없다. 내게는 그럴 필요가 대체 없었다. 만일
> 내가 그런 좀 적극적인 것을 궁리해 내었을 경우에 나는 반드
> 시 내 안해와 의논하여야 할 것이고 그러면 반듯이 나는 내
> 안해에게 꾸즈람을 들을 것이고 나는 꾸즈람이 무서웠다는이
> 보다는 성가셨다. 내가 제법 한사람의 사회인의 자격으로 일을
> 해보는것도 안해에게 사살 듣는것도—나는 가장 게으른 동물
> 처럼 게을른 것이 좋았다. 될수만 있으며 이 무의미한 인간의
> 탈을 벗어버리고도 싶었다.
> 나에게는 인간사회가 스스로웠다. 생활이 스스로웠다. 모두
> 가 서먹서먹 할 뿐이다.[30]

‘나’는 무기력한 자기의 처지를 그대로 용인하지 않으려고 자신의 소외
가 그의 무능력에 기인한 것이 아니라는 점을 강조하고자 한다. 누구나
쉽게 파악할 수 있는 일상적 사실을 의도적으로 왜곡함으로써 그 자신은
그러한 비속한 현상에 안주하는 존재가 아님을 계속적으로 부각시키고
있다. ‘천재’는 바로 여기에서 비롯된 것으로 그의 무력과 무능을 합리화
시켜 주는 칸막이 역할을 한다. 그는 천재이기 때문에 사회와 고립되어
그 자신만의 폐쇄된 공간으로 도피하여도 정당화될 수 있다는 것이다.
‘나’는 모든 인간관계를 끊고 일상적인 사회를 거부하고 있지만 아내
‘연심’과의 관계를 통하여 그러한 행동의 모순을 드러낸다. ‘나’는 아내의
매음에 심한 거부감을 느낀다. 그러나 그것이 그들의 생활을 영위하는
유일한 방편이며, 자신은 그러한 경제적 능력을 지니지 못했음을 인지할

---

30) 이상, <날개>, 앞의 책, p.185.

때 그는 그것을 어쩔 수 없이 묵인해야만 한다.

<날개>에 대한 세밀한 검토가 선행되지 않았을 때 이들 부부관계가 진보적 윤리의식에 기반을 둔 것이라 볼 수도 있다. 아내의 매음을 묵인하는 남편 '나'의 태도 및 부부간에 따로 격리된 방을 사용하는 것을 통해 그렇게 판단할 수 있기 때문이다. 그러나 작품상에 나타난 실제는 이와 아주 다르다. '나'는 "십구세기는 될 수 있거든 봉쇄하여 버리오"라고 강한 어조로 외치고 있음에도 불구하고, 전통적 윤리의식에 묶여 있는 인물이기 때문이다. 그는 자신의 과거 회귀적인 성향을 지적인 노력으로 감추고 있는 인물이란 것이다. 그럼에도 그의 이와 같은 위장은 자신에 대한 합리화가 이루어질 때 쉽사리 무너지고 만다.

'나'에게는 외출이 시작되면서부터 변화가 일어난다.31) '나'는 아내의 매음에 대한 거부감을 억제하기 위한 하나의 방편으로 외출을 한다. 하지만 그것이 사회와의 진정한 교섭을 위한 행동이 아니기에 오히려 강박관념만 심해갈 뿐이다. 그리하여 그는 육체적 피로를 구실로 하여 예정 시간보다 일찍 집에 돌아옴으로써 아내의 행동을 구속하고자 한다. 자정이 지나야 손님이 돌아간다는 사실을 의식적으로 무시하며 아내에게 자신의 존재를 확인시키는 것이다. 현실적으로 판단할 때, '나'는 자신이 아내의 매음을 중지시킬 수 있는 힘도 그러한 권리도 없다는 점을 잘 알고 있다. 그러면서도 그는 아내가 자신을 위하여 정조를 지키는 것이 정당한 일이라는 생각에서 벗어날 수 없다.

> 그의 속에 토사리고 앉아서 그의 변신을 가로막는 소위 19
> 세기적 유산에 대한 예민한 자각은, 자기의 내부와 외부에 존
> 재하는 일체의 것을 19세기적인 것으로 판정해 놓고 이에 전

---

31) 김중하는 다섯 번이나 되풀이 되는 외출이 패턴을 이룬다는 점과 그것의 해명이 <날개>를 이해하는 열쇠가 된다는 점을 강조한다. 김중하,「이상의 <날개>-날개의 패턴 분석」,『한국 현대소설 작품론』, 앞의 책, p.240.

적으로 반발하는 극단적이며 매저키스트적인 반응을 초래케
했단 말이다. 겉으로 나타난 파격적인 모더니스트는 가장 봉건
적인 자아의 산물이었던 것이다.
　　더구나 상(箱)은 소위 19세기적 유산에 피동적으로 끌릴 뿐
만 아니라 때에 따라서는 그것을 스스로 받아들이고 있기까지
하다.32)

　　일찍이 정명환이 잘 지적하고 있듯이, 이상은 전위적인 외양에도 불구
하고 실질적으로는 봉건적 성향이 강하다. <날개>에서 '나'가 파격적이
며 진취적인 모습을 드러내고자 하지만 그럴수록 더욱 봉건적 이념의 굴
레 속에 얽매이게 되는 인물임을 보여주는 것이 그러하다.

　　아내 '연심'은 뚜렷하게 묘사되지 않고 '나'의 의식 속에 투영된 모습
만을 보여주고 있다. 하지만 그녀 역시 '나'의 그러한 의식과 크게 어긋
나지 않음을 알 수 있다. 그녀는 자신의 매음이 남편의 의식을 자극한다
는 사실을 깨닫자 행동을 제약한다. "아랫방에서 안해와 그 남자의 내귀
에도 들리지 않을 만치 옅은 목소리로 소근거리는 기척"33)을 보인다는
것이 그러하다.

　　그런데 '나'는 아내의 이같은 변화에 조바심을 느끼는 한편으로 자신의
의도가 아내에게 전달되었다는 사실을 알고 안도감을 느낀다. 그리고 그
날 밤 다른 손님처럼 아내에게 돈을 지불함으로써 그녀와 함께 잠을 자
게 된다. 하지만 이 돈 역시 아내가 주었던 것이기에 그러한 행위가 떳떳
할 수 없다. "안해 이불우에 엎드러지면서 바지포켙에서 그 돈 오원을 끄
내 안해손에 쥐어 준 것을 간신히 기억할 뿐이다."34)라고 자신의 행동을
모호하게 만든다.

　　그러나 그날 이후에도 '나'의 손님에 대한 그러한 거부반응이 계속해서

---

32) 정명환,「부정과 생성」,『이상』,김용직 편, 문학과 지성사, 1977, p.73.
33) 이상, <날개>, 앞의 책, p.194.
34) 위의 책, p.197.

표면화되자 아내는 그에게 수면제를 아스피린이라 속이고 먹이게 된다. ‘나’는 이제 그야말로 한 가닥 남은 의식마저 잠들어 버린 박제가 된 것이다. 하지만 그녀의 이러한 행동이 남편의 존재를 무시하거나 부인하는 것은 아니다. 오히려 그녀가 남편의 존재를 철저히 의식하고 있다는 점을 보여 주는 것이다. 자신의 행위가 윤리적 규범에 어긋난다는 사실을 암암리에 인정하고 있기 때문이다. <물레방아>에서 방원의 아내가 자신의 의식과 행동을 부끄러워하지 않는 것과는 아주 다르다. 방원의 아내는 자신의 가치의식과 일치하는 행동을 하고 있지만, ‘연심’은 자신의 가치의식과 위배되는 행동을 하고 있었다는 것이다.

　‘나’는 고독한 존재이다. 어떤 역할을 사회에서 맡아야 할 것인지 그 올바른 방향을 잡지 못했기 때문이다. ‘나’는 자신의 내적 모순이 결국 사회적 모순의 특수한 표현임을 깨닫고서 자신과 타인을 위해 이러한 모순을 극복하고자 함으로써 모든 인간에게 연대감을 느껴야 한다. 그리고 그에게 단지 괴롭다는 느낌으로 밖에 체험되지 않는 모순을 보다 깊이 인식하기 위해서는 그것과 어느 정도의 거리를 두어야 한다. 그러므로 ‘나’는 박제가 된 천재라는 가식적 몸짓을 지속할 것이 아니라 보다 근원적인 모순의 원인 및 그 해결방안을 진지하고도 구체적으로 찾아야 하는 것이다.

　윤리의식이란 당대의 질서를 유지하기 위해 지배계층이 만든 인위적 규범이다. 그것이 시대를 뛰어넘어 항구적인 영향력을 갖는 절대적인 가치기준은 아니다.35) 그런데 봉건질서를 봉쇄해 버리고 근대적 가치기준의 채택을 앞장서서 부르짖은 이상 소설의 인물이 부부간의 정조관념에 그렇게 집착하고 있는 것은 무엇 때문인가. 이에 이상이 몰락 양반의 과거 회귀적 의식을 지향하고 있다는 점을 주목하게 된다.36)

---

35) 박이문, 앞의 책, pp.89-90.
36) 김용직은 “참고로 밝히면 이상의 증조부 김학준은 正三品 都正을 한 사람으로 이른바 堂上官이었다.”(「이상, 현대열과 작품의 실제」,『이상』,앞의 책, p.15)라고 하

양반은 당대의 지배이념에 충실함으로써 그들의 권익을 보장받을 수 있다. 그렇기 때문에 그들 집단은 자연스레 보수적이고 소극적인 성향을 지니게 된다. 즉 사회의 변동에 민감한 반응을 보이며 그것에 반동적인 태도를 취하게 된다는 것이다. 다른 집단의 이념을 배타적으로 배척하는 그들의 의식이 허위임은 사회의 전체적 전망 속에서 그것을 바라볼 때 보다 뚜렷이 드러난다. 인간은 사회적 동물이며, 그의 존재방식은 당대의 사회적·역사적 환경과 구분될 수 없다. 인간의 중요성과 그들의 개성은 그들이 태어난 사회적 맥락에서 분리되어질 수 없기 때문이다.

봉건체제가 서서히 해체되고 국가마저 제국주의적 식민 침략에 의해 빼앗겼을 때 그들 몰락 양반 계층은 존립의 심각한 위기에 직면하게 된다. 부와 사회적 위세를 송두리째 잃어버린 채 그것을 다시 획득할 방법이 없다는 사실을 깨닫게 됨으로써 그들의 의식마저도 극도의 분열을 겪게 되었던 것이다. 이들 집단의 혼란스럽고 좌절된 의식을 대변하게 된 예외적 존재인 김해경은 그들 계층이 목숨보다 소중히 여겼던 성마저 바꿀 정도로 대담한 전환을 꾀했다. 하지만 그들 집단의 근본적인 한계를 냉정하게 비판하고 그러한 토대 위에서 새로운 지향점을 제시하지는 못하고 있다. 그것은 그의 봉건적 성향이 지나치게 견고해 작위적인 변신으로서는 그것에 대한 치유가 불가능했던 탓이다.

<날개>의 '나'는 인간의 기본적 상황으로서의 고립과 개인의 고립을 동일시함으로써 현실의 절박한 문제와 정면으로 부딪치지 못하고 있다. 모더니즘 작가들은 고독을 특별히 고독한 인간들에 희귀한 상황이 아니

며, 이상을 土族의 후예로 본다. 그러나 김윤식은 "총독부의 기술직 관리에 해당되는 기능직종에 종사한 김연필인 만큼 개화기의 중인적 계층이라 보아지며, 이런 계층이 일제강점기의 기능직 계통의 실무진을 담당한 것이었다. 이러한 중인 층일수록 졸(격식)을 엄격히 따졌던 것이며,"(『이상연구』,문학사상사, 1987, p.54)라고 하여 이상이 중인 계층 출신이라 본다. 물론 김윤식의 지적처럼 당시 이상의 집안이 중인 계층일 수도 있다. 그럼에도 불구하고 이상의 의식은 몰락한 양반 즉 사족의 의식을 지향하고 있다는 것이다.

라 인간 실존의 불가피한 중심적인 사실이라고 여긴다. 그리하여 고독을 보편적으로 조건지워지는 인간의 중심적 상황으로 본다. 하지만 이런 방식으로 상상된 인간은 단지 피상적이고 우연적인 방식으로만 다른 인간과 관계를 맺을 수 있다. 고독은 인간의 보편적인 운명이기보다는 전체적인 사회생활의 단순한 파편에 그치는 사실이기 때문이다.[37] 그렇다면 '나'가 취하는 무기력하고 방관적인 행동방식은 특별한 환경 속에서 특별한 인간 유형이 갖는 특성에 불과하다. 그러므로 '나'는 자신의 개인적 고립을 극복하고 다른 모든 인간과의 유대감을 찾을 수 있는 새로운 시도에 자신을 맡길 수 있어야 한다.

> 안해는 너 밤새워가면서 도둑질하려 다니느냐, 계집질하러 다니느냐고 발악이다. 이것은 참 너무 억울하다. 나는 어안이 벙벙하여 도무지 입이 벌어지지를 않았다.
> 너는 그야말로 나를 살해하려는 것이 아니냐고 소리를 한 번 꽥 질러 보고도 싶었으나 그런 킹가밍가한 소리를 섣불리 입밖에 내었다가는 무슨 화를 볼는지 알 수 있나. 차라리 억울하지만 잠자코 있는 것이 상책인 듯싶이 생각이 들길래 나는 이것은 또 무슨 생각으로 그랬는지 모르지만 툭툭 털고 일어나서 내 바지 포켓 속에 남은 돈 몇 원 몇 십전을 가만히 꺼내서는 몰래 미닫이를 열고 살며시 문지방 밑에다 놓고 나서는 그냥 줄달음박질을 쳐서 나와 버렸다.[38]

아내의 억지 섞인 비난을 받으면서도 '나'는 그녀와의 유대감이 끊어지지 않았다는 사실에 오히려 안도감을 느낀다. 아내라는 존재는 그가 의지하는 유일한 대상으로 그들의 유대가 깨어진다는 것은 그에게 가장 치명적인 타격을 주는 사건이 될 수 있기 때문이다. 또한 그녀는 '나'가 사

---

37) Georg Lukács, *Realism in our Time*, New York : Harper & Row, 1971, p.20.
38) 이상, <날개>, 앞의 책, pp.211-212.

회와의 본격적인 관계를 맺을 수 있는 통로의 구실을 하고 있다. 이에 아내 및 사회와 보다 진전된 관계를 맺기 위한 전환의 계기를 만들기 위해 대낮에 외출을 한다.

'나'가 '미스꼬시 옥상'에 이르렀을 때의 시간이 한 낮이었다는 사실은 중요하다. 그가 밝음 속에서 사회와 접촉하게 된 첫 번째 경우이기 때문이다. "백주의 정점으로서의 정오는 확실히 '나'의 유폐성의 극복인 동시에 도착된 아내와의 관계를 역전시키는 하나의 중대한 전환점인 것이다."39) 이에 '나'는 옥상 위에서 지난 생활을 회고하며 새로운 출발을 시작하고자 한다.

그렇다면 '나'는 왜 다른 장소가 아닌 '미쓰꼬시 옥상'에서 재출발을 다짐해야 하는가. 그곳은 두 가지 의미를 갖는 곳이다. 하나는 그곳이 부와 사회적 위세를 나타내는 장소란 점이다. 그 둘을 지니고 있지 않은 무력한 지식인인 '나'에 있어 그곳은 자신의 잠재된 욕망을 확인하는 장소가 될 수 있다. 다른 하나는 그곳이 높은 곳이란 점이다. 그곳에서는 실제 사회의 모습을 한 눈에 내려다 볼 수 있으며, 거리를 유지한 채 객관적 현실을 전체적으로 관찰할 수 있기 때문이다. '나'가 비속한 곳이라 하여 모멸하고 있는 일상적 사회의 흐름을 냉철히 파악하고자 할 때 그곳은 필연적으로 선택될 수밖에 없는 장소였다.

'나'는 자신의 발 아래에 내려다보이는 사회를 '회탁의 거리'라 지칭한다. 그러면서도 피로와 공복이라는 이유를 내세워 그 속에 참여하고자 한다. 정오의 사이렌 소리를 들으면서 그는 자신에게 내재한 세속적 욕망의 뿌리를 재확인하는 것이다. 그러므로 "날개야 다시 돋아라. 날자·날자·날자·다시 한번만 더 날자구나. 한번만 더 날아보잣구나"40)라는 '나'의 외침은 바로 일상적 생활로의 복귀를 뜻한다.

즉 작가 이상이 속한 몰락 양반계층의 과거 회귀적 소망을 대변하고

---

39) 이재선, 앞의 글, pp.52-53.
40) 이상, <날개>, 앞의 책, p.215.

있는 외침이란 것이다. 이렇게 해석해야만 '날개야 다시 돋아라'란 말의
의미도 제대로 밝혀진다. 날개란 희망과 야심의 일상적 가치를 나타내며,
과거에 누렸던 그들의 사회적 주도권에의 욕망을 나타낸다고 보여지기
때문이다. 그러나 이미 그들은 오래전에 날개를 잃어버린 존재이고 '나'
는 소외당한 지식인일 뿐이다. '나'의 그러한 시도가 미래로의 투기가 아
니라 과거에 대한 다분히 감상적인 향수를 나타내는 것으로 보인다는 것
이다.[41]

'나'는 애초에 거부했던 일상적 가치와의 화해를 모색하고 있지만 그것
이 잃어버린 날개에의 욕망으로서 이루어 질 수 있는 일인가 하는 점은
의문시된다. 그러한 추구방식은 역사발전의 정상적 흐름을 무시한 퇴행
적 의식의 소산이라 보여지기 때문이다. 현실적으로 판단할 때, 소외된
지식인은 사회의 새로운 지배층에 영합하는 존재가 되거나, 모든 인간이
진실로 자유롭고 평등하게 살아 갈 수 있는 사회적 보편성을 추구하는
존재가 됨으로써 그의 고립을 해소할 수 있어야 한다.[42] '나'가 자신의
처지를 현실적으로 파악하지 못하고 관념적이며 과거 회귀적인 해결방안
을 찾았다는 것은 바로 작가 이상의 한계에 기인한 것이라 보지 않을 수
없다.

Ⅳ. 결어

<물레방아>에서의 주된 대립은 신치규와 방원으로 대변되는 지주와 소
작인 사이의 경제적 대립이 아니라 방원과 그의 아내 사이의 가치의식의 대
립이었다. 방원은 정신적 가치를 중시하였음에 반하여 그의 아내는 물질적
가치를 신봉하여 그들의 이질성은 융화가 불가능한 것이었다. 뿐만 아니라

---

41) 정명환, 앞의 글, p.92.
42) 쟝뽈 싸르트르『지식인을 위한 변명』,조영훈 역, 한마당, 1979, p.48.

이들의 대립은 직선적이고 격렬한 것이어서 그 해소방안은 존재의 소멸인 죽음밖에 없었다. 방원의 가치의식에 동조하는 나도향이 자신과는 상반되는 방원 아내를 그렇게 생동감 있게 그릴 수 있었던 것은 자신의 개인적 한계를 뛰어넘어 객관적 현실을 충실하게 반영할 수 있었기 때문이었다. 그리고 이것은 나도향의 현실에 밀착된 시각에 기인한다.

<날개>에는 소외된 지식인의 가치의식의 대립이 그려지고 있었다. 이상은 주인공인 '나'를 파격적이고 진취적인 근대적 의식의 소유자로 형상화하고자 하지만 쉽게 그것의 허위성을 드러내고 있었다. 또한 '나'는 자신의 가장 절실한 문제를 현실적으로 해결하고자 한 것이 아니라 과거 회귀적인 관념적인 해결책을 찾고 있었다. 이것은 바로 이상 자신이 현실과 괴리된 몰락 양반계층의 봉건적 시각에서 벗어나지 못하고 있었기 때문이었다.

나도향이 자신의 예술가적 기질과는 상반되는 가치의식도 충실히 재현함으로써 역사적 발전의 흐름을 사실적으로 반영하고 있음에 반하여, 이상은 비일상적이고 근대적인 가치의식을 표면에 내세우면서도 실제로는 일상적이고 봉건적인 가치의식에 압도당함으로써 역사발전의 흐름을 왜곡시키고 있었다.

본고에서는 그 두 작가의 활동 시기의 차이에 따른 시대적 변수가 작품에 어떤 영향을 미치고 있는가 하는 점은 다루지 않았다. 또한 두 작가의 전체 작품을 대상으로 삼아 인물의 가치의식의 문제를 검토하지 못했다. 이러한 점은 다음 과제로 남겨두고자 한다.

1930년대 모더니즘 소설의 역설

Ⅰ. 머리말

한국 모더니즘 소설에 대한 연구는 1980년대 후반을 기점으로 본격적으로 이루어진다.[1] 이들 연구는 모더니즘 소설이 리얼리즘 소설의 '도구적 합리성' 대신에 '미학적 합리성'을 추구한다는 점과, 자본주의 체제에 편입된 대도시가 그것의 발생적 기반이라는 점을 밝히고 있다. 또한 후속 연구에서는 리얼리즘과 모더니즘의 이분법을 넘어서는 포괄적인 의미에서 그것의 미학적 특징과 근대성의 개념을 포착하려 하고 있다.[2]

그런데 1930년대 한국 모더니즘 소설에 대한 이들 선행 연구는 거의 포괄적이고 거시적인 관점에서 이루어진 것이다. 이러한 연구는 한국 모더니즘 소설의 개별성이 사상될 위험성이 있다. 그러므로 한정적이고 미

---

1) 이강언,「1930년대 모더니즘소설연구」,영남대 박사논문, 1987. 서준섭,「1930년대 한국모더니즘문학 연구」,서울대 박사논문, 1988. 권성우,「1930년대 한국모더니즘 소설 연구」,서울대 석사논문, 1989. 한상규,「1930년대 모더니즘 문학에 나타난 미적 자의식에 관한 연구」,서울대 석사논문, 1989. 최혜실,「1930년대 한국 모더니즘 소설 연구」,서울대 박사논문, 1991. 신수정,「단층파 소설 연구」,서울대 석사논문, 1992.
2) 권성우,「허준 소설의 '미학적 현대성' 연구」,『한국학보』1993년 겨울호. 진정석,「최명익 소설에 나타난 근대성의 경험양상」,『민족문학사연구』,제8호, 1995.

시적인 과제에 대한 일관성 있는 연구가 필요하다. 이제는 한국 모더니즘 소설에 대한 연구도 '위티즘'같은 특정한 기법을 주제 의식과 관련지어 더욱 정밀하게 천착해야 한다는 것이다.[3]

본고에서는 이러한 미시적 연구의 필요성에 부응하여 1930년대 한국 모더니즘 소설의 대표적인 작가인 이상과 최명익의 소설을 대상으로 그들 작품에 나타난 '역설'(paradox)의 실현 양상과 그 의미를 구체적으로 살펴보고자 한다.[4] 한국 모더니즘 소설의 연구에서 역설이라는 특정 문제에 대한 미시적인 검토는 아직 본격적으로 시도된 바 없다. 물론 이상이나 최명익의 작품에 대한 개별 연구에서 세부적인 특징으로 역설이 거론된 바는 있다. 그러나 이러한 부분적인 검토는 역설을 통한 그들 작품을 전체적으로 조망하고 있지 않다는 점에서 의의를 갖지 못한다. 모더니즘 소설의 역설 연구는 역설의 엄밀한 개념 규정과 유형 분류 및 작품에의 전면적이고도 일관된 적용을 필요로 하기 때문이다.

이에 본고에서는 먼저 철학적인 정의를 참조하여 문학에서 역설의 개념을 정의하고, 그에 따라 역설의 유형을 나눈 뒤에, 이어서 이상과 최명익의 소설에서 역설이 어떻게 실현되며 그 의미는 무엇인가를 살펴볼 것이다. 이때에 대상의 범위를 한정하여 죽음과 사랑이라는 제재에 역설이 어떻게 실현되고 있는가를 구체적으로 살펴보기로 한다. 죽음과 사랑이라는 제재는 인간 존재의 근원적 문제이며, 두 작가 역시 이것에 관심을 집중하고 있기 때문이다.

---

3) 서영채,「이상 소설의 수사학과 한국문학의 근대성」,『소설의 운명』,문학동네, 1996. 김주현,「이상 소설의 <위티즘> 연구」,『한국현대문학연구』6, 한국현대문학연구회, 1998.12.

4) 이상과 최명익은 1930년대 초반에도 몇 편의 소설을 발표한 적이 있지만, 몇 년 동안의 공백기를 가진 뒤인 1936년 이후에 본격적으로 소설가로써 활동하며, 그들의 1930년대 전반의 소설은 후반의 소설에 비해 작품 수준도 떨어진다. 그러므로 여기에서는 1930년대 후반에 발표된 이상과 최명익의 소설을 주된 대상으로 삼아 검토할 것이다.

Ⅱ. 역설의 개념과 유형

역설이란 '패러독스'(paradox)의 번역어이다. 패러독스는 원래 그리스어인데, 앞의 '패러'(παρα)는 옆길로 빗나가다와 엉뚱한 짓을 하다는 의미가 있으며, 뒤의 '독사'(δοξα)는 '의견'을 의미하고 있다. 전체적으로 보면 '정통적이 아닌 의견'이나 '상식에 어긋나는 주장'이라는 의미가 된다. 이처럼 역설은 처음에 상식이나 선입관에 도전하는 생각이었다가. 이후에 단순하고 허황한 것이 아니라, 재치 있는 것, 사실과는 어긋나는 듯하면서도 잘 생각해 보면 옳은 주장인 것을 의미하게 되었다.5)

어느 스페인 마을에 이발사가 단 한 사람 있었는데 이 이발사는 "자기 집에서 자기 수염을 스스로 깍지 않는 사람만 수염을 깎아준다"라는 원칙을 정한다. 그런데 만약에 이 원칙 속에다 이발사 자신을 적용시킨다면 우스꽝스러운 일이 발생한다. 이 이발사가 만약 자기가 자기 집에서 스스로 수염을 깎지 않으면 위의 원칙에 따라 자기 수염을 자기가 스스로 깎아야 하고, 깎는다면 깎지 말아야 한다. '러셀의 역설'이라 불리는 이러한 곤혹스러운 현상은 크레타 사람의 '거짓말쟁이 역설'과 성격이 같다. 즉 "거짓말쟁이가 거짓말을 하면 거짓말이 아닌 참말이 되고, 반대로 참말을 하면 거짓말"이 되는 현상이 이발사의 경우와 같은 것이다. 위의 두 경우를 보편화시키면 "무엇이 이면 아니고, 아니면 이다"와 같아진다. 이는 아리스토텔레스의 "갑이면서 동시에 갑이 아닐 수 없다는 모순율과는 상치된다.6)

역설이란 겉으로 보기에는 명백히 모순되고 부조리한 듯하지만 표면적인 논리를 떠나 자세히 살펴보면 진실한 진술 또는 정황을 나타낸다. 그러므로 역설은 사고 작용의 합리성과 인과성에서 벗어난 순환과 모순을 통해 고차적인 진실을 추구하는 방식이다. 역설은 인간을 이해하기 위한

---

5) 노자키 아키히로,『역설의 논리학』,조미영 역, 새날, 1993, pp.36-37.
6) 김상일,『러셀 역설과 과학 혁명 구조』,솔, 1997, pp.15-16.

특권적인 길이다. 그것은 역설이 "인간 언어의 본질인 기호와 지시물의 분류단계에서 밀착된 구멍인 틈을 드러내기 때문이다."[7] 기호에 대한 기본적인 현대적 정의로는 실재와 이상, 이원론과 일원론, 수직적인 것과 수평적인 것 양쪽에 대한 관계인 기호의 이중적 본질을 포착할 수 없다.

역설은 대립 관계에 바탕을 두고 있다는 점에서 '반어'(irony)와 유사하다. 현세는 본질적으로 역설적인 것이며, 따라서 상반되는 감정을 지닌 태도만이 그 모순적인 전체를 이해할 수 있다는 사실을 인식하는 것이 반어라고 하면서, 슐레겔은 이러한 반어를 역설의 한 형태로 본다.[8] 그러나 반어가 대립되는 개념이나 사물이 전도됨을 통해 진실을 추구한다면, 역설은 대립되는 개념이나 사물을 상충시켜 모순을 통해 진실을 추구한다. 모순성이 없는 반어는 형식논리에 벗어나지 않지만, 모순성이 있는 역설은 형식논리에서 벗어나는 것이다. 그러므로 모순되지 않는 표현인 반어와 모순되는 표현인 역설은 서로 구별된다.

카인즈는 철학적 역설의 구체적이고 내재적인 특징을 다음의 네 가지로 든다. ① 대칭점(Syzygy): 정상적인 논리와 용법 및 규칙에 따른다면 동시에 결합될 수 없는 이념들이 역설에서 함께 결합된다. ② 악의 없는 순환성(Nonvicious circularity): 순환성이 좌절과 혼란을 야기하기보다는 진실을 효과적으로 해명하게 한다. ③ 역동적 초월성(Dynamic transcendence): 역설에 의해 삶과 죽음, 정신과 두뇌, 문화와 기술이란 단순한 정태적 개념 대립을 넘어선다. ④ 논증가능성(Demonstrability): 역설의 수용이 종교적 믿음이나 심미적 직관력에 의존하지 않는다.[9]

그런데 논증에 의거하는 철학적인 역설과 달리 문학적인 역설은 논증보다 통찰력과 직관을 중시한다. 그러므로 문학적인 역설은 위의 네 가

---

7) Eric Lawrence Gans, *Signs of paradox: irony, resentement, and other mimetic structures*, Stanford, Calif.: Stanford University Press, 1977, p.13.

8) D. C. Muck,『아이러니』,문상득 역, 서울대 출판부, 1980, p.37.

9) Howard P. Kainz, *Paradox, dialectic, and system*, The Pennsylvania State University Press, 1988, pp.42-44.

지 특징 중에서 '논증가능성'을 제외한 '비정상적인 대칭점', '악의 없는 순환성', '역동적 초월성'을 특징으로 드러낸다고 할 수 있다. 이에 본고에서는 역설을 '대칭적 역설', '순환적 역설', '초월적 역설'로 유형을 구분하기로 한다. 대칭적 역설은 동시에 결합될 수 없는 대척적인 이념이 함께 결합되어 있는 것이다. 그리고 순환적 역설은 순환성을 통해 진실을 나타내고자하는 것이다. 또한 초월적 역설은 대칭점이나 순환성이 나타나지 않으면서도 상식을 넘어서는 고차적 진실을 추구하는 것이다.

　유진 런은 모더니즘의 미학적 형태와 사회적 전망의 중요한 지향으로, 미학적 자의식 또는 자기 반영성, 동시성·병치 또는 '몽타지', 패러독스·모호성·불확실성, '비인간화'와 통합적인 개인 주체 또는 개성의 붕괴를 든다.10) 그런데 실제로 이들 네 가지 항목은 서로 긴밀하게 관련되어 있다. 개성을 지닌 개별 주체의 상실로 인해 작품은 객관적 현실을 반영하는 대신에 개인의 내면을 반영하게 되고, 시공의 순차적이고 교차적인 전개 대신에 동시적이고 병치적인 전개에 따르게 된다. 그리하여 투명하고 명료한 인식은 모호하고 불확실한 인식으로 대치되며, 이에 역설이 진실에 접근하는 최선의 길이 된다.

　모더니즘 소설에서는 본질과 존재, 주관과 객관, 전체와 부분 등의 극단적 괴리를 인정한다. 그리하여 개별 주체의 분열된 자의식 속에서 모호하고 불확실한 전망을 표출함에 있어 양립할 수 없는 것을 동시적으로 병치하고 있다는 것이다. 이런 점에서 모더니즘 작가들은 역설을 애호한다. 그것은 그들이 역설을 통해 극도로 불확실하고 모호한 세계의 다면적이고 복합적인 양상을 섬세하게 포착하고자 했기 때문이다.

---

10) 유진 런,『마르크시즘과 모더니즘』,김병익 역, 문학과지성사, 1986, pp.46-48.

Ⅲ. 이상 소설의 역설

1. 자살과 초월의 역설

이상 소설에서 작가의 분신으로 볼 수 있는 주인공들은 자살을 결심하며 자살을 결행할 방법을 찾고 있다. 하지만 그들이 실제로 죽음을 동경하거나 소망하고 있는 것은 아니다. 죽음의 굴레에서 벗어나고자 하는 삶 충동과 죽음에 스스로 뛰어들고자 하는 자살 충동을 동시에 드러내고 있기 때문이다.

이상은 일찍이 첫 장편소설인 <12월 12일>(『조선』,1930.2-12)에서 "모든 것이 모순이다. 그러나 모순된 것이 이 세상에 있는 것만큼 모순이라는 것은 진리이다. 모순은 그것이 모순된 것이 아니다. 다만 모순된 모양으로 되어져 있는 진리의 한 형식이다."[11]라고 한다. 모순된 것이 바로 진리의 다른 형식이라고 하며, 역설의 핵심을 이루는 모순을 통해 오히려 진리가 제대로 인식될 수 있다는 점을 강조하고 있는 것이다.

<날개>(『조광』,1936.9)의 서두에는 "니코틴이 내 회스배 앓는 뱃속으로 스미면 머리 속에 으레히 백지가 준비되는 법이오. 그 위에다 나는 위트와 파라독스를 바둑포석처럼 늘어놓소. 가증할 상식의 병이오."[12]라고 하며, 작품의 창작방법으로 패러독스를 제시하고 있다. 물론 세련되고 재치 있는 표현으로 희극적인 반응을 야기하는 '위트'가 병렬적으로 제시되고 있기는 하나, 이상 소설이 전반적으로 애상적 정서를 불러일으키고 있다는 점에서 패러독스를 주된 창작방법으로 삼고 있다고 보아야 할 것이다.

그런데 이상은 이러한 패러독스를 실현하는 한 방법으로 '아이러니'를 들고 있다. 먼저 "그는 또 그의 그 「윗티즘」과 「아이러니」를 아무렇게나

---

11) <12월 12일>, 김윤식 엮음,『이상문학전집』2, 문학사상사, 1991, p.88. 이하에서 이 책은 전집 2라고 약칭하기로 한다.
12) <날개>, 전집2, p.318.

휘두르며 산비할 연막을 펴는 것이었다."13)라고 하며, 아이러니를 위티즘
과 분리하여 제시하고 있다. 여기서 위티즘은 위트와 패러독스를 포괄하
는 용어이기에 자연스럽게 아이러니는 패러독스와 위상을 달리하게 된
다. 또한 그러면서도 "꿈바이. 그대는 이따금 그대가 제일 싫어하는 음식
을 탐식하는 아니러니를 실천해 보는 것도 좋을 것 같소."14)라고 하며,
"가령 자기가 제일 싫어하는 음식물을 상 찌푸리지 않고 먹어보는 거 그
래서 거기두 있는 『맛』인 『맛』을 찾아내구야 마는 거, 이게 말하자면
『파라독스』지."15)라고 한다. 제일 싫어하는 음식을 맛있게 먹는 것을 아
이러니라 부르고 패러독스라 부르기도 하는 것이다. 이처럼 한편으로 아
이러니를 패러독스와 구분하면서, 다른 한편으로 아이러니를 패러독스와
동일시하고 있는 것을 착오로 여기기는 어렵다. 이는 이상이 아이러니를
패러독스를 실현하는 방법으로 여겨 그렇게 위상을 달리하면서 동일시하
고 있다고 보아야 할 것이다.16)

  <12월 12일>에서 작가를 대변하는 화자는 "나에게, 나의 일생에 다시
없는 행운이 돌아올 수만 있다 하면 내가 자살할 수 있을 때도 있을 것이
다. 그 순간까지는 나는 죽지 못하는 실망과 살지 못하는 복수 — 이 속
에서 호흡을 계속할 것이다."17)라고 한다. 행운이 돌아 올 수만 있다면
자살할 수 있다고 말하고 있기에, 이상이 자살을 희망하고 있는 것처럼
여겨질 수 있지만 실상은 그렇지 않다. 죽지 못하는 실망과 살지 못하는

---

13) <단발>, 전집 2, p.248.
14) 위의 책, p.318.
15) 위의 책, p.250.
16) "이상문학의 방법론은 바둑판에서의 위트, 아이러니, 패러독스의 규칙에 지나지
    않는다. 그 방법론은 그 근본에 있어서는 아무도 해치지 않는 중립적인 진리를 드
    러내는 방식 곧 패러독스, 또는 대칭점 찾기였다. 이 큰 범주 속에서 그는 재주자
    랑인 위트, 약간의 악의를 지닌 아이러니를 구사했을 따름이다."(김윤식,『이상소설
    연구』,문학과비평사, 1988, p.144.)라고, 위트와 아이러니를 모두 패러독스에 포함
    시키기도 한다.
17) <12월 12일>, 전집 2, p.68.

복수 속에서 생명을 유지하고 있다고 하듯이, 이것은 죽음에 대한 양가적 태도의 표출일 뿐이다.

이상은 지속적으로 죽음의 공포와 불안 속에서 자아의 분열을 경험하며, 그러한 자아의 분열을 통해 죽음과 동일시되는 악마적 분신을 작품 속에 만들어낸다. 그리고 자전적인 주인공들은 그러한 분신인 인형이나 가면 또는 그림자로부터 조종이나 추적을 당하며 그것을 피하고자 자살을 꿈꾸기도 한다.[18]

그러나 어느 작품에서도 그들은 끝내 자살을 결행하지 못한다.

> 해가 서산에 지기 전에 나는 이삼일내로는 반드시 썩기 시작해야 할 한 개 「사체」가 되어야만 하겠는데, 도리는?
> 도리는 막연하다. 나는 십년 긴 ─ 세월을 두고 세수할 때마다 자살을 생각하여 왔다. 그러나 나는 결심하는 방법도 결행하는 방법도 아무 것도 모르는 채다. 나는 온갖 유행약을 암송하여 보았다.[19]

<실화>(『문장』,1939.3)에서 '나'는 해가 서산에 지기 전에 죽어야 한다고 하면서도 자살을 결심하는 방법도 자살을 결행하는 방법도 모른다고 한다. 이것은 자살을 통한 죽음에의 지향이 거짓임을 나타낸다. 십 년 동안 자살을 생각하여 왔으며, 온갖 유행약을 암송하여 보았는데 자살하는 방법을 모른다고 하는 것이 그러하다. 그러니까 자살하고자 하면서 죽고 싶지 않다는 것이다. 이것은 '죽고 싶으면서 동시에 죽고 싶지 않다'는 대칭적 역설이며, 이를 통해 오히려 삶에 대한 지향을 드러내고 있는 것이다. 이상소설에서 이러한 대칭점이 중시되는 것은 <12월 12일>의 제목에서부터이다.[20]

---

18) 김주현,「이상소설과 분신의 주제」,『이상 소설 연구』,소명출판, 1999, pp.242-243.
19) <실화>, 전집 2, p.364.
20) 최혜실은『한국 모더니즘소설 연구』(민지사, 1992, p.93)에서, 역설의 내용이 문자

여기에서 '나'는 죽을 것만 같이 대중을 속이고 남에게 자살을 권유하면서도 자신은 죽지 않을 것이란 점을 강조하고 있다. 그러나 그는 이미 근육이 없는 해골 같은 상태이기 때문에 그러한 소망은 결코 이루어질 수 없다. 이에 이상은 자신처럼 결핵으로 죽어 가는 김유정을 자신의 작품에 끌어들여 죽음이라는 자신들에게 닥친 절대절명의 사실을 허구화하여 무력화시키고자 한다. "유정과 이상—이 신성불가침의 찬란한 정사—이 너무나 엄청난 거짓을 어떻게 다 주체를 할 작정인지."[21]라고, 이상은 자신과 김유정이 '불우의 천재'가 되기 위해서 죽는 것이며, 그것을 '신성불가침의 찬란한 정사'라고 한다.

그러나 이러한 죽음의 미화는 거짓이다. 임종할 때에 유언까지도 거짓말을 하겠다고 하듯이, 이상은 시종 죽음에 대한 자신의 본심을 감추면서 드러내고, 드러내면서 감추고 있다. 그는 백부 집에서의 정신적 수인과 같은 양자 체험에 따른 정신적 억압감 속에서 이전부터 자살 충동에 사로잡힌 바 있지만, 정작 자신이 폐결핵으로 인해 죽어야 한다는 사실을 알게 되자 오히려 필연적으로 찾아 온 죽음의 동시적 수용과 거부라는 양가성 속에서 심각하게 고뇌하게 되었던 것이다.

이상의 1차 각혈은 1930년 4월 26일을 앞뒤로 하여 나타났다.[22] 첫 각혈 이후 그는 죽음의 공포를 강하게 느끼고 있다. 이상은 각혈의 충격을 <봉별기>(『여성』,1936.12)의 서두에서 "스물세살이요 — 삼월이오 — 객혈이다. 여섯달 잘 기른 수염을 하루 면도칼로 다듬어 코밑에 다만 나비만큼 남겨 가지고 약 한 제 지어 들고 B라는 신개지 한적한 온천으로 갔다. 게서 나는 죽어도 좋았다,"[23]라고 심각하게 고백하고 있음이 그러

형태상의 대칭구조와 맞먹는다고 보아, 종말이 출발을, 출발이 종말을 의미하는 날은 1년 365일의 날짜 가운데 가장 동일하면서 대칭되는 숫자의 조합인 '十二月 十二日'이기에 복합대칭의 효과를 준다고 여긴다.

21) <실화>, 전집 2, p.367.
22) 김윤식,『이상연구』,문학사상사, 1987, p.84.
23) <봉별기>, 전집 2, p.348.

하다. 그는 "나는 날마다 운명하였다. 나는 자던 잠—이 잠이야말로 언제 시작한 잠이더냐—을 깨이면 내 통절한 생애가 개시되는데 청춘이 여지 없이 탕진되는 것은 이불을 푹 뒤집어쓰고 누웠지만 역력히 목도한다."[24]라고 하듯이, 매일 죽음과 삶의 경계를 오가고 있었던 것이다.

> 묘비명이라 일세의 귀재 이상은 그 통생의 대작 「종생기」 일
> 편을 남기고 서력기원후 일천구백삼십칠년 정축 삼월삼일 미시
> 여기 백일 아래서 그 파란만장(?)의 생애를 끝막고 문득 졸하다.
> 향년 만이십오세와 십일개월. 오호라! 상심커다. 허탈이야 잔존하
> 는 또 하나의 이상 구천을 우러러 호곡하고 이 한산 일편석을 세
> 우노라. 애인 정희는 그대의 몰후 수삼인의 비첩된 바 있고 오
> 히려 장수하니 지하의 이상 아! 바라건댄 명목하라.[25]

그리하여 이상은 죽음을 초월하고자 자신을 불우의 천재로 고양한 유언을 <종생기>(『조광』,1937.5)로 형상화했던 것이다. 여기에서는 '지하의 이상'과 '또 하나의 이상'이 뚜렷이 분열되고 있으며, 실제의 이상도 존재하여 삼중의 자아가 나타나고 있다. 이것은 모순된 상황이며, 결국 이상은 역설적으로 존재하고 있는 것이다. 그렇다면 그가 이렇게 역설에 의해 자신을 드러내는 것은 무엇 때문인가. 그것은 현실에서 죽음을 필연으로 수용해야 하면서도 내적으로는 그것을 절대로 수용할 수 없다는 삶에의 집착을 초월적으로 나타내고 있는 것이다.

2. 방종과 정결의 역설

이상의 도안으로 제도 용지에 먹물로 그린 가로 12.5센티 세로 7센티의

---

24) <봉별기>, 전집2, p.379.
25) <종생기>, 전집 2, pp.384-385.

호피 그림이 전해지고 있다. "행복의 상징(Symbol of Happiness)이란 이 그림은 단순한 호피로 보이지만, 일단 반으로 접어놓았을 때는 2쌍의 남녀가 에로틱한 장면을 연출하고 있는 광경을 보여 주는 것이다."[26] 이것은 이상이 남녀간의 관능적 사랑을 행복으로 여기고 있다는 점을 말해준다.

이상의 소설은 '금홍보고서'와 '변동림보고서'라고도 불리며,[27] 현실에서 그가 사랑한 여인들이 그대로 등장하고 있다. <날개>와 <봉별기>의 '금홍', <환시기>의 '권순옥', <동해>와 <실화>, <종생기>의 '변동림' 등이 그러하다. 그렇다면 이상이 결핵으로 인한 필연적인 죽음의 강박감 속에서 삶에 대한 강한 집착을 보이고 있는 것도 그녀들과의 사랑에 구원의 기대를 걸고 있었기 때문이라 할 수 있다.

<날개>에서 '나'는 자신을 '박제가 되어 버린 천재'라 하고, 아내 '연심'을 '여왕봉이자 미망인'이라 한다. 여왕봉은 많은 숫벌들과 당당하게 성적 결합을 할 수 있는 존재이나, 미망인은 남편을 따라 죽지 못한 부끄러운 존재이다. 그러므로 그녀는 여왕봉으로서 부부의 정조 관념을 의식하지 않아도 되는 탈규범적 존재라면, 미망인으로서 부부의 정조 관념을 의식해야 하는 규범적 존재이다. 그런데 그녀는 여왕봉이자 동시에 미망인이기에 규범에 매일 필요가 없으면서 규범에 매여야 하는 역설적 존재가 된다. 여기에서 '나'는 남편이면서 동시에 남편이 아니다. 이렇게 규범적 부부관계가 무시됨으로써, 결혼 제도 자체가 희화화된다.

> 「너는 네 말 마따나 두 사람의 남자 혹은 사실에 있어서는
> 그 이상 훨씬 더 많은 남자에게 내주었던 육체를 걸머지고 그
> 렇게도 호기있게 또 정정당당하게 내 성문을 츰입할 수가 있
> 는 것이 그래 철면피가 아니란 말이냐?」
> 「당신은 무수한 매춘부에게 당신의 그 당신 말 마따나 고귀

---

26) 이성미,「새 자료로 본 이상의 생애」,『문학사상』제19호, 1974.4, p.355.
27) 고은,『이상평전』,민음사, 1974, p.230.

한 육체를 염가로 구경시켰습니다. 마찬가지지요.」

「하하! 너는 이런 사회조직을 깜빡 잊어버렸구나. 여기를 너는 서장으로 아느냐, 가소롭구나. 미안하오나 남자에게는 육체라는 관념이 없다. 알아듣느냐?」

「미안하오나 당신이야말로 이런 사회조직을 급속도로 역행하시는 것 같습니다. 정조라는 것은 일대일의 확립에 있습니다. 약탈결혼이 지금도 있는 줄 아십니까?」[28]

이러한 <동해>(『조광』,1937.2)에서 '나'와 '임'과의 대화는 그들의 정조관념이 얼마나 다른가를 보여주고 있다. 그가 그녀의 문란한 정조관념을 비난하자, 그녀는 그와 매춘부와의 관계를 들어 오히려 그를 공격한다. 그녀는 결혼한 뒤에도 이전 애인인 '윤'을 수시로 만나 밀회를 즐기듯이, 자신의 방종에 전혀 죄의식과 수치심을 갖지 않는다.

<실화>의 '연' 역시 <동해>의 임처럼 규범적 정조 관념에서 철저히 벗어나고 있다.[29] 그녀는 '나'에게 죽음을 함께 할 수 있다며 사랑을 굳게 맹세한다. 하지만 그러한 사랑의 맹세를 한 얼마 후에 설마 하던 'S'의 품안에 있다. 그리하여 '나'는 "사람이 비밀이 없다는 것은 재산 없는 것처럼 가난하고 허전한 일이다."[30]라고 비밀이 필요함을 인정하면서도, 연과 S와의 관계를 끈질기게 밝혀내고자 하는 모순된 행위를 하게 된다.

> 이십삼일 밤 열시부터 나는 가지가지 재주를 다 피워가면서
> 연이를 고문했다.
> 이십사일 동이 훤—하게 터올 때쯤에야 연이는 겨우 입을

---

28) <동해>, 전집 2, pp.278-279.
29) <종생기>의 '정희' 역시 남자 관계가 분방하다는 점에서 <동해>의 '임'이나 <실화>의 '연'과 같다. 그녀는 '나'의 아내가 되기를 원하면서도 S와 어젯밤에 태서관별장에서 만났으며, 오늘 오후 8시에도 금화장 저택지에서 만날 약속을 하고 있다.
30) <실화>, 전집 2, p.357.

열었다. 아―장구한 시간!

「첫번―말해라」

「인천 어느 여관」

「그건 안다. 둘째뻔―말해라」

「…………」

「말해라」

「N빌띵 S의 사무실」

「셋째번―말해라」

「…………」

「말해라」

「동소문 밖 음벽정」

「넷째번―말해라」

「…………」

「말해라」

「…………」

「말해라」[31]

  그러므로 나'에게 연은 찾았으면서 동시에 잃어버린 꽃이다. 그렇다면
"제목 <실화>란 무엇이겠는가. 가장 소중한 것을 잃었다는 것은 실상은
그것을 찾았다는 뜻이기도 하다."[32]라고 하듯이, '실화'가 반어적으로 가
장 소중한 것을 찾았음을 나타내고 있다고 보기는 어렵다. 이것은 찾은
듯하면서 동시에 잃어버린 존재를 역설적으로 나타낸 것으로 보아야 할
것이다.

  이상소설에서 작가의 분신인 남성 주인공들은 가부장적인 정조 관념에
집착하고 있다. "내가 이 세기에 용납되지 않는 최후의 한꺼풀 막이 있다
면 그것은 오직 「간음한 아내는 내어쫓으라」는 철칙에서 영원히 헤어나
지 못하는 내 곰팡내 나는 도덕성이다."[33]라고 한다. 이처럼 이상은 겉으

---

31) <실화>, 전집 2, p.360.
32) 김윤식, 앞의 책, p.374.

로 보이는 전위적인 면모와는 달리 의외로 정조 관념이 완고한 가부장제적 의식의 소유자였던 것이다.[34)]

　이상은 자신이 사랑한 여인들의 분방한 정조 관념으로 인해 심한 배신감을 느낀다. 그렇다고 그가 배신한 여인들을 단호하게 미워하며 관계를 단절하고 있는 것은 아니다. 오히려 그녀들에 대한 미련을 끝내 버리지 못하고 있다. 그는 자신을 배신한 여인들을 한편으로 미워하면서도 다른 한편으로 그리워하고 있다는 것이다. 고석규는 "사뭇 <날개>를 위시한 몇 편의 소설과 다른 형태의 산문류에서 보다시피 이상, 그는 종생토록 갈등하여 마지않던 대상을 들어 '여자'니 '안해'니 혹은 그와 유사한 여성 명사로써 호칭하며 이들 대상간에 벌어진 애증적 갈등을 온통 자아에게로 집주시키는 무염지병을 앓고 있는 것이다."[35)]라고 한다.

　그렇다면 이상에 있어 이러한 애증의 갈등의 근원은 무엇인가. 그것은 그가 만 2세 전후에 백부 김연필의 양자가 되어 조부모가 함께 사는 큰 집으로 옮아와 성년이 되도록 그곳에서 살았다는 양자체험에 있다. 김연필은 이상을 데려오고 2년이 지나 이상과 동갑인 아들을 데리고 있는 과부와 결혼한다. 어릴 때에 친부모와 헤어지고 이러한 복잡한 가족 관계 속에서 성장하면서 이상은 심한 정신적 충격을 받고 '자기애적 성격장애'가 형성되었다는 것이다.[36)]

---

33) <십구세기식>, 전집 3, 김윤식편, 문학사상사, 1993, p.182.
34) 우드 콕은 오스카 와일드의 모순된 면모를 언급하면서 "그의 삶, 저술과 사상은 외견상 모순으로 가득 차 있으며, 많은 비평가들은 이것을 근본적인 불성실의 표시로서 해석한다. 하지만 와일드는 실제로 그나 다른 사람들이 믿었던 것보다 더욱 진지한 사람이었고, 그가 했던 거의 모든 일에서 성실했다."(George Woodcock, *The paradox of Oscar Wilde*, New York, The Macmillan Company: New York, 1950. pp.3-4.)라고 한다. 와일드에 대한 이전의 평가가 그러했듯이, 이상의 경우도 이러한 보수적인 측면을 지나치게 강조하여 그의 소설이 보여주는 전위적인 측면을 무시해서도 안되지만, 그렇다고 이러한 보수적인 면모를 제거하고 전위적인 면모만을 부각해서도 안될 것이다.
35) 고석규,「시인의 역설」,『문학예술』,1957.4-7,『여백의 존재성』,고석규 유고 평론집, 지평, 1990, p.226.

이상 소설의 주인공은 한 여자에게서 모성과 창녀 기질을 동시에 소망하여 아내를 존경하고 경멸하는데, 이같은 애정과 증오가 공존하는 양가 감정은 아마도 이상이 어려서 자기를 버렸다고 여겼던 친모에 대해 품었던 무의식적 정서에서 나온 것으로 보인다.

이처럼 이상은 금홍과 변동림 등을 사랑하면서 동시에 미워하는 애증의 역설을 보여주고 있다.37) 그런데 "이 양면성(ambivalance)의 갈등은 그의 문자행위 도처에서 구성의 기본항으로 놓여 있다. 문과 내부, 거울과 바깥, 나와 아내, 부와 나, 내와 외, 기독과 비기독, 모조품과 진짜, 정신과 육체(두개골) 등, 이 극단적인 두 축의 중간에 초월로서의 Poesie가 놓인다"38)라고 한다. 그러므로 이러한 양가성은 대칭적 역설에 주로 의거하는 이상문학의 본질적인 특성이라 할 수 있다.

이상은 "천하의 여성은 다소간 매춘부의 요소를 품었느리라고 나 혼자는 굳이 신념한다. 그대신 내가 매춘부에게 은화를 지불하면서는 한 번도 그네들을 매춘부라고 생각한 일이 없다."39)라고 한다. 본래적인 측면에서 모든 여성이 매춘부의 기질을 지녔음에도 불구하고 양가집 부녀들은 정숙한 체 가장하며 살아가고 있음에 반해, 오히려 매춘부는 정숙을 가장하지 않는다는 점에서 오히려 진실할 수 있다는 것이다. 이를 통해 이상은 자신이 매춘부를 사랑의 상대자로 선택한 것이나, 사랑으로 상대자로 선택한 여인이 방종한 것을 정당화하고 있다.

이처럼 이상은 정결할 수 없는 방종한 여인을 아내나 애인으로 선택하

---

36) 조두영,「정신의학에서 바라본 이상」,『이상 문학 연구 60년』,권영민 편, 문학사상사, 1998, pp.120-122.
37) 일찍이 고석규는 "상은 융그가 지적한 대로 무의식적인 「에디퍼스 콤플렉스」에 기초한 「양성적 소질」을 통하여 「나 자신」을 새로이 의식하지 않을 수 없는 계제에까지 옮아 왔으며"(앞의 책, p.248.)라고, 이상에게 이러한 애증의 복합적 갈등이 오이디푸스콤플렉스에 기인한 '반동형성'의 결과로 본 바 있다.
38) 김윤식,『이상소설연구』,문학과비평사, 1988, p.33.
39) <봉별기>, 전집 2, p.353.

면서 그들이 정결하기를 기대하고 있다. 그러나 이것은 피할 수 없는 배신 속에서 믿음을 요구하고 있기에 결코 성취될 수 없는 비현실적 소망인 것이다. 그러므로 이상에게 그러한 사랑이 죽음에 대한 공포와 불안을 해소할 근원적인 힘이 되어 줄 수는 없다.

Ⅳ. 최명익 소설의 역설

1. 욕망과 허무의 역설

최명익 소설에서도 역설은 본질적인 측면을 이룬다. 최명익 소설에서 죽음과 사랑에 대한 역설은 크게 두 가지 점에 집중되고 있다. 하나는 죽음에 있어 욕망의 긍정과 부정으로 인한 갈등이며, 다른 하나는 사랑에 있어 자존의 추구와 모욕으로 인한 갈등이다. 그러나 순환적인 역설이 지배적이라는 점에서 대칭적인 역설이 지배적인 이상소설의 경우와 구별된다.

조연현은 "씨에겐 「어떻게 살아야 인간은 후회없는 일생을 살수 있을가」하는 과제와 「산 사람은 아무렇게나 살아도 죽을때 까지는 살수있다」라는 운명적인 체념이 별개의 문제로 대립되어 있은것이아니라 생리적으로 씨의 세계에 공존해 있었다는것이다."[40]라고 한다. 이처럼 최명익 소설의 인물들은 자아의 분열 속에서 일상적 욕망을 한편으로 경멸하면서 다른 한편으로 그것을 수용하고 있으며, 자존을 추구하지만 모욕만을 받고 있다.

<비오는 길>(『조광』제2권 제6-7호, 1936.4-5.)에서 '병일'은 우연히 비를 피하다가 사진관 주인 '이칠성'을 알게 된다. 이칠성은 사진관 소사로

---

40) 조연현,「자의식의 비극-『장삼이사』를 통해 본 최명익」,『문학과 사상』,세계문학사, 1949, p.116.

시작하여 이제는 사진관의 주인이 된 철저한 생활인이다. 그는 돈을 많이 모아 사진관 사업을 확장하고 아이들 학교 앞에다 큰집을 사서 남보란 듯이 행복하게 사는 일이다. 그는 "어서 장사를 시작하고 하루 바삐 장가를 들어서 사람 사는 재미를 보도록 하라고"[41] 병일에게도 세속적인 재미에 관심을 갖도록 권유한다.

그러나 병일은 그러한 세속적 욕망을 용납하지 못한다. 그러므로 병일은 확신에 차서 세속적 욕망 추구를 권유하는 이칠성에게 심한 모멸감을 느끼며 '청개구리 뱃가죽 같은 놈'이라고 경멸한다. 그러면서도 도시의 번잡한 자본주의적 삶에 충실한 그를 통해 자신에게는 없는 생명력을 발견하고 은밀하게 동경한다. 이처럼 병일은 이칠성을 통해 일상적 욕망에 대한 경멸과 동경의 양가적 태도를 갖는다.

그런데 병일은 이칠성과의 만남 이후에 의식적으로 장사보다 독서를 가치 있는 일로 여기려고 하지만 독서력을 완전히 잃어버린다. 그리하여 "바람 한 점 없는 하숙 방에서 활자로 싯거멓게 메인 책과 마주 앉을 용기가 없어진 병일이는 어떤 유혹에 끌린 듯이 사진관으로 찾아"[42] 간다. 그리고 굴곡 많은 음습한 골목길에서 벗어나 밝고 평탄한 큰길을 걷고자 하는 욕망을 은연중에 갖게 된다.[43] 병일은 자신도 모르게 소시민적 행복 추구에 급급한 산문적 현실에 이끌려 들어가고 있는 것이다. 그도 그러한 산문적 현실 속에서 일관하여 흐르고 있는 어떤 힘찬 리듬을 보았기 때문이다.

> 희망과 목표를 향하여 분투하고 노력하는 사람의 물결 가운데서 오직 병일이 자기 만이 지향 없이 주저하는 고독감을 느낄 뿐이었다. 다만 일생의 목표를 그리 소홀하게 결정할 것이

---

41) 최명익, <비오는 길>,『장삼이사』,을유문화사, 1947, p.116. 이하 이 책에서의 인용은 작품명과 쪽수만 표시하기로 한다.

42) <비오는 길>, p.124.

43) 윤부희,「최명익 소설 연구」,이화여대 석사논문, 1993, pp.13-14.

아니라고 간신히 자기에게 귓속말을 하여 보는 것이었다.

이러한 귓속 말에 비하여 사진사의 자신 있는 말은 얼마나 사진사 자신을 힘 있게 격려할 것인가? 더욱이 누구나 자기의 희망과 포부를 말로나 글로나 자라나고 있을 때보다 훨씬 빈약해 보이는 것이요, 대개는 정열과 매력을 잃고 마는 것인데, 이 사진사는 그 반대로 자기 말에 더욱더욱 신념과 행복감을 갖는 것을 볼 때 그는 참으로 행복스러운 사람이라고 생각할 밖에 없었다.44)

병일은 소시민적 욕망의 성취가 대다수 사람들의 행복관이라 생각하면서도 그것을 자신의 행복관으로 받아들이지 못하고 있다. 그러나 이칠성은 "내가 보기엔 긴상은 돈 모고 세상살이할 생각은 많은 것 같단 말이야."45)라고 한다. 이처럼 병일 역시 일상적 욕망의 성취에 따른 행복을 추구하는데 관심을 갖고 있음이 타인에게 간파되고 있다.

그러면서도 병일에 있어 욕망에 대한 이러한 양가적 갈등은 자신의 선택이나 판단에 의해서가 아니라 우연히 해소된다. 옛날 주인의 사진관을 인수하여 그것을 신문사 지정 사진관으로 만들어 크게 키우겠다는 꿈에 부풀어 있던 이칠성의 돌연한 죽음이 그러하다. 병일은 이칠성의 죽음을 통해 세속적 욕망에 이끌려가던 자신을 바로 잡으며, 지금부터 더욱 독서에 강행군을 하리라고 계획한다. 하지만 김민정의 지적처럼 "'독서'로 드러나는 무언의 행위는 세속화된 욕망의 추구에 대한 부정의 의미이며 '생활인'으로 상징되는 현실의 논리에 대한 '부정성'과 그 극복의 의지를 담고 있는 것이"46)라고 보기는 어렵다. 독서는 지식인의 관념적인 채결에 불과 할 뿐이기 때문이다. 오히려 산문적 현실에서 활기차게 살아가는 사람들에게 거의 의미가 없는 독서를 부정할 때에 현실의 논리가 제

---

44) <비오는 길>, pp.131-132.
45) <비오는 길>, p.130.
46) 김민정,「1930년대 후반기 모더니즘소설연구」,서울대 석사논문, 1994, p.60.

대로 포착될 수 있을 것이기 때문이다. 그러므로 사태는 본질이 호도된 채 미해결로 남아 있을 수밖에 없다.

그리하여 <무성격자>(『조광』제3권 제9호, 1937.9)의 '정일'에 의해 욕망에 대한 양가적 갈등의 해결은 다시 모색되어야 했던 것이다. 정일 역시 <비오는 길>의 '병일'처럼 고립된 삶 속에서 욕망을 거부하고 있다. 일상적 욕망, 특히 금전의 욕망에 충실한 정일의 아버지와 매부 '용팔'이 볼 때에 정일은 객지를 떠돌아다니며, 교사노릇을 한다며 집에서 돈까지 가져다 쓰는 초라한 타락자일 뿐이다.

이러한 정일과 달리 그의 아버지는 '욕망의 권화'이다. 그는 위암으로 사형선고를 받은 중환자이면서도 "굳어진 창자를 찢어내는 듯한 구역을 하고 구역이 진정만 되면 언제나 겨우 하는 말로 죽고 싶지 않다고 부르 짖"47)을 정도로 생명에 대한 집착을 보인다. 그는 생명에 대한 이러한 집 착뿐만 아니라, 물욕 역시 버리지 않고 있다. 생명이 위태로운 이 시기에 도 여러 경쟁자들을 물리치고 애를 써서 시내 요지의 토지를 샀다는 것 이 그러하다.

정일은 세금을 아끼기 위해 토지의 명의를 정일 자신의 이름으로 하자 는 용팔의 제안을 불순한 것으로 불쾌하게 여기면서도 아버지의 욕망이 어느 정도인가를 시험하고자 그것을 허락한다. 그리고 얼마 후에, 자신을 욕하고자 큰 소리로 울부짖고 무릎으로 이불을 차 던지는 아버지를 지켜 보면서 욕망의 힘이 얼마나 강한가를 절감하게 된다.

> 어느 날 정일이가 그러한 뒤를 치를 때 문병 왔다가 툇마루
> 로 쫓겨 나간 여인들은 죽고 싶지 않다고 부르짖는 병인의 말
> 을 듣고 서로 얼굴을 쳐다 보며 말을 끊었던 모양이었다. 그
> 때 정일이가 더러운 것을 문밖에 내 놓는 것을 보자 한 여인
> 이 어색한 침묵을 깨뜨릴 좋은 기회라는 듯이——그러믄요 저

---

47) <무성격자>, p.54.

런 효자를 두시고 안 그러시겠소? 하고 정일이의 어머니를 쳐
다보았다. 그 때부터 정일이는 아버지가 시선을 가다듬어서 자
기를 바라볼 때마다 얼굴을 돌리고 자기 손으로 추겨 드린 아
버지의 입에서 어떤 애정의 말이 나올까 겁나서 바삐 문밖으
로 몸을 피할 밖에 없었다.

×   ×

　문주가 죽었다는 운학의 전보를 받은 날 저녁에 만수 노인
은 죽었다. 죽은 사람은 죽은 사람으로 하여금 장사케 하라는
말대로 하자면, 자기는 문주를 장사하러 가는 것이 당연하리라
고 생각하면서도 정일이는 아버지의 관을 맡았다.[48]

　죽은 사람을 죽은 사람으로 하여금 장사하게 할 수 없다. 그런데도 '정
일'은 자신이 '문주'를 장사하러 가야 하는 이유를 그렇게 말한다. 더욱
이 결핵으로 아버지의 죽음 직전에 죽은 애인 문주와 달리 정일은 살아
있는 사람인데도 자신이 죽은 사람이라고 말하고 있다. 그것은 육체적인
죽음만이 죽음이 아니라 정신적인 죽음이 진짜 죽음이라고 여긴다는 것
이다.　그렇기 때문에 아버지 만수 노인은 죽으면서 살아 있는 사람이고,
정작 정일은 살아있으면서 죽은 사람이 된다. 그리하여 '죽은 자가 죽은
자를 장사지내야 한다'는 순환적인 역설을 통해 욕망의 가치를 실질적으
로 인정하게 된다.

　최혜실은 "정일은 아버지를 간호하면서 새삼 자신의 모습을 생각하게
된다. 그는 이제 「무성격」한 모습을 더 이상 지탱할 수 없으며, 그것은
자기기만밖에 될 수 없다는 것을 깨달은 상태가 되었다."[49]라고 한다. 죽
음에도 굴하지 않는 아버지 '만수 노인'의 집요한 욕망을 바라보면서 생
활에 대한 인식을 달리하게 된 것이다. 그 동안 아버지의 욕망을 은근히
경멸하고 불결하게 여기던 그가 아버지의 꺼질 줄 모르는 물욕을 통해

---

48) <무성격자>, pp.64-65.
49) 최혜실,「1930년대 한국 심리소설 연구」,서울대 석사논문, 1986, p.73.

삶에 대한 강한 의지력을 발견하게 되고, 살아있다는 것은 바로 그러한 생명에의 의지에서 비롯한다는 생각을 갖게 되었기 때문이다.

그리하여 정일은 문주가 아니라 아버지의 장사를 지낸다. 아버지의 욕망을 인정한다는 것이다. 그리하여 아버지의 수발도 정성껏 할 수 있었던 것도 그 때문이다. 이런 그의 행동이 규범적인 효도에서 나온 것은 아니다. 아버지와 문주의 죽음을 통해 정일은 삶의 허무와 어떻게 맞서야 할 것인가를 인식하게 되었음을 알려주고 있는 것이다. 그러므로 정일 자신은 아버지의 장례를 지내면서 죽은 사람의 대열에서 벗어나 산 사람이 될 준비를 한다. 생활의 산문적 진실에 차츰 다가서고 있는 것이다.

2. 자존과 모욕의 역설

<역설>(『여성』제3권 제2-3호, 1938.2-3.)에서 문일은 뚜렷한 목적 의식도 없이 그저 끌려가듯 반복적으로 기생 옥주의 집을 방문하여 '계향'을 만나고 있다. 그러므로 목책안의 작은 길을 따라서 하루에도 수십번 씩 걷는 문일의 삶이나 사년 째나 조금도 쉬지 않고 시계추와 같이 몸을 흔들고 있는 상동병자 계향 오빠의 삶은 무의미한 반복을 지속하고 있다는 점에서 동일한 것이다. 문일은 쓰리였던 옛날 애인과 닮아서 계향이 자신에게 호감을 느낀다는 옥주의 말을 듣는다. 그러자 "그보다도 목을 빼고 기웃거리는 수탉의 모양을 자기에게서 먼저 본 것이 자기보다 계향이와 옥주인 것 같아서 얼굴이 붉어질 밖에 없었다."[50]라고 하며, 자신의 본심이 노출된 것을 당혹해 하고 있다. 교사 생활 십년 동안 아무런 감격도 흥분도 없이 계속된 자기의 무덤덤한 감정을 계향이 흔들고 있다고 여기면서도 자존을 지키고자 본심을 감추고 있었기 때문이다.

그러므로 문일은 계향이 다시 기생 허가를 주선하여 그곳을 떠난다고 하자 그녀와의 그러한 만남이 깨어진다는 아쉬움에도 불구하고 오히려

---

50) <역설>, p.13.

안도감을 느낀다. 그것은 은연중에 그녀에게 이끌리는 그 자신의 감정 흐름을 저절로 막을 수 있게 됨으로써 금방이라도 무너져 내릴 듯 위태로운 자신의 자존을 타의에 의해서나마 지킬 수 있었기 때문이다. 이처럼 문일의 '계향'에 대한 사랑은 자존을 지키고자 시종 일정한 거리를 유지하는 것이다.

'문일'은 모교에서 교장후보로까지 거론되고 있지만, 그런 일에 적극적인 관심을 보이지 않는다. 계향에 대한 사랑에서 자존을 중시하고 있듯이, 사회활동에서도 자존을 중시하고 있기 때문이다. 그리하여 문일은 교장을 맡아달라는 과거의 은사 S선생의 간곡한 권유를 냉정하게 거절한다. "비록 지금까지 자기 반생에, 받들고 천국으로 갈 자랑도 지옥으로 짊어지고 갈 죄라도 없이 그날 그날을 살아 온 생활이었지만 이 때에 나의 자존심과 결벽성만은 살려야겠다고 생각"51)한다는 것이다.

<무성격자>에서 '정일'의 '문주'에 대한 사랑도 일정한 거리를 항시 유지하고 있다. 두 사람은 동일하게 일상적 욕망을 상실하고 퇴폐적 삶에 젖어 있다는 점에서 서로를 바라보면서 자신의 모습을 확인한다. 그리하여 정일은 한편으로는 문주의 퇴폐적이고 허무적인 삶에 눈살을 찌프리면서도 다른 한편으로는 아편굴로 찾아가는 중독자와 같이 그녀의 처소로 찾아가고 있는 것이다.

문주는 "자기가 같이 죽어 달라고 조르기만 하면 같이 죽어 줄 사람이라고 하면서 어떤 때는 그것이 좋다고 기뻐하고 어떤 때는 그것이 싫다고 하며 그때마다 설혹 자기가 같이 죽자고 하더라도 왜 당신은 애써 살아 보자고 나를 힘있게 부뜰어 줄 위인이 못 되느냐고 몸부림을 하며 우는 것이었다."52)라고 한다. 문주 역시 양가적인 태도를 보여주고 있다. 그녀도 한편으로는 자신과 일치하는 정일의 방관적인 태도를 좋아하면서, 다른 한편으로는 그러한 태도를 싫어하고 있는 것이다. 이처럼 문주

---

51) <역설>, p.20.
52) <무성격자>, p.38.

는 생활 속에서 그들의 관계가 밀착되길 원하고 있지만, 시종 일정한 거리를 유지하는 정일에 의해 모욕을 느끼고 있다.

정일이 아버지의 위암 진단 소식을 듣고 고향으로 내려 갈 때에 그를 바래준다면 기어이 K역까지 함께 간 문주가 이번 기회의 그의 고향까지 따라가 보고 싶다고 농담처럼 말하는 것도 그들의 관계를 구체적으로 확인해 보자는 것이다. 이 때에 정일은 문주의 의도를 짐작하고 난감해 한다. 농담으로 말하는 것에 정색하고 거절할 수도 없고, 그렇다고 그것을 농담으로 돌리면 오히려 그녀가 금시 정색을 하고 농담으로 했던 말을 기어이 실행하고자 조를 수 있기 때문이다. 초조해 하는 정일의 눈을 바라보면서 문주는 그들 사이의 장벽을 구체적으로 확인하고 농담이라 말하면서 돌아선다. 얼마 후에 문주는 결핵이 악화되어 죽는다. 이 죽음은 육체적인 병으로 인한 것이지만, 동시에 사랑에서 자존을 상실한 절망으로 인한 것이기도 하다.

<심문>(『문장』제5호, 1939.6)에서는 사랑에 대한 자존의 추구가 보다 다양하고 미묘하게 드러난다. 여기에서는 자존의 상실에 따른 모욕뿐만 아니라 자존을 잃게 할 모욕을 자청함으로써 그러한 모욕을 극복하고자 한다. 모욕은 '명일'에 의해 '여옥'에게, '현혁'에 의해 여옥에게, 명일에 의해 현혁에게 가해지고 있다.

명일은 여옥을 모델로 삼아 그림을 그리고자 하지만, 삼년 전에 잃은 전처 '혜숙'에 대한 미련으로 일이 진척되지 않는다. 캔버스 위에 애써 초점을 맞추어 붓을 들 때에 나타나는 것은 눈앞의 여옥이라기보다는 머리 속의 혜숙이기 때문이다. 여옥은 명일의 그러한 이중적인 태도에 모욕을 느낀다. 그리하여 "침실의 여옥이는 전신 불덩어리의 정열과 그러면서도 난숙한 기교를 갖춘 창부였고, 낮에는 교양인인 듯 영롱한 그 눈이 차게 빛나고 현숙한 주부인양 단정한 입술은 늘 침묵하였다."[53]라고

---

53) <심문>, p.148.

하며, 밤과 낮이 다른 이중적인 모습을 보여준다.

명일은 밤과 낮이 크게 다른 여옥의 이중성이 자신의 분열된 태도로 인한 반항의 소산으로 보고, 그러한 모호한 태도에서 벗어나고자 한다. 그러나 신경이 '요기롭도록 예민한' 여옥은 자신을 통해 전처의 모습을 보고 있는 명일에게 모욕을 느끼며 자존을 찾고자 과거의 애인인 현혁을 찾아 떠나버린다. 명일은 여옥이 그렇게 떠나자 <역설>에서 문일이 계향의 떠남에 그러하듯이 오히려 안도감을 느낀다.

그런데 명일은 훗날 친구 이군을 찾아 떠난 할빈 여행에서 그녀를 다시 만나고 그녀의 집에서 현혁과도 만나게 된다. 현혁은 이전에 사회주의 운동의 이론가로서 명성을 날리던 인물이지만, 이제는 마약중독자로 폐인이 되어 병신 자식이 어머니에게 의지하듯이 여옥에게 얹혀 살고 있다.

> 사실입니다. 김선생의 의식적 모욕이 아니라고, 우리 앞에 나타난 김선생으로 해서, 이렇게 우리가 받는 모욕감과 고통을 어떻게 합니까? 김선생 때문에 받는 이 모욕감이 김선생에 책임이 아니라면 나는 어떻게 해야 합니까?
> 물론 김선생의 책임이라고만도 할 수 없겠지요. 이런 내 모욕감은 김선생과의 대조로서 비교도 안 되는 약자의 모욕감이라고 할 것입니다. 그렇다며, 그렇다고 지금의 내가 다시 당자가 되어 김선생에게서 받은 모욕과 박해를 설욕할 수가 있을까요? 지금 김선생은 내게 여옥이를 내놓으라고 내 앞에 뻗치고 앉아 있지 않습니까! 그것이 박해와 모욕이 아니고 무엇입니까? 그렇지만 나는 설욕할만한 강자가 될 수 없습니다. 영원히 될 수 없습니다. ……그래서 나는 피로써 피를 씻는다는 격으로, 그렇다고 김선생의 모욕을 모욕으로 갚을 수 없는 나는, 내 자신을 내가 철저히 모욕하는 것으로 받은 모욕감을 씻어 볼 밖에 없습니다.54)

---

54) <심문>, p.198.

여기에서 현혁은 자신을 철저히 모욕함으로써 자신이 받은 모욕감을 씻는다고 한다. 이것은 '피로써 피를 씻는다'는 말처럼 순환적인 역설이다. 상대방을 모욕할 힘이 없을 때에 오히려 자신을 철저히 모욕함으로써 그러한 모욕감을 없앤다고 함으로써 그가 얼마나 자굴감에 젖어 있는가를 잘 보여주고 있다.

여옥은 할빈에서 현혁을 다시 만나 함께 살게 되지만 역시 자존과 모욕의 양가적 갈등을 겪는다. 자기 곁을 떠나는 것이 두려워 여옥마저 마약중독자로 만든 현혁이 그녀에게 죽는 날까지 자기를 버리지 말아 달라고 울며 애걸할 때에, 그가 애처럼 불쌍하게만 생각되어 떠날 수 없었기 때문이다. 차츰 그녀가 없으면 못산다는 그의 마음이 사랑보다는 금전에 있음을 짐작하면서도 제 몸만 건져 보려는 생각은 없었는데, 그가 명일에게 돈을 강요하려 하자 파멸로 가고 있는 자신의 삶을 돌아보게 된다.

이에 여옥은 명일에게 현혁의 마음을 시험해 보도록 부탁한다. 그런데 예상처럼 현혁이 명일에게 돈을 요구하자, 여옥은 명일의 따라 귀국해 갱생의 길을 찾는 대신에 자살한다. 명일에게서 모욕을 받았듯이 현혁에게도 모욕을 받았기 때문이다. 그녀에게 자존을 잃어버린 사랑은 가치가 없다. 그러므로 신수정의 지적처럼 "결국 현혁은 모욕을 모욕으로 갚음으로써 역설적으로 자신의 여옥에 대한 사랑과 진실을 입증했다."[55]라고 보기는 어렵다. 현혁이 비록 모욕을 자청함으로써 모욕을 이겨내고자 한다며 역설적 표현으로 자신의 행위를 합리화하고 있지만, 여옥은 명일에게 "현은 본시 지식인이던 사람이 벌써 중독자의 필연적 증상이랄 수 있는 파렴치를 애써 변호해 보려고 그 같이 궤변을 늘어 놓는 것입니다."[56]라고 한다. 그것은 타락한 지식인의 궤변일 뿐이다.

이처럼 최명익 소설의 주인공들은 거의 구체적 생활을 갖지 못한 고립된 삶을 살고 있는 자의식 과잉한 지식인들이다 하지만 그렇다고 그들이

---

55) 신수정,「<단층>파 소설연구」,서울대 석사논문, 1992, p.35.
56) <심문>, pp.200-201.

시대상황을 전혀 무시하거나 도피하고 있는 것은 아니다. 백철은 "<역설>은 시종을 일관하야 자조로써 자기를 챗죽질해갔는데, 그 자조는 다만 진흙에 빠진 마차를 자기적으로 내버려두는 것이 아니라 어떠케든지해서 거기서 뛰여나가 어떤 신생활을 찾어보려고 심마에 냉혹한 챗죽을 던지는 것이다."57)라고 한다. <역설>에서 옴두꺼비가 동면 속에서 봄을 기다리듯이 문일이 생활에의 의지를 마음속에 새겨 넣고 있는 것, <폐어인>에서 현일이 지식인의 실업문제를 사회구조적 모순 탓으로 보고 있는 것 등이 그러하다.

또한 <장삼이사>에서 '나'는 도망하다가 도로 붙잡혀 가면서 포주와 그 아들로부터 심한 모욕을 받고 뺨까지 맞은 뒤에 변소로 간 창녀의 자살을 염려한다. 하지만 "그여인이 내무릎을 스치며 제자릴로 돌아왔다 무사히 돌아올뿐아니라, 어느새 화장을 고쳤든지 그 뺨에는 소까락 자국도 눈물 흔적도 없이 부우옇게 분이 발려있는것이었다. 그리고 당장이라도 직업의식적인 추파로 내게 호의를 표할듯도한 눈이었다."58)라고 한다. 이처럼 그는 그러한 걱정이 기우임을 깨닫게 되는 과정을 통해 민중의 삶에 대한 지식인의 관념적 착각을 반성하고 있다.

이처럼 최명익은 지식인의 자기 반성을 통해 관념의 유희에서 벗어나 민중에 대한 연민의 정을 보여준다. 비록 그들 민중은 <역설>의 기생 계향, <심문>의 여급 여옥, <장삼이사>의 창녀처럼 뿌리 뽑힌 삶을 살아가는 여성이거나, <봄과 신작로>의 금녀처럼 도시인의 유혹에 빠져 파멸하는 농촌 여성에 국한되고 있지만, 그들의 몰락과 파멸을 통해 역설적으로 그들의 상승과 신생을 기대하고 있는 것이다.

최명익의 소설에서 밝은 미래에의 전망은 더 이상 가능하지 않는 것처럼 보이지만, 오히려 그런 점으로 인해 그것들에는 미래에의 기대가 오히려 필연적으로 내재되고 있다. 새로운 예술은 화해의 가상을 단호히

---

57) 백철,「금년간의 창작계 개관」,『조광』제38호, 1938.12, p.57.
58) 최명익, <장삼이사>,『문장』제3권 제4호, 1941.4, p.49.

거부함으로써, 화해되지 않은 것 가운데에서 화해를 견지한다."59)라고 한다. 이처럼 아직 실현되지 않은 욕망만이 역설적으로 기존 체제에의 편입을 면할 수 있으며, 영원히 지연됨으로써 미래를 향한 참된 힘을 발휘할 수 있는 것이다.

최명익은 자신의 분신인 지식인 주인공을 비판하면서 그들 민중적 인물들을 연민의 시선으로 옹호하고 있는데, 이러한 연민은 약하고 병든 자의 고달픈 삶에 대한 사랑으로 생겨나는 것이다. 그러므로 민중으로 표상되는 박복한 여인들에 대한 그의 연민은 지식인 최명익이 삶에 대한 구체적 인식을 통해 '부정의 부정'으로 지식인의 자기 분열을 극복하고 점차 도피에서 참여의 길로 다가서고 있음을 나타내준다. 해방기 최명익의 작품이 보다 적극적이고 진취적인 모습을 보여주고 있는 것도 구체적 현실에 대한 이러한 점진적인 자각의 결과였던 것이다.

V. 맺음말

이제까지 역설의 개념을 규정하고 그 유형을 대칭적 역설, 순환적 역설, 초월적 역설의 세 가지로 구분한 다음에, 1930년대 이상과 최명익의 모더니즘소설을 대상으로 죽음과 사랑이라는 제재에 한정하여 역설의 실현양상과 그 의미를 살펴보았다.

이상의 소설은 '자살을 원하지만 결코 결핵이란 병으로는 죽을 수 없다'는 것과 '방종한 여인을 사랑하지만 그녀들이 정결하길 원한다'는 것을 자살과 구원, 방종과 정결이란 대극점을 동시에 추구하는 대칭적 역설을 통해 보여주고 있었다. 이와 달리 최명익의 소설은 '죽은 사람만이 죽은 자를 장사 지낼 수 있다'는 것과 '모욕으로써 모욕을 씻는다'는 것에서 욕망과 자존의 추구를 악의 없는 반복에 의한 순환적 역설을 통해

---

59) Theodor W. Adorno,『미학이론』,홍승용 역, 문학과지성사, 1984, p.62.

보여주고 있었다.

　이러한 역설의 실현 방식과 내용에 의거하여, 이상이 현실과 단절된 채 지식인의 선민의식을 고수하며 초월적인 구원을 모색함으로써 시종 모더니즘의 본령에 충실했던 정태적 작가라면, 최명익은 현실과 밀착하여 지식인의 허위의식을 반성하고 민중의 생활 의지를 존중하며 경험적인 현실 대응을 추구함으로써 점차 모더니즘의 제약을 넘어섰던 역동적 작가라는 점을 알 수 있었다. 그러므로 야만적인 파시즘의 억압이 최고도에 이르렀던 전형기 식민지 지식인에 있어 실천적 역할이 무엇보다 중요하다는 점에서 본다면 최명익의 소설이 오히려 이상의 소설보다 의의를 지닐 수 있을 것이다.

　앞으로 이러한 연구의 방법과 성과를 기반으로 삼아 박태원, 허준, 정인택 등 1930년대 다른 모더니즘 작가들의 소설 및 『삼사문학』과 『단층』 동인들의 모더니즘 소설, 그리고 전후의 모더니즘 소설을 역설이란 미시적 문제에 한정하여 지속적으로 연구해 봄으로써 모더니즘 소설의 위상 및 전개 양상을 보다 정치하게 체계화해 보고자 한다.

제3부

역사 인식의 다각화

현진건 역사소설의 '성'과 '정치'

Ⅰ. 머리말

　현진건은 일제의 강압적인 식민통치 속에서 조선의 장래와 민중의 삶에 대한 인식이 보다 철저해지고 명료해짐에 따라 역사의 현장에 많은 관심을 보인다. 「고도순례경주」(『동아일보』, 1929.7.18-8.19), 「단군성적순례」(『동아일보』, 1932.7-11)등의 역사적 유적지 순례에 대한 글이 그러한 관심의 소산이다. 물론 민족사의 유적에 대한 그의 이러한 관심이 단순히 복고적인 취향이나 낭만적 영웅주의에의 의타적 회귀의 표출인 것은 아니다. 그것은 과거의 유산을 통해 오늘의 삶을 재성찰하고자 하는 진지한 역사의식의 소산이었기 때문이다.[1]

　현진건은 일찍이 상해에서 독립운동을 벌이다 1928년에 한인청년동맹 사건으로 체포되어 평양 형무소에서 3년간 복역하고 출옥한 뒤 1932년에 사망한 숙형 현정건의 저항정신을 이어받았으며, 1936년 『동아일보』 사회부장으로 재직할 때에는 일장기 말소사건에 적극 가담하여 구속되기도 했다. 그는 1937년 신문사를 사직하고 양계사업을 시작하지만 실패하며, 식민지 시대에 대한 분노와 경제적인 파산의 곤궁 속에서 폭음으로 울분

---

1) 최원식,「현진건연구」,서울대 석사논문, 1974, p.72.

을 달래던 반일주의자였다.[2]

하지만 이러한 상황에도 현진건은 좌절과 허무에 빠지지 않고 역사소설에서 '성'의 문제를 내세워 '정치'의 문제를 거론하고 있다. 이에 본고에서는 역사를 현재화하여 주제를 효과적으로 부각하고자 한 그의 역사소설관을 먼저 살펴본 다음에, 『무영탑』(『동아일보』,1938.7.20-39.2.7)과 『흑치상지』(『동아일보』,1939.10.25-1940.1.16)를 대상으로 삼아,[3] 그의 역사소설이 '성'의 문제를 통해 국권의식의 고양이란 '정치'의 문제를 어떻게 형상화하고 있는가를 구체적으로 살펴보고자 한다.

Ⅱ. 역사의 현재화와 주제 부각

삼국시대로부터 후삼국시대까지의 을지문덕·연개소문·김유신 혹은 궁예·견훤을 그린 역사소설은 양식으로서의 소설에 속하지 않는다는 견해가 있다.[4] 당대로부터 지나치게 동떨어진 과거사를 다루면 과거에 현재적인 의미를 부여하기가 쉽지 않고, 과거를 역사적이고 사회적으로 조건지어진 구체적인 모습으로 재현할 수 있을 만큼 풍부한 자료를 확보하기 어렵기 때문이란 것이다.[5] 이런 관점은 역사소설이 역사를 '현재의 전사'로 재현하고 있는가를 중시하고 있다.

하지만 역사소설이 반드시 역사를 현재의 전사로 재현해야 하는 것은 아니다. 일제강점기 한국 역사소설에 후삼국시대 이전을 재현한 작품이

---

2) 구인환,「현진건의 생애와 문학」,『현진건의 소설과 그 시대인식』,신동욱편, 새문사, 1981, Ⅱ pp.4-15.

3) 신라 진평왕대를 재현하면서 선화공주를 둘러싼 귀족 청년들의 애정 다툼을 보여주는『선화공주』(『춘추』, 1941.4-9)는, 상당한 분량이 발표되어 작가의 의도가 드러나는『흑치상지』와 달리, 초반부만 발표되어 앞으로 인물과 상황이 어떻게 제시될 것인지 예측하기 어려워 본고에서는 다루지 않는다.

4) 김윤식,「역사소설의 양식개념고」,『한국현대문학사』,일지사, 1976, p.347.

5) 강영주,「한국근대역사소설연구」, 서울대 박사논문, 1986, p.40.

대다수이듯이,6) 당시 대다수의 역사소설가들은 가까운 과거보다 오히려 먼 과거에 더 많은 관심을 보이고 있었다. 이것은 일제의 강압적 식민통치 상황으로 인해 그들이 현재의 원인으로서 과거에 관심을 보였던 것이 아니라, 현재의 당면과제에 우회적으로 대응하고자 과거에 관심을 보였다는 점을 말해주고 있는 것이다. 즉 그들은 역사소설을 통해 조선의 찬란한 과거를 민족구성원에게 널리 알리고, 오늘의 당면 과제에 우회적으로 대응하고자 했다는 것이다.

현진건의 역사소설은 먼 과거인 신라 시기를 재현하고 있는데, 이것은 "신라인들의 문제를 신라인들의 것으로만 국한하여 보는 것이 아니라, 후대인이나, 오늘날의 한국인에게도 보편적인 가치로 받아들일 수 있는 것을 소설화하여 보여"7)주고자 하기 때문이다. 현진건에게 역사소설은 주제를 미리 작정하고 소설을 쓰고자 하나 "현대에 취재하기로 거북한 점이 있다든지 또는 현대로는 그 주제를 살려낼 진실성을 다칠 염려가 있다든지 하는 경우에 그 주제에 적당한 사실을 찾아 대어 얽어 놓은"8) 것이다.

> 현진건의 역사소설의 창작태도는 일제의 탄압이 더욱 가중되어 소설을 자유로이 쓸 수 없게 되자, 편의상 역사적으로 먼 과거에서 현실과 유형이 본질적으로 흡사한 사실을 작품의 소재로 빌려 쓴 데 불과했다. 그러면서도 현실 도피에서가 아니라 현실적 의미를 강조하여 표현시킨 것이 특징이다.9)

---

6) 이러한 작품으로는 이광수의 『마의 태자』(동아일보, 1925.5.10-27.1.9), 『이차돈의 사』(조선일보, 1935.9.30-36.4.12), 『원효대사』(매일신보, 1942.3.1-10.31), 김동인의 『견훤』(조광, 1939.2-5), 『백마강』(매일신보, 1941.7.9-42.1.31), 현진건의 『무영탑』(동아일보, 1938.7.20-39.2.7), 『흑치상지』(동아일보, 1939.10.25-40.1.16), 『선화공주』(춘추, 1941.4-9) 등을 들 수 있다.
7) 신동욱,「현진건의 『무영탑』」,『한국현대문학론』,박영사, 1981, p.112.
8) 현진건,「역사소설문제」,『문장』제1권 11호, 1939.12, pp.128-129.
9) 윤병로,「현진건의 문학과 사실주의」,『현진건의 소설과 그 시대인식』, 앞의 책, p.II-37.

　인용문에서처럼 현진건은 역사소설을 통해 민족의식을 구현하고자 하며, 그것에 상응하는 인물과 상황을 설정하고자 했다. 즉 그는 역사소설에서 역사의 충실한 재현보다는 그러한 주제의 부각을 중시하고 있는 것이다.

> 「역사소설」이라면 오직 사실에만 입각하는 것인 줄 아는 것이 보통의 개념인듯 합니다. 역사소설인 이상 될 수 있는 대로 사실에 충실하는 것이 옳을게이야 다시 거론할 여지가 없지 않습니까. 그러나 사실에 충실하다고 해서 소설로써 주제와 결구를 돌아보지 않는다면 그것은 실기나 실록이 될른지도 모르지만 도저히 소설이라 할 수는 없는 것 아닙니까.
> 　소설이란 두 자가 붙은 이상 철두철미 창작임을 요구합니다. 약간의 과장과 윤색을 베풀어 사실과 전에 조금 털난 몸을 가지고 「이게 역사소설이니라」하니 「역사소설도 소설인가」하는 기문을 발하게 되지 않는가 생각합니다. 더구나 전편으로 아무런 맥락도 없이 기교허탄한 사실을 늘어놓는 것으로 역사소설의 능을 삼는다면　역사소설의 운명이야말로 풍전등화와 같다고 봅니다.[10]

　이처럼 현진건은 역사소설에서 사실에 충실하기보다는 주제에 충실해야 한다고 본다. 물론 이렇게 역사소설이 주제에 충실하고자 할 때에 '필수적인 시대착오성'뿐만 아니라, 그것을 넘어서는 역사에서의 이탈이 나타날 것이다. 그의 역사소설은 역사의 현재화가 자각적으로 이루어지고 있다. 그가 역사를 '현재의 전사로 재현하고자 하기보다는, 주제를 부각하기 위해 그것을 현재화하여 '현재의 비유사'로서 재현하고자 했다는 것이다.

Ⅲ. '승화된 성'과 국권강화의식

　『무영탑』은 통일신라 경덕왕대를 재현하고 있는데, 민족 구성원의 단

___
10) 현진건,「역사소설문제」, 앞의 책, p.127.

합을 통해 국력을 배양하여 주체적으로 외세에 저항해야 한다는 국권강화의식이 나타나고 있다. 그렇지만 이러한 국권의식을 직설적으로 보여주는 것이 아니라, 평민 석공과 귀족 처녀의 사랑이란 '승화된 성'을 통해 우회적으로 보여주고 있다.

『무영탑』은 크게 두 가지 이야기로 이루어진다. 하나는 정점에 있는 아사달에 대한 주만의 사랑 및 아사녀와 주만의 일체화를 통해 민족 구성원의 단합을 촉구하고 있는 것이며, 다른 하나는 주만과 혼인하고자 하는 금성과 경신의 대립을 통해 민족 주체성을 고취하고 있는 것이다. 그리고 이 두 이야기는 주만을 통해 하나로 통합되고 있는데, 발표 당시부터 "예술적 감동이 전편에 환하여 도도히 흘러 읽는 이로 하여금 그 구상 웅대함과 박력 있는 문장에 다시금 놀라게 한다."[11]라고 할 정도로 박진감 있게 전개된다.

『무영탑』에서 부여의 평민 석공 아사달은 "『홍』은 인제 이글이글한 불덩어리가 되어 그대로 디굴디굴 군다. 그는 불채찍에 휘갈기는 사람 모양으로 죽을 판 살 판 정과 마치를 마치를 휘둘렀다. 몇날이 되었는지 몇밤이 되었는지 그는 모른다."[12]라고한다. 이처럼 그는 신흥이 올라야 작업에 열중할 수 있는 천부적 예술가이다. 이런 점 때문에 강영주에 의해 "『무영탑』은 과거의 역사를 배경으로 한 일종의 예술가소설이라 할 수 있는 것이다. 그런데 문제는, 이 작품에서 제시된 예술의 의미나 예술가상이 통일신라시대의 현실과는 동떨어진 채, 철저히 서구적이고 현대적인 예술관에 의거하고 있다는 점이다."[13]라고 비판받는다. 아사달이 지나치게 현대적인 예술가처럼 제시되고 있다는 것이다. 그러나 여기에서 아사달이 신라시대의 예술가로 제시되고 있는 것은 아니다. 현진건은

---

11) 박진,「현진건저 『무영탑』」,『문장』 제11호, 1939.12, p.205.
12) 현진건,『무영탑』,한국역사소설전집 ③, 을유문화사, 1960, p.68. 이하에서는 작품명과 면수만 표시하기로 한다.
13) 강영주, 앞의 글, p.74.

의도적으로 역사를 현재화하여 현재의 비유사로 역사를 재현하려고 했기에 아사달을 그렇게 현대적 예술가처럼 제시하고 있는 것일 뿐이다.

아사달은 천재적 예술가이기에 부여에서는 먼저 입문한 연장자이자 한동안 수제자로 여겨지던 팽개를 물리치고 부석의 수제자가 되어 아사녀와 혼인할 수 있었으며, 서라벌에서도 귀족 청년들을 압도하여 주만의 사랑을 얻을 수 있었다. 그러므로 그의 예술적 능력이란 세속적인 결핍과 차별을 극복하게 하는 근원적인 힘을 나타내는 것이다. 그러므로 다보탑이나 석가탑 같은 예술작품 역시 속악한 물신주의에 대항할 수 있는 순결한 정신주의를 나타낸다.[14]

여기에서 주만은 석가탑의 예술적 가치를 직감적으로 알아볼 정도로 높은 미적 감식력을 지니고 있다. 그러하기에 사월 초파일에 처음 아사달을 만나자 그의 탁월한 예술적 재능을 알아채고 그를 사랑하게 된다. 예술이 그들의 사랑을 가능하게 한 것이다. 현길언의 지적처럼 "아사달의 장인의식도 개인의 예술적 욕망을 충족시키는 데 그치는 것이 아니라, 한 시대의 비폐한 삶을 극복하는 양식이란 점에서, 이들의 사랑과 예술은 동질적인 의미항 속에 포함시킬 수 있다."[15]라는 것이다.

주만은 아사달을 사랑의 상대자로 선택함으로써 자신의 신분적 특권을 모두 잃어야 하지만, 전혀 그러한 이해관계를 고려하지 않는 세속에 초연한 의지적 인물이다. 뿐만 아니라 아사달이 사랑하는 아내가 있다며 그녀의 사랑을 물리치려고 할 때에도 그러한 규범의 제약을 개의치 않고 있다.

---

14) 석가탑의 완성이 늦어지고 국왕을 비롯한 귀족들의 행차와 시주가 끊어지자 물욕에 눈이 먼 불국사 승려들에게 아사달은 자신들의 이익을 가로막는 부여 출신의 시골뜨기 석수일 뿐이었다. 현진건은 이러한 승려들의 무지와 타락을 통해 신라가 지주 이념인 불교의 심각한 부패로 인해 새로운 이념을 요구받고 있음을 나타내고, 마찬가지로 당대의 조선 역시 민족의 밝은 미래를 위한 새로운 이념을 필요로 하고 있음을 나타낸다.
15) 현길언,『현진건소설연구』,이우출판사, 1988, p.133.

> 아무리 부인이 계시다 한들 사랑이야 어떡하실까. 나는 그
> 어른의 형님이 되어도 좋고 동생이 되어도 좋아요. 나는 다만
> 아사달님 곁에만 있으면 고만예요. 하루 한번 열흘에 한번이
> 라도 아사달님을 뵈올 수만 있다면 고만이예요.16)

인용문에서처럼 주만은 그들의 사랑을 부부라는 사회적 관습을 넘어서는 지순한 관계로 고양시키고 있는 것이다. 이러한 주만의 적극성과 지순함에 의해 아사달도 차츰 그녀에게 마음이 쏠리게된다. 그리하여 그는 며칠 동안 그녀를 보지 못하면 매우 쓸쓸해하고, 처음에는 단순히 '곰살궂은 은인'에 대한 감사의 마음만 가지던 것이 마침내는 "인정은 그만 두더라도 이제 너는 주만이 없이 살 줄 아느냐."라고 할 정도로 심각한 마음의 동요를 일으킨다.

한편 아사녀는 아사달이 대공을 이루기 위해 집을 떠나고 병석에 있던 아버지 부석마저 죽자 타락한 주변 상황으로 인해 위기에 처한다.

> 아사달을 놓고 벌이는 불국사중들의 쑥덕공론, 아사녀를 둘
> 러싼 장달과 웃보의 싸움과 동리 사람들의 장면을 통해 나타
> 나는 소문, 아사달과 구슬아기 때문에 벌어진 불국사 습격사건
> 과 불국사중들의 쑥덕공론을 통해 어이없이 퍼져가는 소문장
> 면을 통해 작자는 외관과 실재를 극명하게 대비시켜, 사건을
> 이중조명함으로써, 견고한 현실성을 부여한다.17)

그런데 아사녀의 위기는 인용문에서의 지적처럼 반어를 통해 제시된다. 부여에서는 아버지의 타락한 제자들에 의해 그녀가 성욕의 대상이 되고 있을 때에 군자처럼 행세하여 오라버니와 같이 믿고 따랐던 팽개의 호의가 거짓된 것임이 드러나고, 서라벌에서는 인정 많은 노파로 믿고

---

16) 『무영탑』, p.118.
17) 최원식, 앞의 글, p.128.

따랐던 콩콩이의 호의가 그녀를 매매의 대상으로 여겨 귀족의 첩으로 넘기고자 한 거짓임이 드러나는 것이 그러하다. 이런 외관과 실재과 어긋나는 반어적인 양상은 경덕왕대가 표면적으로는 태평성세였으나, 내면적으로는 병든 사회였다는 점과 대응되고 있다.[18]

『무영탑』에서 팽개와 콩콩 두 사람은 공통적으로 남편에 대한 아사녀의 마음을 돌리고자 아사달이 서라벌에서 새로운 여자를 만나 행복하게 살고 있다고 거짓말을 하여 아사녀로 하여금 생에 대한 의욕을 잃게 한다. 그리하여 이들의 거짓말은 그녀의 비극적 죽음에 결정적인 계기를 이룬다. 그녀는 콩콩의 마수를 피해 불국사로 도망치다가 우연히 주만이 아사달을 사랑하고 있다는 사실을 알게 되자 그러한 의혹을 사실로 믿어 절망하며, 마침내는 영지못에 몸을 던져 스스로 목숨을 끊고 있기 때문이다. 아사녀의 이러한 비극은 타락한 현실 속에서 성욕의 대상이나 매매의 대상이 되는 여성을 통해 '훼손된 성'의 부당성을 고발하고 있는 것이다.

물론 『무영탑』에서 아사녀의 고난을 통한 이러한 '훼손된 성'에 대한 고발은 부차적인 것이다. 보다 본질적인 것은 주만의 아사달에 대한 지순한 사랑을 통한 '승화된 성'의 지향이기 때문이다. 그런데 아사달은 이미 아사녀란 아내가 있는 기혼남이다. 그렇다면 어떻게 아사달과 주만의 사랑이 '승화된 성'이 될 수 있는가. 그것은 아사달에게 있어서 주만과 아사녀 두 사람이 분리된 존재가 아니라 하나로 합일되는 존재이기 때문이다.

아사날은 조파일 밤에 탑을 돌면서 주만을 아사녀로 착각하며, 침식을 잃고 며칠동안 작업에 열중하다 쓰러진 그를 간호하던 주만에게서 아사

---

18) 8세기 중엽의 경덕왕대는 관부명·지명의 한화작업, 불국사·석굴암의 창건 등이 이루어진 통일신라의 전성기이다. 문화면에서는 분명히 그러하나 정치면에서는 오히려 사회적 불안이 나타나기 시작한 전환의 시기였다. 이기동·이기백, 『한국사 강좌 고대편』, 일조각, 1982, p.310.

녀의 향기를 맡고, 아사녀의 자살소식에 영지못으로 달려가 그녀와 주만의 모습을 융합시켜 불상을 완성한다.

> 아사달의 머리는 점점 어지러워졌다. 아사녀와 주만의 환영도 흔들린다. 휘술레를 돌리듯 핑핑 돌다가 소용돌이치는 물결 속에서 조각조각 부서지는 달그림자가 이내 한데로 합하듯이, 두 환영은 마침내 하나로 어울리고 말았다. 아사달의 캄캄하던 머리속도 갑자기 환하게 밝아졌다.
> 하나로 녹아들어 버린 아사녀와 주만의 두 얼굴은 다시금 부처님의 모양으로 변하였다"[19]

그러니까 아사녀와 주만이 불상으로 하나가 됨으로써, 아사달과 주만의 사랑이 세속적인 차별을 해소한 '승화된 성'으로 고양될 수 있었던 것이다. 이런 점 때문에 강영주는 "『무영탑』은 흔히 작자의 민족주의적 이념을 형상화한 작품으로 간주되어 왔으나, 이는 이 작품의 탈고 직후 현진건이 피력한 역사소설관이 하나의 선입견으로 작용한 탓이라 생각된다. 객관적으로 볼 때 『무영탑』은 한편의 낭만적 연애소설이라 할 수 있다."[20]라고 한다. 『무영탑』이 연애소설이란 것이다.

그러나 여기에서 아사달과 주만의 만남이 단순히 남녀의 감정적 일체감을 보여주는 것만은 아니다. 신동욱의 지적처럼 "주만과 아사달의 만남은 상·하 두 계층의 만남이고 사회발전의 계기를 암시하는 만남"[21]이기 때문이다. 아사달과 주만의 사랑은 평민과 귀족이란 신분적인 차별을 넘어서는 것이고, 서라벌과 부여라는 지역적인 차별을 넘어서는 것이다. 또한 아사녀와 주만의 모습이 결합된 불상은 최원식의 지적처럼 "민중과 귀족간의 분열을 창조적으로 통합함으로써, 중대 사회의 역사적 하

---

19) 『무영탑』, p.311.
20) 강영주, 앞의 글, p.72.
21) 신동욱, 「현진건론」, 『현대문학』제185호, 1970, p.317.

강이 민중과 귀족의 괴리에 있음을 증언하고, 분열의 극복이 하강을 치유할 수 있는 유일한 방법임을 예언하는 것이다."22) 그렇다면 현진건은 그들의 사랑을 통해 신분질서의 허위를 직시하게 하고, 민족 구성원의 통합이 긴요함을 나타내고 있는 것이다.

뿐만아니라 『무영탑』에서는 주만에 대한 금성의 청혼과 경신의 혼약을 통해 '당학파'와 '국선도파'의 대립이 제시되고 있다. 이러한 당학파와 국선도파의 대립을 통해 사대적인 당학파의 비열함을 보여주고, 이와 대조적으로 자주적인 국선도파의 의연함을 보여준다. 송현호의 지적처럼 현진건은 "사당파가 권력의 정상에 있으면서 사리사욕을 채우는 데 급급했기 때문에 계층간의 분열이 생기게 되었고 그것이 신라사회의 정치적 하강을 조장했다"23)라고 인식했기 때문에 이러한 대립을 중시한 것이다.

이손 유종은 "신라를 두 어깨에 짊어질 만한 인물,밀물처럼 밀려오는 고리타분한 당학을 한 손으로 막아내고, 지나치게 흥왕하는 불교를 한 손으로 꺾으며, 기울어져 가는 화랑도를 바로잡을 인물"24)을 사윗감으로 생각하고 있다. 그러므로 시중 금지의 아들인 금성의 주만에 대한 청혼을 계속 미루다가, 그들이 사대주의자란 점 때문에 마침내 그것을 단호하게 거절한다. 이처럼 국선도파인 유종이 당학파 금지의 청혼을 거절함으로써, 그들 두 집단의 대립은 구체화된다.25)

금성은 "키가 달라붙은데다가 얼굴에 병색조차 돌고, 장부의 기상이라고는 찾을 수 없는"26), 당나라에 유학을 하고 한림학사란 벼슬을 받은 것을 최고의 영광으로 아는 좀스럽고 사대적인 인물이다. 그는 귀족이란

---

22) 최원식, 앞의 글, p.136.
23) 송현호,「현진건연구」,서울대 석사논문, 1982, pp.110-111.
24) 『무영탑』,p.96.
25) 『무영탑』은 역사를 현재화하고 있기에 허구적인 일상사를 중시한다. 그러므로 상무의 폐해를 강조하는 금지와 상무의 기풍을 진작시키고자 하는 유종의 대립 역시 조정에서 이루어지고 있기는 하지만, 주만의 아사달에 대한 사랑이 유종에게 알려지는 계기가 되는 허구적인 상황일 뿐이다.
26) 『무영탑』,p.96.

신분을 이용해 자신의 하녀를 농락하고, 주만의 집 담장을 넘다가 그녀에게 발각되어 심한 모욕을 받지만 자존심도 없이 그녀에게 매달리며, 그녀가 아사달을 몰래 찾아간다는 사실을 알자 동료들을 시켜 그녀를 납치하려 한다. 이처럼 금성은 자신의 욕망을 실현하는 데 수단과 방법을 가리지 않는 비열한 인물이다.

이에 비해, 유종이 최고의 사위 감으로 생각한 경신은 "그 안광에 눌리면서도 언뜻 보아도 그 너글너글한 뺨과, 번듯한 이맛전과, 쭉 일어선 콧대가 야무지게 뚜렷하게 눈속에 꽉 차는 듯하였다."[27]라고 한다. 그는 후리후리한 키에 떡 벌어진 어깨, 탁 트인 이마를 지닌 늠름한 위풍의 소유자이다. 경신은 범상치 않은 석공의 소문을 듣고 석가탑으로 찾아갔다가 금성 일행에게 행패를 당하는 아사달을 구해 주고, 자신과 정혼한 주만이 이미 그를 사랑하여 혼인할 수 없다고 고백하자 그것을 용납하며, 자신과의 혼인 전날 집에서 도망치다 발각되어 화형을 당하는 그녀를 구해 주는 대범한 인물이기도 하다.

> 자네는 아직도 삼한 통일 이전 생각을 가지고 까닭없는 적개심을 품고있네그려. 그때 서로 싸운 것도 생각해 보면 뼈가 저릴 노릇인데 지금도 그런 감정을 품고 있어서야 될 말인가. 아예 그런 생각을랑 버리고 객지에 외로울 테니 무슨 일이 있더라도 자네가 돌보아 주게나, 앞으로 큰 일을 하려면 그네들과 손을 맞잡고 한 덩어리가 되어야 될 것 아닌가.[28]

이처럼 경신은 조정이 당풍에 물들어 무기력하고 부패해 감을 통탄해하고, 당나라 정벌을 꿈꾸는 진취적이고 주체적인 화랑이다. 그는 예전의 낭도인 승려 용돌에게 민족의 단합을 통해 앞으로 큰 일을 해야함을 설

---

27) 『무영탑』, p.238.
28) 『무영탑』, p.178.

득하고 있다. 여기서 큰 일이란 당명황이 안록산에게 쫓기어 달아남으로써 생겨난 중국의 취약상을 이용해 신라가 고구려의 옛 땅을 회복하는 일이다. 경신은 이러한 큰 일에는 영웅적인 한 두 개인이 아닌 민족 구성원 모두가 합심해야 한다고 여기기에, 아사달이 부여 출신이라 멸시하는 용돌에게 지역적 차별을 극복해야 함을 타이르며 민족 공통체 의식을 중시한다.

경신은 쇠퇴하는 신라를 재생할 수 있는 적극적이고 실천적인 인물이지만, 『무영탑』에서 주인공은 그가 아니라 아사달이다. 이것은 귀족인 화랑 경신보다 평민인 아사달을 주인공으로 삼을 때에 현실의 복잡한 상호 관계를 더욱 폭 넓고 깊이 있게 보여줄 수 있기 때문이다. 만약 '국선도파' 경신을 주인공으로 하여 주만을 사이에 둔 '당학파' 금성과의 대립을 전면에서 구현했다면, 그러한 대립은 지엽적이고 우연적인 충돌이 되어, 『무영탑』은 오히려 통속적인 치정 역사소설이 되었을 것이다.29) 경신이 비록 민중과의 연대를 중시하고 있지만, 상층부 귀족의 일원이기에 평민을 진심으로 이해하여 그들처럼 생각하고 그들처럼 느낄 수는 없다. 그러므로 이러한 인물 설정은 바람직하다.30)

물론 신동욱은 "빙허는 왜정시대의 한국인으로서의 입장이 무엇인가를 한국 내부적 불건전성과 모순을 신라라는 무대로 옮겨서 문제삼고 혹은 고발하고 있다."31)라고 한다. 이처럼 현진건은 '당학파'와 '국선도파'의 이러한 대립를 통해 실질적으로 일제의 식민지배 속에서 '민족주의자'와 '친일주의자'의 대립을 나타내고자 했다. '국선도파'인 유종 및 금량산과 금경신 형제,32) 용돌은 상무적인 진취적 기상의 소유자로 긍정

---

29) 이광수의 『마의태자』에서 시중 유렴의 딸 계영을 사이에 두고 후일 태자가 된 김충과 세도가 김성의 손자인 김술이 『무영탑』에서처럼 대립하지만, 작품의 본질적인 대립이 되지 못하고 지엽적인 대립에 머물고 만 것도 그러하다.

30) 박종홍,「일제강점기 한국역사소설연구」,경북대 박사논문, 1990, pp.120-121.

31) 신동욱,「현진건론」,앞의 글, p.318.

32) 신라사를 보면, 경덕왕대의 다음 대인 혜공왕대에는 귀족의 반란이 빈발한 변혁

적으로 제시하고 '당학파'인 금지와 금성 부자는 사대적인 소인배로 부정적으로 제시함으로써, 민족주의자를 찬양하고 친일주의자를 비판하고 있는 것이다. 최원식에 의하면 "당대사회의 실질적인 정치담당층인 귀족을 '당학파'와 '국선도파'의 대립과 갈등으로 파악함으로써, '아와 비아의 투쟁'적 역사관에 근거하여 조선사를 고유사상 낭가와 외래사상 유가의 갈등으로 파악하는 신채호의 민족사관에 깊이 연락된다."[33]라는 것이다.

　현진건은 『무영탑』에서 당학파와 국선도파의 대립을 통해 친일주의자를 비판하여 그들의 각성을 촉구하고 있을 뿐만 아니라, 나아가 분열되어 대립하는 민족 구성원의 화해와 단합을 촉구하고 있다. 이를 통해 그는 조선민족이 강한 공동체의식으로 국권을 강화하여 결집된 힘을 발휘할 수 있기를 고대하고 있는 것이다.

Ⅳ. '훼손된 성'의 극복과 국권회복의식

　『흑치상지』는 외세에 대한 직접적인 투쟁을 통한 국권회복의식을 고취한다. 이 작품은 현진건이 그의 민족주의적 이념을 강렬하게 표현하고자 한 야심작으로서, 백제의 멸망을 일제에 의한 조선의 식민지화에 비유하고 있으며, 나당 연합군에 맞선 백제 유민들의 끈질긴 항쟁을 재현하여 항일투쟁을 암암리에 드러내고 있다.

　그런데 현진건은 여기에서도 국권회복의식의 고취라는 정치 문제를 성의 문제와 결부시켜 나타낸다. 여성이 단지 성욕의 대상이나 매매의 대상이 되는 '훼손된 성'을 고발하고 있다는 것이다. 그리하여 여성을 물신화하는 지배층의 이기적 욕망이 국력을 쇠진시켰다는 점과, 그들의 타락

기였으며, 금량상은 다음 대의 선덕왕으로 금경신은 원성왕으로 즉위하였다. 이기백, 『신라정치사회사연구』, 일조각, 1974, pp.228-252.

33) 최원식, 앞의 글, p.130.

한 인간성을 회복하는 일이 국력의 회복에 직결된다는 점을 보여준다.

작품의 서두에 '흑치상지'는 당나라 병사들에게 끌려가던 백제 유민을 구출한다. 이때에 당나라 장수에게 남편을 죽게 한 음탕한 계집으로 여겨져서 그들 유민들에게 보복을 당할 위기에 처한 '창화부인'도 구해준다. 그렇지만 실제로 그녀는 음탕한 여자도 아니고, 죽은 남편의 가해자도 아니다. 그러니까 그녀의 참된 면모는 반어를 통해 제시되고 있는 것이다.

'반어'(irony)는 겉으로 드러난 의미와 실제로 전달하고자 하는 의미가 다르거나, 기대된 것과 실현된 것이 다른 것을 나타낸다. 키에르케고르는 반어가 사물을 바라보고 존재를 관찰하는 방식이라는 생각을 발전시키면서, 반어는 삶의 부조리에 대한 인식에서 나온다고 보았다. 또한 슐레겔은 가장 객관적인 작품이 작가의 본질적인 속성인 창조력과 지혜라는 주관적인 측면을 가장 충실하게 드러낸다고 하여 그것을 '낭만적 반어'라 부른다.34)

반어에는 '언어적 반어'와 '상황적 반어'가 있다. 언어적 반어는 말하는 사람이 뜻하는 의미가 겉으로 주장되는 의미와 다른 경우를 가리키며, 상황적 반어는 어떤 인물이 자신도 똑같이 어렵고 위태한 상황에 놓여 있다는 것을 알지 못하고 다른 인물의 그러한 상황을 즐기고 있을 때나, 눈앞에 나타나는 바람직한 상황이 결국 비참한 상황을 예기하고 강조하는 것일 때에 나타나는 부조화나 불일치 등을 가리킨다.

> 『그러면 말을 미구 합니더. 늘리들이 주세요. 호호, 세상에
> 남자란 의리부동한 것, 제 쾌락을 위하면 양가집 처녀도 함부
> 로 뺏아오고, 제 지위를 위하면 아무리 절친한 친구라도 심지
> 어 제 친족이라도 파리 목숨같이 죽이는 것, 제 부귀와 영화를
> 누리자면 제 임금도 헌신짝같이 버리고 적국과 내통도 하는

---

34) D. C. Muecke,『아이러니』,문상득 역, 서울대학교 출판부, 1980, p.125.

것…….』
　　창화의 입가에는 찬 바람이 솔솔 일어나는 듯하다.
　　『이따위 짐승에게 몸을 바치고, 정을 쏟고, 정절을 지킨다는
것은 우스꽝스러운 일로 생각을 하였습니다. 내 몸만 살아나
고, 다시 영화를 본다면야 남편이고 뭐고 돌아볼 것도 없이 적
장에게 교태를 부린들 어떠하랴….』[35]

　　인용문에서처럼 창화부인은 천성 때문이 아니라, 타락한 지배층에 대
한 환멸 때문에 방종하게 된 여자이다. 그녀는 사랑하는 이웃 청년이 있
음에도 불구하고 병든 아버지를 봉양하던 중에 미모로 인해 좌평 임자의
하인들에게 납치되어간다. 임자는 그녀를 납치한 뒤에 그녀의 부모를 재
물로 회유하여 그녀를 아내로 삼는다. 그렇지만 결혼 이후에도 그가 다
른 여자들과 방탕한 생활을 지속하고 있듯이, 그녀는 그에게 성욕의 대
상이었을 뿐이다. 더욱이 임자는 자신의 쾌락을 위해 그녀를 납치하고,
가난한 그녀의 부모를 재물로 회유하여 그녀를 소유한 타락자였을 뿐만
아니라 자신의 영화만을 추구하여 신라에 백제의 산천 지리와 군사 형편
을 일일이 적어서 김유신에게 보낸 백제의 반역자였다.
　　뿐만 아니라 창화부인은 백제가 멸망하자 다시 당나라 장수에게 성욕
의 대상이 된다. 그녀는 백제의 지배자나 침략자로부터 강제로 성욕의
대상이 된 불행한 인물인 것이다. 이처럼 반어를 통해 창화부인의 참된
면모가 드러난다. 이를 통해 현진건은 표면적인 것보다 심층적인 것을
중시해야 사태의 본질을 제대로 파악할 수 있으며, 그러할 때에 국권회
복이라는 당면 과제에도 제대로 대처할 수 있다는 점을 보여주고 있는
것이다.
　　그러므로 창화부인은 흑치상지로부터 인격적인 존재로 대우받자 열렬

---

[35] 현진건,『흑치상지』,한국역사소설전집 ③, 앞의 책, p.405. 이하에서는 작품명과 면
　　수만 표시하기로 한다.

한 애국자로 변모한다. 그녀가 목숨을 걸고 당나라의 군사기밀을 빼내어 백제 유민들이 당나라 군사들에게 승리하는 데 결정적인 역할을 하는 것이 그러하다. 흑지상지는 지배자와 침략자의 폭력으로 인간성을 상실했던 창화부인에게 인간성을 회복할 계기를 부여함으로써 인간해방에 기여하고 있는 것이다.

현진건은 일찍이 단편에서도 성의 타락상을 신랄하게 비판한 바 있다. 현길언의 지적처럼 "「그립은 흘긴눈」·「불」·「정조와 약가」에서는, 소유물로서의 성이 파괴되고, 「유린」·「까막잡기」·「렴」·「애정의 청산」에서는, 남성의 '위안으로서의 성'에 대한 관념이 거부되고 있"[36]기 때문이다. 이들 단편에서와 마찬가지로 장편 역사소설인 『흑치상지』에서도 창화부인의 경우를 통해 여성이 성욕의 대상이 되거나 매매의 대상이 되는 '훼손된 성'을 고발하며, 그러한 타락한 욕망을 극복하고자 하고 있다는 것이다.

> 여러 장사들 중에도 먼저 나타난 장사의 활동이 역시 놀라웠다.그 후리후리한 큰 키와 어마어마한 몸집은 마치 산이 움직이는 듯하였으나, 그 동작의 빠르기란 샛바람과 같았다.
> 옻빛같은 구레나룻이 그 희고 넓은 두 볼에 선을 둘렀고,한 자가 넘을 듯한 긴 수염을 거슬렸는데, 그 부릅뜬 두 눈에서는 번개불이 번쩍번쩍 흩어지며, 우렁찬 호통은 벼락이 떨어지는 듯하다.
> 그 늠름한 위품과 세찬 기세에 당나라 장수와 병정들은 벌써 반남아 혼이 떴다. 더구나 한 빈 딩징의 밀을 뺏아 딘 그 장사는 그야말로 범이 날개를 얻은 셈이었다. 말 발굽이 땅에 붙지도 않고 그대로 획획 나는 것 같다. 더구나 그 능란한 검술, 수없는 흰 뱀이 공중에 넘노는 듯하며 싸아하고 찬 바람을 몰아온다.[37]

---

36) 현길언, 앞의 책, p.76.

인용문에서처럼 당나라 병사들과의 싸움에서 흑치상지는 초월적인 능력을 발휘하고 있다. 물론 이렇게 과장되게 묘사된다고 해서 그가 세속을 초월한 인물로 제시되고 있는 것은 아니다. 송백헌의 지적처럼 "흑치상지가 당군과 싸우게 된 직접적인 동기를 그와 형제지의를 맺은 아술성주 사반의 아들 귀복의 죽음에서 찾음으로써 그 역시 평범한 감정의 소유자임을 보여주"38)고 있다. 흑치상지 역시 보편적 감정을 지닌 일상적 인물로 제시되고 있다는 것이다. 그럼에도 흑치상지가 이렇게 초월적 능력을 나타내는 것은 무엇 때문인가. 그것에는 아무리 암담한 현실이라고 하더라도 국권회복은 포기할 수 없다는 현진건의 강인한 의지가 투영되고 있다.

그리고 『흑치상지』에서 주인공 흑치상지가 귀족적 영웅인 것은 아니다. 그는 집단의 역량을 집약하여 실현하는 민중적 영웅으로 제시되고 있다. 즉 흑치상지는 "고통받는 민중의 집단적 기원에 부응하여 민중 속에서 나타난 메시아적 영웅인 것이다. 그는 자발적으로 참여한 민중과의 순결한 결합 속에서 질곡의 집단적 극복을 실현하"39)는 민중적 영웅으로 제시되고 있다는 것이다. "그럼, 날개가 나도 여간 큰 날개가 아니라오. 아마 독수리 날개보다도 여러 곱 더 크던걸."40)이라고 병사들이 말하듯이, 그는 전설에 나오는 날개 달린 아기 장수의 후예로 여겨진다. 아기장수의 날개가 그러하듯이, 흑치상지의 날개 역시 그의 비범함과 특이함을 나타낼 뿐만 아니라 반체제적인 지향을 나타내는 것이다. 그리고 민중영웅인 아기장수가 뜻을 펴지 못하고 비극적으로 죽었듯이,41) 흑치상지

---

37) 『흑치상지』,p.336.

38) 송백헌,『한국근대역사소설연구』,삼지원, 1985, p.250.

39) 최원식, 앞의 글, p.138.

40) 『흑치상지』,p.355.

41) 전국에 편재한 아기 장수 전설은 내용에 조금씩 차이가 있으나, 공통적으로 '미천한 출생', '세계와의 대결', '좌절과 죽음'을 보여주고 있다. 최래옥, 『한국구비전설의 연구』,일조각, 1981, pp.35-36.

역시 백제를 부흥하지 못하고 당나라에서 무고한 역모에 연루되어 목숨
을 잃었다.

그리하여 흑치상지가 당나라에 투항하여 "좌령군원외장군 양주자사가
되었으며, 여러 번 정벌에 종군하여 많은 공을 세우고 작상을 받"42)았다
는 역사적 사실에도 불구하고, 현진건은 흑치상지가 아기 장수처럼 억울
한 종말을 맞은 영웅적 인물이라는 점을 중시하여 민중적 영웅으로 제시
하고 있는 것이다. 이것 역시 현진건이 역사적 기록에 충실하기보다는
주제를 효과적으로 부각할 수 있는가를 중시하고 있다는 점을 말해주는
것이다.

『흑치상지』에서 백제가 멸망한 것은 지배층의 타락으로 인해 구성원
이 분열하여 서로 대립했기 때문이다. 그리고 국력의 분열과 약화를 야
기한 자들은 관능적 향락에 젖어 정사를 소홀히 한 무능한 국왕과 권력
을 유지하고자 나라의 기밀을 적국에 파는 타락한 신하 등의 지배층이다.
그들은 무능하고 타락하여 나라를 망하게 했을 뿐만 아니라, 반역자 충
상영처럼 투항군의 선봉장으로 의병들의 구국 항쟁을 진압하는 데 당나
라 병사보다 더욱 적극적으로 나서는 인물들이기도 하다. 이를 통해 현
진건은 구성원의 분열과 대립에 따른 민족의 비극적 실상이 어떠한가를
잘 보여주고 있다.

현진건이 민족의 분열을 이렇게 안타까워하는 것은 분열에 따른 민족
구성원의 대립이 민족의 역량을 현격히 약화시킨다고 보기 때문이다. 그
는 민족의 분열에 대한 심각한 우려를 동시대를 다룬 단편에서 나타낸
바 있는데, <동정>, <사립정신병원장>, <신문지와 철장>, <서투른 도
적>, <고향> 등의 단편은 민족 구성원의 분열이 얼마나 심각한 지경에
와 있는가 하는 점을 잘 보여준다. 그리고 장편 『적도』에서는 역사소설
에서처럼 조선민족이 이러한 분열에 따른 대립을 극복하고 단합하여 민

---

42) 김부식,『삼국사기』하권 제40, 흑치상지조, pp.322-323.

족해방의 길에 적극적으로 나서야 함을 나타내고 있다.[43]

일제는 1936년 12월에 민족해방운동자 중심의 치안유지법 위반자를 감시하기 위해 조선사상범보호관찰령을 만들었으며, 1937년 중일전쟁 이후에는 전시체제로 돌입하여 철저한 군국주의 체제로 바뀌어 갔다. 그리하여 1938년 8월에는 전향자들의 단체인 시국대응전선사상보국연맹을 만들어 반국가사상을 파쇄하고자 했으며, 1941년 2월에는 태평양전쟁을 준비하면서 조선사상범예방구금령을 공포했다. 뿐만 아니라 내선일체를 강조하고 조선민족의 황국신민화 정책을 본격화하여 신사참배를 강요하며 조선어를 학교교육에서 폐지함으로써 민족정신을 말살하는 데 박차를 가하고 있었다.[44]

현진건은 일제강점 말기의 이런 급박한 시대적 상황 속에서 당대 현실의 과제를 냉철하게 인식하고 치열하게 대응하고자 했다. 그러하기에 극단적인 탄압의 격랑 속에서도 절망하거나 허무에 빠지지 않고, 『흑치상지』에서 타락한 현실에 기인한 '훼손된 성'을 극복한 인격적 주체들의 외세에 대한 직접적인 투쟁이 구국의 최우선 방안임을 과거의 백제부흥운동을 통해 보여줌으로써, 당시에 일제에 대한 조선민족의 국권회복의식을 고양하고 있었던 것이다.

---

43) 현진건은 장편 『적도』(『동아일보』,1933.12.20-1934.6.17 연재, 박문서관 1939년 간행)에서도 민족의 분열과 대립을 제시하고 그러한 비극을 극복할 민족의 지향점을 암시하고 있다. 『적도』에서는 일제와 결탁하여 자신의 욕망을 충족하는데 수단과 방법을 가리지 않는 박병일과 그를 추종하는 원석호가 타락한 집단을 대변하고 있고, 국외에서 독립운동을 하는 김상렬과 그를 추종하는 기생 명화, 인형 같았던 자신의 처지를 자각한 은주, 열혈 청년 김여해가 건강한 집단을 대변하고 있으며, 그 두 집단이 김여해를 매개인물로 삼아 심각하게 대립하고 있다. 그러나 김상렬의 지도 속에서 명화와 은주가 국외의 민족운동에 참여하고, 김여해가 그를 대신하여 투쟁의 길에 나서다가 폭사하는 결말을 통해 단합된 힘에 의한 적극적인 저항의 길을 민족해방운동의 실천적 방안으로 제시한다.

44) 강만길,『고쳐 쓴 한국현대사』,창작과비평사, 1994, pp.33-35.

Ⅴ. 맺음말

　현진건은 역사소설이 과거에 충실한 소설이 아니라 현재의 당면 과제에 대응할 수 있는 소설이어야 한다고 여겼다. 그러하기에 역사소설에서 역사에 충실하기보다는 현재와 유사한 과거를 통해 주제를 효과적으로 부각하고자 했다. 이러한 의도는 충실하게 실현됨으로써 그의 역사소설은 일제의 탄압이 극도로 악랄해 가던 1930년대 말기의 암담한 상황 속에서도 드물게 민족정기를 드높일 수 있었던 것이다.

　『무영탑』에서는 평민 석공 아사달과 귀족 처녀 주만의 사랑이란 ‘승화된 성’을 통해 민족의 화합을 강조하며, 사대적인 당학파를 비열한 인물로 부정하고 자주적인 국선도파를 진취적 인물로 긍정함으로써, 민족의 단합을 통한 주체적인 국권강화의식을 나타내고 있었다. 또한『흑치상지』에서는 타락했던 창화부인의 각성을 통해 ‘훼손된 성’을 극복하고, 민중적 영웅인 흑치상지의 백제부흥운동을 통해, 조선 민족이 선택할 길은 외세와의 적극적 투쟁임을 내세워 국권회복의식을 나타내고 있었다. 이처럼 현진건은 역사소설에서 ‘승화된 성’을 지향하고 ‘훼손된 성’을 극복하고자 하며, 이를 통해 국권강화의식과 국권회복의식을 고양할 수 있었다.

<임꺽정>의 '초점인물'과 서술시각

Ⅰ. 머리말

홍명희의 <임꺽정>은 십 년 이상이나 신문과 잡지에 연재되었던 방대한 분량의 역사소설이다.[1] 일제강점기의 억압적인 상황 속에서 작가와 발표지 측의 사정으로 중단과 재개가 반복되었고, 독자들의 전폭적인 지지를 받으며 '의형제편'과 '화적편'이 당시에 단행본으로 출간되었다.

그런데 <임꺽정>의 '봉단·피장·양반편'과 '의형제편', 그리고 '화적편'은 한눈에 보아도 세 부분으로 나누어야 할만큼 '초점인물'[2] 및 그 서술방식이 현저히 다르다. 비록 이 작품은 오랜 기간 동안 연재된 대하소설이지만 단순히 시간의 경과 때문에 초점인물이 달라지고 그들에 대

---

1) <임꺽정>은 『조선일보』(1928.11.21-1929.12.26)에 <林巨正傳>으로 302회가 연재된다. 그리고 다시 『조선일보』(1932.12.1-1934.9.4)에 <林巨正傳>으로 541회가 연재된다. 또한 『조선일보』(1934.9.15-1935.12.25)에 <火賊 林巨正>으로 239회가 연재된다. 『조선일보』(1937.12.12-1939.7.4)에 <林巨正>으로 363회가 연재된 다음에 『조광』(1940.10)에 <林巨正>으로 1회 게재된다.

2) 본고에서의 '초점인물'이란 작가의 적극적인 관심아래 작품의 각 부분에서 주도적인 역할을 하는 인물을 가리킨다. 그러니까 초점인물은 각 부분의 주인공인 셈이다. 그러므로 한 작품에서 주인공이 한 두 명인 것과 달리, 초점인물은 여러 명일 수 있다.

한 서술방식이 달라진 것은 아닐 것이다. 그렇게 된 것은 의미 구현에 적합한 인물을 선택하여 그러한 인물에 적합한 서술방식을 선택한 작가의 '서술시각'3) 때문일 것이다. 이에 본고에서는 어떠한 초점인물이 어떠한 방식으로 형상화되고 있는가와 이에 대한 서술시각을 구체적으로 살펴봄으로써, <임꺽정>의 민족문학으로서의 의의를 밝혀 보고자 한다.

Ⅱ. 선각적 인물의 위계화-'봉단·피장·양반편'

<임꺽정>의 '봉단·피장·양반편'에는 대척적인 신분인 양반 이장곤과 천민 양주팔이 초점인물로서 주도적인 역할을 하고 있다. 이장곤은 일시적으로 천민이 되었다가 다시 양반으로 복귀하여 천민의 사정을 이해하는 양반이라면, 양주팔은 타고난 천민이지만 뛰어난 학식과 능력을 지녀 양반을 압도하는 천민이다. 두 사람은 반상의 차이를 개의치 않기에 신분의 현격한 차이에도 불구하고 막역한 친분을 유지한다.

여기에서 그들 두 사람을 이끌어 주는 초점인물로 양반 정희량이 있다. 그는 이장곤처럼 상황 때문에 천민이 되어 본 적도 없고, 양주팔처럼 출생부터 천민도 아니지만, 양반과 상민이라는 신분 차별의 굴레에서 벗어난 초월적 인물이다. 그는 귀양간 이장곤에게 구명의 길을 제시하고, 묘향산에 은거하면서 양주팔에게 예언과 주문 능력을 전수한다. 그는 양주팔에게 스승이듯이, 이장곤에게도 친구이기보다는 스승이다. 그는 신분 차별의 굴레에서 벗어나고 있다는 점과 이장곤과 양주팔에게 가르침을 주고 있다는 점에서 '선각적 인물'이다.

홍문관 교리였던 이장곤은 연산군의 뜻을 거슬려 거제도로 유배된다.

---

3) 여기서 '서술시각'(narrative perspective)이란. 역사적인 실제 세계에 대한 작가의 성취된 태도 또는 입장과 서술의 매개체로서의 서술자나 서사의 제시 방법을 연계한 것이다. R. Weimann, *Structure and Society in Literary History*, Charlottesville; University Press of Virginia, 1976, pp.234-236.

그는 생명의 위협과 절망감으로 자살을 하려다가, '북방상책길'이란 정희량의 예언적 지시에 따라 그곳에서 탈출하여 북방으로 향한다. 그리하여 함흥에 이르러 고리 백정 양주삼의 딸 봉단과 결혼하여 숨어서 산다. 이때에 그는 백정의 사위로 천민들의 부당한 피해와 고통을 직접 겪고 지켜보면서 그들의 억울한 처지를 실감하게 된다. 이에 몇 년 뒤에 중종반정으로 상경하여 다시 관직에 나설 때에는 봉단을 정식 부인으로 삼을 정도로 신분차별의 편견에서 벗어난다.

봉단은 조정으로부터 숙부인의 직첩을 받아 천민에서 양반으로 격상되어 신분해방을 실현한다. 그러나 그녀의 이러한 변화는 그녀가 양반의 덕목을 충실하게 실현하였기에 보상을 받은 것이다. 신분해방 이후에도 그녀는 양반의 법도를 충실히 익혀 양반 질서에 완전히 동화하고 있다. 그러므로 그녀의 신분해방은 천민들의 고통과 원한을 해소하거나 그들의 소외와 좌절을 극복하는 데 실질적으로 기여할 보편적인 의의를 지니지 못한다. 그녀는 신분해방에 대한 천민들의 절실한 소망을 특수하게 성취하고 있는 예외적 인물일 뿐이다. 양반 이장곤이 그녀와 혼인하여 예외적으로 천민이 되었듯이, 봉단 역시 그와 혼인하여 예외적으로 양반이 된 것에 불과하기 때문이다.

이장곤도 신분차별의 부당성을 깨닫고 있으며, 천민 봉단을 정실부인으로 삼고 있다는 점에서 선각적 인물일 수 있다. 그러나 양주팔이 작품의 중심을 차지하고, 친구에서 스승으로 위상이 높아짐에 따라 이장곤은 선각적 인물다운 면모를 점차 잃어간다. 그러므로 이장곤은 선각적 인물이기보다는 봉단과의 결합을 통해 상·층을 연결하면서 선각적 인물들의 이상과 소망을 매개하는 인물이다. 이를 통해 이장곤처럼 양반이 신분 제도의 모순을 깨닫고 있다고 하더라도, 조정에 참여하는 양반이 그러한 깨달음을 실천에 옮기거나 다른 사람에게 전수하는 일을 할 수는 없을 것이라는 점을 나타내고 있다.

양주팔은 '백정학자'로 불리며 지인지감이 있는 인물이다. 그는 정희량의 가르침을 받은 뒤에 갖바치로 지내면서 조광조와 김식 등의 사림파와 교유하고, 임꺽정에게 이야기로 병서를 가르치며 이봉학과 박유복을 연결해 준다. 그리하여 그들이 나중에 청석골에서 화적집단으로 결합할 기반을 마련해준다. 또한 묘향산에서 승려가 된 후에는 임꺽정을 데리고 한라산에서 백두산에 이르는 전국의 명산을 순례하여 서경덕과 이지함 등의 이인들을 만나보게 한다.

양주팔은 신분차별의 굴레에서 벗어난 양반 정희량의 가르침과 자신의 천민 체험을 통하여 세상에 대해 높은 안목을 갖게 되며 초월적 능력마저 지닌다. 그는 신분차별에 의한 봉건체제의 부당성을 누구보다 철저하게 깨닫고 있으며, 그러한 자신의 깨달음을 임꺽정에게 체험을 통해 전수해 주고 있다. 이런 점에서 그는 정희량처럼 선각적 인물이다.

그러므로 여기에서 정희량과 양주팔이 위계화되고 있으며, 양주팔과 임꺽정이 위계화되고 있다. '위계화'된다는 것은 우월한 식견이나 능력을 지닌 초점인물이 다른 초점인물을 가르침으로써 사제관계가 이루어진다는 것이다. 이렇게 위계화되는 초점인물은 이전보다 견식과 능력이 현저히 향상된다.

양반 선각적 인물 정희량의 뒤를 이은 천민 선각적 인물 양주팔은 갖바치에서 병해대사로 변화하면서 천민 임꺽정에게 새로운 사회에의 방향을 계시해 주고 있다. 그렇다고 그가 초월적 능력을 임꺽정에게 전수하여 신비적인 차원에서 그들의 이상과 소망이 성취되도록 하지는 않는다. 예언과 주문 능력은 전수되지 않듯이, 현실적인 차원에서 위계화가 이루어진다. 이렇게 제한된 위계화는 칠장사에서 생불로 불리며 세속을 벗어나는 병해대사와 청석골 화적 집단의 두목이 되어 세속에서 조정에 적대하는 임꺽정의 견식과 능력은 달라야 함을 나타내 주고 있는 것이다.

그런데 '봉단·피장·양반편'에서 작품의 중심에 위치하며 주도적인 역할을 하는 선각적 인물 양주팔의 작품내의 위상과 역할에 대해서는 대척적인 평가가 내려진다.

① 이와 같이 황당무계할 정도로 이상화된 갖바치가 의형제편
에 이르면 유야무야해지다가 끝내는 사망한 것으로 처리되
고 마는데, 이는 앞서 상층과 하층의 연결을 위해 필요했
던 그의 존재가 이제부터는 별반 소용이 없게 된 때문일
것이다. 요컨대 갖바치가 이 작품에 등장하는 주요 인물로
서는 거의 유일하게 현실감이 부족한 존재로 형상화되고
만 것은, 봉단편·피장편·양반편에서 상·하층의 연결을
극소수의 예외적 인물의 삶을 통해 이루려고 한 결과 그에
게 너무도 과중한 부담이 지워진 탓이라 할 수 있다.4)

② '갖바치 이인만은 앞뒤를 다 꿰고' 있음은 작품 전체를 조
망할 생불의 눈으로서는 당연한 일이다. 그가 그렇게 모든
일을 다 꿰고 있지 못한다면, <林巨正>과 같이 규모가 큰
작품의 구조 질서가 모호해질 것이다. 갖바치는 '신이한 지
혜'를 그저 감춘 것이 아니다. 그것은 독자로 하여금 거기
에서 삶의 재생·구원의 의미가 무엇인가를 구체적으로
확인하면서 작품의 의미를 정당하고 폭넓은 방향으로 이해
하게끔 하기 위한 작가의 의도이다.5)

①에서는 갖바치가 지나치게 이상화되어 현실감이 부족한 존재로 형
상화되고 말았으며, 상·하층을 연결하는 역할을 하고 있다고 본다. 그
리고 ②에서는 그가 신이한 지혜를 통해 삶의 재생과 구원의 의미를 제
시해 주고 있으며, 작품의 전체를 조망하여 구조적 질서를 부여하는 역
할을 하고 있다고 본다. 그러나 이러한 두 견해는 모두 부분적인 측면을
확대 해석함으로써 그의 위상과 역할을 제대로 파악하지 못한 듯하다.

갖바치 양주팔이 신이한 인물로 형상화되고 있는 것은 작가가 고전소
설의 주인공들이 보여주는 신이한 행적을 선호하기 때문도 아니고, 당시
독자들의 신비적 취향을 강하게 의식하기 때문도 아니다. 양주팔의 초월

---

4) 강영주,「한국근대역사소설연구」,서울대 박사논문, 1986, p.115.
5) 채진홍,『홍명희의 <林巨正>연구』,새미, 1996, p.94.

적 능력은 작가의 의도에 따른 한정된 의의를 지닐 뿐이다. 차혜영은 "이러한 초월의 근저에는 현실적 가치에 대한 부정과 새로운 가치에 대한 모색이 잠재해 있"6)다고 한다. 정희량으로부터 양주팔에게로 이어지는 예언과 주문 능력은 봉건적 규범과 체제에 대한 거부의 의미를 갖는다. 백정 출신인 양주팔이 생불 병해대사로 추앙을 받게 된 것은 그의 초월적 능력에 기인하는데, 그는 그러한 초월성을 통해 신분차별의 장벽을 넘어서고 있다.

물론 양주팔의 이와 같은 초월적인 신분해방이 현실적인 의의를 지니는 것은 아니다. 양반에 동화되는 봉단과 달리, 양주팔은 양반을 비롯한 모든 신분의 사람들로부터 추앙을 받으면서 신분차별의 굴레에서 벗어나고 있다. 하지만 그의 이러한 신분초월 역시 봉단의 신분상승처럼 예외적으로 소망을 성취한 것일 뿐이다. 진정한 인간해방은 그러한 신비적인 초월을 통해 이루어질 수 없으며, 현실에의 적극적인 참여를 필요로 한다. 그러므로 임꺽정을 비롯한 다른 초점인물들의 실재적이고 능동적인 활동이 요구되는 것이다.

정희량이 묘향산에 은거하며 세속에서 벗어나 있다가 양주팔에게 초월적 능력을 전수한 뒤에 세상을 떠나듯이, 양주팔 역시 정희량이 죽자 칠장사에 은거하며 세속에서 벗어나 있다가, 의형제 일곱 명이 함께 칠장사에 모여 생사결의를 하기 직전에 세상을 떠난다. 양주팔도 정희량처럼 선각적 인물로서의 역할을 다하였기 때문이다. 이처럼 선각적 인물은 임꺽정을 비롯한 다른 초점인물의 활동을 준비하고 활동방향을 제시하는 역할을 맡고 있었던 것이다.

'봉단·피장·양반편'이 끝내 출간되지 않은 것도 선각적 인물의 이러한 초월적 특성과 제한된 역할 때문일 것이다. 홍명희는 시간적 여유가 있었음에도 불구하고 신문에 연재된 이 첫 부분을 출간하지 않았다. 다

---

6) 차혜영,「<임꺽정>의 인물과 서술방식연구」,한양대 석사논문, 1991, p.12.

른 초점인물들의 활동기반을 조성하고 활동방향을 제시하는 부분이기에 빠지더라도 작품의 핵심을 파악하는데 지장이 없다고 여겼고, 선각적 인물의 그러한 초월성이 다른 초점인물들의 현실성을 약화시킬 수 있다고 여겼기 때문에 출판하지 않았을 것이다.

Ⅲ. 협조적 인물의 연쇄화-'의형제편'

'의형제편'에는 박유복, 곽오주, 길막봉, 황천왕동, 배돌석, 이봉학, 서림의 내력 및 그들이 청석골에 합류해 화적이 되는 경과가 여실하게 그려지고 있다. "임꺽정의 반란이 3년간에 걸쳐서 광범한 지역에서 행해졌다는 것은 농민과의 연결 없이는 불가능한 것이었다. 임꺽정의 반란은 갈대밭 지대라는 생산상의 조건을 배경으로 하여 수공업자, 소상인, 농민이 공동행동을 취하고 있는 점에 큰 특징이 있었다."[7]라고 한다. 영락한 농민, 소금장수, 역졸, 서얼, 아전 등 중인 이하의 다양한 상민들이 그들의 잠재적 능력을 집단적으로 발휘하고 있다.

여기에서 이봉학은 종실 서자의 후손이며, 박유복은 억울하게 죽은 농민의 유복자이고, 곽오주는 빈한한 농민출신이며, 길막봉은 소금장수이고, 황천왕동은 도망한 관노비의 후손이며, 배돌석은 역졸 출신이고 서림은 아전 출신이다. 그런데 그들은 이렇게 낮은 신분에도 불구하고 모두 특별한 능력을 지닌 비범한 인물들이다. 이봉학과 박유복, 그리고 배돌석은 각각 활솜씨, 표창솜씨, 돌팔매솜씨가 뛰어나며, 곽오주와 길막봉은 힘이 장사이고, 황천왕동은 걸음이 빠르며, 서림은 지모가 뛰어나다.

그들은 임꺽정을 도와 조정에 적대하는 '협조적 인물'이다. 선각적 인물은 우월한 처지와 능력으로 임꺽정을 가르쳤다. 이와 달리 협조적 인

---

7) 矢澤康祐,「임꺽정의 반란과 그 사회적 배경」,『전통시대의 민중운동』,풀빛, 1981, p.143.

물은 각자 비슷한 처지와 능력에 의거해 대등하게 상호 협력한다. 그리고 서림을 제외한다면 임꺽정과도 대등한 관계를 유지하면서 의형제로 결합한다.

여기에서 협조적 인물들은 연쇄화되고 있다. '연쇄화'란 한 초점인물이 독립된 담화의 중심을 이루다가, 다른 초점인물에게 다음 담화의 중심을 물려준다. 그리하여 여러 초점인물에 대한 독립된 담화가 연속되면서 유기적으로 상호 관련되는 것이다. 이처럼 연쇄화를 통해 협조적 인물들의 만남이 꼬리에서 꼬리를 물고 이어진다.[8]

'박유복이'에서 박유복은 아버지의 원수를 갚은 뒤에 맹산으로 도망치다가 최영 장군의 사당에 신장의 아내로 바쳐진 처녀와 결합하여 청석골 늙은 도적 오가의 집에서 함께 살게 된다. 그리고 '곽오주'에서 머슴인 곽오주는 도적질을 하던 오가를 구렁에 밀어 떨어트린 일로 박유복를 상대로 힘겨룸을 하다가 서로 친해지며, 엄마를 잃고 심하게 우는 아기를 엉겹결에 죽인 뒤에 마을에서 배척을 당하자 청석골에 오게 된다.

그리고 '길막봉이'에서 소금장수인 길막봉은 곽오주의 쇠도리깨에 맞아 병신이 된 매부의 복수를 하려 왔다가 그들과 친해지고, 데릴 사위가 되었지만 처가에서 괄시하자 청석골로 들어온다. '황천왕동이'에서 임꺽정의 처남 황천왕동은 봉산 이방 백씨의 사위 취재에 합격하여 혼인하며, 봉산 관가의 장교로 있다가 배돌석을 구해준 일로 제주도로 귀양간다. 그리고 '배돌석이'에서 배돌석은 간통한 아내와 간부를 죽이고 도망하다

---

8) 한 담화 속에 여러 담화가 들어 있거나, 여러 담화가 차례로 연결되거나, 다른 담화가 서로 교체하기도 한다. 이처럼 여러 담화를 연속시키는 방식에는 '삽입(enchâssement)', '연결(enchainement)', '교체(alternance)'가 있다. 삽입은 보카치오의 <데카메론>처럼 이야기 속에 다른 이야기를 새겨 넣는 것이며, 연결은 여러 개의 고리를 이어 한 줄의 사슬을 만들듯 이야기를 한 줄로 이어서 작품을 만드는 것이다. 또한 교체는 라클로의 <위험한 관계>처럼 두 가지 이야기를 동시적으로 전개하되 한 이야기를 잠시 중단하고 다른 이야기를 잇고, 다시 그 이야기를 중단하고 처음 이야기를 계속하는 것이다. 츠베탕 토도로브,『구조시학』,곽광수 역, 문학과 지성사, 1977, pp.103-105. 본고에서의 연쇄화란 토도로브의 연결에 해당한다.

가 청석골로 오게 된다.

또한 '이봉학이'에서 이봉학은 왜변에서 뛰어난 활솜씨로 공을 세워 벼슬을 얻는다. 하지만 파옥하고 도망하던 임꺽정을 도와준 일로 금부에 잡혀가다가 구출되어 청석골에 합류한다. '서림'에서 평양감영의 아전이던 서림은 봉물을 빼돌리다 탄로가 나서 도망을 치던 중에 청석골에 잡혀와 화적집단에 협력하게 된다. 그리하여 마지막 장인 '결의'에서 서림이 빠진 여섯 명이 임꺽정과 함께 칠장사에서 결의형제를 맺는다.

여기에서 협조적 인물들은 관찬 사료에 나타나지 않는 무명의 상민들이지만, 순차적으로 독립된 담화의 중심에 위치하면서 그들의 성격과 처지를 일상사를 통해 구체적으로 보여준다. 전라감사의 비장을 거쳐 제주도 정의현감과 임진별장을 지낸 이봉학과 평양감영의 아전이었던 서림을 통해 말단 벼슬아치들의 애환이 소상하게 나타나고 있으며, 유복자로 편모 슬하에서 성장한 박유복과 역졸의 아들로 양반의 비부를 거쳐 다시 역졸 생활을 하는 배돌석을 통해 상민들의 참상이 구체적으로 나타나고 있다. 협조적 인물들은 성장 과정이나 배우자를 맞이하는 과정에 잘 나타나고 있듯이, 모두 기구한 내력을 지니고 있다. 그리고 그러한 내력이 일상사를 통해 구체화됨으로써 관념성이 제거되고 사실성을 확보한다.

협조적 인물 서림은 의형제로 결합되는 다른 여섯 명과는 구별된다. 그는 뛰어난 지모로 임꺽정의 신망이 컸음에도 불구하고 결국 그를 배신하여 관군의 화적집단 토벌에 결정적인 역할을 한다. 임꺽정의 가족이 옥에 갇혔을 때에 서림이 함께 온 것에 대해 "실상 서림이가 유복이를 따라온 것은 유복이의 비위도 맞추고 꺽정이의 환심도 사고 또 같지 않은 의기도 보이려는 것이었다."9)라고 한다. 이처럼 작가도 시종 서림에게 비판적인 태도를 드러내고 있다.

그리고 청석골에서 곽오주는 다른 의형제들과 달리 처음부터 서림을

---

9) 홍명희, <임꺽정> 의형제편3, 을유문화사, 1948, p.121.

노골적으로 박대하고 있다. "곽오주는 처음부터 서림을 무조건 싫어하고 반대하는 것으로 그려지는데, 이는 의형제들의 정서와 서림과의 이질성을 작가가 드러내는 방법이라 할 수 있다."10)라고 한다. 이처럼 곽오주의 우직한 안목을 통해 서림의 허위성과 교활함이 신랄하게 비판되고 있는 것이다. 그러므로 이원조처럼 "실상 이 작품에는 작자가 왕왕 나온다. 그것은 다른 사람이 아니고 서림이다. 임꺽정 한 사람으로서 처리하지 못하고 발전시키지 못할 문제를 해결하는 책사적 존재인 서림이는 곧 작자이다."11)라고 할 수는 없다. 견식이나 책략이 높다는 점에서 서림을 작가의 대변자로 보는 것은 잘못이다.

> 임꺽정전은 저 노서아 자연주의 작가 '쿠프란-'의 『……』담이라는 것이 있지 않아요. 그게 장편소설인데 토막토막 끊어 놓으면 모두 단편이란 말야. 그러니까 이건 단편소설이자 곧 장편소설로도 재미가 있단 말야. 그래서 임꺽정전의 힌트를 얻었지요12)

해방기인 1948년의 대담에서 홍명희는 '의형제편'의 연쇄화 방식이 러시아 작품의 암시를 받은 것이라고 한다. 이러한 연쇄화의 방식은 <수호지> 등에서 흔히 볼 수 있는 동양의 전통적인 서술 방식이다.13) 그런데도 홍명희가 그러한 것을 러시아 장편소설에서 암시를 받았다고 말한 이유는 무엇인가. '머리말슴'에서 "수호지 지은 사람처럼 일백단팔마왕이

---

10) 백문임, 「홍명희의 <林巨正> 연구-구성방식을 중심으로-」, 연세대 석사논문, 1993, p.45.

11) 이원조, 「<林巨正>에 대한 소고찰」, 『조광』4권 8호, 1938.8.

12) 「홍명희·설정식 대담기」, 『신세대』23호, 1948.5, 임형택·강영주 편, 『벽초 홍명희 <林巨正>의 재조명』, 사계절, 1988, p.302에서 재인용.

13) 염무웅은 "벽초가 처음 <임꺽정>을 연재하기 시작할 때 염두에 둔 것은 근대적인 역사소설이기보다 조선 중기의 역사를 연의체로 푸는 것이었고, 그러다가 '의형제편'을 쓰면서 <수호지를>를 구체적인 모델로 설정하게 된 것이 아닌가 하는 겁니다."라고 한다. <林巨正>연재 60주년 기념좌담, 「한국 근대문학에 있어서 <임꺽정>의 위치」, 위의 책, p.47.

묻힌 복마전을 어림없이 파제치는 엄청난 재주는 업슬망정"14)이라고 했다. 이처럼 <수호지>의 영향은 이미 작품의 서두에도 언급하였기에 새삼 거론할 필요가 없기 때문일 것이다. 그리고 최명은 "남쪽에서는 단독정부를 수립한다고 떠들고 있었고, 북쪽에서는 소련의 영향력이 클 대로 큰 때였던만큼, 벽초는 러시아 문학을 운운함으로써 사회주의 종주국에 대한 그의 이념적 편향을 나타내려던 것이 아닌가 생각한다."15)라고 한다. 그러므로 러시아문학의 영향에 대한 언급은 해방기에 있어 사회주의 국가에 대한 홍명희의 지향을 드러내고 있는 것일 것이다.

Ⅳ. 정점인물의 양가화- '화적편'

<임꺽정>에서 정점에 있는 인물은 백정 출신의 천민 임꺽정이다. 그는 어려서부터 힘이 세고 성질이 불같아서 천한 신분으로 인해 부당한 대우를 받으면 적극적으로 반항한다. 한마디로 무엇에 얽매이거나 지배받는 것을 거부하는 '불기의 정신'16)을 지닌 인물이다. 글방에서 백정의 자식이라고 놀림을 받자 양반 아이와 싸운 뒤에 선생에게 편파적인 책망을 듣자 그의 면상에 책을 내던지고 돌아오며, 사람 잡는 것은 배워도 소 잡는 것은 배우지 않겠다며 백정 일을 거부하고, 상감이 나라에서 제일 높은 사람이라면 자신이 커서 상감이 되겠다고 하여 어린 나이에 감옥에 갇히기도 한다.

임꺽정은 양주팔에게 병서를 배울 뿐만 아니라, 한때 도적의 괴수였던 부평 주막의 노인에게 검술도 배운다. 그리고 양주팔과 명산을 순례하던 도중에 백두산에서 도망한 관노비의 딸인 운총과 결혼한다. 그는 뛰어난

---

14) 홍명희, <林巨正傳> 봉단편,『조선일보』,1928.11.21.
15) 최명,『소설이 아닌 임꺽정』,조선일보사, 1996, p.93.
16) 정호웅,「불기의 사상-벽초의 <임꺽정>론」,『우리 소설이 걸어 온 길』, 솔출판사,
    p.276.

능력과 견식을 지녔지만 백정이란 신분 때문에 왜변에 군사로 참여하는 것마저 거부당한다. 그리하여 홍명희는 "그때 그 시절에 사람이 잘 나면 화적질밖에 실상 하잘 것이 없었지요. 더구나 천민이라고 남이 모두 손가락질하는 백정계급에 속한 자이리요."[17]라고 했다. 결국 임꺽정은 청석골에 들어가 화적집단의 두목이 되어 조정에 적대하게 될 수밖에 없었다는 것이다.

> 세상사람이 인ㅅ금이 다 나버더 잘낫다면 나를 멸시천대하드래두 당연한 일루 여기고 밧겟네 그러치만 내가 사십평생에 인ㅅ금으로 쳐다보이는 사람은 며츨 못봣네 내속을 털어노쿠 말하면 세상사람이 모두 내눈에 깔보이는 데 깔보이는 사람들에게 멸시천대를 바드니 엇재 분하지안켓나 내가 도둑눔이 되구시퍼 된 것은 아니지만 도둑눔된 것을 조굼도 뉘치지안네 세상사람들에게 만분의 일이라도 분풀이를 할쑤잇구 또 세상사람이 범접 못할 내세상이 따루 잇네 도둑눔이라니 말이지만 참말로 도둑눔들은 나라에서 녹을 먹여 길르네 사모쓴 도둑눔이 시굴가면 골골이 다 잇구 서울오면 조정에 득실득실 만이 잇네.[18]

임꺽정은 백정 출신이라는 사실만으로 멸시와 천대를 받는 것이 분했고, 정작 도적은 자신보다 오히려 양반들이기에 세상에 분풀이를 하고자 도적이 되었다고 한다. 그렇다고 그가 능동적으로 화적의 길을 선택한 것은 아니다. 청석골 일당이 평안도 관찰사의 봉물을 도적질하여 그에게 나누어주었는데, 이웃의 최서방 내외가 그것을 밀고하여 가족들이 옥에 갇힌다. 그리고 병든 아버지와 병신 동생이 죽자 어쩔 수 없이 감옥을 깨고 가족을 구하여 청석골로 들어간다. 이때에도 그는 도적이 되어야 한

---

17) 홍명희,「<林巨正傳>을 쓰면서」,『삼천리』제5권 9호, 1933.9. p.665.
18) 홍명희, <林巨正> 화적편1, 을유문화사, 1948, p.190.

다는 사실을 매우 꺼려하고 있다. 도적이 된다고 하여도 자신의 포부를 펼칠 수 없다는 점과 아들 백손 역시 도적의 길을 걸어야 한다는 점을 안타깝게 여겼기 때문이다. 그렇지만 그는 화적집단의 두목이 되어 협조적 인물의 협력을 받으며 조정에 적대함으로써 자연스레 '정점인물'이 된다.

그런데 이러한 정점인물 임꺽정은 단일한 성격의 인물이 아니다. 청석골에서 관상쟁이는 "저러케 극히 귀하구 극히 천한 상은 나는 처음 보우"[19]라고 한다. 이처럼 임꺽정은 영웅적 면모와 비속한 면모를 동시에 보여주는 복합적인 인물이다. 이런 점에서 그는 양가화되고 있다. 그는 한편으로 아우들의 잘못을 자신이 감당하고자 하고 불쌍한 모녀를 구해주고자 애를 쓰는 인정 많은 인물이면서, 다른 한편으로 사소한 잘못을 저지른 부하들과 마을 사람들을 예사롭게 죽이는 잔인한 인물이기도 하다. 이남호의 지적처럼 "임꺽정은 당시의 사회적 모순에 대하여 반기를 든 사람이기는 하지만, 그 자신이 그러한 모순을 답습하고 있는 인물이며, 영웅적 대범함과 소인적 조급함을 동시에 지닌 인물"[20]이란 것이다.

> 남의 천대와 멸시를 우서버리지도 못하고 안심하고 받지도 못하야 성질만 부지중 괴상하여저서 서로 뒤쪽되는 성질이 만헛다. 사람의 머리 버이기를 무 밑동 도리듯하면서 거미줄에 걸린 나비를 차마 그대로 보지못하고 논바테선 곡식을 예사로 짓발브면서 수채에 나가는 밥풀한낫을 앗기고 반죽이 눅을때는 홍제원 인절미갓기도하고 조급증이 날때는 가랑닙에 불부튼 것 갓기도하엿다.[21]

임꺽정은 화적 집단의 두목이 되었을 때에 이러한 양가성을 더욱 강하게 드러낸다. 그리하여 양반의 천민에 대한 부당한 대우에 대한 적개심

---

19) 홍명희, <林巨正> 의형제편3, 앞의 책, p.324.
20) 이남호,「벽초의 <林巨正> 연구」,『문학의 위족』2, 민음사, 1990, p.407.
21) 홍명희, <林巨正> 화적편1, 앞의 책, p.25.

이 누구보다 강했던 그가 서울에서 여러 명의 여자를 첩으로 거느린다든지, 청석골의 도회청을 조정처럼 꾸며 부하들 위에 군림하면서 사소한 잘못에 그들을 죽인다든지 한다. 그리하여 양반들의 권위적이고 방탕한 면모를 그대로 답습하는 것처럼 보인다.[22]

이처럼 난봉에 빠지고 무분별한 살인을 행하는 점만 주목한다면, 임꺽정은 하찮은 화적두목에 불과한 인물일 뿐이다. 그러나 이런 비속함과 잔인함은 그의 위엄과 의로움에 결합되어 민중적 영웅성의 바탕이 되고 있기에 그러한 점을 비난할 수만은 없다. 바흐친은 "천상적인 것과 지상적인 것, 아름다운 것과 추한 것, 숭고한 것과 저열한 것이라고 구분지어진 것에서 상향적인 것을 하락시키고 하향성의 부정적 가치 속에서 새로운 힘의 원천을 찾는 태도 자체가 양가성이다."[23]라고 한다. 그렇다면 임꺽정의 부정적인 면은 긍정적인 면과 양가적으로 결합되어 있으며, 이러한 양가성을 통해 민중적 생명력을 충실하게 드러내고 있다고 할 수 있다.

그러니까 임꺽정의 양가성은 오히려 모순되는 면모를 통해 역사적 제약의 굴레를 벗어버리고자 몸부림치는 민중적 영웅의 면모를 사실적으로 보여주고 있다는 것이다. 즉 그가 뭔가 큰 일을 하겠다는 막연한 의식은 가지고 있지만, 아직 역사적 토대가 충분하지 못하기에, 그런 인물로 하여금 군도를 이끌고서 체제의 변혁을 도모하고자 하는 데에는 근본적인 한계를 드러낼 수밖에 없다는 점을 오히려 객관적으로 보여주고 있는 것이다.[24]

---

22) 또한 임꺽정은 서울에서 장물아비 하첨지의 집에 머물면서 기생방에서 노인정 힌량패를 굴복시킨 이후 기생 소홍에게 몰두하며, 빚에 몰린 과부의 딸 박씨, 납치해 온 명문 양반의 딸 원씨, 열녀로 표창 받은 과부 김씨와 살림을 차려 청석골을 잊고 지내고, 그녀들이 감옥에 갇히자 부하들의 위험을 개의치 않고 그녀들을 구출하고자 한다. 이 때에 그는 혜음령패의 두목 정상갑이 감옥을 깨트리는 일이 무모하다고 거절하자 격분하여 그 자리에서 당장 그를 때려죽이기도 한다.
23) 최현무, 「미하일 바흐찐과 후기 구조주의」, 『바흐찐: 문학사회학과 대화이론』, 츠베탕 토도로프, 최현무 역, 까치, 1987, p.274.
24) 「<林巨正>연재 60 주년 기념좌담」, 임형택·강영주 편, 앞의 책, p.62.

> 위대한 인간은 지극히 민주적이다. 그는 결코 평범하지 않은
> 별종의 인간으로서 대중과 대립하는 인물이 아니다. 이와는 반
> 대로 그는 모든 다른 사람과 동일한 보편적인 인간적 자질을
> 갖추고 있다. 그는 먹고 마시고 배설하고 방귀를 뀌는데 다만
> 이 모든 것을 큰 규모로 할 뿐이다."[25]

인용문에서 바흐친은 민중적 장편소설에서 위대한 인간은 대중과 다른 별종의 인간이 아니라 보편적 인간의 자질을 보다 큰 규모를 지닌 인물일 뿐이라고 한다. 임꺽정 역시 당시의 민중들과 별종의 인간이 아니라 대부분 사람들의 미덕과 결함을 보다 큰 규모를 드러내고 있는 것일 뿐이다. 그는 결함이 없는 단일화된 귀족적 영웅이 아니라, 미덕뿐만 아니라 결함도 지닌 양가적 민중 영웅인 것이다.

그렇다면 신재성의 지적처럼 "<임꺽정> 속에 구현된 백정으로서의 삶의 체험은 구체적이고 역사적인 차원에서 다루어지지 않고 단지 한 악한 개인의 보복심리로 엮어져 있다."[26]라고 볼 수는 없다. 임꺽정은 스승 양주팔로부터 누차 때를 기다려야 한다고 타이름을 받고 있다. 이처럼 그는 자신의 세상에 대한 원한을 계속 억제하고 있었던 것이다. 임꺽정은 인간다운 삶이 가능한 새로운 사회에 대한 자신의 이상과 소망이 그 당시에는 실현될 수 없다는 점을 잘 알고 있다는 것이다. 그러하기에 어쩔 수 없이 자신이 원하지 않았던 화적집단의 두목이 되었을 때에 그 동안의 절제를 벗어버린 광포한 성격을 노골화하게 되었던 것이다.

그러므로 임꺽정의 모순된 면모의 원인을 홍명희의 작가의식이 약화되어 인물의 현실에 대한 저항의지나 실천적 참여의지가 약화된 것에 기인한다고 볼 수 없다. 오히려 임꺽정의 그러한 모순된 면모야말로 민중적 영웅의 특성을 사실적으로 보여주는 뚜렷한 징표라고 보아야 할 것이다.

---

25) 미하일 바흐찐,『장편소설과 민중언어』,전승희 · 서경희 · 박유미 역, 창작과비평사, 1988, p.448.
26) 신재성,「1920-30년대 한국역사소설연구」,서울대 석사논문, 1986, p.71.

Ⅴ. '조선정조'와 인간해방

<임꺽정>은 선각적 인물의 위계화와 협조적 인물의 연쇄화, 그리고 정점인물의 양가화를 통해 일제강점기의 대다수 역사소설이 그러했던 왕실과 조정의 위인 중심적 역사인식에서 벗어나 있다. 상층의 역사적 유명인물에 의거한 이광수의 <이순신>, 박종화의 <금삼의 피>, 김동인의 <운현궁의 봄> 등 '보수적 인식의 역사소설'이 역사 발전의 진수를 제대로 포착하지 못하고 있다면, 하층 역사적 무명인물에 의거한 '진보적 인식의 역사소설'인 <임꺽정>은 현재의 전사로서의 역사를 충실하게 형상화하고 있다는 것이다.27)

앞장에서 살펴보았듯이 <임꺽정>의 각 부분에서 초점인물 및 서술방식은 크게 달라지고 있다. 그렇다고 이 작품에 일관하는 원리가 없는 것은 아니다. <임꺽정>을 관통하는 일관된 원리는 바로 '조선정조'이다. 즉 권순긍의 지적처럼 "조선정조를 말 그대로 정조라든가 묘사의 차원만이 아닌 사건이나 인물 등 형상화의 전 과정을 지배하는 원리로 내세우고 있다"28)는 것이다.

> 그것은 조선문학이라 하면 예전 것은 거지반 지나문학의 영향을 만히 밧어서 사건이나 담기어진 정조들이 우리와 유리된 점이 만헛고, 그러고 최근의 문학은 또 구미문학의 영향을 만히 밧어서 양취가 잇는 터인데 임꺽정만은 사건이나 인물이나 묘사로나 모두 남에게서는 옷한벌 빌어 입지 안코 순조선 거로 만들려고 하엿슴니다. '조선정조에 일관된 작품' 이것이 나의 목표엇슴니다.29)

---

27) 박종홍,「일제강점기 한국역사소설연구」,경북대 박사논문,1990, pp.143-148.
28) 권순긍, 「<林巨正>의 조선정조와 민족적 특성」,『역사와 문학적 진실』, 살림터, 1997, p.146.
29) 홍명희,「<林巨正傳>을 쓰면서」,앞의 글, p.665.

　인용문에서 홍명희는 <임꺽정>을 '조선정조에 일관된 작품'으로 만들고자 했다고 한다. 이런 인식은 1930년대 후반에서부터 1940년대 후반 이후의 글에 이르기까지 지속적으로 강조되고 있다. 그러므로 임화의 주장처럼 "우리들과 같은 성격이나 우리가 탐내는 뚜렷한 성격도 없고, 그 성격과 환경과의 '비벗드'한 갈등도 없으며, 따라서 작품을 관류하는 일관한 정열도 없다. 단지 <임꺽정>의 매력은 그 시대 여러 가지 인물들과 생활상의 만화경과 같은 전개에 있다."30)라고 볼 수는 없다. 이러한 주장은 작품의 부분적 외양을 중시하여 내재화된 일관된 원리를 간과하고 있기 때문이다. 임화는 <임꺽정>이 신문에 연재될 당시에 연재된 일부분만을 읽었기에 작품의 전체적인 유기성을 조감하지 못해 그렇게 판단한 듯하다.

　그리고 신재성처럼 "각 단위의 삽화는 벽초가 그토록 내세웠던 조선정조의 한 단면으로 제시되어 있는 것이다. <임꺽정>의 심층구조에는 언제나 조선정조가 놓여 있고, 각 인물의 행동은 그것을 환기시킬 수 있는 풍속적 삽화에 머물러 있다."31)라고 보는 것도 부분적으로만 타당하다. <임꺽정>의 심층에는 언제나 조선정조가 놓여 있다는 지적은 적절하다. 하지만 각 인물의 행동은 조선정조를 환기시킬 수 있는 풍속적 삽화에 머물러 있다는 지적은 그대로 받아들이기 어렵다. 홍명희는 전통적인 조선의 생활로부터 자연스럽게 생성되는 민족정신을 나타내고자 과거의 풍속을 풍부하게 묘사하면서 조선정조에 의해 그것들을 상호 긴밀하게 연관시키고 있기 때문이다. 그런 풍성하고 구체적인 풍속 묘사를 작가의 현실의식이 약화됨에 따른 분열된 생활상의 반영으로 볼 수 없다. 홍명희는 충실한 풍속묘사를 통해 생경한 이념 노출을 억제하면서 조선정조를 형성하는 민족적 삶의 근원을 확인하고자 했다고 할 것이다.

　그렇다면 이훈처럼 "작가는 임꺽정의 얘기를 함으로써 계급의식을 지

---

30) 임화,「세태소설론」,『문학의 논리』,학예사, 1940, p.356.
31) 신재성, 앞의 논문, p.84.

닌 인물을 그려 식민지 현실과의 유사성을 암시하려고 했지만, 이 소설
의 무대가 되는 시대의 객관적 논리에 충실할수록 작가의 의도가 수정되
는 현상이 발생한 것이라고 생각된다."[32]라는 견해도 수긍하기 어렵다.
객관적 현실을 여실하게 묘사함으로써 작품의 성취가 작가의 의도를 넘
어서는 '사실주의의 승리'가 이루어질 수 있다. 그렇지만 홍명희가 자신
의 의도를 수정하여 추구하는 이념을 변질시켰다고 볼 수는 없다. 그는
자신의 이념을 직설적으로 나타내는 대신에 그것을 조선정조에 융해시켜
그러한 이념의 당위성을 자연스럽게 나타내고자 했기 때문이다.

　또한 이원조의 주장처럼 "그가 항상 행동에 주저하고 사리고 촌도하는
것은 역시 그 계급적 속성을 버리지 못한 귀족 취미에서 나온 것이라고
볼 수 박게 업는 것이다. <임꺽정>에서 그 레알한 필력이 다른 부인물
은 활기있게 묘사했건만도 화적 임꺽정의 묘사가 손색이 있는 것도 그
때문"[33]인 것도 아니다. 홍명희가 명문 양반의 후손이란 출신 기반의 제
약 때문에 이념을 적극적으로 행동에 옮기지 못하며, 다른 인물과 달리
임꺽정을 제대로 묘사하지 못했다고 볼 수 없기 때문이다.

　홍명희는 증조 효문공 홍우길이 이조판서를 역임했고 조부 홍승목은
참판을 지냈으며 부친 홍범식은 금산 군수로서 경술국치를 당해 자결한
명문 양반 출신이다.[34] 하지만 그는 1923년부터 좌익 사상단체인 신사상
연구회에 참여하는 등 사회주의에 대해 깊은 관심을 보인 진보적 이념의
소유자였다. 그렇지만 사회주의에 공명하는 민족주의자로 평가받고 있듯
이,[35] 당시에 홍명희가 이념 편향성을 보이지는 않았던 듯하다. 홍명희가
1927년 좌우 합작에 의거한 민족단일당인 신간회 결성을 주도하고, 그
단체의 실질적인 책임자로 활동한 것도 그러한 점을 잘 말해준다고 할

---

32) 이훈,「역사소설의 현실반영-<임꺽정>을 중심으로」,임형택·강영주 편, 앞의 책,
　　p.172.
33) 이원조,「인물소묘-「벽초론」」,『신천지』3호, 1946.5, p.19.
34) 강영주, 앞의 논문, p.113.
35) 水野直樹,「신간회운동에 관한 약간의 문제」,『신간회연구』,동녘, 1983, p.79.

수 있다. 그러므로 1930년대 이전에 발표된 '봉단·피장·양반편'과 1930년대에 발표된 '의형제편' 및 '화적편'에서 작가의 이념이 크게 달라진 것은 없다.

홍명희는 양반을 신뢰하고 있지 않으며, 양반에 영합하고자 하는 중인 역시 신뢰하고 있지 않다. 양반에 영합하는 중인에 대한 불신감은 청석골 화적집단의 배반자인 아전 출신 서림에 대한 비판적 태도에서 잘 나타나고 있을 뿐만 아니라, 정희량의 제자인 서얼 출신의 김륜, 황천왕동의 장인 백이방 등에 대한 비판적인 태도에서도 잘 나타나고 있다.

<임꺽정>에서 선각적 인물인 양반 정희량은 처음부터 구체적인 활동을 하지 않는다. 천민 양주팔에게 모든 비술을 물려주고 세상을 떠난다. 그러므로 양주팔이 실질적으로 활동하고, 그의 가르침을 받은 천민 임꺽정과 의형제를 맺은 민중 영웅들이 구체적인 활동에 나서고 있다. 이런 점은 천민을 포함한 상민이 봉건체제 변혁의 원동력임을 나타내고 있는 것이며, 민중에 대한 작가의 진정한 신뢰와 애정을 보여주고 있는 것이다.

림꺽정이란 녯날 봉건사회에서 가장 학대밧든 백정계급의 한 인물이 아니엇슴니까 그가 가슴에 차 넘치는 계급적 OO의 불길을 품고 그때 사회에 대하야 OO를 든 것만 하여도 얼마나 장한 쾌거엇슴니까. 더구나 그는 싸우는 방법을 잘 알엇슴니다. 그것은 자긔 혼자가 진두에 나선 것이 아니고 저와 가튼 처디에 있는 백정의 단합을 몬저 꾀하엿든 것임니다.

원래 특수민중이란 저이들끼리 단결할 가능성이 만흔 것이외다. 백정도 그러하거니와 체장사라거나 독립협회 때 활약하든 보부상이라거나 모다 보면 저이들끼리 손을 맛잡고 의식적으로 외계에 대하여 대항하여 오는 것임니다. 이 필연적 심리를 잘 이용하여 백정들의 단합을 꾀한 뒤 자기가 압장서서 통쾌하게 의적모양으로 활약한 것이 림꺽정이엇슴니다. 그러므로 이러한 인물은 현대에 재현식혀도 능히 용납할 사람이 아니엇

스릿가.36)

　1929년에 발표된 인용문에 의하면, 홍명희는 <임꺽정>에서 임꺽정을 구심점으로 천민 백정 집단의 계급적 저항을 나타내고자 했다. 물론 화적 집단에서 백정 출신은 임꺽정 한 사람 뿐이고, 그 역시 조직적으로 백정들의 원한을 집단적으로 해소하고 있지는 않다. 그렇다고 그러한 작가의 말이 허언인 것은 아니다.

　임꺽정은 함흥 고리 백정과 양주 소 백정 집안의 혼인으로 태어난 불굴의 패기를 지닌 인물이다. 그러하기에 그는 다른 누구보다 백정 집단을 대표할 수 있다. 또한 임꺽정은 다수 상민들의 추대와 협조아래 조정에 반역하려 한다.37) 이런 점에서 비록 그들이 백정같은 천민은 아니지만 그들을 통해 백정들의 신분차별체제에 대한 극복의지를 대신 나타내고 있다고 보아야 할 것이다.

　그렇다고 홍명희가 <임꺽정>에서 양반들을 맹목적으로 비난하거나 타도의 대상으로 삼고 있는 것은 아니다. 선각적 인물 양주팔이 양반에 대한 적대감과 분노의 불길을 억제하지 못하는 정점인물 임꺽정에게 양반도 그들의 동정과 원조를 받아야 하는 대등한 인간에 불과함을 수차 깨우쳐주고 있듯이, 인간다운 삶을 훼손하는 가식적이고 이기적인 비열한 양반을 비판하고 있을 뿐이다.

　그러므로 백철의 지적처럼 "홍명희가 신간회의 급진파의 인물인 것과 일찍이 신흥문예를 논한 문학자인 것과 종합해서 볼 때에 그가 <임꺽정>을 쓴 것은 단순한 역사소설이 아니라 현실에서 하고 싶은 말을 결국

---

36) 홍명희,「조선일보의 林巨正傳에 대하야」,『삼천리』1호, 1929.6, p.27.

37) 임꺽정은 "앞으로 큰 일을 하실라면 순서가 있읍니다. 먼저 황해도를 차지하시구 그 다음에 평안도를 차지하셔서 근본을 세우신 뒤에 비로소 팔도를 가지고 다투실 수가 있읍니다."(<林巨正> 화적편1, 앞의 책, p.15)라는 서림의 말에 동의하고 있다. 그리고 칠장사에서 입적한 병해대사가 그에게 남긴 유서의 '천자정기재안중(天子旌旗在眼中)'이란 시구는 반역에 나설 그의 운명을 예언하고 있다고 할 것이다.

'임꺽정'이란 과거의 인물을 빌어서 말한 것에 불과한 것을 분명히 알 수 있다."38)라고 볼 수는 없다. <임꺽정>이 '역사의 현재화'를 추구했다고 볼 수는 없기 때문이다. 더욱이 이재선의 지적처럼 "홍명희는 역사소설을 계급의 관점에서 원용하고 있다. 그는 식민지의 모순보다는 자본주의 사회의 모순에 대하여 겨냥하고 있는 점에서 그의 역사의식의 분명한 특수 시야를 보여주고 있다."39)라고 보기는 더욱 어렵다.

홍명희는 <임꺽정>에서 역사를 현재화하고 있지도 않으며, '계급의 관점'에 의해 자본주의 사회의 모순을 비판하고 있지도 않다. 그는 역사의 현재화가 아니라 현재의 전사로서 역사의 필연적인 방향성을 제시하고자 한 것이기 때문이다. 그는 협조적 인물의 연쇄화와 정점인물의 양가화를 통해 억압받고 소외되던 민중들의 잠재적 능력과 건강성을 부각시켜, 봉건적 신분차별이 얼마나 비인간적인 체제의 산물이며, 그러한 체제가 왜 필연적으로 변혁되어야 하는가를 자연스럽게 나타내고 있는 것이다.

홍명희는 일제강점 상황이기에 계급해방보다 민족해방을 우선적으로 중시하고 있었다. 조선 중기에 천민을 포함한 상민들의 양반 지배계급에 대한 계급해방의지는 바로 일제강점기에 이민족 지배계급에 대한 조선민족의 민족해방의지로 이어질 수 있을 것이고, 나아가 계급해방과 민족해방을 포괄한 인간해방으로 이어질 수 있을 것이다. 물론 역사에서 임꺽정은 관군에게 잡혀 처형되었다. 하지만 소설 속에서 그는 여전히 살아남아 있기에 부조리한 규범과 체제 및 부당한 억압과 소외에 대한 저항을 계속할 수 있는 것이다. 작품을 완결할 시간이나 기회가 충분했는데도 작가가 그렇게 하지 않은 것도 바로 이러한 임꺽정의 불멸성을 드러내고자 한 때문인 듯하다.

앞에서 살펴본 것처럼 <임꺽정>은 민족의 전통에 뿌리를 두면서 어

---

38) 백철, 『조선신문학사조사 현대편』, 백양당, 1949, p.330.
39) 이재선,『한국현대소설사』,홍성사, 1979, p.395.

설픈 목적의식에서 벗어나 작품의 형상적 성취를 통해 계급해방과 민족해방을 포괄한 인간해방을 지향하고 있다. 그러므로 이것은 일제강점기의 다른 어떤 작품보다 민족문학의 정당한 방향을 뚜렷하게 제시해 준다고 할 수 있을 것이다.

Ⅵ. 맺음말

<임꺽정>은 선각적 인물의 위계화를 통해 민중의 이상과 소망을 실천할 기반을 조성하고, 연쇄화를 통해 협조적 인물의 생명력과 건강성을 고양시키고, 양가화를 통해 정점인물 임꺽정의 민중적 영웅성을 사실적으로 부각시키고 있었다.

또한 홍명희는 <임꺽정>에서 작품의 일관하는 원리를 조선정조에 둠으로써 외래적 이념에 편향되지 않고서 계급해방과 민족해방을 포괄한 인간 해방에의 지향을 자연스럽고 여실하게 형상화하고 있었다.

이런 점에 미루어 볼 때에 <임꺽정>은 발표 당시뿐만 아니라 오늘날에도 민족문학의 진정한 방향성을 보여줄 수 있는 대표적 작품이라 할 수 있었다.

<운현궁의 봄>, 영웅주의와 극적 서술

Ⅰ. 머리말

김동인은 자신의 개성을 강하게 투영한 영웅을 내세워 역사소설에서 영웅주의를 추구하고 있다. 이런 점은 여러 연구에서 충분히 지적된 바 있으나,[1] 그의 개성이 강하게 투영된 영웅주의란 구체적으로 어떠한 것이며, 그의 역사소설에서 그러한 영웅주의가 어떠한 방식으로 어떻게 실현되고 있는가 하는 점은 거의 검토되지 않았다.

김흥규는 작품의 치밀한 분석을 통해 김동인의 단편소설이 강대한 세계에 의해 자아가 일방적으로 패배하는 결정론적 비관주의를 드러내고 있으며, <광화사>·<광염소나타>와 장편 역사소설은 이런 점을 극복하고자 광기의 영웅주의를 추구하고 있지만, 자아의 일방적 승리에도 불구하고 세계는 아무런 타격도 받지 않기에 진정한 대결도 승리도 불가능함을 나타낸다고 본다.[2] 하지만 여기에서 김동인이 결정론적 비관주의를 드러내게 된 이유는

---

1) 김영화,「<운현궁의 봄>과 인물의 형상화」,『김동인연구』,김열규·신동욱편, 새문사, 1982, pp.Ⅱ36-46. 김윤식,「우리 역사소설의 4가지 유형」,『소설문학』제11권 6호, 소설문학사, 1985.6, pp.159-166. 신재성,「1920-30년대 한국역사소설 연구」, 서울대 석사논문, 1986, pp.48-56. 최희연,「김동인의 <운현궁의 봄> 연구」,『연세어문학』제19집, 연세대 국어국문학과, 1986.12, pp.263-277 등을 들 수 있다.

무엇이며, 어떤 계기로 그것을 광기의 영웅주의로 전환하게 되었는가 하는 점은 거론하고 있지 않다. 또한 장편 역사소설은 너무 간략하게 다루고 있어 그것만 가지고서는 역사소설에서 어떠한 영웅주의가 어떠한 방식으로 실현되고 있는가를 제대로 파악하기 어렵다.

그리고 김윤식은 집안의 귀공자인 김동인이 예술을 통해 스스로 신이 되고자 했지만 실패한 뒤에 허무의지라는 대동강의 사상에 의거하여 역사에서 신이 되고자 자신의 개성이 강하게 투영된 영웅을 내세운 역사소설 창작에 나서지만, 그것이 허황한 가짜 신이었기에 현실로 되돌아가고자 했을 때 그의 정신적 파탄을 가져왔다고 본다.3) 여기에서는 김동인이 영웅주의를 추구하게 되는 원인과 경과를 세심하게 밝히고 있다. 하지만 역사소설의 전반적인 유형을 제시하고 김동인 역사소설의 위상을 보여주는데 중점을 둠으로써, 그러한 영웅주의란 어떠한 것이며 그것을 어떠한 방식으로 작품에 실현하고 있는가를 본격적으로 검토하고 있지는 않다.

이에 본고에서는 먼저 김동인의 개성이 강하게 투영된 영웅주의, 즉 '독립자존'의 영웅주의란 어떤 성격과 기원을 갖는가를 살펴본 다음에, <운현궁의 봄>(『조선일보』, 1933.4.26-34.2.6)에서는 그러한 '독립자존'의 영웅주의가 구체적으로 어떻게 나타나고 있는가를 살펴볼 것이다. 이어서 대조와 병치를 통한 극적 서술이 어떻게 이루어지고 있으며, 그것은 작가의 의도에 얼마나 부합하고 있는가를 살펴볼 것이다. 그리하여 '독립자존'의 영웅주의 및 그것의 역사소설에의 실현이 어떠한 의의와 한계를 갖는가를 구체적으로 밝혀보고자 한다.

---

2) 김흥규,「황폐한 삶과 영웅주의-김동인 소설의 대결구조와 세계인식」,『문학과 지성』,1977년 봄호, pp.216-238.
3) 김윤식,『김동인연구』,민음사, 1987, pp.11-305.

Ⅱ. '독립자존' 영웅주의의 성격과 기원

김동인은 신을 부정한다. 그는 종교적인 절대자를 신앙할 수 없기에 평양 교회의 장로였던 아버지 김대윤과 달리 기독교의 신을 거부하며, <이잔을>, <명문>, <신앙으로> 등 기독교를 비판하는 작품을 쓰고 있다. 그런데 김동리가 "자연으로서의 인간은 곧 신과 절연된 인간을 의미하는 것이며 신과 절연된 인간이란 곧 동물로서의 인간이라고 그는 믿었던 것이다."[4]라고 하듯이, 김동인은 이렇게 신을 거부함으로써 자연의 영원성과 신성도 부정하게 된다. 이에 자연은 인간에게 자의적인 횡포를 가하는 광포한 적대자로 존재하며, 인간 역시 신성을 상실하여 동물의 수준으로 추락한다.

<태형>과 <감자>에서 주인공들은 감방과 거지 소굴이라는 극도로 타락한 상황에서 원초적 욕구의 충족에 굴복하고 있다. 이처럼 김동인의 단편소설에서 인물들은 타락한 외적 상황에 굴복하거나 원초적인 내적 충동에 굴복하고 있다. 인간은 너무 무력해서 강력한 자연의 힘에 패배할 수밖에 없다는 것이다. 그렇다고 인간을 그러한 자연의 힘에 결코 맞서 싸울 수 없는 존재로 여기고 있는 것은 아니다.

김동인은 비범한 인간인 영웅을 자연의 광포한 힘에 맞설 수 있는 존재로 여기고 있다. 그는 "사람에게는 심적 영웅을 숭배하고 의지하려는 본능이 강하다."[5]라고 하며, 일찍부터 영웅 숭배를 당연시한다. 그런데 김동인에게 영웅이란 구체적으로 어떤 사람들인가. 그들은 절대적 권력자와 천재적 예술가이다.

일찍이 <배따라기>에서 그러한 영웅의 구체적 면모가 제시되고 있다. 먼저 절대적 권력자로서의 영웅은 진시황이다. 여기에서 화자인 '나'는

---

4) 김동리, <자연주의의 구경-김동인론>, 『문학과 인간』, 청춘사, 1952, p.13.
5) 김동인, <영웅숭배>, 김동인전집6, 삼중당, 1976, p.571. 앞으로 김동인전집은 모두 전집으로 약칭하여 권수만 표시한다.

삶의 진정한 향락자로 용기 있는 사람이란 점에서 진시황을 역사 이후의 가장 위대한 인간으로 숭배하고 있다. 이렇게 절대적 권력자인 진시황을 위대한 영웅으로 숭배하고 있는 것은 그러한 무제약적인 힘을 발휘한 강자만이 자연의 광포함에 맞설 수 있는 존재라고 여긴다는 것이다.[6]

그리고 천재적 예술가로서의 영웅은 작품의 주인공인 유랑하는 형이다. 그는 질투심 때문에 사랑하는 아내를 자살하게 만들고 그로 인해 동생마저 고향을 떠나게 만든 삶의 패배자로 범속한 인간이지만, 화자인 '나'뿐만 아니라 기자묘 솔밭의 초목마저 감동시키는 '영유배따라기'를 부른 뛰어난 예술가라는 점에서 비범한 인간이다. 그는 <광화사>의 솔거와 <광염소나타>의 백성수의 전신으로서 범속한 인간으로서의 패배를 예술을 통해 극복한 천재적 예술가로서의 영웅인 것이다.

김동인에게 영웅이란 이렇게 막강한 권력을 무제약적으로 행사한 절대적 권력자이거나 심오한 영감을 무한하게 발휘한 천재적 예술가이다. 그런데 김동인은 영웅인 이들 절대적 권력자와 천재적 예술가가 냉혹한 자연에 맞설 수 있는 비범한 인간이기에 일상인의 규범적 질서와 윤리를 거부해도 무방하다고 여긴다. 그리하여 그들은 일탈적 면모를 강하게 드러낸다.

그리고 "작가가 제일 힘주어 놓은 것은 대원군에 강렬한 개성을 부여한 점이다. 그것은 작가 김동인의 자기 개성의 투영이기도 하다."[7]라고 하듯이, 김동인은 이러한 영웅에게 자신의 개성을 강하게 투영하고 있다. 그런데 김

---

6) 그런데 이러한 욕망의 무제약적 실현자는 <목숨>(『창조』제8호, 1921.1)에서 시인 M이 생사의 기로에서 갈색 악마와 토론할 때에 이미 제시된 바 있다. 갈색의 악마는 M에게 강자란 자기가 하고자 하는 일을 마음껏 할 수 있는 존재임을 강조하고 있는 것이 그러하다. 그렇지만 이렇게 강자가 기존의 질서와 윤리를 도외시하는 일탈적 존재일 때에 내세에서의 신의 심판이 문제되지 않을 수 없다. 여기에서는 다시 갈색의 악마를 통해 현세와 내세와의 관계를 정자에서 탯줄을 지닌 태아, 태아에서 탯줄을 끊어버린 인간이라는 자연과학의 차원으로 논리화함으로써 내세의 존재와 신의 심판을 무의미화 시키고 있다.

7) 김윤식, 앞의 책, p.305.

동인이 이처럼 영웅에게 자신의 개성을 강하게 투영하여 독자적인 영웅주의
를 추구한다고 할 때에 그의 개성이란 바로 '독립자존'이다.

> 날카롭은 이지의 「메스」로 모든 것을 기탄 없이 해부키를
> 게을리 하지 아니하는 동인에게 벽창우 같은 고집이 언제나
> 심두에 붙어서 떠날 줄을 모르니 사람의 생겨 먹은 성격이란
> 이지와 교양과의 체질로는 암만하여도 고쳐지는 것이 아닌상
> 싶습니다. 그러기에 요한군까지라도 괴물이니 「스핑스」니 독
> 립자존이니 하는 말을 동인에게 던지는가 보외다.8)

인용문에 의하면 김동인은 소학교 친구이자 『창조』동인으로 누구보다
가깝게 지낸 주요한에게 괴물 같은 '독립자존'의 인물로 여겨지고 있었
다. 이러한 지적은 김동인이 기성의 권위와 규범에 제약받지 않는 독자
적 삶을 추구했다는 점을 말해주고 있다.

김동인은 평양의 대지주인 김대윤의 둘째 아들로 태어나 후취인 어머
니 옥씨의 과도한 사랑 속에서 유아독존적으로 성장하였으며,9) 귀족적
성향이 유달리 강했던 인물이다.10) 그렇다면 '독립자존'의 개성은 그의
유아독존적인 성장과정과 귀족적 성향에 기인한다고 할 수 있을 것이다.
그가 동경유학 시기에 시류에 휩쓸리지 않는 고고성을 지켜줄 수 있다는
점에서 작가의 길을 선택하고 있는 데에서도,11) 이런 '독립자존'의 개성
이 잘 드러난다.

그렇다면 김동인의 개성이 강하게 투영된 영웅주의란 달리 말하면 '독
립자존'의 영웅주의인 것이다. 이것은 일탈적 존재인 절대적 권력자와 천
재적 예술가를 영웅으로 삼아 타락한 현실을 극복하고자 한다. 김동인은

---

8) 김억, <김동인론-문단인 종횡담>, 「동광」 27호, 1931.11, p.70.
9) 박현숙, <새 자료로 본 동인 문학의 이면>, 『문학사상』2호, 1972.11, p.294.
10) 춘해, <김동인은 엇더한 사람인가>, 「조선문단」 제9호, 1925.6, p.244.
11) 박종홍,「김동인연구」, 서울대 석사논문, 1982, p.29.

이를 통해 광포한 자연의 힘에 대항할 위대한 인간의 면모를 제시해 주고 있다. 하지만 '독립자존'의 영웅주의는 비범한 인간인 영웅만이 자연과 맞설 수 있다고 여긴다는 점에서 한계를 드러낸다. 범속한 인간이 일상적인 능력으로 부당한 자연의 횡포와 맞서 싸울 수 없다면 영웅 역시 마찬가지이다. 영웅 역시 신이 아니라 인간이기에 그의 승리 역시 제한적인 것일 수밖에 없다. 영웅의 관념적인 승리가 순간적인 위안을 줄 수는 있겠지만, 그 순간이 지나면 범속한 인간의 현실적 승리가 아니기에 오히려 환멸감과 좌절감을 더해 줄 뿐이기 때문이다.

1930년대 중반 이후 절대적 권력자와 천재적 예술가로서의 일탈적 영웅들이 점차 광기를 노골화하며 파탄을 보이고 있듯이, 작가인 김동인도 점점 광기를 더해가면서 심신이 크게 손상되고 있었다.[12] "직선적이요 야성적인 그는 막연한 타협으로 자기자신을 위무하거나 기만할 수도 없었"[13]던 것이다. 이것은 일탈적 영웅을 통해 냉혹한 자연의 횡포에 대항하고자 한 '독립자존'의 영웅주의가 김동인에게 구원의 진정한 좌표가 되어줄 수 없었다는 점을 말해준다.

Ⅲ. 〈운현궁의 봄〉에 나타난 '독립자존'의 영웅주의

김동인의 〈운현궁의 봄〉은 왕권은 실추되고 조정의 실권은 소수의 양반 일문에 의해 독점되어 기형적인 세도정치의 폐해가 극심했던 조선말 철종 시기를 배경으로 삼아,[14] 작가의 개성이 강하게 투영된 주인공

---

12) 1930년대 후반부터 김동인은 지독한 불면증과 수면제의 과용, 도박에의 몰두, 마약복용 등 일련의 자기학대 행위 속에서 심신이 다 병약해지며 심각한 정신적 불안감을 드러낸다. 전영택, <생각나는 사람들⑤-김동인 (하)>,『대한일보』, 1967.3.2.
13) 김동리, 앞의 책, p.14.
14) 정조 때에 원빈을 누이로 둔 홍국영의 세도정치 이래로, 11살의 나이에 왕위에 오른 순조 때에는 왕의 장인인 김조순이 모든 정사를 좌우할 정도로 본격적이 세도정치가 행해졌다. 그리하여 이후에 계속된 안동 김씨 일문의 세도정치는 순조,

이하응의 영웅성을 보여주고 있다.

<운현궁의 봄>에서 '독립자존'의 영웅주의에 의거한 이하응의 영웅성은 작가적 화자가 직설적으로 언급하는 경우와 다른 인물의 입을 빌어 언급되는 경우의 두 가지로 나타난다. 이때에 조성하와 계월처럼 이하응에게 처음부터 우호적인 인물뿐만 아니라 김좌근과 김병기 같은 적대적인 인물도 결국 그의 영웅성을 인정하고 있다.

> 이날이 바로 조선 근대의 괴걸이요, 유사이래 어떤 제왕이든 감히 잡아 보지 못하였던 '절대적' 권리를 손에 잡고 이 팔도 삼백여 주를 호령하며, 밖으로는 불란서, 미국, 청국들을 내리 누르고 안으로는 자기 백성의 복지를 위하여 그의 일생을 바친 흥선 대원왕 이하응이 별세한 날이다.
>
> 조선 오백 년 역사에 있어서 조선을 사랑할 줄 알고, 왕가와 서민, 정치가와 백성, 윗사람과 아랫사람의 지위를 참으로 이해한 단 한 사람인 우리의 위인 이하응이 그 일생을 마친 날이다.[15]

1장의 서두인 인용문에서는 작가적 화자가 이하응의 죽음을 알리면서 그가 어떤 제왕보다 절대적 권리를 행사한 위인임을 나타내고 있다.[16] 그는 다른 사람에 구애받지 않는 막강한 힘을 발휘한 유일한 존재란 점에서 '독립자

헌종, 철종을 거치는 약 60여년 동안에 걸쳐 국가의 정권을 거의 독차지하였다. 최창규,『새한민족사』,금오출판사, 1975, p.347.
15) 김동인, <운현궁의 봄>, 전집1, p.9.
16) 김동인의 <운현궁의 봄>은 이렇게 이하응의 죽음에서 사건이 시작하여 과거로 되돌아간다. 그리하여 그가 때를 기다리며 파락호의 생활을 하는 시기를 중점적으로 제시하고, 마침내 섭정의 자리에 올라 그의 포부를 펼치게 되는 절정의 순간에서 사건이 종결된다. 이처럼 몇 년 동안의 사건으로 압축하여 전개함으로써, 이하응의 출생으로부터 시작하여 집정 이후의 본격적인 정치 활동까지 일대기적으로 사건을 전개하는 박종화의 <전야>와 <여명>에 비해서, <운현궁의 봄>은 이하응의 영웅성을 보다 극적으로 부각시키고 있다.

존'의 영웅주의를 실현하고 있는 인물이다. 또한 이하응은 이러한 절대적 권력자일 뿐만 아니라 화가로서 천재적 예술가이기도 하다.

> 이 기괴한 난초 앞에 응원의 마음은 차차 혼란되는 듯하였
> 다. 한 포기를 휘호하면 휘호하느니만치, 주인 대감의 필법은
> 나날이 법을 무시한다. 나날이 그 기교가 더하여 완벽에까지
> 도달하여야 할 것이로되, 홍선의 난초는 그와 반대로 나날이
> 법을 무시한다.
>   그러나 그 법을 무시한 난초의 위에 흐르고 넘치는 <힘>을
> 응원은 이해할 수가 없었다. 법을 무시하였으면 그것은 당연히
> <싱거운 난초>일 것이다. 이러한 응원의 상식적 판단을 거슬
> 러서 '법'을 무시한 홍선 대감의 난초에는, 그 힘은 여전히 있
> 을뿐더러 필법을 무시하면 하느니만치 힘은 더 늘어가는 것이
> 었다.17)

5장의 인용문에서는 이하응의 예술적 자질을 그의 청지기인 김응원의 눈을 통해 드러내고 있다. 이하응이 기교와 화법을 무시한 파격적인 힘의 예술을 추구하고 있는데, 그런 점이 그의 뛰어난 예술적 능력을 말해주고 있다는 것이다. 그는 예술가로서도 권력자일 때와 마찬가지로 일상의 규범과 질서를 거부하는 일탈적 존재로 '독립자존'의 영웅주의를 실현하고 있는 인물이다.

<운현궁의 봄>에서 이하응은 이렇게 절대적 권력자이자 천재적 예술가이기에 최상의 영웅이 된다. 김동인 자신이 바로 이하응이었던 것이다.18) 이렇게 '독립자존'의 영웅주의에 의거하여 자신의 개성을 강하게

---

17) 김동인, <운현궁의 봄>, 전집1, pp.43-44.
18) 1926년 이후부터 김동인은 대규모 간척사업의 실패로 인한 경제적 파산과 아내 김혜인과의 이혼으로 상갓집 개와 같은 열악한 처지에 떨어졌으며, 1930년 김경애와 재혼하고 다음해에 서울로 이사하여 신문 연재소설을 본격적으로 집필하면서 이하응처럼 재기의 꿈을 꾸고 있었다. 그러므로 이하응의 극적인 변신과 화려

투영한 인물을 최상의 영웅으로 부각시킴으로써 김동인은 역사소설의 독자적인 영역을 개척하고 있는 것이다.[19]

김동인이 이하응을 최상의 영웅으로 여긴다는 점은 이하응이 부인물로 등장하는 <젊은 그들>에도 그대로 나타난다.[20] 여기에서는 이하응의 재집권을 도모하고자 활약하는 비밀조직 활민숙의 일원인 안재영과 이인화란 젊은 남녀가 주인공이다. 하지만 임오군란 후에 자신들이 숭배하는 이하응이 청국으로 압송되자 절망하여 함께 자결할 정도로 그들의 삶은 이하응에게 종속되어 있다. 이처럼 이하응에 대한 김동인의 긍정적인 입장은 거의 맹목적이어서 "대원군의 쇄국주의에 대한 전폭적인 지지, 민비 일파에 대한 가혹할 정도의 비판"[21]을 보여준다.

그리고 <운현궁의 봄>에서 이하응은 시정의 파락호에서 조정의 섭정으로 극적인 변신을 하고 있기에 그의 영웅성은 집권 이전과 이후로 그 성격을 달리 한다. 집권 이전에는 김씨 문중을 비롯한 세상의 눈을 속이고자 자신의 영웅적 면모를 숨기고 파락호로 행세하여 명연기를 펼치는 것이라면, 집권 이후에는 개인적인 은원을 모두 떨쳐버리고 나라를 위해 대승적인 결단력을 보여주는 것이다.

한 등장은 김동인에게 무엇보다 뜻깊게 인식되었을 것이다.

19) 김윤식은 "김동인의 역사소설 <젊은 그들>(1930)과 <운현궁의 봄>(1933)은 민족주의 이념을 구현한 것도 아니지만 계급의식을 담고자 한 것도 아니다. 그것은 작가 김동인의 개성이 강렬히 반영되었다는 점에서 특징적이다."(앞의 책, p.300.)라고 하면서, 현진건, 박종화, 이광수의 '이념형 역사소설'과 홍명희의 '의식형 역사소설'의 사이에 낄 수 있는 '중간형 역사소설'로 김동인의 역사소설을 분류하고 있다.

20) <운현궁의 봄>에서는 대원군이 주인공으로 설정됨으로써 지나치게 빈번하고 상세하게 묘사되어야 하는 부담을 안고 있었던 반면, <젊은 그들>에서는 그의 역사적 의미가 추종자인 주인공들의 움직임을 통해 간접적으로 조명되고, 대원군 자신은 중요한 장면에만 등장함으로써 역사적 대인물로서의 그의 위대성이 효과적으로 부각될 수 있었다고 본다. 강영주, 앞의 글, p.59.

21) 홍기삼,「역사의식과 문학」,『현대문학』183호, 1970.3, p.568.

> 만약 대비로서 이하응의 어리석음을 이용하려면 이하응은
> 자기를 어리석게 가장할 것이요, 대비로서 이하응의 활달함을
> 이용하려면 이하응은 자기를 활달하게 가장할 것이요, 대비로
> 서 이하응의 '김문에 대한 악감'을 이용하려면, 이하응은 또
> 한 그만큼 자기를 가식하지 않으면 안될 경우이라, 이하응은
> 대비의 손가락의 조그만 움직임이라도 주의하여 보지 않을
> 수가 없었다.[22]

인용문에서 이하응은 조대비의 마음을 자신에게로 돌리기 위해 온갖
방법을 다하고 있다. 그는 여기에서 왕실의 후사를 결정할 권한을 가진
조대비의 환심을 얻어 집권의 결정적 계기를 만들고 있는 것이다. 그리
고 다른 곳에서는 김씨 일문에게 넌지시 암시를 주어 자신의 경쟁자인
이하전을 제거하도록 충동질하고 있다.

그러므로 강영주의 지적처럼 "대원군의 집권이라는 역사적 사건이 결
국 우연히 맞아떨어진 일련의 행운과 조대비라는 일 개인의 심리적 요인
에 좌우된 듯이 그려 놓은 것은, 역사발전에 대한 불가지론과 시니시즘
의 징후조차 드러내는 것이라 하겠다."[23]라고 보기는 어렵다. 이하응은
주어진 여건을 자신에게 유리하게 이끌기 위해 면밀하게 계획을 세우고,
비윤리적인 방법도 동원하면서 최선을 다해 그것을 실행함으로써 합리적
인 차원에서 집권하고 있기 때문이다. 그가 초월적인 힘을 발휘하고 있
지도 않으며, 초월적 힘의 도움도 받지 않는다는 것이다.[24]

> 시정에 영락되어 돌아다니는 몇 해, 이 공자는 고기한 사림

---

22) 김동인, <운현궁의 봄>, 전집1, p.116.
23) 강영주,「한국근대역사소설연구」,서울대 박사논문, p.63.
24) 박종화의 <전야>에서는 이하응이 제왕이 날 수 있다는 명당자리를 속임수로 빼
　　앗아 아버지 남연군의 묘를 쓴다. 그리하여 이에 의거한 초월적 힘인 조상의 음
　　덕이 집권에 결정적 역할을 하고 있다. 박종홍,「일제강점기 한국역사소설 연구」,
　　경북대 박사논문, 1990, p.81.

들이 알지 못하는 서민들의 불평 불만이며, 그 성격이며 생활
상태며 심리 등을 다 알았다. 그리고 그 원인이며 동기며 경로
등을 다 알고 있었다. 고귀한 집안에서 태어나서 그냥 귀한 공
자로서 길러난 사람들은 짐작도 하지 못하는 모든 제도상의
결함이며 제도 운행상의 결함을 다 알고 있었다.25)

　인용문에서는 이하응이 비록 종친의 귀공자로 태어났지만, 파락호 노
릇을 하며 시정에서 다양한 체험을 함으로써 서민들의 삶을 실질적으로
이해할 수 있게 되었다고 한다. 그는 양반이면서 서민의 입장을 공유할
수 있었다는 점은 그가 서로 적대적인 진영에 고루 관계를 맺고 있는 인
물로, 그런 요소를 통해 인물과 환경과의 복잡한 상호 관계를 적절히 보
여줄 수 있는 '중도적 인물'26)일 수 있다는 것이다. 물론 그는 역사적 대
인물 주인공이기에 중도적 인물로는 적합하지 않다.27)
　그럼에도 불구하고 이하응은 당시의 시대적 모순을 누구보다 폭 넓고
깊이 있게 이해할 수 있는 인물로 제시되고 있듯이, 상층과 하층을 긴밀
하게 연결할 수 있는 매개적 존재였고 소상인과 보부상 등 선진계급의
이해를 대변할 수 있는 존재였다. 그러하기에 역사적 전환기의 위기 상
황에 대처할 수 있는 유일한 인물로 부상할 수 있었으며, 집권 과정에서
김씨 일문의 세도정치에 대한 광범한 비판 세력의 지지와 협조를 얻을
수 있었던 것이다.28)

---

25) 김동인, <운현궁의 봄>, 전집1, pp.154-155.
26) Georg Lukács, *The Historical Novel*, Penguin Book, 1969, p.149.
27) 역사적 대인물을 주인공로 삼을 때에 작가는 그를 일상적 인물과는 다른 비범한
　　인물로 부각시키기 위하여 계속 그를 미화시켜야 하며, 오히려 그런 점이 역사의
　　실상을 왜곡하기 쉽기 때문이다.
28) 철종이 사망하기 전 해인 1862년 5월에 삼남지방의 민란을 수습하면서 박규수는
　　경상우병사 백낙신 같은 탐관오리뿐만 아니라 경상도 사림의 선배들이 모두 법도
　　를 이탈했다고 하며 사건을 조사하여 법에 따라 처벌할 것을 상소로 요구하고 있
　　다. 이렇게 민란이 확산되는 국가의 위기상황에서 박규수가 탐관오리뿐만 아니라
　　사림을 고발하고 있는 것은 국왕의 왕권 강화와 국정 쇄신 정책의 필요성을 절감

Ⅳ. 대조와 병치의 극적 서술

<운현궁의 봄>에서는 대조와 병치의 방식에 의거한 극적 서술로 '독립자존'의 영웅주의에 의거한 주인공 이하응의 영웅성을 극대화하고 있다. 장편소설은 어떤 특정한 흐름의 농축된 핵심을 보여주는 것이 아니라 그 흐름의 생성과 소멸의 경로를 보여주고자 한다.[29] 그러므로 인물의 특성보다 토대가 되는 상황을 더욱 중시하는 것이 장편소설의 일반적인 경향이라면, 여기에서는 대조와 병치를 통한 극적 서술로 역사적 상황의 비중을 약화시키고 역사적 인물을 최대한 부각시키고 있다는 것이다.

이때에 이하응의 영웅성을 부각하는 데에는 주로 대조의 방식을 사용하고 있다면, 영웅성을 발휘하는 기반이 될 역사적 상황을 나타내는 데에는 주로 병치의 방식을 사용하고 있다. 그렇다고 그 두 가지가 엄격하게 분리되고 있는 것은 아니다. 대조하는 과정에 병치가 나타나기도 하고 병치하는 과정에 대조가 나타나기도 한다.

그리하여 이하응의 성격은 섭정으로의 집권 이전과 이후가 대조적으로 제시되고 있으며, 집권 이전에도 집안과 집밖의 경우가 대조적으로 제시되고 있고, 집밖의 경우에도 적대자인 김씨 일문의 사람을 마주할 때와 후원자인 조대비를 마주할 때가 대조적으로 제시되고 있다.

"비굴한 행동, 비굴한 말을 예사로 하는 인물이었다. 그 수모를 받으면서도 대관댁이며 대신댁을 그냥 지근지근 찾을 때에 그의 얼굴에 떠도는

하고 있었기 때문이다. 그런데 종4품 부호군의 낮은 직위에 있던 박규수가 경상노라는 한 지역에서이지만 그 지방 사람을 비난할 수 있게 된 것은 삼남민란의 힘과 그러한 생각을 뒷받침할 수 있는 선진계층 세력이 있었기 때문인 것이다. 이처럼 철종 말기가 조선에 있어 역사적 전환기였고, 그러한 현실의 복합적인 양상 속에서 왕권 강화를 통한 강력한 중앙집권적 체제를 회복하고자 하는 세력들의 지지를 얻었기에 이하응의 정계 등장이 파행적으로 이루어 졌던 것이다. 藤間生大, 「대원군정권의 구조」,『한국근대정치사연구』, 양상현 편, 사계절, 1985, pp.137-151.

29) Georg Lukács, 앞의 책, p.164.

비굴한 미소—그것을 한낱 연극으로는 결코 볼 수가 없었다."30)라고 하듯이, 집권 이전의 이하응은 신변의 안전을 위해 집밖에서 자신을 몰염치한 파락호로 철저히 위장하며 비굴하고 천박한 행위를 거침없이 행하고 있다. 하지만 그는 집안에서 위엄 있는 남편과 아버지로서 후일을 기대하며 아들의 훈육에 힘쓰는 대조적인 성격을 보여주고 있는 것이다. 그리고 이하응이 조대비를 찾아 볼 때에는 김씨 일문의 인물들을 대할 때의 비굴하고 파렴치한 면모를 벗어버린 귀공자의 단아한 위엄을 대조적으로 보여주고 있다.

또한 "대사가 결정된 이후에는, 한번 이하응을 찾은 사람은 누구를 막론하고 진심으로 이하응에게 복종하기를 맹세하였다. 이 패기, 이 위력, 이 압력, 이 지배력, 이 통찰력 아래 반항을 하거나 대항을 할만한 용기를 가져 본 사람이 없었다."31)라고 한다. 이처럼 이하응은 집권 이전의 '상갓집 개'라 불리던 비굴한 파락호에서 집권 이후에는 위엄과 감화력을 갖춘 위인으로 변신하여 대조적인 면모를 보여주고 있다.

그리고 성격뿐만 아니라 사건 역시 대조적으로 제시된다. 작품의 서두인 1장에서는 이하응이 팽경장으로부터 수모를 받는 장면과 김병학으로부터 환대를 받는 장면이 시간의 순차적 흐름 속에서 대조적으로 제시되고 있다. 또한 4장에서는 조대비를 만나 환대를 받는 사건 속에는 이하응이 김병기로부터 심한 수모를 받았던 장면이 과거 회상에 의거해 대조적으로 제시되고 있다. 뿐만 아니라 12장에서는 극진히 아끼던 이하전의 죽음을 알게 된 조대비가 김씨 일문에 대한 복수심에서 이하응의 둘째 아들을 왕실의 다음 후계자로 삼고자 결심하는 급박한 상황에서 동시적으로 이하응의 파락호 행위가 더욱 심해짐으로써 대조적인 사건 전개를 보여준다. 이러한 중첩적이고도 다양한 대조의 방식을 통해 영웅 이하응의 삶에 일어난 반전을 보다 극적으로 서술하고 있는 것이다.

---

30) 김동인, <운현궁의 봄>, 전집1, p.61.
31) 위의 책, p.202.

또한 김씨 일문의 인물들도 대조적으로 제시된다. 이하응을 박대하며 조롱하는 김좌근과 그의 양아들 김병기 부자는 부정적으로 제시되고, 이 하응을 도와주며 동정하는 김병학과 김병국 형제는 긍정적으로 제시되는 것이 그러하다. 그리하여 7장과 15장에서 김좌근은 욕심 많고 줏대 없는 인물로 그려지며, 김병기는 매관매직과 뇌물 수수를 일삼는 노회하고 탐 욕적인 인물로 그려진다. 하지만 1장과 9장에서 김병학은 자신에 대한 이하응의 신랄한 비판도 너그럽게 받아들이며, 능력있는 인재의 불운을 안타까워하고 그에게 도움을 주고자 하는 관대한 인물로 그려지며, 김병 국도 그렇게 타락한 모습으로 살아가지 않으면 목숨을 보존하기 어려운 처지를 안타까워하고 이하응에 대한 다른 권문들의 멸시를 막아주고자 애를 쓰는 사려 깊은 인물로 그려진다.

그리고 18장에서 김병학과 김병국 형제는 철종의 사후 최우선적인 왕 위 계승자로 지목되던 종친 이하전이 역모사건으로 처형되자 조대비와 긴밀한 연결을 도모하는 이하응의 대권에 대한 야심을 짐작하면서도 그 것을 묵인한다. 그들 형제는 김좌근과 김병기 부자와의 세력 대립 속에 서 그들의 지나친 전횡과 국정의 타락에 염증을 느끼고 있었기에 그렇게 하기로 작정한다는 것이다.[32]

<운현궁의 봄>은 이러한 대조의 방식뿐만 아니라 이하응의 집권을 통한 정치적 혁신이 긴요함을 나타내기 위해 역사적 상황을 영웅성 발휘 의 기반으로 제시하면서 병치의 방식도 적절하게 사용하고 있다. 병치되 는 주요 사건으로는 왕실의 후사 문제를 다룬 것과 국정의 타락상을 보 여주는 것을 늘 수 있다.

먼저 왕실의 후사 문제를 다룬 사건이 11장에서 병치되고 있다. 첫째로 는 헌종이 후사 없이 죽은 뒤에 권세를 지속하기 위한 김씨 일문의 밀의

---

32) 황현은『매천야록』에서 이하응이 철종의 왕비와 연결, 당시의 세도가인 김씨 세력 을 분활하여 그 일부를 자기 편으로 삼기 위해 명복이 왕이 되면 그의 딸을 왕비 로 삼겠다고 하여 김병국을 설득하였다고 한다. 藤間生大, 앞의 글, p.145.

에 따라 대왕대비 김씨가 강화도령 이원범을 후계자로 지명하고, 재상 정원용이 강화도로 가서 이원범을 데려 와서 철종으로 등극시키는 과정이 제시되고 있는 것이다. 그리고 둘째로는 철종의 건강이 극도로 악화되자 이번에도 정권을 계속 장악하고자 김씨 일문에서는 자신들에게 적대적인 종친을 제거하고자 하는데, 이에 덕흥 대원군의 정통 후계자로 마음이 굳고 활달하며 정치적 안목이 높은 이하전이 역모를 꾸몄다는 누명을 쓰고 사약을 받는 사건이 제시되고 있는 것이다.

다음으로 국정의 타락상을 다룬 사건이 10장과 14장에 병치되고 있다. 첫째로는 김좌근의 첩인 나합 양씨의 타락상을 통해 세도정치의 폐해가 제시되고 있는 것이다. 이때에 대다수 백성들이 굶고 있는데 적선을 한다고 스무 섬의 쌀로 밥을 지어 강물 속의 물고기들에게 던져 넣는 나합의 이기적인 행위와 강물 속에 숨어 그것을 몰래 건져내어 굶주린 배를 채워야만 하는 백성들의 절박한 사정을 대조적으로 제시함으로써 국정의 타락으로 인해 백성들이 얼마나 비참하게 살아가고 있는가를 보여주고 있다.[33]

둘째로는 조성하의 외척되는 이학사를 통해 서원의 폐해를 제시하고 있는 것이다. 일찍이 천 석 재산을 지녔던 이학사는 십년 전에 향교의 장의 벼슬을 억지로 받느라 삼백 석을 빼앗기고, 다시 이방 석경원의 농간으로 남은 칠백 석을 빼앗긴 뒤에 끼니를 때우기 어려울 지경에 빠진다. 그런데 명유의 5대손이어서 명망 높은 서원인 사충사의 유사가 되자 서독을 발행하여 석경원을 잡아 가두어 뇌물을 받고 풀어준 다음에 다른 서원에서도 그렇게 하도록 사주하여 그를 거지로 만들었으며, 다른 사람

---

[33] 박종화의 <전야>에는 대왕대비 김씨에게 바칠 진찬을 갖고서 부당하게 출입하고자 하는 나합의 종 옥섬를 막았던 대궐의 수문장이 영의정 조인영의 노력에도 불구하고 함경도 삼수로 귀양가는 사건을 통해, 김씨 일문의 세도가 얼마나 컸는가를 드러내고 있다. 여기에서는 김동인의 <운현궁의 봄>의 시반 사건의 경우와 달리 평민의 절박한 곤궁상이 드러나지 않고 있다.

들에게도 그렇게 하여 상당한 재물을 마련했다는 것이다. 이학사의 경우를 통해 천진하고 단순하던 노인마저 그렇게 타락하게 만든 것이 바로 서원이라는 제도의 탓임을 비판하고 있다.

그리하여 조성하의 입을 빌어 "이런 모순된 세상을 바로잡으려면, 그 것은 여간한 과단성과 힘과 패기를 가지고서는 하지 못할 것이다. 천년에 한 번 날까 말까 하는 위대한 인물의 위대한 손이 아니면 도저히 행하지 못할 노릇이었다."[34]라고 하며, 영웅 이하응이 권력을 장악하여 국정을 혁신하는 일을 시대적인 소명으로 정당화한다.

<운현궁의 봄>은 수미일관하지 않은 시간 역행적 회상의 방식을 보여준다거나,[35] 작가의 요약적 설명이나 논평이 많다거나,[36] 분산적인 삽화에 전적으로 의존하고 있다고 비판받는다.[37] 그러나 이러한 지적은 작품에 부분적으로 사용되거나 일반적으로 사용된 서술방식을 문제삼고 있는 것이다. 앞에서 살펴본 것처럼 김동인은 '독립자존'의 영웅주의에 의거해 이하응의 영웅성을 최대한 부각시키고자 대조와 병치를 본질적이고 지배적인 서술방식으로 사용하고 있기 때문이다.

그런데 병치의 방식에 의한 사건의 연결은 부분과 부분이 서로 대등하게 병렬되는 삽화의 성격을 다분히 지닌다. 그렇다고 신재성의 지적처럼 "이 작품에 삽입된 삽화는 작품의 본질적인 측면에서 구조화되어 있는 것이 아니라 단지 본체적인 줄거리와 병행되어 있"[38]다고 보기는 어렵

---

34) 김동인, <운현궁의 봄>, 전집1, p.128.
35) 백철은 이러한 시간 역행적 서술방식을 거론하면서 작품이 이하응의 집권에서 종결됨으로써 서두와 긴밀하게 연결되지 않아 다소 미진하게 끝난 듯한 인상을 준다고 본다. 백철,「<운현궁의 봄> 작품해설」, 전집1, p.582.
36) 강영주는 "작중 논평은 실제의 작품세계와는 유리된 작가의 관념에 불과하여 설득력을 잃고 있다."라고 비판한다. 강영주, 앞의 글, p.64.
37) 송백헌은 "역사소설적인 스토리의 구성이 없이 단편적인 에피소드로 그 중심을 이룬 이 작품은 다만 역사적인 야사를 독자의 흥미와 일치시켜 나가고 있다."라고 비판한다. 송백헌,『한국근대역사소설연구』,삼지원, 1985, p.136.
38) 신재성, 앞의 글, p.51.

다. <운현궁의 봄>에서 병치되는 사건이 작품의 본체적 줄거리와 분리되고 있지 않기 때문이다. 역사적 상황의 비중을 약화시켜 이하응의 영웅성을 부각시키고자 병치의 방식을 선택하고, 그렇게 병치되는 삽화를 이하응에게 긴밀하게 연결시키고 있다.[39]

왕실의 후사 문제를 다루면서 병치되는 사건의 경우에 있어서 강화도령 이원범이 미리 후계자로 지목되어 있던 이하전 대신에 등극하는 사건은 대왕대비 김씨와 결부된 세도정치의 전횡을 보여줄 뿐만 아니라 홍선의 집권을 예비하는 일이기도 한 것이다. 또한 이하전이 역모자로 몰려 처형되는 사건 역시 마찬가지이다. 이하전이 역적으로 음해받아 처형되었기에 이제는 왕실의 최고 어른이 된 조대비의 마음을 얻을 수 있었다는 점에서 이하응과 연결되고 있는 것이다.

그리고 국정의 타락상을 보여주고자 병치되는 사건의 경우에도 나합 양씨의 시반 사건은 밥을 훔친 죄로 태형을 맞은 뒤에 살던 동리에서 쫓겨나게 된 이차손의 아버지가 억울함을 하소연 하지만, 이하응이 해결해 줄 힘이 없어 아픈 마음으로 내쫓는 일을 통해 그에게 연결되고 있다. 또한 서원의 만행을 보여주는 사건은 이학사가 이하응의 수하인 안필주를 잡아 가두려고 하자 조성하가 막아주는 것을 통해 간접적으로 연결되고 있다.

물론 2장에서 이하응이 파락호 생활에 나선 배경을 설명하느라 명종에서 철종에 이르는 조정의 혼란상이 작가의 요약적 설명으로 제시되기도 하고, 20장에서처럼 국정의 타락상을 보여주는 단편적인 삽화가 단순하게 병치되기도 한다. 그러나 이러한 삽화는 작품의 전체적인 비중에서

---

39) 권영민도 "물론 각각의 에피소드가 유기적으로 결합되지 못할 때에는 스토리의 통일성을 결여할 위험도 없지 않다. <운현궁의 봄>에서는 이러한 구성방식이 주인공의 운명의 반전과 그 내면심리의 변화를 긴장감 있게 보여주는 데에 성공하고 있는 셈이다."라고 하며, 삽화의 사용을 긍정적으로 보고 있다. 권영민, 「영웅적 인물의 심리극-<운현궁의 봄>의 성과와 한계, <운현궁의 봄> 김동인전집9, 조선일보사, 1987, p.335.

볼 때 지엽적이거나 단편적 것일 뿐이다. 김동인 역시 그런 점을 의식하고 있었기에 "당시의 정계가 얼마나 타락하였는지, 여기 몇 개의 에피소오트로서 그 상황을 말하여 보겠다."[40]라고 하여, 작가 자신이 그런 삽화를 제시한다는 점을 직접 밝히고 있다. 그렇다면 작품에 구조화되지 못하고 단순하게 병치된 삽화는 작품의 주류적 흐름에서 벗어난 보조적 사건일 뿐이다.

김동인은 <약한 자의 슬픔>, <마음이 옅은 자여> 등 『창조』 소재 초기의 단편에서는 완만하게 인물의 내면을 묘사하고 있으나, <감자>, <명문> 등 이후의 단편에서는 이와 달리 인물의 외적 행동을 긴박하게 서술하고 있다. 자신의 소설에서 시대의 영향을 최대한 배제하고자 한 것은 이전과 동일하지만, 인물들을 작가의 의도에 따라 마음대로 조종할 수 있도록 하고자 서술방식은 그렇게 변화시켰던 것이다.

그런데 역사소설의 경우에는 작가의 의도와 상관없이 반드시 인정해야 할 역사가 존재하기에 단편에서처럼 시대의 영향을 배제하기란 불가능하다. <운현궁의 봄>처럼 홍선대원군 이하응 같은 역사적 대인물을 주인공으로 삼은 경우에는 특히 이러한 제약에서 벗어나기 어렵다. 이에 김동인은 역사를 무시하지 않으면서 역사적 상황의 비중을 최소화시키고 역사적 인물을 '독립자존'의 영웅주의에 의거한 최상의 영웅으로 부각시킬 수 있도록 대조와 병치의 방식을 효과적으로 사용하고 있는 것이다.

그렇지만 이처럼 영웅의 능력을 지나치게 부각시키는 것은 강자에 의한 힘의 논리를 무비판적으로 인정하는 것이 된다. 김동인의 이런 시각은 개인뿐만 아니라 집단간의 관계에도 확대되어 민족간의 힘의 우열에 의한 제국주의의 침략행위를 정당화할 수 있다. 그리하여 그가 강력한 힘을 발휘한 영웅을 찬양하면 할수록, 그것이 일제의 한반도 강점을 더욱 옹호하는 일이 될 수 있다는 것이다.

---

40) 김동인, <운현궁의 봄>, 전집1, p.162.

Ⅴ. 맺음말

 김동인은 신을 부정하고 있는데, 자신의 개성이 강하게 투영된 영웅을 통해 신성을 상실한 광포한 자연의 횡포에 대항하고자 하였다. 그리하여 그는 일상적 규범과 질서를 거부하는 일탈적 존재인 절대적 권력자와 천재적 예술가를 영웅으로 여기는 '독립자존'의 영웅주의를 내세우고 있었다.

 그러나 이러한 '독립자존'의 영웅주의는 인간의 의지와 능력을 고양시키고 있다는 의의에도 불구하고, 일탈적 영웅의 활약에 의해서만 세계의 부당함에 맞설 수 있다고 여긴다는 점에서 유효한 현실대응책이 될 수 없는 것이었다. 1930년대 후반에 이르면 점차 작품에서 일탈적 영웅들이 파탄을 보여주고 작가의 삶 역시 파탄을 보이듯이, 그것이 김동인에게 삶의 진정한 좌표가 될 수는 없었다.

 <운현궁의 봄>의 주인공 흥선대원군 이하응은 파락호에서 대권을 획득한 섭정으로 극적인 반전을 이룬 위인으로 절대적 권력자이자 천재적 예술가이기에 '독립자존'의 영웅주의에 의거한 최상의 영웅이었다. 1920년대 후반부터 경제적 파산과 이혼으로 상갓집 개와 같은 처지에 떨어졌지만, 1930년대에는 재혼을 하고 서울로 이사하여 삶의 전기를 마련하고자 분투하던 김동인 자신이 바로 영웅 이하응이었기 때문이다.

 <운현궁의 봄>은 대조와 병치라는 극적 서술방식으로 이하응의 영웅성을 최대한 부각시키고 있었다. 이하응의 영웅성을 부각하는 데는 주로 대조의 방식을 사용하고, 역사적 상황을 제시하는 데는 주로 병치의 방식을 사용하여 '독립자존'의 영웅주의를 효과적으로 실현하였다. 이런 성과를 통해 김동인은 역사소설의 독자적 영역을 개척할 수 있었던 것이다.

 그러나 역사적 상황의 비중을 약화시키고 역사적 인물을 최상의 영웅으로 부각시키면서 강자의 논리에 지나치게 빠져들고 있었다. 김동인의 이러한 시각은 제국주의의 침략이란 부당한 힘의 행사도 무비판적으로 인정하는 것이기에 일제의 한반도 강점도 정당화할 위험성을 내포하고 있는 것이었다.

제4부

대중 독자에의 관심과 통속성

윤백남 역사소설의 통속성과 민권의식

Ⅰ. 문제 제기

윤백남의 역사소설에 대한 본격적인 연구는 거의 없다. 단편적인 작품론이나 인상적인 작가론을 몇 가지 들 수 있을 정도이다.[1] 이처럼 윤백남의 역사소설이 기존 연구에서 소외된 이유는 무엇인가. 그것은 작품의 통속성으로 인해 문학적 가치가 거의 없다는 통념 때문일 것이다. 또한 그것들은 야담적 소재를 빈번하게 차용하고 있다는 점에서 '야담형 역사소설'[2]로 분류된다.

이에 본고에서는 윤백남의 역사소설은 통속적인 것이어서 본격적인 역사소설로서의 가치가 박약하다는 이러한 인식이 정당한 것인가를 구체적으로 따져보고자 한다. 그러므로 윤백남의 <대도전>(『동아일보』, 1930.1.16-1931.7.13), <해조곡>(『동아일보』,1931.11.18-1932.6.7), <봉화>(『동아일보』, 1933.8.25-1934.4.1), <흑두건>(『동아일보』, 1934.6.10-1935.2.16), <홍도>(영창서관, 1940), <대호전>(세창서관, 1941)을 연구

---

1) 홍효민,「흑두건과 백남의 예술」,『삼천리』,1934.9. 김하용,「백남문학의 진수」,<대도전>, 『한국장편문학대계』제4권, 성음사, 1970. 윤병로,「윤백남론—신문화의 파이오니어」, 『현대작가론』, 선명문화사, 1974.
2) 김윤식,「우리 역사소설의 4가지 유형」,『소설문학』,1985.6, pp.166-167.

대상으로 삼아, 이런 점을 세밀하게 검토해 볼 것이다.

이에 먼저 역사소설은 왜 통속성을 필요로 하는가를 살펴본 다음에, 구체적으로 윤백남의 역사소설에서는 통속성이 어떻게 실현되고 있는가를 살펴볼 것이다. 이어서 윤백남의 역사소설이 근대적 민권의식을 고양하고 있다는 점을 살펴볼 것이다. 그리하여 윤백남의 역사소설은 통속성을 통해 독자의 흥미를 유발하면서 그들에게 자유와 평등 사상을 고취하고 있다는 점을 밝히고자 한다.

Ⅱ. 작품의 통속성 문제

1. 역사소설과 통속성

한국 근대 역사소설은 흡사 공생의 관계라고까지 할 수 있을 정도로 통속성과 긴밀한 관계를 맺고 있다. 즉 역사소설은 필수적으로 통속성을 지배적 요소로 요구했으며, 통속성은 역사소설을 통해서 가장 효과적으로 실현되고 있었다는 것이다. 물론 여기서의 통속성이란 가치판단을 배제한 개념이다.

그렇다면 한국 근대 역사소설과 통속성은 구체적으로 어떻게 관련되고 있는가. 그것들의 구체적 관련성은 다음 네 가지로 제시할 수 있다. 첫째로 역사소설은 출현동인에 있어 연의적인 성향이 강했다. 연의의 옛 명칭은 강사였다. 이것은 보통 "『통감』과 한·당 등 역대 사서에 있는 흥폐 전쟁의 사건을 강설한 것을 뜻하는데 이 강설 중간에 작가의 상상력이 가미된 것이다."3) 열국때부터 동·서한, 위·제, 오대, 당, 남·북송에 이르기까지 연의가 존재했다. 우리에게 가장 친숙한 소설인 <삼국지> 역시 연의를 표방하고 있다. 한문에 대한 소양이 높은 독자는 역사서를

---

3) 노신,『중국소설사』, 정래동·정범진 공역, 금문사, 1964, pp.140-141.

직접 읽을 수 있지만 그렇지 못한 독자가 대다수이기에 역사를 다소간 윤색하여 통속적으로 만들었다는 것이다.

이러한 점은 이광수의 <단종애사>, <세조대왕>, <이순신>, 박종화의 <금삼의 피>, <대춘부> 등에 잘 나타나고 있다. 즉 역사소설가는 역사를 알기 쉽게 서술함으로써 일반 대중 독자에게 역사를 널리 보급한 목적의식이 강했다는 것이다.4) 그러므로 역사소설은 당연히 대중독자를 염두에 둔 흥미롭고 다양한 사건 전개와 평이한 서술 방식을 취했다고 할 수 있다.

둘째로 역사의 현재화란 측면이다. 본래적인 의미에서의 역사소설은 현재의 구체적 전사로서 문제시되는 시기의 역사적 진실성을 재현해야 하는 것이다. 하지만 현실의 당면 문제가 너무 절박하여 그 타개방향을 작품을 통해 제시하고자 할 경우가 있다. 이처럼 현실적인 억압 때문에 당대 현실의 재현이 실질적으로 불가능할 때 역사소설은 역사의 현재화에 관심을 갖게 된다. 이러한 작업은 당면 문제에 대해서 작가가 의도적으로 독자에게 역사적 거리를 부여함으로써 독자는 보다 냉철하고 객관적으로 상황판단을 할 수 있게 된다. 이때 작가는 현재의 상황과 유사한 과거의 상황을 택해 그것을 소설화하고 있다.

현진건의 역사소설 <무영탑>과 <흑치상지>는 역사의 현재화라는 측면을 잘 보여주고 있다. <무영탑>은 외세 의존적인 당학파를 비판하고 자주적인 국선도파를 긍정함으로써 민족의 주체성을 고양시킨다. 그리고 <흑치상지>에서는 당나라와 신라의 협공으로 멸망한 백제의 유민들이 힘을 모아 이민족인 당나라에 적극적으로 항거하는 모습을 통해 일제의 침략에 한국 민족의 적극적인 저항의 필요성을 우회적으로 제시하고 있다.

현진건은 "주제는 벌써 작정이 되었으나 현대에 취재하기도 거북한 점이 있다든지 또는 현대로는 그 주제를 살려낼 진실성을 다칠 염려가 있

---

4) 백낙청,「역사소설과 역사의식」,『창작과 비평』,1967년 봄호, p.10.

다든지 하는 경우에 그 주제에 적당한 사실을 찾아내어 얽어 놓는"[5] 경우에 역사소설이 쓰여진다고 한다. 그때의 과거는 현재보다도 더욱 진실성을 구현할 수 있다는 것이다. 그렇다면 역사소설가는 소수의 전문 독자보다는 평범한 다수의 독자를 염두에 둘 수밖에 없을 것이다.

셋째로 역사소설의 출현은 역사에 대한 민중의 주체적 각성과 밀접하게 관련되어 있다. 민중은 역사의 거대한 운동 속에서 역사란 일부 특권층에 의해 주도되는 것이며, 민중은 부수적으로 존재할 뿐이라는 과거의 허위의식에서 깨어난다. 그리하여 그들 각자가 역사의 흐름에 의해서 직접적으로 영향을 받고 있으며, 그들의 결단과 행동이 바로 역사의 흐름에 구체적인 작용을 미칠 수 있다는 자각적 의식에 도달할 수 있게 된다.

한국 근대 역사소설에 있어 이러한 역사의식의 주체적 각성은 전민족적인 항일 운동인 3·1운동의 구체적 영향에 의거한 것이다. 이러한 점은 서구의 역사소설에서 프랑스 대혁명 및 나폴레옹 제국의 흥망이 그 출현동인으로 작용했던 것과 유사한 경우이다. 루카치는 "이런 시대에 개개인은 자기의 존재가 역사에 의해 조건 지워져 있음을 알게 되고 역사가 자기의 일상적 삶에 중대한 영향을 미친다는 것을 이해하는 구체적 가능성이 존재하고 있었던 것이다."[6]라고 한다.

한국사에 있어 3·1운동의 주동적 인물들은 근대적인 신교육을 받은 지식인과 시민적 의식을 지닌 다수 대중들로서 그들의 목적은 봉건왕조를 다시 찾자는 복고주의적인 데 있는 것이 아니라 민족 구성원 전체가 주권자로서 참여하며 민족의 삶을 회복하고자한 데 있었다. 이런 주체적 각성이 바로 과거의 우리 민족사에 대한 질실한 관심으로 이어지고 역사소설을 통해 문학적으로 형상화되었던 것이다. 그러므로 역사소설이 그 본질로 사회의 일부계층이 아닌 다수 계층에 관심을 가지는 것은 당연한 일인 것이다.

---

5) 현진건,「역사소설문제」,『문장』제1권 12호, 1939.12, p.128.
6) Georg Lukács, *The Historical Novel*, Penguin Books, 1969, pp.15-18.

넷째로 거의 모든 역사소설이 신문연재소설로 신문의 상업주의화로 인한 유형무형의 압력을 받았다는 점이다. 1920년대에 민족의 등불로 역할하던 신문은 1930년대에 들어서면 현실 비판과 민중의 지도라는 종전의 자세를 약화시키고 상업성을 현저히 드러낸다. 그 당시 신문의 이러한 변질은 총독부가 신문의 검열 및 처벌을 강화했다는 점과 신문사가 경영의 합리화를 추구했다는 점에서 찾을 수 있다.7)

1930년대 신문들은 독자확보를 위해 면을 증가하고 다수의 장편소설을 연재했다. 따라서 한 신문에 두 편 내지 세 편의 장편소설이 함께 연재되는 경우가 많았으며, 역사소설은 독자 확보의 수단으로 활용되었다. 이런 이유로 신문소설은 무엇보다도 독자의 호응도가 중요시되었던 것이다. 그러므로 신문사에서는 작가에게 공공연히 대중독자의 기호에 맞는 소설을 강요하기도 했다. 그러므로 역사소설 역시 상업주의에 의한 통속성의 요구를 거부할 수 없었던 것이다.

이제까지 역사소설이 통속성을 지닐 수밖에 없는 요인을 네 가지로 살펴보았다. 이어서 역사소설에 있어 통속성이 갖는 이러한 밀접한 연관성에 입각해 윤백남의 역사소설에서는 통속성이 어떻게 구현되고 있는가 하는 점을 구체적으로 살펴보기로 한다.

2. 윤백남 역사소설의 통속성

1) 전대 화소의 적극적 수용

윤백남 역사소설에는 전대의 화소가 다양하고 빈번하게 수용되고 있다. 이것은 윤백남이 많은 관심을 기울였던 야담, 야사 및 중국소설 번역물의 영향으로 볼 수 있다.8) 전대 화소의 적극적 활용은 작가의 부족한

---

7) 이주형,「1930년대 한국장편소설연구-현실인식과 작품전개방식의 변모양상을 중심으로」,서울대 박사논문, 1984, p.19.
8) 윤백남은 『동아일보』에 <수호지>를 번역 연재했으며, 월간 『야담』이란 잡지를

상상력을 메워줄 뿐만 아니라, 작품의 내용을 풍부하게 만들어 준다. 또한 독자는 익숙한 내용으로 인해 부담 없이 작품을 쉽게 읽을 수 있다. 윤백남의 역사소설은 바로 이러한 점으로 인해 발표 당시부터 많은 독자를 확보할 수 있었던 것이다. 그리고 이러한 점이 다른 연구자들에 의해서는 '야담류의 작가',9) '대중소설 작가'10)란 평가를 받게한 주된 요인이 되었던 것이다. 그러나 당시 야담운동을 통해 왕성하게 소개된 야담은 나름대로 충분한 의의를 지니며 긍정적인 역할을 했다.

야담운동은 1927년 11월 23일 김진구, 이종원, 민효식, 김익환, 신중현의 발기에 의한 조선야담사의 창립과 함께 시작되었다. 김진구를 중심으로 전개된 야담운동은 야담구연대회를 개최하여 청중들에게 야담을 들려주는 활동으로 구체화되어 나타났다. 야담운동은 "역사기록을 사람들 앞에서 읽고 사이사이 해석을 덧붙이는 독특한 연예의 일종"인 일본의 강담과 유사한 것으로 역사를 통하여 대중을 교화하려는 사회운동이었다. 강담이란 일본의 고유한 전통의 하나로 역사적 사건에 대중의 기호에 맞추기 위해 허구와 전설 등을 가미해 구연되는 이야기를 가리킨다. 이것이 나중에는 강담사에 의해 구연되는 것을 기록한 속기강담 대신에 작가가 창작한 강담, 즉 신강담으로 변화한다.

김진구는 「야담출현의 필연성」(『동아일보』, 1928.2.1-2.6)에서 역사를 "국민의 정신의 양식이며 따라서 생활의 근거"라고 보면서, 왕조사나 궁정비사가 아니라 민중사를 내용으로 삼는 야담이 그러한 역사를 전달하는 유효한 수단이라고 여긴다. 그에 의하면 야담은 두 가지 의미를 병합한 것이다. 즉 '조야'와 '야사'에서의 '야'가 그것이다. '조'라는 것은 소수 특권계급의 향락처이며 '야'라는 것은 대다수 민중의 집단지를 의미한다. 그리고 '정사'가 "봉건시대에 있어서 제왕을 중심으로 한 모든 특권군들

이” “그들의 역사를 미화하고 연장해 놓은” 것인데 반하여 ‘야사’는 “모든 억압과 기휘의 눈을 숨어서 정말 민중의 의사와 그네들의 실적을 적어 놓은 것”이라 여긴다.

이처럼 야담은 민중에게 역사를 전달하는 하나의 문학 형식이란 점에 그 의의가 있다. 이것은 역사를 문학화 하고자 하는 초보적인 논리의 하나이다. 그러나 이때 역사의 문학화 논리에는 야담이 하나의 소설양식으로 이해되는 관점이 없었다. 본격적인 역사소설론이기보다는 역사를 민중에게 보급시켜야 한다는 위기의식이 강조된 문화시평의 성격을 띤다는 것이었기 때문이다.11)

윤백남의 <대도전>에는 ‘삼언이박’이라 통칭되는 중국의 다섯 가지 소설집 중에서 ‘삼언’의 하나인 『경세통언』의 <조지현 나삼재합>의 내용이 수용되어 있다.12) 그것은 도적에게 잡혔다가 탈출한 부인이 낳은 아이가 버림을 받았으나 살아나서 도적에게 양육된 다음 출세하여 부모의 원수를 갚는다는 것이다. <대도전>에서 주인공 ‘무룡’이 도적소굴인 이황산 산채에서 권노인의 손에 길러져 두목인 ‘맹학’의 신임을 받고 그의 외동딸 ‘난영’과 사랑하는 사이가 되었다. 하지만 의부인 권노인의 유언으로 두목 ‘맹학’이 자신의 부모를 죽인 원수임을 알게 되자 그를 죽여 복수한다. 무룡의 어머니가 권노인의 도움으로 탈출하다가 맹학의 추격으로 목숨을 잃는 것도 <조지현 나삼재합>의 경우와 일치한다. 물론 윤백남이 ‘삼언이박’을 직접 읽고 수용했다고 할 외적인 증거는 없다. 하지만 그가 직접 그것으로부터 수용했든지 아니면 야담에 수용된 것을 이차적으로 받아들였든지 간에 그러한 전대의 화소가 <대도전>에 적극적으로 수용되고 있다는 것이다.

그리고 <대호전>은 ‘연작소설’의 형태로 공민왕을 살해하고 고려를 떠난 <대도전>의 ‘기무룡’의 손자 ‘기자룡’의 얘기로 이어진다. 여기에

---

11) 신재성,「1920-30년대 한국 역사소설 연구」,서울대 석사논문, 1986, pp.15-20.
12) 조동일,『한국문학통사』3, 지식산업사, 1984, p.102.

는 통사 '홍순언'이 기생으로 몸을 내놓은 미녀에게 천금을 주어 그녀를
구해준 뒤에 은혜에 대한 보답을 받는 야담이 들어 있다. 또한 '신립'이
도적에게 해를 입는 산중의 처녀를 구해준 뒤에 도리어 더 큰 원한을 사
서 탄금대로 이끌리며 그곳에서 전사하는 야담도 들어 있다. 그리고 임
진왜란 때에 명나라의 장군 이여송이 노옹과 아이에게 심하게 놀림을 받
은 뒤 조선을 무시하는 마음이 사라졌다는 야담도 들어 있다.

  또한 <홍도>는 『어우야담』에 있는 부부 이별과 재회의 이야기가 근
간을 이룬다. 남원 한량인 이도령이 홍도 집안의 반대에도 불구하고 남
원부사에게 활 솜씨로 인해 인정을 받고 그의 도움으로 사랑을 성취한다.
하지만 임진왜란에 원병으로 온 명나라 장수 양원에 의해 그들 부부는
생이별을 하고 갖가지 어려움을 극복한 뒤에 행복한 재결합을 하게 된다.
여기에도 홍순언의 이야기가 나오는데, 같은 내용이 여러 작품에 겹쳐
나옴은 친숙한 소재에 대한 작가의 강한 관심을 말해 주는 것이라 할 수
있다.

  그리고 <봉화>에는 <춘향전>의 화소가 조금 변형되어 그대로 나타
나고 있다. 낮은 신분의 여자와 높은 신분의 남자가 우연히 만나 열렬한
사랑을 하게 되고 여러 가지 현실적 고난을 물리치고 행복을 쟁취하게
된다는 사건 전개는 대중독자들의 잠재된 기대 수준과 일치하는 것이
다.13) <춘향전>이 봉건왕조시대의 서민들의 꿈과 소망을 나타내고 있듯
이,14) <봉화>에서의 한주 역시 당대의 억압받고 고통을 겪는 대다수 독
자들의 운명을 대변하는 인물로서 그녀의 성공은 바로 그들의 내재된 욕

---

13) 삼국이 대결하든 시대에 고구려의 '홍안태자'가 백제를 염탐하러 잠입했다가 '한
   주'란 평민 처녀를 만나 사랑을 나눈다. 그가 고구려로 돌아간 다음 한주는 고구
   려의 첩자로 몰려 고향인 다맛이란 곳에서 옥살이를 하게 된다. 그때 한주의 미
   모에 혹한 현감이 그녀에게 수청을 요구하며 협박도 하고 달래기도 하지만 목숨
   을 걸고 그것에 항거한다. 그녀는 마침내 병사를 이끌고 그녀를 구하러 온 '홍안
   태자'를 다시 만나 행복한 사랑의 승리를 이룬다.
14) 김동욱, 『춘향전연구』, 연세대출판부, 1965.

구를 대리적으로 성취하고 있는 것이다.

이밖에도 <수호지>의 영향은 <대도전>, <대호전>, <해조곡>, <흑두건> 등 대부분의 작품에 나타나고 있다. 또한 <야화>에서 여주인공 '야화'가 제일 즐겨 읽는 책이 <삼국지연의>이듯이, <삼국지연의>의 영향 역시 그러하다.

2) 당대 통속소설적 특징

윤백남의 역사소설은 독자의 관심을 적극적으로 유도하기 위해 통속성을 강하게 드러내고 있다. 백철이 "통속소설이 정말 통속소설답게 현대문학사상에 등장한 것이 언젠가 하면 역시 1935년 이후"[15]라고 하듯이, 1930년대 중반 이후에는 통속소설이 한국문단에 뚜렷한 면모를 보인다. 이에 여기에서는 당시의 소위 대표적 '통속소설'로 거론되는 최독견의 <승방비곡>, 김말봉의 <찔레꽃>, 함대훈의 <순정해협>, 박계주의 <순애보> 등과 윤백남 역사소설을 대비하면서 그 통속적 특징을 살펴보기로 한다.

첫째 윤백남의 역사소설은 사건 전개가 다양하고 복잡하다. 사건전개가 단순하지 않음으로써 독자들은 시종 흥미롭게 작품을 읽을 수 있다. 윤백남의 역사소설은 흥미를 높이기 위해 등장인물의 성격제시보다 사건의 전개에 주된 관심을 두고 있다는 것이다.[16] 특히 공통적으로 순정적이며 미모를 지닌 여주인공의 파란만장한 고난 양상이 흥미진진하게 전개된다. 이런 점은 당대 '통속소설'에서도 공통적으로 나타난다.

그렇지만 이런 공통점에도 불구하고 윤백남의 역사소설인 <대도전>, <대호전>, <봉화>, <홍도>, <야화>에서는 여주인공의 고난이 이념

---

15) 백철,『조선신문학사조사 현대편』,백양당, 1949, p.333.
16) 윤백남도 「대중소설에 대한 사견」(『삼천리』, 1936.2)에서 "순문예소설은 성격을 주로 한 소설이오 대중소설은 사건을 주로 하는 것이라고 볼 수 있다."라고 하여, 대중소설이 사건에 중점을 둔다는 점을 지적한 바 있다.

적 탄압과 신분적인 제약, 상층의 탐욕이란 구체적 원인에 의해 야기되
고 있음에 반해서, 통속소설인 <찔레꽃>, <순정해협>, <승방비곡>에
서는 그러한 것이 금력의 횡포나 우연적인 운명의 개입에 의해 야기되고
있다. 유사한 사건을 전개하고 있지만 개입하는 작용력이 다르다는 것이
다. 윤백남의 역사소설은 이런 사건을 통해 사회적 제도의 부당한 횡포
에 대한 극복의지를 보여주고자 한다면, 통속소설은 그러한 상황이 단순
히 흥미를 부여하기 위한 장식에 그치고 있다.

　둘째 윤백남의 역사소설과 통속소설은 공통적으로 사랑의 문제를 정면
에서 다룬다. 사랑은 시대를 막론하고 대다수 사람들의 절실한 관심사이
다. 그러나 같은 사랑의 문제를 다루고 있더라도 작가에 따라 그것의 구
체적인 양상은 매우 다르다. 왜곡된 사랑을 일방적으로 미화하거나 비하
하는 경우도 있으며, 진실한 사랑을 진지하게 추구하는 경우도 있기 때
문이다.

　윤백남의 역사소설에서 사랑은 신분적인 제약이나 민족적인 경계를 뛰
어넘을 수 있는 지고지순한 가치를 지닌다. 주인공들은 이념의 일치에
의한 동지적 결합을 지향하고 있다. 그러므로 <흑두건>에서 '서양갑'과
'혜순'의 비극적인 사랑은 개인의 비극이면서 동시에 봉건적 신분질서의
제약에 의한 사회적 비극으로 확산될 수 있는 것이다. '서양갑'은 서자라
는 신분에 대한 사회적 제약으로 인해 사랑하는 사람을 잃게 된다. 그가
흑두건 집단의 주도적 인물로 변모하게 되는 결정적 계기가 바로 사랑의
좌절을 통해 신분적 제약의 부당성을 절실하게 깨달았다는데 있다.

　이에 반해 통속소설인 <순애보>에서는 구체적인 현실을 통한 사랑의
건강성이 나타나지 않는다. 오히려 관념적 현실에서의 왜곡되고 과장된
감정만 드러난다. 여기에서는 자기 희생이란 종교적 차원의 이타적 행위
를 과장되게 제시하고 있다. 그리고 <순정해협>에서의 사랑은 젊은 남
녀의 감각적인 희롱이나 일시적 열정에 머물고 있을 뿐이다. 여주인공
'소희'는 부유한 동경 유학생 이영철과 약혼을 하고 그의 아이까지 낳는

다. 그럼에도 불구하고 그녀는 같은 보통학교 교사인 남자 주인공 고준
걸의 그녀에 대한 끝없는 헌신으로 인해 결혼하게 된다.

<찔레꽃>에서의 사랑 역시 대동소이하다. 사랑하는 사이인 '이민수'
와 '안정순'이 금력의 횡포로 인해 갈등을 겪다가 결국 헤어진다. 그러면
서도 찔레꽃으로 표상되는 정순의 상황에 좌우되지 않는 자존심이 강하
게 부각되고 있다. 그리고 <승방비곡>은 일본유학생 승려와 미인 여학
생의 사랑이라는 특이한 소재를 다루고 있다. 그런데 주인공의 결혼식
날에 그들이 이복남매란 사실이 밝혀짐으로써 독자들에게 큰 충격을 준
다. 즉 이들 통속소설은 사랑을 흥미 유발의 요소로 다룸으로써 구체적
현실에 대한 대응력과 진실성이 결여되어 있다는 것이다.

셋째 우연성의 개입이 빈번하며 배경이 현실적 상황과 동떨어지고 있
다. <대도전>의 무룡은 수적에게 해를 입고서 강물에 던져지나, 우연히
구조자를 만나 생명을 건질 뿐만 아니라 숨어 있는 이인에게 무술을 배
워 뛰어난 능력을 지니게 된다. 그리고 <해조곡>의 해룡도 관선의 계략
에 빠져 상처를 입고 바다에서 표류하는데, 구원자를 만나 의외로 쉽게
구출된다. 이런 우연적인 해결은 사건 전개의 현실적인 인과성이 부족함
을 말해 주는 것이다. 또한 작품의 공간적 배경은 대개 중국과 한국에 걸
치고 있으며, <대호전>은 중국만을 배경으로 삼고 있기도 한다. 이러한
우연성과 비현실적 상황의 과다한 개입은 바로 통속소설의 주된 특징이
다. 문제가 초월적인 힘에 의해 쉽게 해결됨으로써 진지한 현실 대응을
어렵게 한다는 것이다.

Ⅲ. 작품의 민권의식

1. 군도의 사회저항

윤백남 역사소설의 두드러진 특징은 도적집단의 빈번한 등장과 그들에

대한 긍정적인 태도이다. 이것은 윤백남이 도적의 문제를 개인적인 내적 양심의 타락에 결부시키는 것이 아니라, 사회의 구조적인 모순에 결부시키고 있다는 점을 말해주는 것이다.

윤백남의 역사소설에서 도적집단의 활동이 전반적인 흐름을 주도하는 작품으로 <대도전>, <해조곡>, <흑두건>을 들 수 있다. 이들 작품에서 대다수의 도적들은 당대 사회의 최하층으로서 호구지책을 마련할 길이 없어 부득이 도적 집단에 가담한 인물들이다. 물론 <대도전>에서 이황산 산채 두목인 '맹학'의 경우처럼 관직에 있기도 했으나 상관의 탐욕과 모해로 누명을 쓴 채 추방당한 인물도 있고, <해조곡>의 해적 두목 '무룡'처럼 해적집단처럼 나라에서 금지하는 이단적 이념인 서학을 믿음으로써 배척을 당한 인물도 있기는 하다. 그런데 이들 도적들은 이른바 의적이라 불리는 '사회적 도둑'(Social banditry)[17]에 해당된다.

그러므로 이러한 도적들이 재물을 약탈하거나 인명을 살상하는 행위는 개인적인 욕심을 채우기 위한 것이 아니라 모순되는 사회제도에 대해 원한을 품고 복수하기 위한 것이다. 그러므로 이들에게 약탈의 대상이 되는 자는 궁핍하고 고통을 겪는 민중이 아니라 탐욕스런 관료들이거나 부자들이다. 또한 약탈의 목적도 그들의 호위호식에 있기보다는 사회적 모순의 해소를 위한 준비금을 축적하고자 함에 있다. 그러하기에 그들의 뿌리는 민중에 있으며 민중과 공통적인 이해관계에 놓여있으므로 민중의 지지를 다분히 받는다.

그리고 윤백남의 역사소설에서 이들 도적집단의 응집력은 '의리'와 '지기'이다. 물론 그들 집단 내에도 개인의 이해관계 때문에 싶난을 이발하

---

17) 의적(social banditry)에 관한 요점은 다음과 같다. 그들은 영주와 국가에 의해서 범죄자로 간주되고 있는 농민무법자이지만, 농민사회 가운데 머물며 사람들에 의해서 영웅, 전사, 복수자, 정의를 위해 싸우는 사람 또는 해방의 지도자로까지 생각되고 있고, 어느 경우에든 칭찬하고 원조하고, 지지해 주어야 할 사람으로 생각되고 있다. E. J. 홉스보옴,『의적의 사회사』, 황의방 역, 한길사, 1982, p.10.

고 동료를 배신하는 인물이 없는 것은 아니다. 하지만 그런 인물은 극소수이며 대다수의 인물들은 도적 집단을 공동 운명체로 여기며 강한 결속력을 보여준다. 그리하여 그들은 동료들과의 의리를 지키기 위해 자신의 목숨까지도 기꺼이 버리고자 한다.

<대도전>에서 무룡은 부모의 원수를 갚은 뒤에 산채를 떠나 난영과 함께 고려로 들어가다 수적을 만나서 무룡은 강에 버려지고 난영은 그들에게 잡힌다. 하지만 난영이 이황산 산채 맹학 두목의 딸이라는 사실이 밝혀지자 수적들은 그녀를 자신들의 동지로서 환대하며 죽은 두목의 뒤를 이어 여두목으로까지 추대한다. 이런 점은 도적집단의 동지적 유대감이 일정한 집단 내에서뿐만 아니라 다른 집단에까지 이어지고 있음을 보여주고 있다.

또한 수적들은 난영이 무룡의 소식을 전해 듣고 그들을 떠나고자 할 때 그녀를 따라 나서며 그녀가 적으로 여기는 고려 군사들에게 중과부족의 열세에도 불구하고 대항한다. 물론 여기에서 도적 집단의 이러한 의리는 다소 과장되어 있기는 하다. 그렇지만 개인적인 욕심과 향락에 치우친 편협한 도덕성을 뛰어넘는 민중적 연대감을 나타내고 있다는 점에서 의의를 갖는다.

<흑두건>에서 흑두건 집단은 서자들이 그들의 신분적 질곡에 대한 불만 때문에 사회개혁을 꿈꾸며 도적의 집단을 조직한다. 그들 역시 재물을 강탈하고 살인을 행하고 있지만, 그러한 행위의 근본동인은 개인적인 차원에서 자신들의 욕망을 성취하기 위한 것이 아니다. 오히려 집단적인 차원에서 봉건 사회의 제도적인 모순과 타락을 해결하고자 하는데 있다. 그리하여 홍효민도 "<흑두건> 그 표제가 보여 주는 바와 같이 벌써 이들이 집단적 행동에서 출발되고 있는 것을 몰라서는 아니 될 것이다."[18]라고 하며, 그들의 활동이 집단적 차원에서의 이념적 활동임을 주

---

18) 홍효민,「흑두건과 백남의 예술」,『삼천리』, 1934.9, p.233.

목했다.

  그렇지만 이들 흑두건 집단은 밑으로부터 자생적으로 형성된 것이 아니라 신분은 양반이 아니지만 의식과 교양 수준은 양반층과 일체감을 이루는 양반 서자에 의해 주도된 단체이다. 이런 점에서 근본적인 한계를 드러낸다. 흑두건 집단이 자체내의 배신과 관군의 토벌에 의해 허망하게 무너짐으로써 그러한 점을 잘 보여준다. 무륜당 두목의 한 사람인 박응서는 포교들에게 결박당하면서 "너희들도 다 같이 생겨난 사람으로 아무리 재주와 포부가 있다손 치더라도 평생을 포교 자리를 떠나지 못하는 이 세상을 옳다고 보지는 않겠지 불쌍한 위인들 날 엮은 오랏줄로 너희의 몸을 맬 날이 있을게다."[19]라고 하며 그들의 봉건적 의식을 한탄하고 있다. 여기에는 봉건적 신분질서의 모순을 인지한 선각자의 안타까움이 잘 나타난다. 물론 후반부에서 이들 흑두건 집단을 주동한 인물들이 역모에 연루되어 처형되고 난 뒤에는 그들 집단의 성격이 보다 민중화된다.

  그러므로 흑두건 집단의 유일한 생존자라고 할 수 있는 박치의의 활동은 민중의 잠재적 역량을 이끌어 올리는 활동으로 변모하고 있다. 물론 박치의도 민중의 힘을 그들로부터 그들의 생각과 느낌으로서 구체적이고 조직적으로 결집시키고 있지는 못하다. 인조반정이라는 왕조 내부의 자리를 바꿈에 있어 보조적인 역할을 한다는데 그치고 있기 때문이다. 즉 <대도전>과 <해조곡>의 무룡이나 해룡처럼 민중의 구체적 역량을 보여주지 못하고 있다는 것이다.

  <대도전>의 주인공인 '무룡'과 <해조곡>의 주인공이 '해룡'은 각각 산직집단의 두목과 해직집단의 두목이나. 여기서 그들의 이름에 공통석으로 '용'이란 글자가 들어있는 것을 우연의 일치라고 보기는 어렵다. 조선시대뿐만 아니라 그 이전에도 민중의 민간신앙은 용 숭배 사상에 기반을 두고 있었으며, 이러한 용 숭배 사상이 미륵신앙으로 이어지고 있었기 때문이다.

---

19) 윤백남, <흑두건>, 을유문화사, 1960, p.119.

    민간의 용 신앙에 결부된 미륵신앙은 일반적으로 민중의 고
통이 내부적으로나 외부적으로 격화되는 시기에 깊이 신앙되
던 종교형태라 보이며, 그것은 삼국의 쟁벌시기, 통일신라의
대당투쟁의 시기, 나말여초의 혼란시기, 고려의 농민란이 격화
되던 무신란의 시기, 조선시대의 임란을 겪은 후의 당쟁이 격
화되던 시기 등에 한결같이 이같은 신앙형태가 존재하였다고
보지 않을 수 없다.[20]

 인용문에서처럼 전통적으로 내려오는 민간신앙에는 어두움과 고통을
해결하는 변혁에의 희망을 담은 용 숭배 신앙이 근간을 이루고 있다. 이
처럼 용이 과거로부터 현실의 불평등과 고통을 해소시켜 줄 민간신앙적
존재의 투영이듯이, 무룡과 해룡 역시 일상적인 개인이면서도 그들의 사
적인 범위를 뛰어 넘어서 집단의 운명을 주도하고 대변하는 민중적 영웅
으로 활약한다.

 <대도전>의 무룡은 은거하고 있는 노인을 만나 그에게서 무술을 배
운 뒤 남다른 능력을 발휘하고, <흑두건>의 박치의는 신출귀몰한 지혜
와 초인적인 힘을 발휘하여 문제를 해결해 나간다. 그렇다고 그들이 고
전소설에서처럼 신비적인 도술의 힘으로 사회에 저항하고 자신들의 신념
을 실현하는 것은 아니다. 그들은 '용'자 이름에서 드러나는 바와 같이
민간의 잠재적 역량을 이어받고 있는 인물들로 보통이상의 능력을 발휘
하고 있는 것일 뿐이다. 그들은 집단의 일원과 질적인 차이가 없는 일상
적 존재이지만 영혼의 성숙과 더불어 부조리한 사회 현실을 직시하게 되
고 이에 저항 집단의 지도자가 된 인물이다. 그들은 <해조곡>의 해룡처
럼 보통이거나 보통이상의 강인한 체력을 지닌 현명한 지도자이다.

 또한 그들의 신분 역시 평범하다. 무룡은 자기 부모를 죽인 도적집단에
서 양육되어 도적의 일원이 된 인물이며, 박치의는 서자 출신으로 봉건

---

20) 정석종,「조선후기 숙종년간의 미륵신앙과 사회운동」,『전통시대의 민중운동(상)』, 풀
　　빛, 1981, pp.192-193.

사회의 신분적 부조리를 절실하게 인식하고 있는 인물이고, '해룡은 시정의 장사치로 살아가다가 역사적 계기 속에서 나라에서 이단시하는 서학을 믿게 되고 탄압을 피해 도망쳐 온 무리를 이끄는 이념해방의 주도적 역할을 맡게된 인물이다. 윤백남의 역사소설은 이러한 평범한 신분의 인물을 주인공으로 삼아 민중의 지도자적 인물로 형상화하고 있는 것이다. 이런 점에서 볼 때에 윤백남은 역사의 주체가 사회의 상층인 소수 양반에 있지 않고 하층인 다수 민중에 있음을 인식하고 있으며, 이들의 성장하는 민권의식을 중시하고 있다.

> 이와 함께 백남에게 있어 빠뜨릴 수 없는 점은 그의 저항정신이다. <대도전>에서 그는 고려 말기 학정에 시달리는 백성들의 참담한 형편을 상세하게 서술한다. 백성들의 실의와 좌절감, 관리들의 탐욕스런 착취 속에서 그들을 구원할 수 있는 영웅의 출현을 기대한다.
> 이때 의적 무룡이 나타나 개경 시내의 부호와 못된 탐관오리들을 괴롭게 한다. 백성들은 터놓고 말할 수 없지만 무룡의 용맹한 활약상에 박수갈채를 아끼지 않는다.
> 이것은 고려 말기의 부패한 사회상을 묘사한 사실 그 자체일 뿐이다. 그러나 백남이 약관 때 한일합방이 된 이후로 우리나라는 일제의 강점 아래 십여 년이 흘러간 시기이었음을 감안해 본다면 그는 단순한 사실의 묘사에만 그쳤던 것 같지는 않다. <대도전>을 통해 서술된 백성들의 신음과 고통을 어떻게 보면 백남이 처해 있던 시대적 상황을 역사라는 프리즘을 빌이서 표현한 것이라 보여진다.[21]

인용문에서는 <대도전>이 일제 억압 통치에 대한 간접적 비판을 담고 있으며, 무룡은 일제의 탄압과 침략에 저항하는 민족혼의 상징적 표

---

21) 김하용,「백남문학의 진수」,<대도전>, 성음사, 1970, p.526.

현이라고 보고 있다. 물론 무룡의 활동은 민중들의 꿈과 이상을 대변하는 것으로 볼 수 있다. 그러나 그것을 현재 상황에 대한 비판적 알레고리로 보아야 할 것인가 하는 점은 의문이다. 윤백남의 행적이나 작품 속에서 반일 의식을 구체적으로 찾아보기는 어렵다.

그렇다고 윤백남의 역사소설에 나타나는 도적들의 이러한 집단적 사회저항을 단순히 <삼국지연의>나 <수호지>의 영향 때문이라고 보는 것 역시 마찬가지로 수긍하기 어렵다. 윤백남이 <수호지>에 관심을 가져 그것을 번역하기도 했다는 사실 자체가 그의 내면에 그러한 체제 거부의식이 싹터 있었기 때문이라고 볼 수 있을 것이다. 일찍이 김하용도 "그는 역사소설을 단순한 역사적 회고나 당대의 상황을 재현한다는 도식적인 방법을 떠나 사실을 완전하게 소화하여 자기 세대에게 주어진 고뇌와 비애를 형상화한 것이었다."22)라고 하여, 윤백남 역사소설의 진취성을 강조한 바 있다.

이처럼 윤백남의 역사소설에서는 봉건체제를 신랄하게 비판하고 있다. 이런 점은 윤백남이 역사소설을 쓰기 이전에 연극 활동에 관심을 두고 있을 때 민중극 운동을 활성화하고 있는 것과 무관하지 않을 것이다. 그는 "목하 해외 각국이 민중극 진흥에 역을 치함도 그 방법은 나라를 따로 다르고 사람을 따라 다른 것이로되 그 뜻은 매한가지니 즉 신흥 국민의 원기를 고무하고 활동력과 신생명의 길을 가르키고자 함이다."23)라고 하여 신흥 국민의 원기를 고무할 수 있다는 점에서 민중극을 중시했다. 이처럼 그는 일찍부터 민중의 원기를 고무시키고 새로운 생명의 길을 제시해야 할 의무가 작가에게 주어져 있음을 인식하고 있었던 것이다.24)

---

22) 김하용, 앞의 글, p.527.

23) 윤백남, <연극과 사회>,『동아일보』,1920, 5.4-16.

24) 1910년대와 20년대에 있어 연극에 대한 윤백남의 관심은 열렬했다. 1912년 조일제와 더불어 극단 '문수성'을 발족한 이래 1922년 '민중극단'을 주도했으며, <국경>, <운명>, <야화> 등의 창작극 외에 <기연>, <영겁의 처>,   <제야의 종소리>, <사랑의 싹> 등을 번안하여 공연하였다. 서연호,『한국근대희곡사연구』,

2. 역사적 삶과 이념의 대립

윤백남의 역사소설에 있어 이념의 대립은 두 가지 양상으로 나타난다. 하나는 집권층 내부의 주도권 다툼이라 할 수 있는 상층 내부의 이념 대립이며, 다른 하나는 한 민족의 총체적 단위로서의 상층과 하층의 이념 대립이다.

상층 내부의 이념 대립을 중점적으로 그리고 있는 작품에 <야화>가 있다. 여기에서 이념의 대립은 '혁신파'라 지칭되는 수양대군 및 그를 추종하는 인물들과 '수구파'라 지칭되는 김종서를 구심점으로 하는 인물들간에 일어난다. <야화>는 조선조 초기의 단종 폐위 사건을 둘러싼 권력 다툼을 다루고 있는데, 이 때는 왕권과 신권의 대립이 첨예하게 나타난 시기였기에 여러 작가들에 의해 역사소설화 되었다.25) 그렇지만 윤백남의 작품은 같은 소재를 형상화한 다른 작가들의 역사소설과는 크게 다르다.

이광수는 <단종애사>에서 개인적인 인정과 의리에 집착하여 단종의 처지를 동정하고 조카의 왕위를 찬탈한 수양대군 및 그를 따르는 인물들을 일괄적으로 악인으로 그리고 있다. 그리고 김동인은 <대수양>에서 조선조 창립 초기의 역사적 격동기에 왕권과 의정부간의 권력다툼의 양상으로 그 사건을 보고 있다. 하지만 이광수가 김종서 일파를 긍정적으로 보고 수양대군 일파를 부정적으로 보고 있다면, 김동인은 김종서 및 그를 따르는 인물들에게 매우 비판적인 입장을 취하면서 수양대군을 지나치게 영웅화하고 있다.26)

고려대 민족문화연구소, 1982.

25) 조선조 왕권과 신권사이의 균형에서 대략 왕권의 강화는 신권 중심의 정책결정 기관인 의정부의 기능을 약화시키고 이에 대하여 국왕 정책의 집행기관인 육조를 강화시켜 국왕에게 직속시키는 경향으로 나타났었다. 최창규, 『새한민족사』, 금오출판사, 1975, p.303.

26) "그러나 동기가 어떠했든 <대수양>의 인물묘사가 <단종애사>에 못지 않게 과장되어 있음이 사실이다. 사사건건이 <애사>의 반대 입장을 취하는 가운데 <애사>의 허물을 그대로 닮아버린 느낌이다."라고 한다. 백낙청, 앞의 책, p.23.

그러나 윤백남의 <야화>에서는 이들 대립하는 두 집단의 어느 한편
에 대한 극단적인 편향성이 나타나지 않는다. 초점이 어느 편에 놓여지
는가에 따라서 수양대군 측이 부각되기도 하고, 김종서 측이 부각되기도
한다. 더욱이 여기에서는 이러한 상층내부의 대립을 제시함에 있어서 대
립하는 양측만 제시하고 있는 것이 아니라 '야화'라는 여진족 여인을 매
개자로 삼아 그러한 대립을 효과적으로 제시하고 있다.

야화는 '최산'이란 조선 청년을 사랑하는 여진족 부락의 한 추장의 딸
로 여진족의 부흥과 여진국가 건설의 큰 뜻을 지닌 여걸이다. 그런데 그
녀는 최산을 구하려다 잡혀 서울로 압송되고 김종서의 소실이 된다. 그
리고 조선에서 박수무당의 후손이라는 신분적인 제약 때문에 좌절한 인
물인 최산은 변방의 산 속에서 자신의 포부를 키워가던 중에 조선 군사
에 쫓겨 부상을 입은 '녹의여주' 야화를 구해 준 인연으로 민족적인 경계
를 뛰어넘는 사랑을 한다. 그는 그녀의 큰 뜻에 공감하여 자신의 포부를
여진족을 통해 이루어 보고자 하는 것이다.

> 한 개의 커다란 꿈, 그것이 허무맹랑한 꿈일지라도 그것이나
> 마 가지지 않고는 벌써 자기 손으로 자기의 목숨을 끊었을 것
> 이다.
> 그는 명나라에서 유랑해 나올 때 보따리에 깊이 싸 가지고
> 나온 손자의 병서 한 권과 채근담 한 권을 이 산막에까지 가
> 지고 와서는 하루 한 번은 그것을 읽는 것으로 위안도 삼고
> 수양의 미끼로도 삼아왔다.
> 그는 기회만 얻으면 서울을 멀리 떠난 이 변방에서 한번 큰
> 소리를 치고 일어서 보고 싶었다. 단 하루일지라도 수백 수천
> 의 부하동지를 휘몰아 가지고 관부 응징의 깃발을 휘둘러보고
> 싶었다.27)

---

27) 윤백남, <야화>, 원기사, 1955, p.129.

인용문에서처럼 조선조의 신분적 질곡에 대한 불만 속에서 최산이 갖게 된 이러한 포부는 야화와의 동지적인 사랑을 통해 구체성을 갖는다. 그리고 그는 여진족을 도왔다는 혐의로 이징옥의 군대에 잡히게 됨으로써, 역사적인 사건에 보다 첨예하게 연루되는 것이다. 결국 수양대군에 의해 김종서가 피살되고 그곳에서 도망쳐 나온 야화는 최산과 재결합을 한다. 그리하여 그들 두 사람은 이징옥과 함께 자신들의 뜻을 이루기 위한 새로운 출발을 하고 있다.

단종 시기의 역사를 다루면서 수양대군 측이 옳았는가 아니면 김종서 측이 옳았는가 하는 점을 확정해 주고자 한다면 그러한 역사소설은 의의를 갖기 어려울 것이다. 그때를 현재의 앞선 시기로서 어떠한 역사적인 대립이 있었고 그것이 역사적 계기로 어떻게 작용했는가 하는 점을 보다 깊게 전면적으로 다루어야 한다는 것이다. 그러므로 <야화>에서 그러한 역사적 중대 사건이 직접적인 당사자들의 활동을 통해서가 아니라 야화와 최산이라는 역사적 무명인물의 사랑과 그들의 매개 활동을 통해 그리는 것은 당대 시기의 총체적 삶을 드러내는데 보다 적절한 방식이라 할 수 있다.

그리고 <해조곡>은 상층과 하층의 이념대립을 그리고 있다. 여기서 상층의 군왕과 양반들의 지향은 주자학적 관념 체계를 강화하여 현존 봉건적 신분질서를 고착시키는데 있다면, 하층 민중의 지향은 신분 질서를 타파하여 인간 평등을 실현하는 데에 있을 것이다. 윤백남은 그러한 하층 민중의 평등사상 지향을 서학이라는 외래종교의 영향 속에서 드러내고 있다. 서학은 천상의 유일신인 하나님을 제외한 모든 인간의 평등을 주장하며 현세의 고난에도 불구하고 내세에는 영원한 행복을 누릴 수 있음을 전파하여 기존 사회의 이념체계에 불만을 품고 있던 많은 사람들의 공감을 얻고 있었기 때문이다.

<해조곡>에서 해룡의 형인 '백순'은 본래 학문에 뜻을 두어 성리학 서적을 탐독한다. 그러나 성리학에 불만을 느껴 서학에 관심을 갖게 되

고 마침내는 그것에 공명하여 독실한 신자가 된다. 그러므로 백순의 서학에 대한 신앙은 봉건적 신분제도가 그 모순을 강하게 드러내는 조선말기의 정치적·경제적·문화적 불안을 극복하고자 한 민중의 주체적 결단의 소산이라 할 수 있다. 이것은 조선인에 있어 서학의 수용이 점차 호기심이나 심정적 차원의 선택이거나 현실의 권력에서 밀려난 양반계층의 학문적 수용의 차원에서 벗어나고 있음을 알려준다.28)

해룡은 평범한 시정의 장사치로 주어진 현상에 안주하는 '항민적' 인물이었다. 그러나 형 백순의 종교적인 고결한 죽음과 사악한 형수를 징계하고자 살인을 범하는 과정을 통해 현실 사회를 비판하고 원망하는 '원민'이 되고 드디어는 서학에 귀의함으로서 이른바 '호민'이 되어 지배층의 보수적 이념에 반발하는 집단적이고 조직적인 항거에 나선다. 그리하여 해룡은 같은 생각을 하는 이념적 동지인 서학교인들을 모아 해적단을 만들고 그들의 우두머리로 활동한다.

하경순 역시 일상적 인물에서 자각적 인물로 변모해 간다. 과부인 그녀는 열렬한 신도이며 전도사인 오빠 하창선에게 의탁하고 있던 중에 서학교인이 되었다. 그러다가 신유박해로 많은 교인들과 함께 오빠 부부가 잡혀가자 어린 조카를 데리고 청국으로 도망을 간다. 그리고 도중에 갖가지 고초를 겪은 뒤에 해룡이 이끄는 해적단에 의해 구출됨으로써 그 일원이 된다. 하경순은 계략에 빠져 해적단이 패배하고 해룡이 실종된 뒤에는 해적단의 여두목이 되어 사태를 원만히 처리한다. 이에 해룡은 그녀에게 사랑을 고백하고 구혼을 한다. 이때 그는 자신을 병석에서 간호를 해주며 열렬한 구애를 해온 '가옥'을 단호하게 거부하고 있다. 여기에서 그들의 사랑 역시 애정과 동지적인 연대감이 결합으로 <야화>의

---

28) 조선에서 서학이 일어나게 된 동기는 '학'이라는 말이 말하여 주듯이, 강렬한 학문적인 호기심에서였다. 북경을 찾은 조선 사신들이 과학서적과 더불어 서교에 관한 서적을 서양인 선교사에게 얻어 온 것이 전파의 계기가 된 것이다. 최석우,「서학의 수용과정」,『한국의 사상』, 시사영어사, 1982, pp.103-121.

최산과 야화의 경우와 같다.

신부 주문보 이하 여러 순교자들의 사적을 기록한 백서를 북경의 천주당에 전하려던 황사영이 체포되자, 그 소식을 들은 해룡은 의기 투합한 산적두목 '악일'과 연합하여 서울로 압송하는 길목에서 그를 구해내려한다. 하지만 해룡이 가옥 대신에 경순을 결혼 상대로 택한 것에 불만을 품은 가옥의 조카 한창의 밀고로 그들의 계획이 사전에 발각되고 만다.

앞에서 살펴보았듯이 윤백남은 역사적 위인이 아닌 중도적 인물을 주인공으로 삼아 사건 전개의 주도적인 역할을 부여하고 있다. 이것은 바로 그들을 통할 때에 역사적 삶의 다양하고도 전체적인 모습을 포착할 수 있다는 역사적 인식에 기인한다. 그는 그런 평범한 인물의 정신적 성숙을 통하여 상층과 하층을 포괄하는 시대 환경과의 긴밀한 관계를 유지하고 역사적 계기를 정확하게 포착하고자 했던 것이다.

이런 중도적 인물이 역사소설에 긴요한 것은 위대한 역사적 사건보다는 일상적 사건을 통해서 이루어지는 민중의 각성과 이를 통해 독자들이 역사적 현실 속에서 그들이 생각하고 느끼고 행동하게 하는 사회적 동기를 재차 체험할 수 있게 하기 때문이다. 대립하는 집단의 이념 중에서 어느 쪽이 옳은가 그른가 하는 점이 중요한 것이 아니다. 그러한 이념이 어떠한 역사적 맥락 속에서 제기되었고, 현실에서 어떻게 구현되는가 하는 점을 편향되지 않게 제시해 주는 것이 중요한 것이다.

그러므로 수양대군이나 김종서 같은 역사적 위인에 의거할 때 역사의 진수를 포착하기 어렵다. 역사에 있어 그들이 연루되는 사건은 완전히 독립적으로 일어나고 그들은 단지 외적이고 우연적인 섭합 점으로 존재하는 경우가 많기 때문이다. <해조곡>에서 서학의 수용 양상 및 전파과정을 역사적 인물인 이승훈이나 황사영을 통해 그리려고 할 경우에 똑같은 한계를 드러낼 것이다.

그들 역사적 대인물이 어떤 실제적인 인과관계의 연쇄를 통하여 어떤 역할을 했는가에 대한 실제적인 맥락을 말해주기는 어렵다. "그의 성격적 윤곽에서 보이는 상대적 불명확성, 그리고 거대하고 일면적인 그러나 결정적인 입장표명을 낳게 하는 열정들의 결핍, 또한 서로 투쟁하는 적대적인 양 진영과 그가 갖는 접촉 등은 그로 하여금 바로 자신의 고유한 운명 속에서 소설적인 제재들간의 복합적인 모세관 현상을 적절히 표현하도록 해 주기 때문이다.”29)라고 한다.

역사소설에서 중도적 인물을 통할 경우 그러한 역사적 사건과 위인들의 행적이 민중들에게 미친 효과를 여실히 드러낼 수 있다. 물론 이러한 민중적 인물에 의해 역사적 진수를 포착하고자 할 경우 그들의 개인적인 운명과 역사적 내용 사이의 유기적 접합이 이루어지기 어렵다. 이러한 한계를 어떻게 극복할 것인가 하는 점에 역사소설가의 능력이 판가름날 것이다.

윤백남의 역사소설의 장점은 바로 민중적 인물들을 통하여 그들의 운명을 역사적 운명으로 나타내고 있으며 그들간의 상호작용을 통해 문제가 되는 시기의 역사적 진수를 첨예하게 포착하여 형상화했다는 점일 것이다.

Ⅳ. 맺음말

윤백남은 다수의 독자를 염두에 두고 있었기에 대중들이 쉽게 이해할 수 있도록 역사소설을 일상적이고 평이하게 쓰고 있었다. 그리하여 야사, 야담, 고소설, 중국 번역소설 등 전대 화소를 다양하게 수용하고 있으며, 독자의 홍미를 유도하기 위해서 당대 통속소설의 보편적 특징을 적극적으로 활용하여 통속성을 뚜렷하게 드러내고 있었다.

물론 윤백남 역사소설이 이러한 통속성을 보여준다고 해서 그것들의 가치를 폄하할 수는 없다. 윤백남은 비인간적이고 부당한 억압으로부터

---

29) 게오르그 루카치, 『역사소설론』, 이영욱 역, 거름, 1987, p.161.

의 집단적인 항거와 불평등한 봉건적 신분질서에의 타파라는 민권의식을 자신의 작품에 구현하고 있었으며, 통속성을 그러한 주제 의식을 효과적으로 전달하기 위한 수단으로 삼고 있었기 때문이다.

그런데 윤백남의 역사소설은 이렇게 자유와 평등이라는 근대적 민권의식을 진지하게 드러내고 있지만 그것이 한국적 전통에 뿌리를 내린 것이라기보다는 외래 지향적인 성향이 강한 것이었다. <대호전>과 <대도전>의 배경이 중국이고, <해조곡>의 평등사상이 서학에 근거하고 있음이 그러했다. 이처럼 윤백남의 역사소설에서는 일제강점기 민족의 당면 과제인 외세 침략에 대한 저항의지가 거의 드러나지 않는다. 자주에 바탕을 두지 않은 진보의 추구는 오히려 노예로 만드는 지름길이 된다는 점에서 민족의식의 이러한 결여는 작품의 한계라 하지 않을 수 없을 것이다.

김말봉 『밀림』의 통속성

Ⅰ. 들어가며

자본제 경제의 발달 속에서 여가를 보내기 위해 책을 읽을 수 있는 독자들이 급격히 증대되었으며, 그들의 취향을 반영하여 여가산업의 일부로서 문학이 점차 상품화하고 있다. 그리하여 상품으로서의 문학은 하나의 중요한 경제재로서, 수요와 공급의 법칙, 분배 및 교역의 법칙, 사용 및 투자의 법칙에 따르는 모든 재화와 같은 주체로서의 역할을 수행하게 된다.[1] 그런데 다양한 문학 장르 중에서도 장편소설이 가장 상품성을 지닐 것이다.

1930년대 중반 이후 조선에서도 신문이 계도성보다 상업성을 중시하게 됨에 따라 장편소설 특히 통속소설은 신문의 상품성을 높일 수 있는 가장 중요한 품목이 되었다. 이러한 시기에 김말봉은 본격적인 통속소설 작가로 등장하여 『밀림』(『동아일보』, 1935.9.26-38.2.7)과 『찔레꽃』(『조선일보』, 1937.3.31-10.31)을 양대 일간지에 연속해서 발표하여 비평가와 독자의 주목을 받았다. 그녀는 대담하게 자신이 대중을 위한 소설을 쓰고

---

1) 멜빈 레이더·버트람 제섭,『예술과 인간가치』,김광명 역, 이론과실천사, 1991, p.392.

있음을 공언하였는데, 당시에 임화는 "요컨대 수년래의 조선소설계는 마치 의자를 작만해노코 어느 한사람을 기대리는 거처럼 한사람의 완전한 통속작가를 대망하고 잇엇다. 그때에 나타난 것이『밀림』과『찔레꽃』의 작자 김말봉씨다."[2]라고 하여, 그녀의 등장에 큰 의미를 부여하였다.

1970년대부터 나타난 대중문학에 대한 재인식 속에서 김말봉의 소설에 대한 연구도 점차 활발하게 이루어지고 있다. 그러나 개별 작품을 다룬 경우에는『찔레꽃』에 집중되어 있으며,[3] 전반적으로 다룬 경우에도『밀림』은 거의 거론되지 않았다.[4] 이것은 애정 문제뿐만 아니라 이념 문제도 큰 비중을 차지하고 있는『밀림』을 1930년대 후반의 새로운 통속소설로 다루기 어렵다는 점과 1950년대 중반까지만 출판된 작품이기에 쉽게 접하기 어려웠다는 점 때문일 것이다.

그렇지만『밀림』은 이념 문제가 부각된다는 점에서 등단작인 단편 <망명녀>(『중앙일보』, 1932.1.1-1.10)에 그대로 이어지며, 김말봉 소설의 본질적인 면모를『찔레꽃』보다 더 잘 보여준다고 할 수 있다. 이런 점에서『밀림』은『찔레꽃』못지 않은 다각적인 검토를 필요로 한다. 그러므로 일제강점기의 김말봉 소설을 전반적으로 검토하면서『밀림』을 구체적으로 다룬 이상진의 연구는 주목할 만하나,[5] 통속성에 대한 선입견으로 인해 김말봉 작품의 실질적인 의의를 간과하고 있는 듯하다.

---

2) 임화,「통속문학의 대두와 예술문학의 비극: 통속소설론에 대하여」,『동아일보』, 1938.11.23.

3) 천상병,「사회와 윤리」,『한국장편문학대계』13, 성음사, 1970. 안창수,「찔레꽃에 나타난 삶의 양상과 그 한계」,『영남어문학』12, 1985. 유문선,「애정갈등과 통속소설의 창작방법:김말봉의 '찔레꽃'에 관하여」,『문학정신』,1990. 6. 서영채,「1930년대 통속소설의 존재방식과 그 의미」,『민족문학사연구』4, 1993. 배기정,「『찔레꽃』의 전개 양상과 그 의미」,『국어교육연구』26, 국어교육연구회, 1994.

4) 신동욱,「여성의 운명과 순결미의 의식」,『김말봉의 문학과 사회』,정하은 편저, 종로서적, 1986. 정영자,「김말봉소설의 양면성」,『부산문학』19집, 1986.

5) 이상진,「대중소설의 반페미니즘적 경향-김말봉론」,『페미니즘과 소설비평 근대편』,한국여성소설연구회, 한길사, 1995.

이에 본고에서는 『밀림』을 대상으로 통속성이 어떻게 실현되고 있는 가를 살펴보고자 한다.[6] 먼저 통속성의 범주를 개괄적으로 검토한 다음에, 이를 토대로 통속성이 작품에서 드러나는 양상을 구체적으로 살펴볼 것이다. 통속성 자체에 대한 충분한 이해가 선행되어야 『밀림』의 성과 역시 제대로 파악할 수 있을 것이기 때문이다.

Ⅱ. 통속성의 범주

다수의 대중들에게만 선호되는 작품이나, 소수의 지식인들에게만 선호 되는 작품은 양쪽 다 의의를 갖기 어렵다. 아무리 가치 있는 작품이라도 독자들이 읽어주지 않는다면 그 존재 의의가 떨어지며, 그렇다고 문학적 안목이 부족한 독자들에게만 많이 읽히는 작품 역시 존재 의의가 떨어질 수밖에 없기 때문이다. 가치 있는 작품은 대중 독자와 지식인 독자 모두 에게 널리 읽히면서, 그들 각자의 수준에 맞는 의미를 제공하는 것이어야 할 것이다.[7]

일반적으로 통속성은 저급하고 말초적이며 찰나적이고 도피적인 것으로 하찮게 취급한다. 그러나 이러한 통념은 재고되어야 할 것이다. 통속성도 진지성의 결핍으로 볼 수 없는 독특한 자기의 세계를 갖고 있는 것

---

6) 본고의 검토 작품은 1942년 경성 영창서관판으로 출판된 김말봉의 『밀림』 상, 하 권이다. 앞으로 이 작품은 『밀림』 상, 하권으로 약칭한다. 이 『밀림』 상, 하권은 1955년 서울 영창서관출판부에서 약간의 수정을 거쳐 다시 출판되었다.

7) 소설은 독자로 하여금 여가를 즐겁게 보내도록 하며, 낯선 모험을 상상하게 해준 다. 또한 인물의 경험을 나누어 갖도록 하며, 그들이 어떻게 윤리적 문제들을 해결 하는가를 보여준다. 그리고 그것을 작가가 어떤 솜씨로 표현하는가를 관찰하도록 하며, 독자 자신과는 다른 원칙과 철학에 입각하여 인생을 바라보게 한다. 이처럼 독자의 요구는 다양하여 소설 역시 여러 수준에서 읽히는데, 처음에 제시된 두 세 가지 요구만 충족시키고자 하는 독자는 통속소설을 선택할 것이고, 열거된 모든 요구를 충족시키고자 하는 독자는 본격소설을 선택할 것이라고 한다. Robert Stanton, *An Introduction to fiction*, Rinhart and Winston, 1965, pp.10-20.

이기 때문이다. 통속성은 복잡하고 난해한 것을 중시하는 소수의 독자보다는 단순하고 평이한 것을 중시하는 다수의 독자에게 선호되는 것이다. 독자에게 신선한 충격을 주고자 하는 실험적인 시도도 지나치게 특이해서 전문가들만 그것을 이해할 수 있을 정도라면, 진지성을 내세운 일종의 문화적 횡포가 되고 말 것이다.

통속성은 흥미를 유발함으로써 다수의 독자를 확보할 수 있지만, 다수의 독자를 포용할 수 있다고 해서 통속성이 전적으로 긍정될 수 있는 것은 아니다. 통속성에도 긍정적인 측면과 부정적인 측면이 동시에 존재한다. 즉 다수의 독자를 확보하여 작가의 이념을 널리 전달하기 위해 통속성을 추구하는 긍정적인 경우가 있고, 이와 달리 다수의 독자를 확보하는 일 자체를 목적으로 삼아 통속성을 추구하는 부정적인 경우도 있기 때문이다.[8]

안회남은 "통속성이라는 것은 두말없이 상식성이다. 상식성이 소지하는 수량적 의미와 논리적 의미의 것을 통속성 역시 갖는 것이다."[9]라고 하며, 통속성이 상식성과 같은 것으로 다수 대중과 연결될 수 있는 기반이 된다고 보았다. 이처럼 소설이 상식에 바탕을 두고서 다수 독자와 연결되어야 의의를 가질 수 있다고 한다면, 상식에 의거해 대중을 상대로 삼는 통속성이란 대체 어떤 것인가. 그것은 박성봉의 지적처럼 "도식적인 특질과 자극적인 특질 사이에 존재하는 역동적인 상호작용의 문화적 의미"[10]라 할 수 있다.

여기에서 도식성이란 독자의 일상적인 기대에 부합하는 익숙한 내용이 반복적으로 나타나는 것을 가리킨다. 도식성은 이러한 반복을 통해 독자에게 뚜렷한 방향성을 보여준다. 그리고 자극성이란 이러한 반복의 친숙성을 깨트리는 의외의 충격을 가하는 것이다. 단조로운 반복으로 인해

---

8) 박종홍,『현대소설원론』, 중문출판사, 1993, p.171.
9) 안회남,「통속소설의 이론적 검토」,『문장』제2권 9호, 1940.11, p.152.
10) 박성봉,『대중예술의 미학』, 동연, 1995, p.249.

독자가 지루해 할 때에는 육감적이고 섬뜩하며 과장되고 몽롱하며 신기하고 예외적인 충격 또한 필요로 하기 때문이다. 이에 본고에서는 그러한 도식성과 자극성의 특징적 하위 요소로 관능성, 선정성, 감상성, 환상성, 신기성, 경이성을 제시한다.[11]

관능성은 주로 금기되는 성적 체험을 제공함으로써 말초신경을 자극하여 직접적이고 즉각적인 반응을 야기하고자 하는 것이다. 물론 예술과 외설의 관능성에는 뚜렷한 차이가 있을 것이다. 하지만 정상적인 행위에 의한 것이든 일종의 변태적인 행위에 의한 것이든 간에 문명의 입장에서 성적 활동을 제한하려는 경향은 뚜렷이 존재해 왔다. 그러므로 관능성은 문명의 억압으로 인해 우리에게 잠재된 욕망으로 존재하는 성적 욕구를 분출하게 한다는 것이다.

중세 봉건사회의 막바지에 인간은 역설적으로 현실적인 사랑의 감정을 즐기기 시작한다. 환상이 가미된 성욕을 축복하고 에로스의 심연을 남김 없이 누렸다는 것이다. 영적 사랑의 발견이 성욕의 재발견을 낳은 것으로, 성욕은 영적 사랑을 통해 새로운 수준으로 격상되었으며 그로 인해 독자적 가치를 얻었다. 교황 레오 10세조차도 "신이 결합한 것을 인간이 가르지 못하리라."라고 줄리오 로마노에게 성교의 주요 체위를 그려달라고 의뢰하기도 했으며, 당시 귀족과 성직자들 사이에서는 신화의 관능적 장면으로 방을 장식하는 것이 유행하기도 했다.

그렇지만 성에 대한 금기가 화합할 수 없는 두 세계인 애정과 관능의

---

11) 박성봉은 통속성의 다섯 가지 주요한 특징적 하위 요소로 웃음의 '해학성(the comic)', 성의 '관능성(the erotic)', 폭력의 '선정성(the sensational)', 몽상의 '환상성(the fantastic)', 눈물의 '감상성(the sentimental)'을 들고 있다.(위의 책, pp.323-324) 하지만 극단적으로 과장된 웃음도 과장된 눈물처럼 감정의 과잉을 통한 감상이란 점에서 해학성을 감상성에 통합하는 대신에, 낯섬의 '신기성(the novel)'과 우연의 '경이성(the marvelous)'을 추가하기로 한다. 이에 본고에서는 성의 관능성, 폭력의 선정성, 몽상의 환상성, 극단의 감상성, 낯섬의 신기성, 우연의 경이성을 통속성의 특징적 하위요소로 다룰 것이다.

극단적인 대립을 낳았으며, 인간은 자기기만 속에서 사랑을 잊어버리고 더 이상 사랑할 수 없는 존재가 되어 몰아의 도취 속에서 관능을 통해 금지된 욕망을 은밀하고도 강렬하게 추구하게 된다. 성을 무시하고 금기하는 성에 대한 강한 억압이 오히려 황홀경을 더욱 갈망하게 했다는 것이다.[12]

선정성은 선과 악의 투쟁을 통한 폭력의 세계에 의거하는데, 이러한 선악의 갈등은 인간의 육체적, 지적, 사회적 열등의식에 근거한 권력 추구의 산물이다. "모든 유아는 그들의 내적 현실을 외적 현실에 적응시키려는 힘겨운 투쟁 속에서 근친상간적 갈등, 흡혈귀, 살인, 식인 등 끔찍한 환상을 겪는 것같다."[13]라고 한다. 그렇다면 우리가 선정적인 폭력에 빠져드는 것은 어린 시절부터 선정적인 것에 대한 잠재적 억압을 가졌기 때문이라 할 수 있을 것이다.

어떤 면에서 사회의 불의와 부패를 단숨에 해결하는 영웅은 해결사적인 능력으로 인해 신비화되거나 신성시되기도 한다. 그러나 사회악에 대항하여 정의를 실현하는 영웅의 눈부신 활약을 통한 해결은 순간적이고 환상적인 착각에 불과하다. 실질적인 해결은 전혀 이루어지지 않는다는 것이다. 김종철의 지적처럼 정의롭고 인간다운 삶을 살 수 있는 사회란 초인적 능력을 가진 특정인의 무술과 폭력에 의해 이루어지는 것이 아니다. "그것은 역사와 문화와 전통을 공유하는 그 공동체 구성원들의 희생과 땀을 통한 체제의 개혁으로 이루어"[14]질 수 있는 것이다.

그리고 환상성이란 객관적인 현실에서 벗어난 초자연적이고 비합리적인 불가사의한 득성을 가리킨다. 환상이 "일반적으로 인정하고 있는 합의된 실재성으로부터 벗어나고자 하는 충동"이란 맥락에서 어원은 환상

---

12) 볼프강 라트,『사랑 그 딜레마의 역사』,장혜경 역, 끌리오, 1999, pp.97-116.

13) P. M. Picard, *I Could a Tale Unfold: violence, horror & sensationalism in stories for children*, New York: The Humanities Press, 1961, p.34.

14) 김종철,「상업주의소설론」,『한국문학의 현단계』2, 창작과비평사, 1983, p.119.

의 발생과정을 두 단계로 나누어 설명한다. 첫 번째 단계는 작품 자체의 특성에 초점을 맞춘 것으로서 "만일 어떤 이야기가 불가능한 것에 대해 설득력 있는 토대와 전개를 보여준다면 그것은 환상"이다. 그리고 두 번째 단계는 작가와 독자가 첨가되는데, "비사실적인 것을 사실적인 것으로 나타나도록 만드는 것"15)이 환상의 본질이다.

그러니까 현실에서 당연히 받아들이고 있는 기본 원칙들이 상당한 수준으로 전도되어야만 환상이 성립한다. 그런데 이처럼 환상성이 합의된 실재성으로부터 벗어난다는 것은 지금 여기의 세계인 1차 세계를 벗어난 비합리적이고 초현실적인 2차 세계가 만들어진다는 것을 의미한다. 물론 이러한 2차 세계 역시 나름대로의 실재성 즉 내적 논리를 갖추어야 한다. 이에 환상은 2차 세계가 독자에게 '압도적 기이함'의 느낌을 줌으로써, 1차 세계에서 자주 경험하던 낡은 실존에서 탈출하고 지금 여기에 대해 새롭고 신선한 감각을 견지하도록 해주는 것이다.16) 이처럼 환상성은 친숙한 세계와 다른 새로운 세계를 제공함으로써 우리의 인식 지평을 크게 변화시킨다. 환상은 자신과 자신을 둘러싸고 있는 세계에 대해 알고 싶어하는 인간의 근원적 욕구에 대한 인문학적, 예술적 응답일 수 있다.17)

감상성이란 어떤 정서적인 반응이 그것을 발생시킨 자극에 비해 너무 과대한 것을 가리킨다. 그러므로 감상성은 극단적인 대립 구조를 통해 감정의 과잉을 유발한다. 덧없는 삶의 과정 속에서 우리는 내면에 추억, 향수, 환멸, 노화 등의 시간적 흔적을 남기지 않을 수 없으며, 이런 때에 우리는 비록 표피적이긴 하지만 무감각한 자아를 살리기 위해 감상성에 빠져들어 간다. 물론 이러한 삶의 정화는 대개 감정의 유희에 머물고 말 것이다. 그럼에도 불구하고 우리가 이러한 감상성에 쉽게 빠져든다. 이것

---

15) W. R. Irwin, *The Game of the Impossible*, Urbana: University of Illinois Press, 1976, p.9.
16) 토도로프는 어원보다 환상의 요건을 더욱 엄격히 정하며 성립 요건으로 독자의 망설임을 가장 중시하고 있다. 츠베탄 토도로프,「환상문학 서설」,『토도로프저작집』5, 이기우 역, 한국문화사, 1996, p.145.
17) 황병하,「환상 문학과 한국 문학」,『세계의 문학』,1997년 여름호, p.153.

은 자아 확립의 갈등이 심각한 수준임을 말해주는 것이다.

최재서는 감상성을 양적인 면에서의 정서과다, 질적인 면에서의 불순한 선정, 그 양태에 있어서의 그릇된 반응이란 세 측면에서 살펴본다. 정서과다는 정서의 반응이 그 자극에 대하여 너무도 과다할 때 나타나고, 불순한 선정은 작자의 불순한 동기나 기술의 미숙으로 나타나며, 그릇된 반응은 정조의 간섭으로 말미암아 정서적 반응이 그 반응을 일으킨 사태에 적합하지 않을 때 나타나는 현상이다.[18]

신기성이란 일상적인 현실에서 쉽게 접촉하기 어려운 이국적인 특별한 사물이나 행위를 통해 독자의 호기심을 자극하는 것을 가리킨다. 그러므로 그것은 일반적인 도덕적 규범에서 일탈된 면모를 보이기도 한다. 권영민은 "도덕적인 관습에서 벗어나는 행위, 충격적인 사건 등이 통속물의 주류를 이루는 것은 신기성을 추구하는 경향에서 비롯된 것이"[19]라고 한다.

낯선 이국의 풍물은 객관적 현실에서 실제로 부딪치는 문제들과는 별로 상관이 없는 이질적인 것이다. 그렇기 때문에 그것들에 대한 관심과 끌림은 당면한 암울한 현실에서 도피하거나 괴로운 현실에서 위안을 받고자 할 때에 좋은 방편이 될 수 있다. 그러므로 이국적이거나 고대적인 낯선 풍물에 의거한 신기성의 추구는 특이한 체험을 통해 일상적인 삶의 단조로움에서 벗어나고자 하는 독자들의 현실 이탈의 소망을 일시적으로나마 채워 줄 수 있는 것이다.

경이성은 우연적인 것에 기반을 둔다. 아리스토텔레스에 의하면, 우연한 사건이라는 것은 표면적으로만 목적적인 사건이고 실질적으로는 의식적이고 무의식적 목적론의 결과가 아닌 것이다. 그러므로 우연성은 어떤 사태가 우연히 발생한 것을 가리킨다.[20] 그것은 형식적으로는 동시에 같

---

18) 최재서,「쎈티멘탈론」,『조선일보』, 1937.10.3.
19) 권영민,「대중문화의 확대와 소설의 통속화 문제」,『한국 민족문학론 연구』, 민음사, 1988. p.515.

이 참이 되지 않고 동시에 같이 거짓이 되지 않는 필연성의 모순 대당에 해당하는 개념으로서 필연성의 부정인 것이다.

봄에 핀 꽃은 자연적인 것으로 느껴지고 겨울에 필 수 없는 꽃이 피었을 때는 우연적인 것으로 느껴진다. 그 두 가지가 다 저절로 그렇게 핀 것이지만 그 중에서도 특례적인 것은 우연적인 것이 되고 항례적인 것은 자연적인 것이 되는데, 이러한 특례적인 특성이 우연의 개별성이란 것이다.

시간적 위치를 과거에 둔 필연성이 희비애락과 같은 확정적인 감정을 유발한다면, 그것을 미래에 두는 가능성은 불안과 같은 좀더 유동적인 감정을 유발한다. 또한 가망이 없는 불가능성이 절망의 감정을 조성한다면, 우연성은 특례적 개별적인 것이기 때문에 경이의 감정을 유발한다. 이처럼 우연성은 보편적으로 기대하기 힘든 의외의 사태를 제공함으로써 흥미를 유발할 경이의 정서를 낳는다.[21]

Ⅲ. 『밀림』의 통속성 검토

1. 극단의 대조, 우연의 중첩, 낯선 풍물의 자극성

『밀림』에서는 극단의 대조를 통한 감상성, 우연의 중첩을 통한 경이성, 서구적인 낯선 풍물을 통한 신기성을 보여줌으로써 자극성을 제공한다. 이런 자극성은 다양성을 포괄하고 전체성을 추구해야하는 장편소설에서 자칫 느슨해지기 쉬운 독자의 관심을 집중시켜 작품의 흥미를 강화하는 데 기여할 것이다.

---

20) 우연성은 '우연히 발생하다'를 뜻하는 contingere에 어원을 두고 있다. 엘리자베스 클레망 외 3인 공저,『철학사전』,이정우 역, 동녘, 1996, p.217.

21) 조연현,「소설과 우연」,『조연현 문학전집 4』,어문각, 1977, pp.96-97. 조연현 자신도 본문에서 언급하듯이, 이러한 내용은 九鬼周造의『偶然性の 問題』(岩波書店, 1935, pp.323-324.)에 이론적 근거를 두고 있다.

먼저 『밀림』에는 빈곤과 부유, 노동과 유희라는 이항 대립에 의거해 인물과 상황이 극단으로 양분되고 있다. 먼저 한쪽 극단인 인천축항공사장 무산 계급 노동자들의 비참한 노동이 첫째 장인 '일터'에 상세하게 나타나고 있다. 잘게 돌을 깨어 바구니에 담는 작업 현장을 보여주고 있는데, 제대로 일하기 힘든 노인과 곁에서 잔심부름을 하는 어린 손자, 등에는 아기를 업고 곁에는 어린 아들을 데리고 힘겹게 일하는 젊은 부인의 비참한 모습을 실감나게 부각하고 있다. 이에 장인이 될 서정연의 사업을 둘러보러 나왔던 유동섭은 그들 빈궁한 노동자들의 절박한 생존 현장을 직접 목격하면서 큰 충격을 받는다. 이때까지 아무런 생각 없이 누려왔던 자신의 풍요한 삶의 정당성을 되돌아보게 되었기 때문이다.

그리고 다른 쪽의 극단으로 유산 계급 지식인들의 한가로운 해수욕장의 유희가 둘째 장인 '해수욕장'에 제시되고 있다. 여기에서 서자경과 그녀의 ××전문 영문과 동창인 배연숙이 유희적인 경쟁심 속에서 수영을 하고 있다. 그런데 다른 전문학교 남학생들이 그녀들을 희롱하다가 서자경에 의해 보트가 뒤집힌다. 그리고 얼치기 화가인 안엽과 배연숙의 오빠인 야구선수 배창환이 서자경에게 접근하여 환심을 사려 애쓰며, 열렬한 구애의 편지를 보내기도 했지만 그녀에 의해 냉정하게 무시당하고 있다. 이러한 해수욕장의 유희를 통해 유산 계급의 방종하고 경박한 삶이 비판되고 있는 것이다.

또한 '금의환향'과 '사라지는 꿈'에서는 구직에 매달리는 무산 계급 지식인 오상만의 절박한 상황이 유산 계급 지식인 민병수의 한가한 상황과 극단으로 내조되어 제시되고 있다. 오상만은 동경에서 졸업논문을 대신 써준 민병수를 찾아가 취직을 부탁하지만 냉대 속에서 심한 모멸을 느낀다. 그리하여 그는 "그들은 영원히 우리 대중과는 일치할수 없는 적이다. 그들은 대중을 속이고 팔고…"22)라고 하면서 유산 계급에 대한 강한 분

---

22) 『밀림』, 상권, p.177.

노를 드러낸다. 하지만 그는 결국 유산 계급에 대한 경멸과 동경의 이중
적 태도 속에서 오히려 그들의 삶에 적극적으로 편승하려 하고 있다. 유
동섭이 빈민의 삶에 대한 각성을 통해 자신의 개인적 행복을 포기하고
유산 계급에서 무산 계급의 삶으로 하강하려 하고 있다면, 오상만은 오
히려 수단과 방법을 가리지 않고 무산 계급에서 유산 계급의 삶으로 상
승하려 하고 있다는 것이다.

　일반적으로 대조는 상반되는 것을 함께 제시하면서 대상의 특성을 뚜
렷이 부각시키는 것이다. "대조법이란 물론 서로 다른 것을 대조적으로
취급하여 그 하나의 성격을 뚜렷하게 하는 법이다. 흰 것을 희게 강조하
기 위하여 검은 것과의 관계를 맺게 할 수도 있고 아름다운 것을 강조하
기 위하여 추한 것과 대조시킬 수도 있다."23)라고 한다. 그러므로『밀림』
에서처럼 유산 계급의 한가한 삶과 무산 계급의 절박한 삶을 철저히 양
분하여 극단으로 대조할 때에 독자로 하여금 무산 계급의 비참한 실상을
더욱 뚜렷이 인식하게 할 것이다. 하지만 이러한 극단적 대조는 정서의
과다에 따른 감상성을 야기하기 쉽다. 극단은 균형 감각을 잃고 있다는
점에서 정상적인 감정 표출을 왜곡시키는 장해물로 작용할 것이기 때문
이다.

　또한『밀림』에는 우연이 중첩하여 중대한 운명의 변화를 일으키며 경
이성을 보여준다. 우연성이 인물들의 삶에 결정적인 변화를 가져다주고
있다는 것이다. "만약 소설에 있어서 우연성을 중복시키면 그것은 대중
소설이 되고 만다. 순수소설과 대중소설의 구별은 이 우연성에 있는 것
이"24)라고 한다. 우연성은 통속성의 주된 표지란 것이다. 여기에서는 우
연성의 개입이 오해를 불러일으켜 친밀하던 인물간의 불화를 야기하거
나, 어떤 인물의 은폐되었던 비밀을 폭로함으로써 그들의 삶의 방향을

---

23) 김동리 · 박영준,『소설작법』,청운출판사, 1965, p.128.
24) 위의 책, p.116.

바꾸고 있다.

먼저 유동섭과 서자경이 헤어지는 데에 우연으로 인한 오해가 결정적인 역할을 한다. 일년 동안 감옥에 있던 유동섭은 예정일보다 며칠 일찍 출옥하게 되며, 기별 없이 집으로 갔다가 뜰 한쪽에서 오상만과 함께 있는 서자경을 보게 된다. 유동섭은 이런 우연한 목격으로 인해 서자경이 오상만에게 정조를 잃었다는 사실을 알게 되자 그녀의 마음이 그에게 기울었다고 오해한다. 그리하여 그는 그녀와 헤어질 결심을 하고 다음날 아침 일찍 짐을 꾸려 인천으로 떠나가 버린다.

또 다른 우연성의 개입은 서자경이 인천으로 유동섭을 찾아갔을 때에 일어난다. 그녀는 오상만의 아이를 임신했음을 알게 되자 절망 속에서 자살을 생각한다. 그리하여 서자경은 마지막으로 유동섭을 만나보려 다시 인천으로 찾아가는데, 공교롭게도 그가 술에 취해 오꾸마의 품에 안겨있는 것을 보게 됨으로써 그들 두 사람 사이를 오해하고 그의 인격을 불신하게 된다. 유동섭이 우연한 목격으로 서자경을 오해했듯이, 그녀 역시 우연한 목격으로 인한 그를 오해하고 있는 것이다. 이로인해 자존심이 크게 상한 서자경은 서울로 돌아오자 오상만을 강요하여 충동적으로 그와 결혼한다.

그리고 오상만의 경우에는 우연성의 개입이 그의 비밀을 폭로하여 곤경에 처하게 만들고 있다. 그는 주인애의 주선으로 서자경의 도움을 받아 서정연의 비서로 채용되어 동경으로 함께 출장을 떠나게 된다. 그런데 그는 우연히 서정연을 안내한 술집에서 여급으로 일하는 요시에를 만난다. 그녀는 오상만이 동경 유학 시기의 하숙집 딸로 임신한 뒤에 그가 사라지자 학세라는 그의 아들을 낳아 기르고 있었다는 것이다. 그는 그날의 우연한 만남으로 그러한 충격적인 사실을 알게 되고 힘들게 서정연에게 그것을 숨기게 된다.

그리고 오상만이 서자경과 결혼하는 날에도 역시 우연성이 개입하고 있다. 바로 그날 요시에 모자가 경성으로 오상만을 찾아왔다가 그의 결혼 소식을 듣는 것이 그러하다. 얼마후면 자신들 모자를 경성으로 데려 온다던 말을 믿고 있던 요시에는 놀라서 결혼식장으로 찾아가서 서자경 에게 자신을 오상만 친구의 아내로 소개한뒤에 신혼여행지까지 쫓아다니 며 오상만의 마음을 졸이게 한다. 자신의 비밀이 탄로날 몇 번의 상황에 서 오상만은 거짓말로 어렵게 위기를 극복하고 있다.

이처럼 유동섭과 서자경의 경우에 있어서는 우연성이 오해를 야기하여 두 사람을 헤어지게 만들고 있다면, 오상만의 경우에는 우연성이 은폐되 었던 비밀을 폭로하여 또 다른 거짓을 통해 위기를 모면하게 하도록 하 고 있다. 그렇다고 『밀림』에서 전적으로 우연에 의해서 인물들의 운명이 좌우되고 있는 것은 아니다. 그런 우연성의 개입이 인물들의 삶의 방향 을 전환시키는 중대한 계기로 작용하고 있지만, 우연에 의한 운명보다는 그들 자신의 의지가 삶의 방향 설정에 결정적인 역할을 하고 있기 때문 이다.

유동섭이 출옥하여 서자경과 오상만의 관계를 오해하고 떠나지만, 그 러한 오해 이전에 그들의 사이에 본질적인 틈이 생겨나 있었다. 그러하 기에 유동섭은 서자경이 자신보다 오상만과 결합하는 것이 오히려 나은 일이라고 판단하여 서정연의 간청에도 불구하고 마음을 돌리지 않았던 것이다. 그리고 서자경도 자신의 결혼 제의에 오상만이 의외로 담담한 태도를 보이자 그를 강요하여 주인애와 파혼하고 자신과 결혼하도록 한 다. 오상만 역시 자신의 비밀이 탄로 날 상황에 처하면 자신의 노력으로 그러한 곤경을 벗어나고 있듯이 운명의 힘에 쉽게 굴복하지 않고 있다. 이런 점은 '운명의 희롱'에도 불구하고 인간은 자신의 의지에 의거해 살 아가야 함을 나타내고 있는 것이다. 그러므로 이러한 우연성의 개입이 운명의 힘을 보여주기 위한 것이 아니라, 독자에게 경이성을 주기 위한 것임을 알 수 있다.

그리고 신기성은 주로 낯선 서구적 풍물인 운동과 유흥 활동에서 나타 난다. 운동으로는 골프, 테니스, 야구가 나오는데, 이것들은 인물들의 처지나 의도를 대신 나타내 주고 있다. 그리고 유흥으로는 댄스홀과 그곳의 가면무도회 및 경마장과 그곳의 승부조작이 나오는데, 이것들은 인물들의 허위성과 타락상을 드러내게 하며 그들을 파멸로 이끌어 가는 계기가 되고 있다.

먼저 운동의 경우 '사라지는 꿈'과 '재출발'에서는 골프와 테니스가 나온다. 오상만이 절박한 심정으로 취직 부탁을 하러 찾아갔을 때에, 은행가의 아들인 민병수는 보증인을 구할 수 없어 취직이 무산되었다는 평계를 댄다. 그러면서 그는 "잘됐지 잘됐서 글세 사내란게 한달에 칠팔십원에 몸을 매다니 그러지말고 우리와 같이 꼴푸나 치러가세"25)라고 하며, 터무니없게 오상만에게 취직에 매달리기보다 자신들과 골프를 치러가자고 한다. 이때에 골프는 유산 계급의 한가함을 나타내는 표지가 되고 있는 것이다.

그리고 오상만은 서자경의 권유로 유동섭과 테니스 시합을 벌인다. 이때에 그는 유동섭과 서자경의 관계를 시기하여 반칙까지 하며 승부에 집착하여 승리한다. 그리하여 오상만은 서자경으로부터 축하의 꽃다발을 받으며 그녀를 유동섭 대신 자신이 차지할 수도 있다는 예감을 갖는다. 그들 인물의 엇갈리는 앞날을 예고하는데 테니스가 활용되고 있는 것이다.

또한 '선물'에서는 야구가 나온다. 관동팀대 경성팀과의 야구 시합에서 배창환이 맹활약하여 경성팀이 승리한 뒤에 직업선수가 되기 위해 외국으로 떠나는 기념으로 그에게 순은으로 만든 호화스러운 컵이 제공된다. 그러나 배창환은 서자경과 유동섭의 약혼식 날에 "나의 빛난 청춘의 모든 추억을 고도에 두고 떠나갑니다. 아-아름다움이여 거긔에는 영원히 행복만 잇으라"26)라는 쪽지와 함께 그 은컵을 서자경에게 약혼 선물로 보내고 있다. 여기에서는 야구가 실연의 아픔을 강조하는 표지로 활용되고 있다. 이처럼 『밀림』에서 낯선 서구적 풍물인 골프, 테니스, 야구 등의

---

25) 『밀림』, 상권, p.175.
26) 『밀림』, 상권, p.243.

운동은 단지 신기성을 드러내는 장식적 방편에 그치지 않는다. 그것들이 사건의 인과적 진행에 일정한 역할을 한다는 것이다.

그리고 유흥으로는 먼저 댄스홀과 가면무도회를 들 수 있다. '운명의박휘'에서 오꾸마는 오로라란 댄스홀을 개장하고서 청년 사업가인 오상만을 유혹하고자 가면무도회를 연다. "가장무도회와 다른 형태의 가장 풍습은 섹스와 매춘에서 중요한 의미를 지닌다…귀족은 살롱에서 외설적인 대화로 관계를 맺었고 부인방에서 서로 하나가 되었다."27)라고 한다. 중세의 가면무도회와 같은 성격을 띈 환락의 밤에 중세 기사의 복장을 입은 오상만은 중세 귀부인으로 차린 오꾸마에 이끌려 그녀의 침대로 가며 그녀에게 점점 깊이 빠져들게 된다.

그리고 '깨여지는조각'에서는 경마장과 그곳에서의 승부조작이 나온다. 오꾸마는 오상만을 경마장으로 데려가 마권을 사게 하는데, 오상만은 승부를 맞히지 못하지만 오꾸마는 매번 우승말을 예상하여 그에게 사흘만에 많은 돈을 벌게 한다. 그러한 행운은 그의 도박 심리를 자극하기 위해 그녀에 의해 조작된 것이다. 이를 통해 오상만의 신뢰를 얻은 오꾸마는 만주의 금광을 사도록 부추기고 이에 오상만은 회사의 공금 오십만원을 횡령하여 몰락을 자초한다. 이처럼 댄스홀과 가면무도회 및 경마장과 경마 도박 같은 낯선 서구적 유흥 활동은 낯선 풍물에 따른 신기성을 야기하면서 오상만을 파멸로 이끌어 가는 결정적 역할을 하고 있다.

인물과 상황의 극단적 대조를 통한 감상성, 우연의 중첩을 통한 운명 전환의 경이성, 낯선 서구적 풍물을 통한 신기성 외에도 서자경과 오상만, 그리고 오꾸마와 관련해서 선정성과 관능성도 다소 나타나고 있다. 그러나 선정성과 관능성은 전체적으로 볼 때에 미미한 비중을 차지하고, 환상성은 아예 나타나지 않는다. 이것은 김말봉이 『밀림』에서 통속성을 통해 독자의 흥미를 유발하고자 하면서도, 선정적인 폭력보다 인간적 화

---

27) 볼프강 라트, 앞의 책, p.157.

해를 중시하고, 몽상적인 환상보다는 실재적인 현실을 추구하며, 관능적
인 성욕보다 정신적 사랑을 중히 여기고 있다는 점을 말해주고 있는 것
이다.

2. 욕망, 권선징악의 도식성

『밀림』에서는 욕망의 문제를 집중적으로 다루면서 고전소설에서부터
근대소설에 이르기까지 반복하여 나타나는 권선징악의 도식성을 보여주
고 있다. 집요하게 욕망을 추구하는 인물의 비극적 몰락을 통해 악에 대
한 징벌을 보여주고 있으며, 욕망을 절제하는 도덕적인 인물에 의한 빈
민 구제 사업의 헌신적 실천을 옹호함으로써 권선을 강조하고 있다는 것
이다.[28]

『밀림』에서 오상만과 오꾸마는 상호 긴밀하게 관련되면서 인간의 보
편적 관심사인 애욕과 물욕을 집요하게 추구한다. 오상만은 학창 시절에
는 요시에를 통해 애욕을 추구하고, 서자경에게는 결혼을 통해 물욕을
추구하며, 결혼 뒤에도 오꾸마에게 애욕을 추구하고 있다. 오꾸마는 유동
섭에게 애욕을 갖지만 자신의 처지로 인해 스스로 단념하고 있다. 그리고 오
상만과 고야 형사부장에게는 물욕을 추구하고 있는데, 그들에게 스스로 애
욕의 대상이 됨으로써 오히려 그들로부터 자신의 물욕을 성취한다.

오상만은 서자경과 결혼하여 물욕을 성취하며, 요시에와는 딴 살림을
차리고 오꾸마와는 내연관계를 지속하여 애욕도 성취한다. 또한 서자경
과 결혼함으로써 회사의 중역이 되었음에도 불구하고 음모를 꾸며 서정

---

28) 치봉영은 "오늘날 사람들은 '욕구하고 욕망하는 마음' 즉 '욕심(慾心)'에 기초하여
  식욕, 성욕, 물욕, 권력욕, 초월욕, 소비욕, 성취욕 등을 형성하고 실현한다."(『주체
  와 욕망』, 사계절, 2000, p.22.)라고 하여, '욕구'와 '욕망'을 구별하고 통합 용어로
  '욕심'을 사용한다. 욕구(need)는 본능적 차원에서 인간이 음식, 수면, 안전, 보온
  이성 등을 원하는 것이라면, 욕망(desire)은 인간이 생각의 주체로서 문화를 통해서
  형성되어 존재하는 것이란 것이다. 하지만 본고에서는 그 둘을 구별하지 않고 욕
  구를 욕망에 포함시켜 욕망이란 용어를 사용하기로 한다.

연을 몰아내고 자신이 사장 자리에 앉으며, 오꾸마의 주선으로 만주의 금광을 사서 억만장자가 되려한다. 이처럼 오상만의 욕망 추구는 끝이 없다. 그렇다면 이상진의 지적처럼 오상만이 "우유부단하여 여성에 의해 휘둘리는 것 같아도 사실은 그 우유부단함 때문에 여성에게 고통을 주는 남성상"29)인 것은 아니다. 그는 욕망의 과다로 인해 여성에게 고통을 주는 남성상이기 때문이다.

오꾸마 역시 오상만 못지 않은 욕망의 화신이다. 그녀는 자신의 육체적 매력을 통해 물욕을 성취하고자 한다. 오꾸마는 계획적으로 오상만을 유혹하여 그를 애욕의 노예로 만들 뿐만 아니라, 경마장의 승부를 정확하게 알아 맞추어 경제면에서 그의 신뢰를 얻은 뒤에는 금광 매입의 사기극을 벌여 물욕을 채우고 있다. 또한 고야 형사부장에게는 결혼 전에 빚 갚을 돈이 필요하다면 그의 전 재산을 가져오도록 해서 물욕을 채우고 있다.

물론 오꾸마가 오상만처럼 자신의 이기적 욕망을 성취하고자 그렇게 하고 있는 것은 아니다. "오꾸마가 조선을 나온것도 그리고 경성한복판 에다가 등불과 술과 색채로서 손님을 기다리는 집을맨든것도 그가 상해 에서 나올때에 가지고온 계획이다."30)라고 한다. 그녀의 물욕은 국외에서 의 사회 운동 자금을 마련하기 위한 이타적인 행위란 것이다. 그럼에도 그녀 역시 박영수의 밀고로 그녀의 거짓 행각이 탄로난 뒤에 경찰들에게 급박하게 쫓기다가 결국 한강에 투신하여 자살하고 만다.

이처럼 오상만과 오꾸마는 모두 자신들의 집요한 욕망으로 인해 범법 자가 되거나 죽고 있다. 그리하여 욕망 추구의 허망함과 징벌의 엄격함 을 보여주고 있다. 이것은 작가가 인물들의 욕망 추구를 그것의 목적에 상관없이 부정시하고 있다는 점을 보여준다. 그렇지만 『밀림』이 단순히 욕망의 추구의 허망함을 경계하는데 그치고 있는 것은 아니다. 여기에서

---

29) 이상진, 앞의 글, p.300.
30) 『밀림』하권, p.159.

욕망을 절제하는 유동섭과 주인애가 빈민 구제를 통한 공동체의 행복을 위해 자신들의 개인적 행복을 포기하는 헌신적인 면모를 보여주고 있기 때문이다.

주인애는 오상만과의 결혼을 애타게 소망하던 어머니가 죽은 뒤에는 자신의 욕망을 절제하면서 유동섭의 빈민 구제 사업을 헌신적으로 돕는다. 그리고 서자경이 총상을 당해 생명이 위독할 때에는 절친한 친구를 배신하고 약혼자를 빼앗아간 그녀에게 결국 자신의 피를 수혈해 준다. 또한 그녀는 차츰 유동섭을 존경하고 사랑하게 되지만, 총격 사건으로 그가 여전히 서자경을 사랑하고 있음을 확인하자 그들의 재결합을 원하며 수녀원으로 떠나간다. 그녀는 중대한 선택의 고비에서 내적인 갈등을 겪기는 하지만 결국 자신의 욕망을 포기하는 쪽을 선택하고 있다. 그런데 주인애의 이러한 자기 희생은 관념적인 선택이기에 삶의 올바른 방향을 오히려 호도할 위험성이 있다. 맹목적인 자기 희생은 삶의 본질적 모순에 적극적으로 대처하도록 하기보다는 그것의 해결 의지를 약화시키거나 소멸시킬 수 있기 때문이다.[31]

그리고 유동섭은 욕망을 절제하면서 많은 재산뿐만 아니라 박사 학위라는 개인적인 성취도 포기하는 인물이다. 그는 감옥에 갔다오고 서자경과 헤어진 뒤에는 실비치료원을 개설하여 본격적으로 빈민 구제 사업에 나서고 있다. 그렇다고 그가 어떤 조직이나 단체에 참여하여 사회 운동을 전개하고 있는 것은 아니다. 그의 활동은 실비 치료원과 야학 운영에 국한되고 있으며, 노동자들의 임금 투쟁을 후원하지만 오상만의 개인적

---

31) 박계주의 『순애보』(『매일신보』,1939.1.1-6.17)에서도 기독교적 헌신이란 측면이 더욱 강화되고 있다. 『순애보』에서 윤명희는 인순의 강간살인범으로 오해받는 최문선에게 수혈하며, 장혜순은 자신을 배신한 뒤에 교통사고를 당한 이혼한 남편 이철진과 친구 신옥련에게 수혈하고 있는데, 이들의 자기 희생은 기독교적 헌신에 의거한 아가페적 사랑의 소산이라 할 수 있다는 것이다. 최미진,「1930년대 후반 한국 연애소설의 가능성과 한계-박계주의 『순애보』를 중심으로」,『연애소설이란 무엇인가』,대중문학연구회편, 국학자료원, 1998, pp.128-135.

약점을 잡아 신문사의 부장인 황진의 도움으로 그 일을 성사시키는데 그치고 있기 때문이다.[32]

『밀림』에서 사회주의나 민족주의 이념에 의거한 조직적인 사회 운동은 비판적으로 제시된다. 정평산 조직의 활동에 대한 비판은 서자경과 관련하여 나타난다. 그녀는 오시에 모자의 일로 오상만과 이혼한 뒤에 개인적 행복을 희생하는 유동섭을 더욱 존경하게 된다. 그리하여 과거에 빈민의 삶을 외면하던 자신의 태도를 반성하면서 사회주의자인 정평산 조직에도 호의를 보인다. 하지만 그들은 그녀에게 자금을 우려낼 궁리만 하고 있으며, 정평산은 그녀가 자신들을 밀고했다고 오해하여 냉혹하게 그녀에게 총격을 가하고 있을 뿐이다. 또한 오꾸마의 조직에서 만주인 중개인으로 행세하는 박영수는 오상만으로부터 받은 금광 매입 자금을 가로채 가족과 도망치려고 하다가 눈치를 챈 오꾸마의 조직원들에게 그 돈을 도로 빼앗기자 고야에게 오꾸마의 비밀을 알려 조직을 배신하고 그녀를 위험에 처하게 한다.

이처럼 『밀림』에서는 조직적인 이념 활동이 비판적으로 제시되고 있지만, 그렇다고 종교인 기독교가 중시되고 있는 것도 아니다. 유동섭의 빈민 구제 사업은 기독교와 전혀 상관이 없으며, 서정연 부부와 서자경

---

32) 유동섭의 이념적 지향은 구체적으로 나타나고 있지는 않으나 아나키즘인 듯하다. 그가 무산 계급의 입장에서 공동체의 행복을 중시하고 있으나, 조직적인 사회 운동을 기피하고 있다. 그리고 공산주의 계열로 여겨지는 정평산 조직의 일원들이 부정적으로 제시되다가 붕괴되고 있기 때문이다. 이호룡은 『한국의 아나키즘-사상편』(지식산업사, 2001, pp.204-227)에서 일제 강점기에 제3의 사상체계로서 아나키즘은 공산주의와 민족주의를 모두 비판하였지만, 특히 공산주의에 대한 적대감을 더욱 강하게 보여주었다고 했다. 박노석의 회고에 의하면(『김말봉의 문학과 사회』, 앞의 책, p.37), 해방후에 김말봉 내외는 아나키스트들이 발기 창당한 독립노농당에 가입하여 남편 이종하는 노농부장, 김말봉은 부녀부장으로 피선되었다. 그리고 김말봉은 부녀부장으로서 박애원을 열고 공창 폐지 운동을 전개하여 입법화에 성공한다. 『밀림』을 비롯한 김말봉 소설의 아나키즘적 성격은 다른 논문에서 구체적으로 살펴보고자 한다.

의 생활도 그러하다. 물론 주인애는 가끔 기독교를 거론하고 나중에 수 녀원으로 가는데, 그녀의 수녀원 선택은 욕망의 포기를 통한 현실 도피 로 보일 뿐이다. 그녀의 기독교가 다른 사람들에게 별다른 영향을 주고 있지 않으며, 그녀의 사회 운동 참여는 기독교의 실천이기보다는 유동섭 의 인격에 감화된 활동이라 할 수 있다.

『밀림』에서는 오상만과 오꾸마의 파멸을 통해 욕망 성취의 허무함을 보여주고 있고, 욕망을 절제하는 유동섭과 주인애를 통해 빈민 대중 구 제의 헌신적 실천을 고양하고 있다. 신동욱은 "김말봉의 문학에서 자주 되풀이되는 이 욕망의 문제는 근대적 작가의 일반적 주제와 동일한 인생 의 문제이지, 결코 특정한 개별적 문제로서 저속한 흥미를 유발케 하는 오락적 통속문학의 전유물이 아님을 알아야 할 것이다."[33]라고 한다. 김 말봉 소설의 통속성은 저속한 흥미 유발에 주된 목적이 있는 것이 아니 라. 욕망에 대한 작가의 입장을 충실하게 전달하고자 하는데 있다는 것 이다.

이런 점에 미루어 볼 때에 『밀림』은 저속한 흥미 유발에 치우친 부정 적 통속소설이 아니다. 오히려 그것은 권선징악의 도식성을 보여주고 있 음에도 불구하고 욕망 추구의 허망성을 경계하고 욕망의 절제를 옹호하 면서, 다수 독자에게 빈민 구제 사업에의 실천적 참여의 중요성을 효과 적으로 고취하고 있는 긍정적인 통속소설인 것이다.

Ⅳ. 나오며

본고에서는 통속성의 범주를 살펴본 다음에 김말봉의 『밀림』에는 통 속성이 어떻게 실현되고 있는가를 구체적으로 살펴보았다. 통속성은 다 수 독자의 이해를 돕고 흥미를 유발하기 위해 도식성과 자극성에 의거하

---

33) 신동욱, 앞의 글, pp.58-59.

고 있는데, 그것의 특징적 하위 요소로 '성의 관능성', '폭력의 선정성', '몽상의 환상성', '극단의 감상성', '낯섬의 신기성', '우연의 경이성'을 들었다.

『밀림』에는 극단의 상황과 인물을 대조적으로 제시하면서 감정의 과잉을 통한 감상성을 자아내고 있었다. 또한 중첩되는 우연이 오해를 야기하거나 비밀을 폭로시켜 인물들의 운명이 돌발적으로 바뀜으로써 경이성을 나타내고 있었다. 그리고 운동 경기와 유흥 활동을 중심으로 낯선 서구의 풍물을 통해 신기성을 드러내고 있었다. 그리하여 이러한 감상성, 경이성, 신기성에 의거해 독자의 흥미를 유발할 자극성을 충분히 제공하고 있었다. 하지만 선정성과 관능성은 미미한 비중을 차지하며 환상성은 아예 찾아볼 수 없었다. 이런 점은 김말봉이 『밀림』에서 통속성을 통해 독자의 흥미를 유발하고자 하면서도, 선정적인 폭력보다 인도적 화해를, 몽상적인 환상보다는 실재적인 현실을, 관능적인 성욕보다 정신적 사랑을 중시하고 있음을 말해주는 것이었다.

그리고 『밀림』은 욕망의 문제를 집중적으로 다루면서 권선징악의 도식성을 보여주고 있었다. 욕망에 집착하는 인물들의 파멸을 통해 징악을 실현하고 있으며, 자신 반성에 의해 욕망을 절제하고 개인적인 행복을 포기하면서 공동체의 행복을 위해 빈민 구제에 헌신하는 인물들을 통해 권선을 고취하고 있었다. 그러므로 『밀림』은 욕망을 절제하는 인물의 실천적 빈민 구제 행위의 중요성을 다수 독자에게 충실하게 전달하고자 자극성과 도식성에 의거한 통속성을 적극적으로 활용한 긍정적인 통속소설이라 할 수 있었다.

제5부
한국 전쟁의 충격과 구원의 모색

『광장』, 풍문과 현장의 거리

I. 들어가며

『광장』은 1960년 발표 당시부터 독자의 관심을 집중시켰을 뿐만 아니라, 지금까지도 꾸준히 읽히고 있는 스테디셀러의 하나이다. 『광장』이 이렇게 크게 호응을 받았던 이유로는 제재와 기법에서 시대적 긴요성과 예술적 참신성을 확보하고 있다는 점을 들 수 있을 것이다. 1950년대 소설에서는 철저히 금기시 되었던 공산주의 이데올로기를 정면에서 거론하며, '이데올로기'와 '사랑'에서 방황하고 좌절하던 '이명준'이 당시 지식인의 전형성을 드러내고, '회상'과 '내적 독백'에 의거해 성격을 구현하고 사건을 전개하며, 다소 현학적이긴 하지만 사변과 설득에 의존한 지적인 문체가 구사되었기 때문이다.

최근에 이르기까지 『광장』에 대한 논의는 활발하게 이루어지고 있다. 그러나 대개 서문과 작품에 일관성 없이 언급된 '밀실'과 '광장'이나 '이데올로기'와 '사랑' 같은 개념에 집착하여 작품의 전체적이고 본질적인 면모를 충분히 파악하지 못하고 있는 듯하다. 이에 추상적이고 검증되지 않은 진실을 가리키는 '풍문'과, 진실이 구체적으로 검증되는 사건과 상황을 가리키는 '현장' 사이의 거리를 살펴봄으로써 『광장』의 전체적이고 본질적인 면모를 밝혀 보고자 한다.

여기에서 풍문과 현장의 거리는 크게 두 가지 측면에서 검토될 것이다. 하나는 주인공인 '이명준'의 관념과 그가 현실에서 겪는 실재와의 거리이며, 다른 하나는 작가인 '최인훈'의 의도와 그가 작품에서 이룬 성취와의 거리이다. 주인공의 관념이 풍문이라면 그가 겪은 현실의 실재는 현장일 것이고, 작가의 의도가 풍문이라면 작품 속의 성취는 현장일 것이다.

연구 대상으로 삼은 작품은 1961년 2월에 정향사에서 단행본으로 출판된 『광장』이다. 이후의 개작판도 있지만, 『광장』의 의의는 무엇보다도 4·19 직후 남한의 새로운 역사적 사회적 상황과 연관되어 있을 것이기에 정향사판을 검토하기로 한다. 1960년 『새벽』11월호에 발표된 『광장』이 원본이라 할 수 있지만, 이 새벽판은 내용과 형식이 소략하여 장편으로 다루기 어렵다.[1]

Ⅱ. 관념과 실재의 거리

『광장』에서는 통시적인 인과성에 의거할 때에 해방기, 전쟁기, 휴전기의 각 시기별로 이명준의 의식과 행위가 순차적으로 제시되고 있다. 그리고 공시적인 병렬성에 의거할 때에 남한, 북한, 타골호라는 각 공간별로 이데올로기와 사랑이란 두 제재가 나란히 제시되고 있다. 그리하여 시기별, 공간별로 이데올로기와 사랑에서 이명준의 관념으로 인한 기대와 실재에 의한 좌절의 양상이 반복적으로 제시된다.

이명준에게 자본주의 사회인 남한은, 고고학자인 정선생을 상대로 그

---

1) 1961년의 정향사판은 1960년의 새벽판에 200여매를 더하여 장편 분량이 되고, 내용과 형식도 보완된다. 북한 사회 비판 부분과 타골호에서 동료들과의 갈등 부분이 부가되어 내용에서 균형성을 확보하고 있다. 또한 타골호에서의 현재 상황과 남한 및 북한에서의 과거 회상이 중간 중간에 혼재함으로써 새벽판에서처럼 현재와 과거가 장별로 엄격하게 분리되지 않아 형식에서 도식성을 탈피하고 있다.

타락상을 격렬하게 비판하고 있듯이, 욕망 추구의 자유만 무성한 사회이다. 정치의 광장은 정치가들이 자루와 도끼와 삽을 들고 눈에는 마스크를 가리고 도둑질을 하러 나오는 곳이며, 선량한 통행인이 그것을 말릴라치면 멀리서 망을 보던 갱이 광장에서 빠지는 골목에서 불쑥 튀어나오면서 한칼에 그를 해치우고는 약탈자한테서 몫을 타는 곳이다. 그리고 경제의 광장은 장물이 넘치는 곳으로, 안 놓겠다고 앙탈하는 말라빠진 손목을 도끼로 쳐 떼어버리고 빼앗아 온 한 자루의 감자나 피묻은 배추가 있는 곳이며, 정액으로 더럽혀지고 찢긴 강간당한 여자의 몸뚱이에서 벗겨 온 드레스가 걸려 있는 곳이다. 또한 문화의 광장은 동물처럼 욕정을 발산할 수 있는 방법을 가르치는 개인 교습과 대중 강습소가 있는 곳이고, 정치의 광장에서 서로 반목하던 사람들도 바와 카바레에서 공범자처럼 술을 권하는 곳이다. 그리고 부정하게 얻은 지폐가 문간에서 바이올린을 켜는 비굴한 예술가의 낯짝에 뿌려지고, 발레리나의 스커트가 올라갈 때마다 그녀의 핸드백에 채워지는 곳이다.

그러나 일찍이 유종호는 "이러한 화려한 수사학은 드러내 놓고서의 수탈 형태를 띤 체제 속에 갇힌 사람들에게 카타르시스의 시원함을 안겨줄 수 있으면서 일반화된 진술이 갖게 마련인 도식성을 결함으로 안고 있다."[2]라고 지적했다. 이러한 이명준의 남한 비판은 구체성이 없어 독자에게 실감을 주지 못한다는 것이다. 객관적 상황을 배제한 추상적인 비판은 공허한 환멸감만을 가져다주고, 오히려 그러한 현실에 대한 실질적인 대응을 불가능하게 한다.

이명준은 이기적 욕망 추구로 지극히 타락한 남한 사회에서 국민 전체를 위한 광장은 존재할 수 없다고 보지만, 그래도 개인을 위한 밀실만은 존재한다고 믿었다. 그런데 이런 그의 믿음은 실재가 아니라 한갓 풍문이었을 뿐이다. 평양에서의 대남 방송에 출연한 아버지로 인해 경찰서에 끌려가서 형사

---

2) 유종호, 「소설과 정치적 함축-『광장』과 『회색인』의 경우」, 『세계의문학』, 1979년 가을호, p.71.

들에게 잔인하게 구타당함으로써 그러한 점을 절실하게 깨닫게 된다. 그의 밀실은 불법 침입자에 의해 함부로 유린당했기 때문이다.

> 명준은 격해야 할 자기가 이렇게 마음이 가라앉아만 가는 게 이상했다. 차단한 해학이 안개 끼듯 피어나, 마음속 높은 천정에서부터 아래로 아래로 내리면서 오소소 떨게 했다. 어느새 해도 넘어가고, 눈 앞에 보이는 S서 건물 창마다 불빛이 흘러나오고 있었다. 이젠 뒷골목을 빠져가면 그런대로 자기 몰골을 드러내지 않고 돌아갈 수 있겠지만, 얼른 자리를 뜰 생각이 나지 않았다. 그는 손을 들어 얼굴을 만져 보았다. 눈 언저리와 입께가 부어 있었다. 혓바닥으로 웃 입술을 핥았다. 아까 그 형사는 아직 저 건물 속에 있을까. 그는 처음 만나는 나를 왜 그렇게 미워했을까. 그렇게까지 할 줄은 몰랐다. 영미 아버지의 지위를 봐서라도 자기를 그렇게까지 다루지는 않으리라는 믿음이 있었던 터에, 거침없이 손찌검을 하는 형사의 태도는 어찌된 일일까. 여태껏 오해를 해 온 것을 어렴풋이 깨달았다. 오해. 에고의 방문이 붕괴되는 소리가 들렸다. 그렇게 튼튼하리라고 믿었던 에고의 문이 노크 없이 무례스리 젖혀지고, 흙발로 침입한 폭한이 그를 함부로 구타했다. 내 방인데. 그자는 어찌 그리 방자할 수 있었을까. 그 점에 오해가 있었던 게 분명했다. 명준의 편에서든지 형사 편에서든지.[3]

이명준의 관념이 실재에 의해 얼마나 허망하게 깨어졌는가를 그의 '내적 독백'을 통해 나타내고 있다. 한 사람의 시민이 피투성이로 경찰서 문을 나서는 네도 형사들은 소금도 염려하지 않는다. 이명준은 이런 점을 깨닫고 분함과 서러움 속에서도 불안과 두려움을 느낀다. 그가 믿었던 법률밖에 자신이 서 있다는 사실을 절감했기 때문이다.

그가 월북하여 살게 된 북한의 공산주의 사회에 대한 실망 역시 남한

---

3) 최인훈, 『광장』, 정향사, 1961, p.70.

의 자본주의 사회에서의 실망과 같다. 그는 공산당 간부인 아버지를 상대로 공산주의 사회의 무기력성을 신랄하게 비판한다. 북한 사회의 어느 곳에도 자기의 공화국을 세운 기쁨으로 얼굴에 웃음이 넘치는 인민이나, 바스티유를 부수던 날의 프랑스 인민처럼 셔츠를 찢어서 공화국 만세를 부르는 열정적인 인민을 찾아볼 수 없다는 것이다. 그러니까 그곳에도 인민이 아닌 공산당이 주인공이고, 공산당만이 흥분하고 도취하여 인민에게 그대로 복창하도록 하는 곳이기에, 혁명의 열정에 충만한 집단의 광장은 어디에도 찾아볼 수 없었다는 것이다.

그러나 아버지를 상대로 한 이명준의 이러한 북한 사회 비판 역시 남한에서 정선생을 상대로 한 남한 사회 비판과 마찬가지로 구체적인 실감을 지니지 못한다. 이에 이동하도 "이명준의 북한 현실 비판론을 거듭 정독해 보면, 그의 논리는 다분히 초점이 어긋나 있다는 사실을 깨닫게 된다. 그는 공산주의를 논하는 자리에서 사회적·경제적·역사적 차원의 심층구조는 전연 문제 삼지 않고, 단지 낭만적인 충동의 중요성만을 거듭 외치고 있을 따름인 것이다."4)라고 했다. 이처럼 이명준은 단지 관념적이고 일반적인 차원에서 자신의 불만을 토로하고 있을 뿐이다. 그가 구체적인 현실을 문제 삼고 있는 것이 아니라 추상적인 소망을 문제 삼고 있다는 것이다. 여기에서도 보다 절실한 깨달음은 구체적인 상황과의 관련 속에서 이루어진다.

이명준은 남만주 R현에 자리잡은 집단 농장 '조선인 꼴호즈'의 나날을 현지에서 보도하기 위해 파견되었다가 돌아온 뒤에 그가 작성한 기사로 인해 자아비판을 하게 된다. 후보 당원인 그는 노동 신문 편집실의 다른 네 명의 당원 앞에서 편집장으로부터 소부르주아적인 인텔리 근성을 신랄하게 비판받는다. 죄목은 그들 인민의 생활이 물질적인 향상을 가져오려면 더 많은 땀과 시간이 필요하다는 회의적인 보도를 함으로써 인민을

---

4) 이동하,「최인훈의 『광장』에 대한 재고찰」,『현대소설의 정신사적연구』, 일지사, 1989, p.198.

모욕했다는 것이다. 그의 말에 대들려고 고개를 들었던 이명준은 자신을 향한 증오에 찬 네 개의 얼굴을 보자 생각을 바꾸어 참회의 태도로 자아 비판을 한다. 그러면서 이전 남한에서 S서를 나왔을 때처럼 마음의 문이 부서지는 소리를 듣는다. 혁명의 열정이 넘치는 광장에 대한 그의 기대 역시 진정한 자유가 보장되는 밀실에 대한 기대에서와 마찬가지로 좌절된 것이다.

이데올로기에서 풍문과 현장이 이렇게 멀리 떨어져 있다면, 사랑에서는 어떠한가. 그는 남한에서 윤애, 북한에서 은혜와 헤어짐으로써 사랑에 대한 그의 기대 역시 좌절한다. 그 두 사랑에서 차이가 있다면, 순종과 거부의 이중적인 태도를 보인 윤애의 경우 그녀의 이중적 태도로 인한 모욕감 때문에 그가 그녀를 떠나 북한으로 갔다면, 시종 순종적이었던 은혜의 경우 그녀가 그를 떠나 러시아로 갔다는 것이다.

S경찰서에 불려 갔다가 풀려난 뒤에 이명준은 서울을 떠나 인천에 있는 윤애의 집에 잠적해 그곳에서 지낸다. "지식의 면으로 보면 어항 속 들여다보듯 빤한 그녀들의 내부는, 일단 성이라는 지점에 서서 관찰할라 치면 금세 투명하던 유리가 부우여니 흐려져, 보석처럼 단단한 벽으로 돌변하여 관찰이라는 광선은 직선 투입을 방해받아서 현란한 굴절 끝에 그만 행방 불명이 되고 말았다."[5]라고 한다. 그리하여 여자와 성에 무지했던 이명준은 절박한 위기감 속에서 윤애와의 관능적인 사랑에 몰입하여 그러한 정신적 위기에서 탈출하려 하고 있다.

> 그는 두 팔로 그녀의 몸을 죄이면서 입술을 디밀었으니, 그녀는 고개를 낮추어 그의 가슴에 얼굴을 파묻으면서, 끈질기게 거부했다. 명준은 노여움이 온 몸을 뜨겁게 하는 것을 느꼈다. 그는 감았던 팔을 확 풀면서, 그녀의 턱과 뒷머리를 거칠게 붙잡아, 틈을 주지 않고 입술을 눌렀다. 기다리기나 한 듯이 곧

---

5) 최인훈, 『광장』, 앞의 책, p.44.

그녀의 입술이 열리고 부드러운 그녀의 혓바닥을 자기의 그것
으로 느꼈다. 그녀의 몸에서 힘이 빠지면서 머리를 붙던 명준
의 두팔에 무게가 걸려 왔다. 그는 가슴으로 그녀의 균형을 받
아주면서 그대로 입술을 빨았다. 그녀는 눈을 감은 채 팔을 축
늘어뜨리고 있었으나, 그의 것을 맞이하는 그녀의 미끄러운 혀
는 기민하게 움직였다. 그는 입술을 떼고 그녀의 뺨과 이마에
입술을 댔다. 다음에는 목을 애무했다. 원피스가 패어진 틈으
로 가슴을 더듬었다. 그녀는 또 한 번 꿈틀했다. 그는 그녀를
힘있게 한 번 가슴에 품었다가 놓아 줬다. 자리를 옮겨 앉으면
서 흩어진 머리를 만지는 그녀는 아주 가까워진 사람 같았다.
인간이 육체를 가졌다는 사실이 새삼스럽게 중대한 일 같았다.
사랑의 고백도 없이 이루어진 일이었으나, 어떤 절차를 빼먹었
다는 뉘우침은 없었다.[6]

그런데 이러한 이명준의 육체적 접촉을 통한 사랑의 추구에 윤애는 예
상외로 순종과 거부의 이중적인 태도를 보인다. 어떤 날은 그를 순종적
으로 받아들이고, 이튿날이면 죽으라고 버티며 거부하여 불안하게 한다.
이명준은 윤애가 자신과 철학적인 애기를 나누고자 할 때에 그것을 한낱
소녀 취미가 가시지 않은 허영이라고 간단히 밀어 버리면서 그녀의 육체
를 집요하게 요구한다. 그녀가 자신의 욕망을 받아들일 때만 자신에 대
한 그녀의 사랑을 확인할 수 있다고 믿었기 때문이다.

이명준은 이중적인 태도를 보이며 자신의 요구를 거부하는 그녀를 알
수 없는 짐승이라 여긴다. 하지만 그것은 그녀의 잘못이라기보다는 오히
려 그가 그녀를 제대로 알지 못하고 그녀에게 자신의 일방적인 사랑을
강요한 탓이다. 그녀 역시 그에 못지 않은 자의식을 가진 인간이었음에
도 불구하고, 그는 그녀에게 인형이나 마네킹에서와 같은 맹목적인 순종
을 요구하고 있었던 것이다. 이처럼 이명준의 윤애에 대한 이러한 사랑

---

6) 위의 책, pp.88-89.

역시 실재가 아니라 관념일 뿐이다.

이명준은 윤애와의 이러한 심각한 애정 갈등 속에서 좌절감을 맛보다가 월북선이 있다는 술집 주인의 제안을 받자 들뜬 기분으로 월북행을 결심한다. 그리하여 이명준은 월북선을 타는 날 윤애의 사랑을 확인하고자 그녀의 육체를 집요하게 요구한다. 그는 그녀와의 동행 여부를 결정하려 그녀의 마음을 시험해 본 것이다. 하지만 이명준은 자신의 그러한 절박한 요구를 그녀가 완강하게 거부하자 좌절의 구렁에 거꾸로 처넣어진 듯한 절망적인 마음으로 혼자 북한으로 떠난다.

그러므로 이명준의 이러한 월북은 자신의 이데올로기에 따른 신념에 의거한 것이 아니라 사랑의 좌절감 속에서 우연적인 충동에 의거한 것이다. 그러니까 홍사중의 지적처럼 "이를테면 그에게 인간적인 충실한 삶을 영위하기를 거부하고 있을 상황 속에서 그가 인간으로서의 확인을 얻기 위하여 바라고 있던 마지막 길이나 다름없는 윤애의 자기에 대한 완전한 신뢰와 사랑을 얻지 못하게 된 그가 어쩔 수 없이 취하게 된 것이 남한으로부터의 탈출"7)이란 것이다.

그리고 북한에서 만난 무용가 은혜의 순종적 사랑 역시 이명준에게 결코 구원을 주지 못한다는 점에서 마찬가지다. 그리고 은혜는 윤애와 별개의 존재가 아니다. 그에게 그녀들은 동일한 대상이면서 사랑에 대한 다른 태도를 보여주는 양면적 존재란 것이다. 이명준은 노동 현장을 체험하고자 의용봉사원으로 야외 극장 건설 현장에 나갔다가 실족으로 부상하여 병원에 입원하게 된다. 이때에 그를 위문하러 온 무용 단원들 중에서 은혜를 처음 볼 때에 전혀 닮은 데가 없었는데도 불구하고 그녀를 윤애로 착각하는 것이 그러하다.

이명준은 신문사는 편집실에서 동료 기자들 앞에서 내키지 않는 자아비판을 한 뒤에 극도의 좌절감 속에서 은혜와의 사랑에 필사적으로 매달

---

7) 홍사중,「탈출과 좌절-광장」,『현대한국문학전집』16, 신구문화사, 1967, p.512.

린다. 그리하여 "(사랑하리라. 사랑하리라.) 명준은 속으로 그렇게 중얼거렸다. 깊은 데서 우러나오는 이 잔잔한 감정만은 아무도 빼앗을 수 없다. 이 다리를 위해서라면, 구라파와 아세아에 걸친 모든 쏘비에트를 팔기라도 하리라. 팔 수만 있다면. 그는 세상에 태어나서 지금 이 자리에서 처음으로 진리의 벽을 더듬은 듯이 느꼈다. 그는 손을 뻗쳐 다리를 만져 보았다."[8]라고 하여, 은혜의 아름다운 육체에 최상의 가치를 부여한다. 이처럼 이명준은 은혜에게서도 윤애에게서와 마찬가지로 일방적인 애정을 요구하고 있다.

그런데 윤애가 이중적 태도로 이명준의 사랑에 대한 믿음을 깨어버리듯이, 은혜 역시 말없이 그를 떠나버림으로써 그러한 사랑에 대한 믿음을 깨어버린다. 그녀는 그의 간곡한 만류에도 불구하고 모스크바 예술제에 참가하고자 다른 무용단 일행과 더불어 러시아로 간 것이다. 이러한 은혜의 돌연한 떠남은 순종적 사랑이 그를 구원하리라고 본 그의 기대 역시 한갓 풍문이었음을 나타낸다.

이에 또 다시 사랑에서 좌절한 이명준은 정치보위부원이 되어 전쟁에 적극적으로 참여한다. 인민의 적에 대한 증오를 배워 철저한 공산주의자가 되고자 한다는 것이다. 이처럼 그는 전쟁기에 다시 이데올로기를 구원의 대상으로 삼으나, 이러한 그의 기대 역시 좌절되고 만다. 이명준은 악마처럼 잔인해지고자 이전에 S서 지하에서 형사가 자신에게 했던 것처럼 친구 태식을 무자비하게 구타한다. 그리고 태식의 부인이 되어 찾아온 윤애를 능욕하려 한다. 하지만 그러한 위악적 행위가 결코 구원이 될 수 없다는 점을 깨닫자 결국 그들 부부를 도망시킨다.

이명준이 전쟁 중에 우연히 윤애를 다시 만나듯이 은혜도 사단 사령부에서 우연히 다시 만난다. 하지만 이제 그러한 그들의 만남은 무의미하다. 그것은 윤애가 태식과 결혼하여 이명준과 완전히 이별하게 되듯이,

---

8) 최인훈, 『광장』, 앞의 책, p.145.

은혜 역시 그와 완전히 이별할 일만 남았을 뿐이기 때문이다. 그는 자신이 발견한 동굴 속에서 그녀와 사랑을 나누지만 그녀가 전사함으로써 기대가 깨어지고 만다. 이제 남북한의 현실에서 그에게 구원의 길은 달리 존재하지 않는다.

그렇지만 절망하고 있던 이명준에게 새로운 길이 열리는 듯한다. 중립이념과 중립국의 선택이 그것이다. 그는 휴전으로 인한 포로 송환에서 북한측의 집요한 설득에도 불구하고 끝내 중립국행을 선택한다. 그리하여 미지의 나라에서는 새로운 사람이 되어 새로운 생활을 할 수 있으리라는 환상을 갖는다. 그러나 이러한 중립국의 선택 역시 풍문인 관념의 소산일 뿐이며 현장인 실재는 아니다.

중립국. 아무도 나를 아는 사람이 없는 땅. 하루 종일 시가를 싸다닌대도 어깨 한번 치는 사람이 없는 도시. 내가 어떤 사람이었던 지도 모를 뿐더러 알려고 하는 사람도 없다. 병원 문지기라든지, 소방서감시원이라든가, 극장의 매표원, 그런 될 수 있는 대로 정신을 쓰는 일이 적고, 그 대신 똑같은 동작을 하루 종일 계속만 하면 되는 직업에 종사할 테다. 수위실 속에서 나는 육체의 병을 고치러 오는 사람을 바라본다. 나는 문간을 깨끗이 소제하고 아침저녁으로 꽃밭에 물을 준다. 원장 선생이 출근할 때와 퇴근할 때는 일어서서 경례를 한다. 간호부들이 시키는 잔심부름을 기꺼이 해 줘야지 신문을 사다 달라느니 모퉁이 과자집에서 초코렡 한 개만 부탁한다느니 따위 귀여운 부탁을 성심껏 해준다. 그녀들은 봉급날이면 잔돈푼을 모아서 헐직한 모자나 양말같은 간단한 선물을 할 게다. 나는 정중히 허리를 굽혀서 받는다. 그리고 빙긋 웃는다. 그녀들 중에 새로 온 애숭이가 이렇게 물어 본다. 「리씨 아저씬 중국분이시죠?」그러면 고참 언니의 한 사람은, 가벼운 경멸을 섞으면서 신입생의 무지를 교정한다.「애두. 코리언이란다.」나는 시종 웃음을 띠운채 말이 없다. 잠도 숙직실에서 잔다.9)

이명준이 중립국을 선택하게 된 동기를 내적 독백의 방식으로 나타내고 있다. 다른 부분에서의 삼인칭 화자의 과거 시제에 의한 내적 독백이 아니라, 일인칭 화자의 현제 시제에 의한 내적 독백이다. 즉 '서술된 독백'에서 '인용된 독백'으로 바뀌고 있다.[10] 이것은 이때에 그가 얼마나 들뜬 기분에 젖어 있는가를 말해 주는 것이며, 또한 절망 속에서 찾아 낸 구원의 길에 대한 기대가 그에게 얼마나 절박한 것이었는가를 말해 주는 것이다.

그러나 지식인인 이명준이 새로운 나라에서 병원 문지기나 소방서 감시원, 그리고 극장 매표원의 생활에 적응하며 활기 있게 살기는 어렵다. 이러한 기대가 일시적인 환상에 불과함을 자신도 곧 깨닫는다. 그가 중립국 사회를 바다 위에서 체험하고 있는 타골호에서 홍콩 상륙 문제를 인해 다른 동료들 및 '김'과 대립하게 된 일이 그러한 각성의 계기가 된다. 그는 인도인 선장과 친하다는 이유로 자신에게 상륙 교섭을 강요하는 서른 명 동료들의 얼굴에서 '조선인 콜호즈'에 대한 비관적 기사 때문에 그에게 자아비판을 강요하던 편집부원들의 적대적 눈길을 발견한다. 그들은 이명준과 더불어 중립국 체제를 선택하고 중립국으로 향하는 배를 함께 탔지만 결코 자신을 이해하고 포용해 줄 수 있는 참다운 동지가 아니었던 것이다.

이명준은 중립국행 이후에 계속 타골호를 뒤따르던 두 마리의 갈매기에서 윤애와 은혜와의 끈을 재확인한다. 그들과는 비록 완전히 결별했지

---

9) 위의 책, pp.196-197.

10) 코온은 3인칭 소설에서 인물의 내면이 심리 서술, 서술된 독백, 인용된 독백으로 그려지는데, 심리 서술은 자연스럽게 서술된 독백으로, 서술된 독백은 내버려두면 인용된 독백으로 옮아가는 경향이 있다고 한다. 서술자가 등장 인물과 친근하게 한 몸이 되어 그의 심리를 그리다 보면 어느새 등장 인물이 스스로 도취되어 자신의 감흥을 보다 직접적으로 드러내게 된다는 것이다. D. Cohn, *Transparent Minds: Narrative Modes for Presenting Consciousness in Fiction*, New Jersey: Princeton University Press, 1978.

만 그렇다고 그러한 과거의 자신에게서 완전히 벗어날 수 없었던 것이다. 이처럼 그는 두 마리 갈매기를 통해 과거와 분리된 현재만의 자기일 수 없으며 미래의 자기 역시 마찬가지란 것을 깨닫는다. 이제 더 이상 현실에서는 구원의 길을 찾을 수는 없다. 그리하여 그는 결국 바다에 몸을 던져 그의 인생을 끝낸다.

그러므로 염무웅은 "사실 그 자살은 이미 S서 형사실을 나오면서 이미 명준에게 예비되어 있었던 것으로 보인다. 외부의 상황에 조금도 손대지 못하면서 끝까지 밀폐된 개인의 자리에 머물고자 했던 인간이 시험해 보는 온갖 환상이란 그의 자살을 다만 연기해 온 데 지나지 않는다."[11]라고 한다. 이처럼 그의 자살은 필연적인 것이었다. 그러므로 이명준의 좌절과 죽음은 그것이 철저하게 현실적일 때 의의를 지닐 수 있다. 즉 자신의 관념에 대한 반성적 의식이 드러날 때만 유효할 수 있다는 것이다.

그런데도 "끝내 그의 몸과 파도는 하나가 된다. 그의 몸은 꿈틀거리는 물 이랑을 따라 곤두박질한다. 꼬이고 풀리는 파도 속에 그의 몸뚱아리가 풀려 나간다. 그의 몸은 칭칭 감아 놓은 밧줄처럼 배에 얹힌 대로이지만 스크루의 물거품처럼 술술 풀려 나간다. 풀려나가서는 투명한 바닷물이 된다."[12]라고 한다. 이명준이 바다와 합일하는 죽음과 재생의 초월적 구원에 이른다는 것이다. 그러나 이명준의 최후에 대한 이러한 초월적 의미 부여는 현실성을 더욱 약화시키고 역설적인 의미에서나마 그가 풍문에서 벗어나 현장에 이를 수 있는 길을 가로막을 뿐이다.

Ⅲ. 의도와 성취의 거리

이명준은 관념과 실재의 심각한 간격으로 결국 현장에 이르지 못했다.

---

11) 염무웅,「상황과 자아-최인훈론」,『현대한국문학전집』16, 앞의 책, p.501.
12) 최인훈,『광장』, 앞의 책, p.210.

그렇다면 인물을 그렇게 제시한 작가 최인훈은 풍문인 그의 의도를 현장인 작품에 얼마나 성취시키고 있는가. 『광장』의 첫머리에 실린 서문에 작가의 의도를 드러내고 있으며, 또한 이후에 개작한 부분에서 작가의 의도가 드러난다. 서문은 작품에 대한 작가의 생각을 집약적으로 제시하고 있는 곳이기에 의도가 잘 드러나며, 개작 부분은 그 부분이 자신의 의도를 충실히 살리고 있지 못하다고 판단할 때 이루어질 것이기에 역시 작가의 의도가 잘 드러난다.

　정향사판에는 1960년 10월에 쓰여 새벽판에서부터 제시된 '작자의 말'과 1961년 1월에 추가한 '추기'의 두 가지의 서문이 실려 있다. 차례로 제시하면 다음과 같다.

작자의 말

　'메시아'가 왔다는 이천년래의 풍문이 있읍니다. 신이 죽었다는 풍문이 있읍니다. 신이 부활했다는 풍문도 있었읍니다.

　우리는 참 많은 풍문 속에 삽니다. 풍문의 지층은 두텁고 무겁습니다. 우리는 그것을 역사라고도 부르고 문화라고도 부릅니다.

　인생을 풍문듣듯 산다는 건 슬픈 일입니다. 풍문에 만족치 않고 현장을 찾아갈 때에 우리는 운명을 만납니다. 운명을 만나는 자리를 광장이라 합시다. 광장에 대한 풍문도 구구합니다. 제가 여기 전하는 것은 풍문에 만족치 못하고 현장에 있으려고 한 우리 친구의 애깁니다.

　아세아적 전제의 의자를 타고 앉아서 민중에겐 서구적 자유의 풍문만 들려 줄뿐 그 자유를 '사는 것'을 허락치 않았던 구정권하에서라면 이런 소재가 아무리 구미에 당기더라도 감히 다루지 못하리라는 걸 생각하면 저 빛나는 사월이 가져 온 새 공화국에 사는 작가의 보람을 느낍니다.

추기--보완하면서--

인간은 광장에 나서지 않고는 살지 못한다. 표범의 가죽으로 만든 징이 울리는 원시인의 광장으로부터 한 회사에 살면서 끝내 동료인줄도 모르고 생활하는 현대적 산업구조의 미궁에 이르기까지 시대와 공간을 달리하는 수많은 광장이 있다.

그러면서도 한편으로 인간은 밀실로 물러서지 않고는 살지 못하는 동물이다.

혈거인의 동굴로부터 정신병원의 격리실에 이르기까지 시대와 공간을 달리하는 수많은 밀실이 있다.

사람들이 자기의 밀실로부터 광장으로 나오는 골목은 저마다 다르다. 광장에 이르는 골목은 무수히 많다. 그 곳에 이르는 길에서 거상의 자결을 목도한 사람도 있고 민들레 씨앗의 행방을 쫓으면서 온 사람도 있다. 그가 밟아온 길은 그처럼 각가지다. 어느 사람의 노정이 더 훌륭한가라느니 하는 소리는 아주 당치않다. 거상의 자결을 다만 덩치 큰 구경거리로 밖에는 느끼지 못한 바보도 있을 것이며, 봄 들판에 부유하는 민들레 씨앗 속에 영원을 본 사람도 있다. 어떤 경로로 광장에 이르렀건 그 경로는 문제될 것이 없다. 다만 그 길을 얼마나 열심히 보고 얼마나 열심히 사랑했느냐에 있다. 광장은 대중의 밀실이며 밀실은 개인의 광장이다.

인간을 이 두 가지 공간의 어느 한 쪽에 가두어 버릴 때, 그는 살 수 없다. 그럴 때 광장에 폭동의 피가 흐르고, 밀실에서 광란의 부르짖음이 새어 나온다.

우리는 분수가 터지고 밝은 햇빛 아래 뭇 꽃이 피고 영웅과 신들의 동상으로 치장이 된 광장에서 바다처럼 우람한 합창에 한몫 끼기를 원하며 그와 똑 같은 진실로 개인의 일기장과, 저녁에 벗어 놓은 채 새벽에 잊고 간 애인의 장갑이 얹힌 침대에 걸터앉아서 광장을 잊어버릴 수 있는 시간을 원한다.

이명준의 경우도 마찬가지다.

그는 어떻게 밀실을 버리고 광장으로 나왔는가. 그는 어떻게 광장에서 패하고 밀실로 물러났는가.

나는 그를 두둔할 생각은 없으며, 다만 그가 '열심히 살고 싶어한' 사람이란 것만은 말할 수 있다. 그가 풍문에 만족치 않고 늘 현장에 있으려고 한 태도다. 바로 이 때문에 나는 그의 이야기를 전하고 싶어진 것이다.

이 이야기가 [새벽]지에 실렸을 때 잡지의 사정 때문에 그중 일부를 할 수 없이 떼어버리지 않을 수 없어 나로서도 못마땅하였었다. 이번에 그 부분을 완전히 살릴 수 있는 기회를 얻어 이백여매를 보충하여 얘기를 완성할 수 있었음을 기꺼이 여긴다.

4294년 1월   작자

'작자의 말'과 '추기'에는 이명준이 풍문에 만족치 않고 늘 현장에 있고자 한 인물이며, 열심히 살고자 한, 즉 광장에 이르고자 열심히 보고 열심히 사랑한 인물이라고 한다. 그러하기에 그의 이야기를 전하고자 한다는 작가의 의도를 드러내고 있다. 그리고 4·19 혁명에 의한 새 공화국의 출현이 이러한 소재를 다룰 수 있게 했으며, 잡지사의 사정으로 떼어버리지 않을 수 없었던 부분을 완전히 살려 얘기를 완성할 수 있었다는 발표 여건을 언급하고 있다.

조남현은 "기본적으로 최인훈은 자기 작품에 대한 해석과 평가를 평론가들이나 독자들에게 마음 편안하게 다 맡겨 버리는 작가는 아니었다. 오히려 그는 작품 해석과 평가에 있어 독자들을 선도하고 싶어하고 독자들에게 간섭하기 좋아하는 경우로 보이곤 한다."[13]라고 한다. 이렇게 최인훈은 독자를 선도하고 간섭하고자 하는 경향을 강하게 보인다. 이것은 최인훈이 독자보다 작가를 우위에 놓는 선민 의식의 소유자이며, 작품 자체보다 직접 언급에 의한 자신의 의도를 매우 중시하는 작가임을 말해준다.

그렇지만 『광장』에서 이명준이 광장에 이르고자 열심히 보고 열심히 사랑한 인물이라는 작가의 의도는 작품에 충분히 성취되지 못하고 있다.

---

13) 조남현,「광장, 똑바로 다시 보기」,『문학사상』, 1992.8, p.187.

이명준은 능동적으로 현장을 찾아 나서고 그것을 발견하는 인물이기보다는 수동적이고 우연적으로 현장을 접하게 된 인물이었기 때문이다. 그렇다면 김병익처럼 "이명준은 이 운명과 상황을 능동적으로 선택한 유일한 인물이다. 그의 비극은 분단이나 전쟁 자체에 있었다기보다 자신의 선택에 대응할 광장을 이 나라가 마련하지 못한 데 있었다"14)라고 보기는 어렵다. 이명준은 운명과 상황에 능동적으로 대처한 인물이 아니다.

이명준은 시종 풍문인 관념을 통해 현장인 실재의 언저리를 맴돌다 스스로 암초에 걸려 좌초하였을 뿐이고, 그러한 관념의 현장도 자신이 의지적으로 선택한 것이 아니었다. 그러므로 유종호는 "수동적인 주인공에게 사건은 강제적인 힘으로 밀어닥치는 것이다. 가만히만 두었더라도 소극적인 관망자의 삶을 자아에의 충실 일변도로 자족했을 그를 상황은 내버려두지 않는다."15)라고 한다. 이처럼 운명과 상황이 그를 현장을 찾게 하였다는 것이다.

이명준은 대남 방송에 출연한 아버지로 인해 형사들에게 함부로 끌려가 무자비하게 구타당한 일로 인해 그동안 믿어왔던 남한의 '자유'가 환상임을 깨닫게 된다. 또한 윤애와의 사랑도 그러한 위기감에서 인천에 있는 그녀를 찾아갔다가 그녀의 권유로 그곳에 머물면서 이루어진 것이다. 월북 역시 술집 주인의 제의로 우연히 이루어지며, 은혜와의 사랑도 북한 생활에 환멸을 느끼고 노동 현장을 자원했다가 부상하여 병원에 위문온 그녀를 우연히 만나 이루어진 것이다.

이명준은 시종 풍문인 자신의 관념을 통해 실재인 현장을 찾고 있었던 것이다. 천이두는 "최인훈의 등장 인물들의 거주지에는 외부로 통하는 '창'이 예비되어 있다. 그 창밖에는 엄청나게 거대한 세계, 현실이 있다는 것을 그들은 알고 있다."16)라고 했다. 최인훈은 시종 관념의 창을 통해서

---

14) 김병익,「6 · 25와 한국 소설의 관점」,『지성과 문학』,문학과지성사, 1982, p.100.
15) 유종호, 앞의 논문, p.70.
16) 천이두,「밀실과 광장」,『문학과지성』, 1976년 겨울호, p.57.

현실을 바라본다는 것이다. 이런 점은 등단작품인 <GRAY 구락부 전말기>의 '현'에 이어지는 최인훈 소설에 나오는 주인공들의 보편적이고 본질적인 특성이라 할 수 있다.

이명준은 그들처럼 창 속에서 현실을 바라보고 다른 사람들과 관계를 맺고자 하기에 필연적으로 좌절할 수밖에 없다. 자신이 얼마나 다른 사람을 사랑하고 있는지, 미워하고 있는지를 이해시킬 수 없고, 자신의 절박한 심정을 이해하지 못하는 다른 사람을 용납할 수 없기 때문이다. 이명준은 독서에 의존하여 지식을 얻으며 행동적인 참여보다는 사변적인 비판을 중시하던 인물로, 이처럼 관념의 창을 통해 현실을 바라보고 있기에 현실에 능동적이고 자각적으로 대응할 수 없었던 것이다.

그리고 정향사판과 대폭 개작된 문학과지성사판에서 결말 부분에 나오는 갈매기에 대한 묘사가 어떻게 달라졌는가를 통해 『광장』에서 의도와 성취의 거리를 살펴보기로 하자.17) 정향사판과 문학과지성사판에서 갈매기에 대한 부분을 차례로 제시하면 다음과 같다.

> ① 그는 미지의 나라, 아무도 자기를 알 리없는 먼 나라로 가서 전혀 새로운 인간이 되기 위하여 이 배를 탔다. 사람은 모르는 사람들 사이에서는 자기 성격까지도 마음대로 선택할 수 있다고 믿었다. 성격을 선택하다니! 만사가 잘 될 터이었다. 다만 한가지만 없었다면. 그는 두 마리 흰 갈매기들을 고려에

---

17) 최인훈은 『광장』을 다섯 번 이상이나 개작하였다. 그 중에서도 1961년 정향사판과 1973년 문학과지성사판에서는 대폭적인 개작이 이루어졌다. 1960년의 새벽판에서 1961년 정향사판으로 개작될 때에는 분량이 많이 늘고 내용과 형식도 상당히 보완되고 있다. 정향사판과 거의 차이가 없는 1967년의 신구문화사판에서 1973년의 민음사판으로 개작될 때에는 약간의 한자가 한글로 바뀌고, 갈매기에 대한 묘사 부분이 조금 달라진다. 그리고 민음사판에서 1976년의 문학과지성사판으로 개작될 때에는 대부분의 한자가 한글로 바뀌고, 과거 시제가 현재 시제로 바뀌며, 연대기적인 착오나 모호한 표현이 고쳐지고, 갈매기에 대한 묘사 부분이 크게 달라진다. 1989년의 재판은 초판과 거의 차이가 없다.

넣지 않았다. 그녀들의 그림자가 수위실 창유리에까지 미치리라는 생각을 미처 하지 못했다. 유리에 비친 그 환영 때문에 가끔 그는 퇴근하는 원장선생님에게 그만 인사하는 걸 잊어버리게 될 것이다. 도시의 하늘에까지 날아온 그녀들의 흰 그림자 때문에 시청 뒷뜰에서 널름대기 시작한 불길을 놓치고 만다. 매표구에 불쑥 들이민 하얀 손에서 문득 옛날 자기의 것이었던 손을 생각하고 멍하니 티켙 내밀어 줄 것을 잊고 앉은 사람이 되어야 한다는 의미였다. 그러면……

그는 돌아서서 다시 마스트를 올려다 보았다. 그들은 보이지 않았다. 명준은 바다를 보았다. 그들 두 마리 새는 바다를 향하여 미끄러지듯 강하해 오고 있었다. 푸른 광장. 그녀들이 날아 다니는 광장을 명준은 처음 발견했다. 그녀들은 물 속에 가라앉을 듯 탁 스치고 지나가는가 하면, 다시 수면으로 내려오면서 바다와 희롱하고 있는 모양은, 깨끗하고 넓은 잔디 위에서 흰 옷을 입고 뛰어다니는 순결한 처녀들을 연상시켰다.(저기로 가면 그녀들과 또 다시 만날 수 있다) 그는 비로소 안심했다. 부채꼴 요점까지 뒷걸음친 그는 지금 핑그르 뒤로 돌아섰다. 거기 또 하나 미지의 푸른 광장이 있었다. 그는 자신이 엄청난 배반을 하고 있었다는 생각이 들었다. 제3국으로? 그녀들을 버리고 새로운 성격을 선택하기 위하여? 그 더럽혀진 땅에 그녀들을 묻어 놓고, 나 혼자? 실패한 광구를 버리고 새 굴을 뚫는다? 아니다, 아니다, 아니지. 인간에게 중요한 건 한가지 뿐. 인간은 정직해야지. 초라한 내 청춘에 '신'도 '사상'도 주지 않던 '기쁨'을 준 그녀들에게 정직해야지. 거울 속에 비친 그는 활짝 웃고 있었다.[18]

② 모르는 나라, 아무도 자기를 알 리 없는 먼 나라로 가서, 전혀 새사람이 되기 위해 이 배를 탔다. 사람은, 모르는 사람들 사이에서는, 자기 성격까지도 마음대로 골라잡을 수도 있다고 믿는다. 성격을 골라잡다니! 모든 일이 잘 될 터이었다. 다만 한 가지만 없었다면. 그는 두 마리 새들을 방금까지 알아보

---

18) 최인훈,『광장』, 정향사, 앞의 책, pp.213-214.

지 못한 것이었다. 무덤 속에서 몸을 푼 한 여자의 용기를, 그
리고 마침내 그를 찾아내고야 만 그들의 사랑을.

돌아서서 마스트를 올려다본다. 그들은 보이지 않는다. 바다
를 본다. 큰 새와 꼬마 새는 바다를 향하여 미끄러지듯 내려오
고 있다. 바다. 그녀들이 마음껏 날아다니는 광장을 명준은 처
음 알아본다. 부채꼴 사북까지 뒷걸음친 그는 지금 핑그르 뒤
로 돌아선다. 제정신이 든 눈에 비친 푸른 광장이 거기 있다.

자기가 무엇에 홀려 있음을 깨닫는다. 그 넉넉한 뱃길에 여
태껏 알아보지 못하고, 숨바꼭질하고, 피하려 하고 총으로 쏘
려고까지 한 일을 생각하면, 무엇에 씌웠던 게 틀림없다. 큰일
날 뻔했다. 큰 새 작은 새는 좋아서 미칠 듯이, 물 속에 가라
앉을 듯, 탁 스치고 지나가는가 하면, 되돌아오면서, 그렇다고
한다. 무덤을 이기고 온, 못 잊을 고운 각시들이, 손짓해 부른
다. 내 딸아. 비로소 마음이 놓인다. 옛날, 어느 벌판에서 겪은
신내림이, 문득 떠오른다. 그러자, 언젠가 전에, 이렇게 이 배
를 타고가다가, 그 벌판을 지금처럼 떠올린 일이, 그리고 딸을
부르던 일이, 이렇게 마음이 놓이던 일이 떠올랐다. 거울 속에
비친 남자는 활짝 웃고 있다.[19]

①의 정향사판에서 윤애와 은혜의 분신이었던 두 마리 갈매기가 ②의
문학과지성사판에서는 은혜와 딸의 분신으로 바뀌어 있다. 은혜가 무덤
속에서 몸을 풀어 동굴 속에서 말했던 딸을 낳았다는 것이며, 이명준은
재생한 그들 모녀의 뒤를 따라 바다에 뛰어 들었다는 것이다.

김현은 이러한 변화를 "그 이전의 판본에서 이 명준의 죽음은 중립국
에서도 별로 보람있는 삶을 찾을 수 없으리라는 것을 깨달은 자의 죽음
이지만, 전집판에서의 이 명준의 죽음은 정말로 사랑이라는 것이 무엇인
가를 투철하게 깨달은 자의 자기가 사랑한 여자와의 합일"[20]이라고 본

---

19) 최인훈, 『광장』, 최인훈전집1, 문학과지성사, 1976, pp.199-200.
20) 김현,「사랑의 재확인-『광장』 개작에 대하여」, 위의 책, p.351.

다. 하지만 그러한 해석은 설득력이 약하다. ①에서도 이명준의 죽음은 이데올로기의 패배로 인한 것이라기보다는 사랑의 패배로 인한 것이라 여겨지기 때문이다. 그는 윤애와 은혜의 굴레를 벗어날 수 없음을 깨달았기에 중립국행의 환상에서 벗어나고 있는 것이다. ②는 비관적이었던 두 여자에 대한 사랑을 보다 낙관적인 자손 계승의 가족주의적 사랑으로 바꾸어 놓았고, 은혜가 무덤 속에서 몸을 풀고 딸을 낳았다고 하여 그녀의 모성적 측면 및 죽음과 재생의 초월적 측면을 보다 강화시켰을 뿐이다. 작품 전개의 통일되고 일관된 흐름으로 볼 때에 두 마리의 갈매기는 윤애와 은혜이어야지, 은혜와 그 딸일 수 없다.

1960년의 7월『자유문학』발표 중편 <가면고>에서 '민'이 사랑한 '미라'와 '정임'뿐만 아니라, 1963년 6월부터 1년간『세대』에 연재한 장편『회색인』에서 '독고준'이 사랑한 '김순임'과 '이유정'이 각각 윤애와 은혜에 상응하는 인물로 유사한 성격과 행동을 보여주고 있다. 주인공이 그녀들과의 사랑을 통해 자아의 완성과 구원을 추구하고 있는 점에서도 그러하다.21)『광장』과 그들 작품간에 차이가 있다면, 그것들에는 낙관적 결말과 환상적 상황 설정이 더욱 분명하게 제시되고 있다는 점일 뿐이다.

작품마다 그 속에 설정된 배경이나 사건은 상당히 달라져도 이처럼 사랑의 삼각 구도는 여전히 유사하게 나타나고 있다. 이런 점에 미루어 볼 때에, 최인훈이 사랑을 얼마나 중시하고 있는가를 알 수 있다. 그러므로 『광장』에서 이명준이 정치적 이데올로기에서 좌절했을 때에 사랑을 찾았다고 해서 사랑이 이데올로기에 종속되고 있는 것은 아니다. 그가 혁명과 전쟁의 현장에 있게 된 것은 의지적이고 자각적인 결단을 통해서라기보다는 우연적이고 충동적인 상황의 이끌림에 의한 것이었다. 그렇다면 그에게 이데올로기나 사랑은 자아의 완성과 구원을 추구하기 위한 두

---

21) 『회색인』은 1956년 서울 법대를 중퇴한 뒤에 1957년에 입대하여 통역 장교로 근무하던 최인훈이 1963년 4월에 육군 중위로 제대하여 본격적인 작가 활동을 전개하면서 쓴 첫 작품이다.

목표이긴 하였으나, 계속되는 좌절 속에서 그가 기대고자 하는 한 가닥 구원의 끈은 이데올로기보다는 오히려 사랑이었다는 것이다.

1945년의 해방 이후 북한에 공산 정권이 수립되자 회령에서 제재소를 경영하던 최인훈의 아버지는 중산층 부르주아지로 분류되어 박해를 받다가 1947년 가족을 이끌고 고향을 떠나 원산으로 이주하여 제재 공장에 직원으로 취직하여 생계를 꾸려간다. 그러다가 최인훈이 원산고등학교 2학년에 재학 중이던 1950년 12월 그들 가족은 원산항에서 해군 함정 LST편으로 월남하게 된다.22)

이러한 해방과 분단, 그리고 전쟁이라는 역사적 상황 속에서 최인훈은 공산 정권의 박해로 고향을 떠나야 하고 전시에 해군 함정 편으로 월남해야 하는 심각한 변화를 겪었는데, 이러한 경험은 그에게 커다란 충격을 던져주었다. 그런데도 『광장』에서 을유해방과 6·25전쟁, 그리고 휴전 같은 역사적 상황은 장식적 배경으로 제시되고 있을 뿐 인물의 삶에 구체적으로 관여하고 있지 못하다.

그러므로 한기가 "처음 4·19혁명의 정치사 속에서 구시대 청산 혹은 남한 사회 비판의 동기로 태동되었으나, 주인공의 행적을 둘러싼 서사 구조의 성격상 그것은 필연적으로 분단 현실 전체를 비판하는 분단소설의 성격으로 굳어졌고, 이후 계속된 개작의 과정에서 그것은 다시 한 번 분단시대를 사는 윤리학적 교과서의 성격으로조차 개편 재축조되었던 것입니다."23)라고 하여, 『광장』을 선구적인 '분단소설'로 본 것은 수긍하기 어렵다.

『광장』은 분단 상황을 실질적으로 중시하고 있지 않으며, 분단 상황을 장식적 배경으로 빌려 오고 있을 뿐이기 때문이다. 그렇다면 우리는 『광장』을 분단 상황을 문제시 한 선구적 분단소설로 보기보다는 오히려 관념적 지식인이 분단 상황을 빌려 자아의 완성과 구원을 모색하는 '성장소설'로 보아야 할 것이다.

---

22) 김종회, 「관념과 문학, 그 곤고한 지적 편력」, 『작가세계』, 1990년 봄호, pp.20-23.
23) 한기, 「『광장』의 원형성, 대화적 역사성, 그리고 현재성」, 위의 책, p.93.

Ⅳ. 마무리

『광장』에서 이명준은 실재인 현장에 있고자 하였으나 풍문인 관념으로 인해 끝내 현장에 도달하지 못하고 자살한 비극적 인물이었다. 그러한 관념적 주인공에 대한 작가 나름의 반성적 의식은 드러나고 있으나, 작가인 최인훈 역시 관념 편향으로 인해 독자에게 풍문인 자신의 의도가 현장임을 표명할 뿐 그러한 의도를 작품에서 충분히 성취하지는 못하였다.

물론 1960년 초에 남북한 체제와 이데올로기를 직설적으로 비판하고, 새로운 감수성과 기법을 보여준『광장』의 시대적 의의를 무시할 수는 없다. 그러나 1960년대의 독자가 풍문 속에서『광장』을 무자각적으로 읽었다면, 1990년대의 독자는 그러한 풍문을 걷어 내고 현장에 임하듯이 자각적으로 읽어야만 할 것이다. 발표된 지 벌써 30 여 년의 시간이 흘렀기에 이제는 보다 엄격히 작품을 해석하고 평가할 수 있는 냉철한 태도가 요구되기 때문이다.

최인훈은 1960년대 초반에서부터 1970년대 후반에 이르기까지 지속적인 개작을 통해『광장』에서 초월성을 강화하면서 비관적일 수밖에 없는 이명준의 운명을 낙관적으로 바꾸려 하고 있었다. 그러나 초월적 구원으로 현실적 패배를 호도하거나 극복할 수는 없다. 자신의 관념을 일방적으로 긍정하고 미화할 때에 현실과 정당하게 대면할 수 없을 것이기 때문이다.

그러므로 이명준의 패배가 실재와 괴리된 관념적 현실 대응으로 인한 필연적 결과임을 인정하고, 작품의 실제 성취와 무관한 작가의 의도를 독자에게 강요하지 않을 때에, 오히려『광장』은 보다 의의 있는 작품으로 한국문학사에 자리 잡을 수 있을 것이다.

<원형의 전설>과 <시장과 전장>의 사회윤리의식 대비

Ⅰ. 머리말

6·25를 다룬 현대소설은 1950년대의 단편 전후소설에서부터 1970년대 이후의 대하 분단소설에 이르기까지 지속적으로 왕성하게 발표되고 있다. 그것은 6·25가 민족의 공동체적 유대감을 파괴하고 분단을 고착화시킨 비극적 전쟁으로, 분단문학에서 통일문학으로 나아가고자 하는 현재에도 우리의 최우선 관심사가 되고 있기 때문일 것이다.

본고에서는 6·25를 본격적으로 다룬 장편소설인 장용학의 <원형의 전설>(사상계사, 1962)과 <시장과 전장>(현암사, 1964)을 검토 대상으로 삼는다. 이미 최인훈의 <광장>(『새벽』,1960.11)이 참신한 기법과 문체를 통해 '자유'와 '평등'에 의거한 자본주의와 공산주의란 두 정치 이념을 정면에서 문제삼으며, 6·25를 전후한 시기의 남북한 사회를 비교적 균형감 있게 전체적으로 구현함으로써 획기적인 성과를 거둔 바 있다. <원형의 전설>과 <시장과 전장>은 <광장>의 이러한 성과가 이후 어떻게 지속되고 분화되는가를 대조적으로 보여주는 1960년대 초반의 주목할 만한 장편소설이다.

장편소설은 현실의 다양성을 포용하고 전체성을 제시해 주는 것이기에, 분단을 고착화시킨 6·25 당시의 현실을 총체적으로 파악하여 분단 극복이란 민족사적 과제에 부응하고자 함에 있어서 장편소설에 대한 검토는 긴요하다. 그런데 6·25를 다룬 단편소설에 대한 연구는 비교적 활발하게 진행되어 이미 상당한 성과를 거두고 있음에 비해, 장편소설에 대한 연구는 <광장>을 제외한다면 의외로 빈약한 편이다.

    <원형의 전설>과 <시장과 전장>은 동일하게 6·25 당시 남북한의 자본주의와 공산주의 이념 및 체제를 문제삼고 있다. 하지만 그러한 현실에 대한 작가의 시각은 아주 다르며, 그러한 시각 차이에 의해 6·25의 양상과 의미가 아주 다르게 구현되고 있다. 시각은 작가로 하여금 과정과 내용을 결정하게 하며, 중요한 것과 피상적인 것, 결정적인 것과 부차적인 것 사이에서 어느 쪽을 선택할 수 있도록 한다.[1]

    그리고 장편소설의 검토에 있어서 작가의 사회윤리의식을 살펴보는 작업은 매우 중요하다. 작가의 윤리성 여부는 장편소설의 미학적 성과에 직결되어 있기 때문이다.[2] <원형의 전설>과 <시장과 전장>에 나타난 두 작가의 사회윤리의식을 대비하여 검토하는 의의가 여기에 있다. 이에 본고에서는 두 작가의 사회윤리의식을 '삶의 방식', '애정 양상', '정치이념에 대한 태도'란 세 가지 범주로 한정해서 구체적으로 살펴볼 것이다.

II. 〈 원형의 전설〉, 사회윤리의식의 거부

1. 선민성과 '실존'이 준시

    <원형의 전설>에는 화자의 언술이나 주인공인 '이장'의 의식과 행동을 통해 '실존'이 중시되고 있다. 즉 인간 존재의 근원적인 의미 및 인간

---

1) Georg Lukács, *Realism in Our Time*, Harper Torchbooks, 1971, p.33.
2) Lucien Goldmann, *Towards a sociology of the Novel*, Translated from the French by Alan Sheridan, Tavistock Publications, 1975, p.6.

과 상황 사이의 관계가 집요하게 탐구되고 있다는 것이다. 장용학은 사르트르의 <구토>를 읽고 사물을 보는 새로운 눈을 배우게 되었다고 한다. "생리적으로 취미가 맞았고 안개 속에서 희미하게 느끼고 있던 것을 길은 여기라고 구체적으로 짚어서 말해 주는 것 같았다."3)라고, 실존주의 문학이 자신의 기질적 취향에 부합했음을 강조한 바 있다.

'이장'은 <비인탄생>의 '지호', <역성서설>의 '삼수', <요한시집>의 '누혜'와 '동호'에 이어지는 사회와 고립된 폐쇄적 인물이다. 그들은 모두 지식인으로 자기 우월감 속에서 타인과의 진정한 관계를 기피하고 사회적 질서와 규범에서 벗어나고자 한다. 또한 지나치게 과도한 자의식과 결벽증으로 일상 생활에 적응하지 못하며, 획일화되고 표준화된 삶을 거부하면서 다른 사람의 시선을 무시한 독자적 삶을 모색하고 있다. 그러므로 타인과 유대감을 갖지 못하고 배타적으로 현실로부터 도피하고자 한다. 그런데 그들의 이러한 점은 인간의 일상적이거나 보편적인 면모가 구현된 것이라기보다는 장용학의 선민적 시각에 기인하여 예외적이거나 특수한 면모가 구현된 것이라고 할 수 있다.

'이장'은 아버지 오택부에 의해 동굴 속에 갇혀 있으면서 바깥 세계가 오히려 동굴보다 자유가 없는 곳인데도 불구하고 인간이 그러한 억압에 순종하고 있음을 신랄하게 비판한다. 그 동굴에는 동물적인 자유가 없고 바깥 세계에는 인간적 자유가 없는데, 어느 자유가 없는 쪽을 택해야 하는가 할 때에 인간이라면 동물적 자유가 없는 자유보다도 인간적 자유가 없는 자유를 택해야 함에도 불구하고 실상은 그렇지 않다는 것이다.

이때에 장용학은 인간적이란 이름 아래에 구속당한 인간의 사회적 존재 방식을 비판하고 있는 것이다. 여기서 인간적이란 근대문명의 영향 속에서 인간에게 부과된 제약과 금기를 나타낸다. 근대문명이 인간의 존재를 애초부터 구속하고 제약하고 있다는 것이다. 인간은 자신의 삶을

---

3) 장용학,「실존과 요한시집」,『한국전후문제작품집』,신구문화사,1960, p.400.

구속과 제약 없이 선택할 수 있어야 하고 그러한 선택에 대해서 자신이 책임을 져야 한다. 그러나 인간은 처음부터 주체적이고 능동적으로 자신의 삶을 선택할 수 없는 모순된 상황에 놓여 있다.

> 나라는 인간은 모년 모월 모일 모시에 태어났다. 그런데 알고 보니, 나의 인간성은 그 이전에 이미 마련되어 있었던 그런 것이다. 모년 모월 모일 모시에 비로소 태어난 나라는 '인간'과 그 이전에 이미 마련되어 있었던 나의 '인간성'이 어떻게 동일이랄 수 있는가. 있다면 그것은 계약에 의해서만이다. 그런데 계약이란 이자 사이에서야 있을 수 있는 것이다.
> 더구나 그 계약은 철도 들기 전에 강요에 의한 것이다. 인간을 얽기 위해 있는 꾀를 다 짜서 만든 법률에서도 선택의 자유가 없는 환경에서 저지른 행위에 대해서는 책임을 지우지 않는 것이다. 하물며 그 계약은 행위도 아니요, 어린애의 동작에 지나지 않았다. 그러니 '나'는 '나의 인간성'에 책임을 질 필요가 없고, 구속될 이유도 없다. 이유가 없는 것을 수락해야 할 의무는 없다. 도리어 거부할 권리가 있는 것이고, 그 권리가 있는 곳에 인간이 있다.[4]

인간성이 그가 태어나기 전에 이미 마련되어 있다면, 인간은 자신의 인간성에 책임을 질 필요가 없고 구속될 이유도 없다는 것이다. 선택의 자유가 없는 곳에서 저지른 행위에 대해서는 책임을 지울 수 없듯이, 자유인이 되기 위해서 인간은 인간성을 거부해야 한다고 주장한다. 즉 인간은 그러한 부소리와 모순에 저항하기 위해서 제도와 규범의 허위적 질서에서 벗어난 실존적 결단을 내려야 한다는 것이다.

그러나 인간이 이러한 진정한 자유를 얻기란 근본적으로 불가능하다. 자유는 선택을 요청하고 선택은 책임을 요구하며 책임을 불안을 야기하

---

4) 장용학, <원형의 전설>, 사상계사, 1962, p.285.

기에, 자유를 추구하는 인간은 불안으로부터의 탈출구를 모색해야 한다. 하지만 '대자 존재'인 인간은 끝내 불안에서 벗어날 수가 없다. 인간은 자신의 삶에 의미를 찾고자 하지만, 부여된 의미 외에는 아무 의미도 없기 때문이다. 인간 자신은 의미의 근거가 되지만 의미를 부여할 수는 없다. 그렇다면 그러한 불안의 근본적인 해결은 인간이 '즉자 존재'로 전환될 때에만 가능하다. 그러나 대자는 즉자로 전환 될 때에 대자 원래의 목적을 잃어버린다. 그러한 전환은 의식의 완전한 상실을 의미하기 때문이다.5)

그런데도 장용학은 실존을 중시한다. 이렇게 실존을 중시할 때에 현존하는 제도와 질서는 억압적인 굴레가 되며, 다른 인간과의 유대감은 무의미한 것이 된다. 인간은 특정한 사회적 역사적 상황 때문이 아니라 본질적으로 고독하고 불안하기 때문이다. 인간과 현실에 대한 그의 이런 태도는 바로 실존을 중시하는 선민적 시각의 소산이다.

사회윤리란 개인윤리와 대응되는 사회적·협동적 생활의 윤리이고, 사회적·국가적 생활이나 사회적 견지에서 본 인간의 태도에 관한 도덕적 규범을 총칭하는 것이다.6) 그러므로 사회윤리의식은 당연히 현존하는 제도와 질서를 무시하지 못한다. 그렇지만 인간성을 부정하는 장용학에게 사회윤리의식은 거부해야 할 기성의 제도나 질서와 다를 바가 없다. 그에게는 사회윤리의식 역시 인간성처럼 인간 자신이 선택하지 않은 것으

---

5) '대자 존재(l'etre-pour-soi)'는 언제나 무엇인가로 채워질 필요가 있는 존재 즉 결핍으로서만 존재한다. 의식적 존재인 인간은 누구이건간에 그리고 어디서 어느 경우이건간에 결코 완전히 만족된 상황에 놓일 수 없다. 그의 본질은 결핍과 부족이기 때문이다. 이와 대조적으로 '즉자 존재(l'etre-en-soi)'는 그것 자체로 충만되어 있다. 즉자적으로 존재하는 인간외의 모든 존재들은 그냥 그것으로 있지 무엇인가를 요청하지 않는다는 것이다. 그러므로 인간 외의 존재 즉 즉자가 물리적 인과법칙에 기계적으로 매여있어 그것들의 현상은 인과성에 의해 설명될 수 있음에 반해, 인간 즉 대자는 그러한 결정론적 인과성에서 해방되어 있다. 박이문,「실존주의 문학과 실존 철학」,『문학과 철학』,민음사, 1995, pp.61-65.
6)『세계철학대사전』,학원출판공사, 1983, p.492.

로 그것에 책임질 필요가 없고 수락할 필요도 없는 무의미한 굴레이기 때문이다. 그러므로 그는 선민적 시각으로 실존을 중시하면서 인간성을 거부하듯이 자연스레 사회윤리의식을 거부하고 있다.

2. 순환적 근친상간과 '알레고리'의 파탄

<원형의 전설>에서 '이장'은 남매 사이의 근친상간으로 태어나며, 자신의 이복 누이인 '안지야'와의 근친상간 이후에 죽는다. 이처럼 주인공인 그의 출생과 종말이 비윤리적인 근친상간에 의거하고 있다. 그리하여 작품의 시작과 끝이 근친상간을 매개로 순환된다.

<원형의 전설>에서 규범적이고 일상적인 애정은 일탈적이고 예외적인 애정에 밀려 부수적인 의미만 지닌다. '오기미'를 사랑한 화가 '현만우'가 나오고 '이장'에게 관심을 보이는 그의 딸 '현공자'도 나와 '오택부'의 아들과 돌연한 약혼까지 하지만, 그들 부녀는 '오기미'와 '이장'의 삶이 전환되는 계기를 만드는데 기여하는 장식적인 인물들일 뿐이다.

그런데 "아니, 우리의 경우는 간음이 아니라 사랑이다. 사랑에서 출발한 것이다. 아니다! 단순한 사랑이어서는 안된다. 그저 운명이어서도 안된다. 더 차원이 높은 것이어야 한다!"[7]라고 강변하고 있듯이, 탐욕스럽고 이기적인 속물인 '오택부'와 오만하면서도 청순한 미인인 '오기미' 사이에 이루어진 '근친상간'이 강제적인 겁탈에 의거했기에 악이라면, '이장'은 자신과 '안지야'와의 근친상간은 사랑을 통한 자발적인 결합이기에 선이라고 여긴다.

이런 점 때문에, 김상선은 "<원형의 전설>에서 다룬 근친상간이 단순한 간음으로 다루어진 게 아니고 새로운 4차원의 세계를 위하여 3차원의 세계를 벗어나야 한다는 것을 암시하고 있다."[8]라고 한다. 그들의 결합이

---

7) 장용학, <원형의 전설>, 앞의 책, p.177.
8) 김상선,「장용학의 인간적 결단」,『신세대작가론』,일신사, 1982, p.236.

4차원이란 새로운 세계의 길목이 되는 금기 파괴의 행위가 된다고 여긴다는 것이다. 그리고 최혜실은 "작가는 주인공의 입을 빌어 문명 자체를 부정한다. 억압 이전의 상황으로 돌아가자고, 아비살해의 죄의식 속에서 문명이 시작되었다고 주장한 프로이드가 옳다면 그 아비를 죽이고 다른 남자와 교환해야 마땅할 누이를 취하는 행위"[9]라고 한다. 그러한 근친상간이 서구문명에 대한 준열한 비판에서 나왔다고 보는 것이다.

> 자유와 평등의 대립은 고양이 한 마리도 죽을 필요가 없는 대립입니다. 그것은 남매라기 보다 하나로 결합해서 서로 자기를 완성시키는 부부와도 같은 것이었읍니다. 그런데도 그들은 자유를 취하려며는 평등을 버려야 하고, 평등을 취하려며는 자유를 버려야 한다고 하였읍니다. 그러나 자유가 없는 평등이라면 우리 속의 돼지에게 더 있을 것이고, 평등이 없는 자유라면 산에 사는 늑대를 따를 것이 없을 것입니다. 인간은 돼지도 아니고 늑대도 아니고, 인간이어야 하는 것입니다. 자유 안에서의 평등, 평등 안에서의 자유라야 참다운 평등이고 참다운 자유일 것입니다.[10]

작품의 서두에 제시된 이러한 화자의 언술에 의거하면, 장용학은 <원형의 전설>에서 6·25를 야기한 '자유'와 '평등'의 대결이 근친상간적인 부당한 결합과 같음을 비판하고 있다. 즉 그러한 근친상간이 '알레고리'(allegory)로 표현되고 있다는 것이다. 방민호는 "전후소설에서 알레고리의 방법이 뚜렷하게 대두하게 되는 또 하나의 배경에는 전후작가들의 실존주의 수용이었던 것으로 판단된다."[11]라고 한다. 이러한 알레고리는 장용학의 실존주의에 대한 관심 및 전후의 상황과 긴밀하게 관련되어 있다.

---

9) 최혜실,「분단문학으로서의 <원형의 전설>」,『국어국문학』116호, 1996, p.456.
10) 장용학, <원형의 전설>, 앞의 책, pp.10-11.
11) 방민호,「전후소설에 나타난 알레고리 연구-장용학·김성한의 소설을 중심으로」, 서울대 석사논문, 1993, p.27.

알레고리는 비유적으로 말하거나 혹은 다른 말로 말하는 것으로, 구체적인 실재를 제시하면서 추상적인 관념을 의미하는 것이다. 그러니까 알레고리는 현실에 대한 절대적이고 보편적인 관념을 전제하고 예시와 비유를 조합해서 제시한다. 루카치는 "현대의 알레고리, 그리고 모더니스트 이데올로기는 전형적인 것을 부정한다. 그들은 세계의 일관성을 파괴함으로써, 세부묘사를 단순한 특수성의 차원으로 전락시킨다."[12]라고 했다. 이처럼 알레고리는 현실의 전체적 면모를 보여주기 어렵다.

'안지야'를 만난 이후에 '이장'은 이전에 비해 보다 능동적이고 주체적인 존재로 변신하는데, 이것은 그들의 자발적인 근친상간을 통해 자유와 평등의 화해적 통합이 가능함을 강조한 것이라고 할 수 있다. 그러나 문제는 근친상간의 알레고리를 통해 6·25의 부당성을 고발한다는 작가의 의도가 작품에서 성취되지 못했다는 점에 있다. '털보영감'과 그의 딸 '윤희' 사이의 근친상간에서는 의도와 성취의 그러한 괴리가 더욱 심하다. 순환적인 남매간의 근친상간 중간에 자리 잡은 부녀간의 근친상간은 타락한 욕망에 의한 강제적인 결합이었다는 점에서 '오택부'와 '오기미'의 근친상간에 근접하고 있다. 그러면서도 그것은 '이장'과 '안지야'의 근친상간과 무관한 것이 아니다. "오만하게 굽어보는 그 눈매와 시선이 부딪쳤을 때 이장은 피가 파리해 지는 것을 느꼈습니다. 그 눈동자 속에 윤희의 음영을 느낀 것입니다."[13]라고 하듯이, '윤희'가 '안지야'를 매개하는 존재로 암시되고 있다.

이 부녀간의 근친상간은 6·25의 부당성에 대한 알레고리로 볼 수 없을 뿐만 아니라, 4차원 세계로의 신입이나 근대문명에 대한 금기 파괴의 행위로 보기도 어렵다. 근친상간의 부당성을 통해 선명히 전달되어야 할 알레고리의 교훈성은 사라져 버리고 비윤리적인 엽기성만 부각되고 있다. 이 근친상간을 '이장'이 충격적이라고 할 정도로 과민하게 반응하며

---

12) Georg Lukács, 앞의 책, p.43.
13) 장용학, <원형의 전설>, 앞의 책, p.138.

죄악시하고 있는 것도 그러하다. 다른 근친상간은 다소 유희적으로 경박하게 제시되고 있음에 비해 이것은 아주 진지하게 제시되고 있는데, 그것이 알레고리라면 '이장'이 그렇게 과민한 반응을 보일 필요가 없었을 것이다.

이렇게 알레고리가 의도와 성취의 괴리 속에서 소기의 성과를 거두지 못할 때에 근친상간은 알레고리를 위한 관념과 분리되어 독자적인 구체성을 갖는다. 그리고 그렇게 독자성을 갖게 된 근친상간은 사회의 규범과 질서를 파괴하는 엽기적인 일탈 행위로 독자의 호기심을 자극하게 된다. 이처럼 근친상간이 엽기적인 흥미를 유발하는 그치고 교훈을 위한 관념을 제대로 제시해 주지 못함으로써, <원형의 전설>에서 알레고리는 파탄을 보이며 사회윤리의식 역시 찾아보기 어렵다.

3. 정치이념에 대한 불신과 신화적 초월

<원형의 전설>에서 장용학은 공산주의와 자본주의라는 두 가지 근대 정치이념을 모든 부조리와 악의 원천으로 여겨 불신한다. 여기에서 그 두 정치이념은 철저히 희화화되고 있듯이, 그는 어떤 정치이념도 신뢰하고 있지 않다. 이것은 '이장'이 우연적인 상황에 따라 정치이념을 쉽게 선택하고 포기하는 데서도 잘 나타난다.

'이장'은 강제로 의용군에 끌려가지만 국군 복장으로 위장하였다가 인민군의 총격을 받던 중에 국군에게 구출되어 국군이 된다. 그리하여 국군으로 북진하다가 중공군의 개입으로 후퇴할 때에는 일행들과 따로 떨어져 출생의 비밀을 확인하러 자신이 태어난 방골에 찾아간다. 그리고 그곳에서 간첩으로 오인되어 잡히자 국군낙오병이라 우겨 포로수용소에 갇힌다. 포로수용소에서는 국군이 아니라고 배척 당하지만 석방의 권유를 거부하고 그곳에 머물며, 휴전으로 포로교환이 있자 이북에 남는 길을 선택하여 그곳에서 생활한다. 그러다가 결국 간첩으로 남파된다. '이

장'은 출생의 비밀을 안 뒤에 욕망을 절제하는 데 유용하다고 여겨 공산주의를 선택하지만, 간첩으로 남파되어 '안지야'를 만나 그녀에게 애욕을 느낄 때에 공산주의를 쉽게 포기한다. 이처럼 그는 의용군과 국군을 넘나들며 공산주의자가 되어 간첩으로 활동하기도 하는데, 자신의 자발적 선택에 의해서가 아니라 우연적인 계기로 인해 그렇게 한다

'이장'이 금욕을 중시하여 공산주의를 선택한다는 점 때문에, 서영채는 "이장에게 공산주의가 이와 같이 금욕적 모랄의 차원으로 존재하고 있다면, 그 대척점에 있는 타락한 욕망으로서의 근친상간은 역으로 자본주의를 의미하는 것으로 규정될 수 있다."14)라고 한다. 절제된 금욕이 공산주의를 의미하고 타락한 욕망인 근친상간이 자본주의를 의미한다고 보는 것이다. 그러나 이런 해석은 장용학이 자본주의보다 공산주의를 더욱 불신하고 있다는 점과 근친상간을 모두 타락한 욕망의 소산으로 보고 있다는 점에서 그대로 수긍하기 어렵다.

장용학은 자유와 평등에 의거한 근대의 두 정치이념을 모두 불신하고 있다. 자유와 평등은 르네상스에 의한 자아의 발견을 조상으로 하고 프랑스 혁명을 어머니로 한 남매이기에 궁극적으로 조화롭게 공존해야 하는 가치준거인데도, 그것들이 자유를 내세운 자본주의와 평등을 내세운 공산주의의 양대 진영으로 나누어져 서로 반목하고 질시하며 격렬하게 싸우고 있기 때문이다. 결국 양대 진영은 핵전쟁을 일으켜 인류사의 종언을 고하게 될 것이며, 6·25가 바로 그러한 인류의 종말을 가져 올 이념 대립의 전초전이었다고 여긴다.

이처럼 장용학은 자본주의와 공산주의를 모두 불신함으로써, 경험적이고 합리적인 차원의 역사적 구원이 아니라, 초월적이고 신비적인 차원의 신화적 구원을 모색한다. '안지야'가 이브의 현신처럼 묘사되고 있듯이,15) 동굴은 그들이 에덴동산같은 낙원에 이를 수 있게 하는 재생의 공

---

14) 서영채, 「알레고리의 내적 형식과 그 의미-장용학의 <원형의 전설>론」, 『민족문학사연구』제3호, 1993, p.178.

간이다. 그러므로 서종택은 "원초적 힘에 이끌리어 행해진 신화적 삶의 한 형태가 근친상간이라면, 동굴은 가족과 인류이라는 사회적 질서가 지배하는 세계와 대척되는 신화적 공간"16)이 된다고 본다.

오택부가 권총 오발 사고로 죽은 뒤 사람들이 몰려오고 벼락으로 동굴이 무너질 때에 '이장'은 '안지야'에게 "옥이 깨어지는 것이다! '올 것'이 오고 '온 것'이 부서진 것이다! 지야, 이제 우리는 죽는 것이 아니다! 꽃이 지는 것이다! 꽃이 지면…………"17)라고 한다. 그들이 죽는 것이 아니라 꽃이 지는 것이란 것이다. 이것은 꽃이 지면 열매를 맺게 되듯이, 죽음을 통해 그들이 새로운 장소에서 새로운 존재로 재생한다는 것이다.

이러한 신화적 구원이 객관적 현실에서의 소외와 좌절을 실질적으로 해결할 수는 없다. 이러한 초월성 속에서는 현실의 모순과 인간의 타락에 대한 구체적 대응이 불가능하기 때문이다. 사회윤리의식은 구체적 현실을 기반으로 삼아 생성되는 것이다. 그러므로 장용학이 객관적 현실을 무시하고 이렇게 초월적 구원을 추구할 때에, 사회윤리의식은 존재 의의를 잃어버린다.

Ⅲ. 〈시장과 전장〉, 사회윤리의식의 고양

1. 민중성과 '생존'의 자각

박경리는 〈시장과 전장〉에서 '생존'을 중시하고 있다. 주인공인 '지영'은 전쟁이라는 극한 상황을 체험하면서 생존의 가치를 자각한다. 황해도 연안의 여학교에 교사로 부임할 무렵 그녀의 삶은 생존보다 오히려 실존에 가깝다. 실존이 관념적이고 단절적인 인간관에 의거한다면, 생존

---

15) 방민호, 앞의 글, p.74.
16) 서종택,「〈원형의 전설〉의 동굴모티프」,『문학과 비평』,1987년 가을호, p.273.
17) 장용학, 〈원형의 전설〉, 앞의 책, p.411.

은 보다 실재적이고 연속적인 인간관에 의거한다. 그리고 실존이 관념을 통한 추상이라면, 생존은 체험을 통한 구체이다. 그러므로 실존이 선민적 시각의 소산이라면, 생존은 민중적 시각의 소산이라 할 수 있다.

'지영'은 친정 어머니와 남편의 간곡한 만류를 뿌리치고 자식 남매를 떼어놓고 집을 떠나 그곳에서 교사생활을 시작하며, 그곳으로 자신을 찾아온 남편 '기석'을 즉시 돌려보낼 정도로 가족간의 유대감이 희박하다. 또한 동료 교사 및 다른 주민에 대한 태도 역시 냉랭하고 방관적이었다. 그녀는 시장에서 시루떡을 먹고 있던 노파가 자신을 보고 씽긋이 웃을 때에 사람은 나이가 들수록 발버둥치듯 살아가는 듯하고 먹는 것도 추하게 보여 구역질이 날 것 같은 마음에 도망치듯 그곳에서 빠져 나올 정도였다.

그러나 전쟁이 일어나고 군인 가족들의 피난선에 간신히 편승하여 집으로 돌아오면서 '지영'은 가족간이나 타인과의 유대감이 소중함을 절감하게 된다. "산판을 밟고 땅 위에 발을 내려놓았을 때 지영의 눈앞에는 아이들의 모습이 확실히 떠올랐다. 남편과 어머니의 얼굴도 똑똑히 나타났다. 지영의 눈에서 처음으로 눈물이 흐른다. 모두 모르는 사람끼리 얼싸안고 눈물을 흘리고 있다."[18]라고 한다. 그녀는 자신의 강한 고립의식과 결벽증을 일종의 사치이며 허위라고 여기게 된 것이다.

그리하여 피난길에 나섰을 때 '윤씨'가 남의 감자밭에 들어가서 감자를 파가는 사람들이 한심스럽다고 비난하자, '지영'은 우리도 식량이 떨어지면 도둑질을 할거라고 눈에 날을 세우며 어머니의 말을 반박한다. 결혼 누 달 뒤에 백화점에서 남편이 책을 세 권을 샀을 때에 섬원의 작삭으로 두 권 값만 지불하는 것을 보고, 그에게 실망하여 그와 나란히 가기 싫다고 할 정도로 결벽증이 심했던 그녀에 있어 그것은 놀랄 만한 변화이다.

---

18) 박경리, <시장과 전장>, 현암사, 1964, p.141.

　　"전쟁이 지나가고 평화가 올 때까지 살아 남는다면 그때 슬
픔이 올거예요. 비참했다는 것은 아마 그때가 돼야 더 뼈저리
게 느낄 거예요. 잃었다는 실감이 사람들을 허탈 속에 몰아넣
고, 죄를 범한 사람은 그들대로 상처가 덧나서 몹시 아파할 거
예요. 지금은…… 그렇죠, 화산이 터져서 한 도시가 매몰된다
는 그런 극한상태보다는 났다, 났다 하고 열심히 위로하지 않
으면 안될 시기 아니에요? 애기 엄마도 용길 내세요. 어떤 일
을 하더라도 지금은 사는 일이 징그러운 그런때가 아니에요.
시체를 옆에 두고 밥을 먹어야 하고, 젊은 여인이 가슴을 들어
내고 식량을 이고 와도 부끄러운 때도 아니에요. 영혼이나 순
결이 무슨 소용이에요? 모두 동물이 되어 버렸는데……"19)

　　'희'가 아파 동네 병원에 들렀을 때에 여의사가 '지영'에게 하는 말에
서도 생존의 중요성은 강조되고 있다. 이런 여의사의 말은 바로 '지영'의
말이며, 작가인 박경리 자신의 말이다. '지영'은 형무소에 갇힌 남편을 구
하고자 최선을 다하지만, 남편은 행방불명이 되고 얼마 후에는 어머니마
저 잃는다. 자신이 의지할 수 있는 사람을 모두 잃어버린 것이다. 그러나
이런 절망 속에서도 그녀는 삶에 대한 의지와 희망을 잃지 않는다.
　　김외곤은 "남지영의 고통받는 모습은 전쟁으로 인해 온갖 고생을 겪게 되
는 민중의 표상으로 이해될 수 있다. 다시 말해서 작가 박경리는 남지영의
고통을 통해 알게 모르게 전쟁이 무고한 민중들의 삶을 파괴시켰다고 말하
고 있"20)다고 한다. 이러한 전쟁의 시련과 상실의 고통은 그녀만이 아니라
전쟁을 겪은 대다수 민중들에게 공통된 것이다. '지영'은 전쟁의 상처를 차
츰 극복해 나간다. 실존이란 지식인의 허위 의식에서 벗어나 생존이란 민중
의 진정한 의식을 체험 속에서 공유하게 되었기 때문이다.

---

19) 박경리, <시장과 전장>, 앞의 책, p.277.
20) 김외곤,「전후세대의 의식과 그 극복-박경리론」,『1950년대 문학연구』,문학사와 비평
　　연구회편, 1987, p.141.

박경리는 "부양가족을 이끌고 6·25를 질러 나온 여자라면 누구나 생활이, 생존이 어떤 것인지 가슴에 화인같이 찍혀 있을 것이다."[21]라고 하며, 6·25 당시에 생존이 얼마나 절박한 문제였던가를 회고한다. 그러나 이렇게 생존을 중시한다고 해서 그녀가 적자생존과 본능적인 삶을 긍정하고 있는 것은 아니다. 인간의 존엄성이 상실되는 극한상황에서는 생존이 가장 우선 되어야 하며, 자신의 삶을 지키기 위한 절박한 행위일 때에 범법도 윤리성을 저버린 것이 아니란 점을 강조하고 있는 것이다.

박경리는 이렇게 생존을 중시함으로써, 우리 모두가 폐쇄적이고 이기적인 욕망의 굴레를 벗고 공동체적인 유대감 속에서 인간의 존엄성을 지켜야 함을 갈망하고 있다. 그리하여 "개체는 저마다 소우주를 가지고 있습니다. 조그마한 벌레 한 마리도 삶의 법칙에 의해 살아갑니다. 그 벌레의 삶 자체는 거대한 코끼리와 차이가 없습니다."[22]라고 한다. 인간의 존엄뿐만 아니라 생명을 지닌 모든 존재의 존엄성을 지켜 주어야 한다는 생명사상으로 나아간 것이다.

생명사상이란 모든 생명은 총체로서의 개체이며 총체는 개체로서 이루어지고 고리사슬에 얽여진 존재이기에, 인간은 자신의 생존을 중시할 뿐만 아니라 타인의 생존, 나아가 모든 생명체의 생존을 중시할 수 있어야 한다는 것이다. 그녀는 자신의 집 주위에 몰려 사는 들고양이에게 "다만 이 세상에 생을 받은 모든 것의 가장 큰 슬픔이 배고픔이기 때문에, 배고픔은 목숨을 부지할 수 없는 것이기 때문에" 몇 년째 그냥 밥을 제공하고 있고, 그 밥을 먹은 뒤에 태연히 그들의 생활 세계로 돌아가는 들고양이들을 보면서 그들에게서 때때로 인간보다도 더 의젓하고 합리적인 생의 윤리를 발견한다고 한다. 이것은 박경리의 생명사상이 추상적인 관념의 소산이 아니라 구체적인 실천의지의 소산임을 알게 해 준다.

실존이 '대자'의 삶만 중시하고 있다면, 생존은 '즉자'의 삶도 중시하고

---

21) 박경리,「인간으로 살게 하소서」,『꿈꾸는 자가 창조한다』,나남출판사, p.56.
22) 박경리,『<인간탐구>, 문학을 지망하는 젊은이들에게』,현대문학사, 1995, p.17.

있어 보다 큰 포용력을 보여준다. 박경리는 이렇게 생존을 중시함으로써 허식에서 벗어난 참다운 사회윤리의식을 고양시켜 주고 있다.

2. 병렬적 애정과 윤리성의 회복

<시장과 전장>에서는 두 애정이 병렬적으로 전개된다. 하나는 부부 사이인 '지영'과 '기석'의 애정이며, 다른 하나는 연인 사이인 '가화'와 '기훈'의 애정이다. '지영'과 '가화'는 서로 만난 적도 없는 모르는 사이 이지만, '기석'의 형인 '기훈'을 통해 병렬적인 두 애정은 상호 연결된다.

'지영'은 뚜렷한 신념도 없이 친구의 권유로 입당원을 내었다가 서울 수복 후에 서대문 형무소에 수감된 '기석'의 구명운동과 옥바라지를 하면서 헌신적인 애정을 보여준다. 그녀는 굴욕감을 참아내면서 외척인 '송 노인'의 주선으로 국회의원 '송상인'을 찾아가 도움을 요청하고, 남편의 상사인 '정소장'을 찾아가 냉담한 반응 속에서도 진정서를 간청하는 등 남편의 구명에 온 정성을 쏟는다. 그러다가 중공군의 개입으로 다시 서울에서 후퇴해야 할 때에는 "팔다리가 다 떨어지고 몸뚱이만이라도 돌려 준다면……깡통을 들고 밥을 빌어다가 먹여 살릴 건데……돌려만 준다면, 돌려만 준다면……"[23]라고, 병신이 되었더라도 좋으니 남편이 살아 와 주기만을 애절하게 바란다.

'기석'과 결혼할 생각이 별로 없었지만 그가 자신이 아는 좋은 집안의 여자와 혼담이 이루어진다는 소문을 듣고 경쟁심에서 결혼을 승낙했고, 결혼 전에 자신의 이름을 함부로 불렀다고 그에게 혐오감을 갖고 헤어지려 하나 파혼이라는 불명예를 꺼려 결혼식을 올렸던 '지영'으로서는 엄청난 변신이다. 6·25는 선민적 우월감에 젖어 있던 그녀의 오만한 의식에 충격을 주었고, 자기 반성 속에서 남편에 대한 애정을 확인하도록 한 것이다.

---

23) 박경리, <시장과 전장>, 앞의 책, p.326.

아버지와 오빠가 그녀의 애인이었던 공산주의자의 고발로 처형당했기에, '가화'는 공산주의 이념의 심각한 피해자라 할 수 있다. 하지만 그런 그녀가 공산주의자인 '기훈'을 사랑하게 되자, 그를 찾겠다는 마음만으로 빨치산에 합류하며, 온갖 고통과 심한 모욕에도 불구하고 그를 감싸며 포용한다. 그리하여 기훈 역시 이념이 줄 수 없는 사랑의 힘을 깨닫고 차츰 그녀를 사랑하게 된다. 이에 이념을 위해서는 얼마든지 사랑을 버릴 수 있다던 그가 인민군의 후퇴 직전에 그녀를 '지영'에게 맡길 생각을 하며, 그녀가 자신의 아이를 가졌으면 좋겠다는 생각까지 하게 된다.

'가화'는 아무런 조건도 바램도 없이 사랑할 수 있는 순백의 여자로 구현되고 있기에, 발표 당시부터 "제대로 철 든 여자인지 의심스럽겠으나 그 성격의 장단을 진지하게 논하기에는 너무 가공적인 인물이다."[24]라는 비판을 받았다. 그러나 박경리는 "작자가 애착을 갖는 것은 일종의 꿈같은 것, 전혀 개인의 취미에 속하는 일이다."[25]라고, 철이 들 든 여자이고 지나칠 정도로 가공적인 인물이기에 오히려 그녀에게 애착을 갖는다고 말한다.[26]

앞에서 살펴 본 병렬적인 두 유형의 애정에서도 그대로 드러나고 있듯이, 박경리는 진실하고 헌신적인 사랑을 중시하고 있다. 그러한 사랑을 믿고 있었기에 그녀는 '불신시대'를 극복하고 '암흑시대'를 밝혀갈 수 있었던 것이다. 그녀에게 사랑이란 어떤 형태나 성질이든 결코 인간 존엄에 손상을 주지 않으며, 사람을 소외시키지 않는 최상의 것이었다.[27] 이처럼 그녀는 사랑을 통해 인간에 대한 신뢰를 굳건히 하며, 이를 통해 건

---

24) 백낙청,「피상적 기록에 그친 6·25수난」,『신동아』,1965.4, p.327.
25) 박경리,「띄엄 띄엄 읽고 갈겨쓴 비평일까」,『신동아』,1965.5, p.366.
26) 남지영이 초기작 <불신시대>, <영주와 고양이>, <암흑시대>, <표류도>의 '진영', '순영', '민혜', '현회'에 이어지는 박경리의 현실적인 분신이라면, 이가화는 <노을진 들녘>의 '주실', <성녀와 마녀>의 '하란', <가을에 온 여인>의 '정란'에 이어지는 낭만적인 분신이라 할 수 있다.
27) 박경리,「나의 문학적 자전」,『꿈꾸는 자가 창조한다』,앞의 책, p.38.

강한 윤리성을 회복하고 있다.

3. 이념 비판과 역사에의 동참

<시장과 전장>의 '기훈'은 다른 6·25소설에 나오는 공산주의자처럼 야만적이고 비속하지 않다. 조남현은 "<시장과 전장>은 하기훈이라는 한 코뮤니스트의 입상을 제시하기 위해 씌어진 소설이라 해도 틀리지 않을 것이다."[28]라고 한다. 이처럼 하기훈은 한편으로는 지극히 냉정하지만 다른 한편에서는 따뜻한 인간애를 잃지 않는 인격자로 그려진다. 그리고 작가의 의도와는 달리 <광장>의 '이명준'이 역사에 무관심한 방관자로 구현되고 있다면,[29] 하기훈은 유동하는 역사 속에 능동적으로 참여하는 실천적인 활동가로 구현되고 있다.

이처럼 '기훈'을 긍정적으로 제시하고 있다고 해서 박경리가 공산주의 이념을 무비판적으로 긍정하고 있는 것은 아니다. 그녀는 고지식한 무정주부의자와 회의하는 공산주의자를 통해 공산주의를 비판하고 있다. 먼저 무정부주의자인 '석산선생'의 입을 빌어, 공산주의는 자본주의에서의 종교와 같은 광신적인 믿음을 요구하며 그러한 믿음을 위해 방편과 폭력을 필요로 하고 있음을 비판한다. 또한 부르주아 독재에서와 마찬가지로 프롤레타리아 독재라는 극단에는 파괴와 멸망이 있을 뿐이며, 자본주의 사회가 자유를 방패삼아 사람을 임금노예로 만들었듯이 공산주의 사회는 미래의 행복이라는 공수표 아래 사람들의 자유를 박탈했을 뿐임을 비판하고 있다.

그리고 후퇴 시에 '기훈'과 함께 빨치산에 가담하지만 전향한 공산주의자 '장덕삼'을 통해서 당시 중산계급 출신 지식인들의 공산주의 신봉이

---

28) 조남현,「박경리의 <시장과 전장>」,『한국현대소설의 해부』,문예출판사, 1993, p.259.

29) 박종홍,「<광장>, 풍문과 현장의 거리」,『인문연구』제18집 제1호, 영남대학교 인문과학연구소, 1996, p.113.

충동적이고 감상적인 선택이었음을 지적한다. 그들 지식인들은 연인을 생각하듯 공산주의를 동경했으며, 낭만적 열정으로 공산주의자가 되었기에 얼마 지나지 않아 이상과 현실의 괴리 속에 자기 모순에 직면하게 되었다는 것이다.

> 우리는 물위에 뜬 기름입니다. 우리는 돌아갈 길이 없읍니다. 우리는 이 진영 저 진영 두 군데서 다 떨어져 나온 이방인입니다. 나는 그것을 똑똑히 헤아릴 수 있었읍니다. 그들이 대창으로 사람을 찔러 죽였을 때 내 마음속에 일어나는 휴머니티가 중했던 것은 결코 아니지요. 나는 그때 그 기분을 진정으로 당신에게 전하고 싶습니다. 내가 그 머슴들처럼 왜 대창을 들지 못했던가, 그때 나는 깨달았읍니다. 나는 이들 성분의 사람이 아니라는 것을 느꼈읍니다. 나는 지주의 아들입니다. 나는 대학을 나온 인텔리입니다. 문학을 탐독하고 마르크시즘에 열광한 나는 결코 노동자는 아니었읍니다. 창백한 인텔리였으니깐요. 아시겠어요? 대창에 찔리어진 사람은 우리 한민족이라는 거창한 집단을 떠나서 내 누이, 내 부모, 내 계급이었읍니다. 내가 난 계급이었읍니다. 그네들이 어째서 지식분자를 경계하는지 거기에 대하여 나는 늘 불만을 느꼈지만 그리고 고독해 했지만 나는 그때 내 계급의식에 눈떴던 것입니다. 본능이 아니면 안 됩니다. 본능 없이 본능의 피로써 선택하지 않는 일이란 안 되는 겁니다.[30]

이처럼 '장덕삼'은 월북한 이후 계속 민중과의 단절감을 느꼈으며, 결코 자신의 계급의식을 떨쳐 버릴 수 없었다고 한다. '기훈' 역시 지식인과 민중은 혁명 활동에 있어 각기 역할이나 기반이 다르며, 자신과 같은 지식인은 남한의 해방이 이루어진 뒤에는 쓸모 없는 소모품이 될 뿐이란 점을 잘 알고 있다. 그렇지만 전향하여 빨치산의 토벌대에 앞장서는 '장

---

30) 박경리, <시장과 전장>, 앞의 책, p.357.

덕삼'과 달리 '기훈'은 공산주의를 포기하지 않는다. '기훈'은 '가화'를 귀순시키고자 하면서도 자신은 시종 공산주의를 고수함으로써, 자신이 선택한 이념을 끝까지 지켜 가는 의지적 행동가의 면모를 보여준다. 그는 개인의 운명보다는 민중이라는 집단의 운명을 중시하여 자신의 희생도 개의치 않음으로써, 6·25소설의 새로운 이념적 인물로 부각되고 있는 것이다.

<시장과 전장>에서 박경리가 지식인들을 중요 인물로 내세우고, 그들의 입을 통해 지식인과 민중과의 단절감을 토로하고 있지만, 정작 신뢰하는 것은 그들 지식인보다는 그들이 자신들을 따르지 않는다고 비난하는 대다수 민중들이다. 그러므로 김복순의 지적처럼 "민중에 대한 신뢰가 근본적으로 없기에 이 소설에는 민중에 대한 방관자적 시선이 곳곳에 펼쳐진다."[31]라고 보기는 어렵다. 박경리는 전쟁의 와중에서 민중들이 어느 편에도 선뜻 가담하지 않는 것이 생존에 철저한 민중의 지혜라고 보고 있기에 그렇게 그린 것이며, 그런 모습이 민중의 실상에 가깝다. 그러므로 민중의 그런 모습에서 오히려 정치이념에 치우치지 않고 객관적인 현실을 사실적으로 반영하고자 한 작가의 불편부당성이 잘 드러나고 있는 것이다. 이러한 점을 임헌영처럼 단순히 중립적 시각에 의한 '중도파적 인도주의'[32]이며, 작가의 현실 인식이 투철하지 못하기 때문에 그러했다고 볼 수는 없을 것이다.

박경리는 자본주의와 공산주의가 모두 극단적인 정치이념으로 인간의 자유를 박탈하고 있음을 비판한다. 전쟁중에 정치보위부에 소속된 '기훈'은 '석산선생'의 생각을 바꾸고자 하지만 실패하는데, '석산선생'이 끝내 개인의 자유를 고집하였기 때문이다. 두 사람 사이의 이러한 이념 논쟁에서 박경리는 '기훈'의 공산주의보다 '석산선생'의 무정부주의에 다소

---

31) 김복순,「<시장과 전장>에 나타난 사랑과 이념의 두 구원」,『토지』와 박경리의 문학, 한국문학연구회 엮음, 솔, 1996, p.432.
32) 임헌영,『분단시대의 문학』,태학사, 1992, p.203.

우호적인 태도를 보인다. 그녀도 '석산선생'처럼 인간의 자유를 가장 중시하고 있기 때문이다.33)

그리하여 무정부주의자와 회의하는 공산주의자를 통해 공산주의를 비판하고 있듯이, 공산주의를 비판하는 중에 자본주의를 신랄하게 비판하고 있다. 자본주의자를 통해 공산주의를 비판한다든지 공산주의자를 통해 자본주의를 직설적으로 비판하는 대신에, 이렇게 우회적인 방식을 택함으로써 <시장과 전장>은 직설적이고 적대적인 이념 비판의 경직성에서 벗어난다. 그리하여 정치이념 문제를 정면에서 다루면서도 6·25 당시의 현실을 균형 있게 포착하고 있다.

박경리는 전쟁으로 인해 깊은 상처를 입는다. <암흑시대>와 <불신시대>에 나타나듯이, 박경리는 전쟁 중에 남편을 잃고 전쟁 직후에 아들을 잃었던 것이다. 하지만 역사의 엄정한 흐름을 냉철하게 인식하면서 개인적인 아픔을 의연하게 극복해 나간다. 그녀의 이런 자각에는 1960년의 4·19가 큰 영향을 끼쳤다. 그녀는 나라를 아끼는 마음, 민주주의를 수호하고 진리를 사랑하는 마음에서 그 아까운 젊음을 내던진 현실을 방관해서는 안 된다며, "우리 어른들은 착해지고 뼈저린 책임감을 느껴야 할 것이다."34)라고 하며 비겁하고 안일한 사람들의 각성을 촉구한 바 있다. 류보선의 지적처럼 박경리는 4·19를 통해 "'나'가 아니라 '우리'가, '나'를 아끼는 마음이 아니라 '나라'를 아끼는 마음으로 그의 소설세계는 나아

---

33) 자유를 최우선시하는 '석산선생'에 대한 우호적인 태도에서 잘 드러나듯이, 박경리는 자유를 매우 중시하고 있다. 장용학 역시 자유를 중시하고 있기는 하나, 박경리에 있어 자유가 절대적이고 경험적인 가치여서 객관적 실재로 추구되는 것이라면, 장용학에 있어 자유는 상대적이고 관념적인 가치여서 초월적인 이상으로 존재하는 것이다. 장용학의 경우처럼 자유가 관념적인 가치이고 초월적인 이상으로 추구될 때에 역사에의 동참이나 실질적인 대응은 불가능하다. 박경리의 경우처럼 자유가 경험적인 가치이고 절대적인 실재로 추구될 때 작가는 역사 속에서 현실의 모순을 지양하고 타락을 구제할 길을 모색할 수 있을 것이다.

34) 박경리,「어린 비들기를 더 이상 욕보이지 말라」,『거리의 악사』, 민음사, 1977, p.220.

가"35)게 되었던 것이다.

박경리는 치열한 자기 성찰 속에서 점차 자신의 불행이 단지 개인적 운명 때문만이 아니라 당시의 사회적 모순에 의거한 집단적 운명 때문임을 깨닫게 되며, 역사의 비정하면서도 공평한 흐름에 동참할 수 있는 개방적이고 균형적인 시각을 갖게 된다. 이를 통해 건강한 사회윤리의식을 고양할 수 있게 된 것이다.

Ⅳ. 맺음말

<원형의 전설>에서 장용학이 예외적이며 고립적인 선민적 시각으로 '실존'을 중시하며 허무적으로 삶의 바른 방향을 잃고 있었다면, <시장과 전장>에서 박경리는 일상적이며 집단적인 민중적 시각으로 '생존'을 중시하며 의지적으로 삶의 방향을 바르게 찾아가고 있었다.

장용학이 6·25의 부당성에 대한 알레고리로 근친상간의 일탈적 애정을 순환적으로 제시하지만 그러한 작가의 의도는 성취되지 못하고 엽기적인 호기심을 유발하면서 인간에 대한 신뢰감을 상실하게 하였다면, 박경리는 진지하고 헌신적인 애정을 병렬하여 전쟁의 황폐함 속에서도 오히려 인간에 대한 신뢰감을 회복하게 하였다.

또한 장용학과 박경리는 동일하게 자본주의와 공산주의란 근대의 두 정치이념을 비판하고 있지만, 장용학이 심한 좌절감으로 현실을 벗어난 환상적인 극복을 모색하고 있었다면, 박경리는 비장한 각오로 진지하게 현실에서 실재적인 극복을 모색하고 있었다.

그리하여 장용학이 선민적 시각으로 인간 불신과 단절감 속에서 현실을 초월하고자 함으로써 사회윤리의식을 거부하고 있었다면, 박경리는

---

35) 류보선,「비극성에서 한으로, 운명에서 역사로」,『작가세계』22호, 1994년 가을호, p.35.

민중적 시각으로 인간 신뢰와 유대감 속에서 역사에의 동참을 통해 현실에 보다 밀착함으로써 사회윤리의식을 고양시키고 있었다.

그런데 장용학은 차츰 작가 활동이 현저히 소원해지고 작품의 성취 역시 빈약했음에 반해, 박경리는 이후에도 작가 활동을 왕성하게 전개하여 <토지>라는 뛰어난 대하 장편소설을 완성할 수 있었다. 이런 점은 주목할 만하다. 이를 통해 작가의 건강한 윤리성이 작품의 성취에 큰 영향을 끼친다는 점을 구체적으로 확인 할 수 있기 때문이다.

제6부

진보 이념의 비판과 반근대주의

김동리 해방기 소설의 지향

Ⅰ. 문제 제기

을유 해방은 우리 민족에게 벅찬 환희를 가져다 준 감격적인 사건이었다. 하지만 해방 직후 38선을 경계로 삼아 북한에 소련군 사령부가 설치되고 남한에 미군정이 실시되었듯이, 한반도는 전승국 미·소의 냉전 구도에 의한 세계 재편의 소용돌이 속에 들어서게 된다. 그리하여 남북한을 막론하고 그들 구성원이 어떠한 정치적 이념을 지향하는가에 따라 상호간의 대립과 반목이 극대화하였다. 한마디로 '해방기'[1]는 우리 민족에게 독립 국가 건설에의 기대와 좌절이 교차하는 격동의 시기였던 것이다.

문단에서도 좌우익을 막론하고 민족의 역사적 과제에 능동적으로 부응하고자 정치우위의 문학활동을 전개하고 있었다. 그런데 동일하게 민족국가 건설을 위한 민족문학을 내세우면서도 그들 좌우익 문학자들은 이념의 차이로 인한 시기와 반목의 불협화음을 강하게 보여주고 있었다.

---

1) 여기서 '해방기'란 일제의 억압으로부터 풀려난 1945년 8월15일에서 1950년 6·25 이전의 시기를 가리킨다. 엄밀한 의미에서는 남한이 단독 정부를 수립한 1948년 8월 15일까지로 잡아야 할 것이다. 하지만 그 이후도 6·25 이전까지는 제한적이나마 남북한 사이에 인적·물적 교류가 이루어지고, 민족 통합을 위한 노력이 지속되고 있었다. 그렇다면 그 시기를 해방기에 포함시켜도 무리는 없을 것이다.

그리하여 1948년 남북한 단독 정부수립과 1950년 한국전쟁을 거치면서 남북한 구성원이 상호간에 적대감을 노골화함에 따라 남북한의 문학 역시 배타적인 방향으로 전개되고 말았다. 이러한 문학의 이질성은 구성원들의 가치의식을 이질화할 것이며, 문학의 단절 속에서 민족의 단절 역시 회복하기 힘들 지경에 이를 것이다. 그렇다면 통일을 위한 민족적 연대감의 회복을 위해서도 이러한 남북한 문학의 이질성은 시급하게 해결되어야 할 과제이다.

해방기가 분단의 원인이 된 내외적 욕구가 다양하게 분출되던 시기였기에, 오늘날 남북한 문학의 단절을 효과적으로 극복하기 위해서는 우선 그러한 단절의 기반이 된 해방기 현실을 반영한 작품의 위상을 제대로 파악해야 할 것이다. 이런 문제의식에서 1980년대에 들어서면서 해방기 문학에 대한 연구가 본격화되어 양적으로나 질적으로 상당한 연구성과가 축적되어 있다. 하지만 대부분의 연구가 좌우익의 이념 대립에 대한 총괄적인 개관에 그치거나, 좌우익에서 제기된 민족문학론의 성격을 규명하는데 그치고 있는 듯하다. 그렇다면 이제는 좌우익 이념 대립의 도식적인 틀에서 벗어나서 개별 작가와 개별 작품을 구체적으로 검토하여 해방기 문학의 실상을 심도 있게 파악해야 할 것이다.

김동리 문학의 경우도 일제강점기나 1950년대 이후의 작품에 대한 연구는 상당히 이루어졌으나, 해방기의 작품에 대한 연구는 매우 빈약한 편이다. 김동리의 해방기 소설에 대한 연구 역시 소설사나 작가론에서 부분적으로 다루어지거나, 해방기 소설을 전반적으로 다룰 때에 부분적으로 거론된 바 있을 뿐이다.2) 해방기에 김동리는 비평을 통해 자신의 독자적 문학관을 정립하는 한편으로 그러한 문학관에 의거해 창작 활동을 활발하게 벌였기에 그의 문학 활동 자체가 빈약했던 것은 아니다.

---

2) 이주형,「해방직후 소설에 나타난 민족현실의 인식」,국어교육연구 20, 1988. 김상태,「해방공간의 소설」,현대문학, 1988.12. 신형기,『해방기 소설 연구』,태학사, 1992. 이우용,『해방직후 한국소설의 양상』,고려원, 1993.

본고에서는 연구의 방향을 뚜렷이 하기 위해 김동리 소설의 특성을 대척적인 입장에서 파악하고 있는 기존 검토를 먼저 살펴보기로 한다. 정한숙은 김동리 소설이 현실의 미학을 추구한 '현미경적인 것'과 관념의 미학을 추구한 '돋보기적인 것'으로 양분되어 전개되다가 <등신불>, <을화> 등에서 그러한 양면성이 지양되어 하나로 통합되고 있다고 본다.3) 그리고 염무웅은 김동리소설을 '역사적인 것'과 '원형적인 것'으로 양분하면서, 이러한 분열성은 몰락한 토착선비의 양면성이 창작 활동의 이중성으로 나타났다고 본다. 그리하여 양 계열의 특징을 함께 내포하고 있는 <무녀도>와 <황토기>는 높은 예술적 성과를 이루어지만, <혈거부족> 이후의 문학활동은 역사적으로 의미 있는 예술적 역할의 핵심에서 멀어졌다는 것이다.4)

그러나 이러한 이원론적 입장과 달리 조연현은 김동리 소설의 특성을 '허무주의'로 일원화하여 그러한 허무주의가 시기별로 변주되고 있다고 본다.5) 그리고 이동하는 김동리 소설의 특성을 '전통지향적 보수주의'로 일원화하고 있다. 이원론은 김동리가 현실 대결 의식을 담은 작품과 전혀 그 반대 자리에 서있는 작품을 동시에 내놓은 엄청난 모순의 소유자로 간주하는 불합리한 판단이란 것이다.6) 그러나 이런 평가는 김동리와 같은 민감하고 복합적인 소설가를 지나치게 단순화하는 논리이기에 수긍하기 어렵다. 소설이 본질적으로 이중적이어서 대화적인 속성을 지니듯이 작가는 자신의 이중성을 작품 속에 투영하면서 그러한 모순성을 지양하고자 한다고 보아야 할 것이기 때문이다.7)

---

3) 정한숙,「현미경과 돋보기」,『동리문학연구』,서라벌예대, 1973.
4) 염무웅,「김동리문학의 현실감각」,위의 책.
5) 조연현,「김동리론」,『동리문학이 한국문학에 미친 영향』,중앙대, 1979.
6) 이동하,『한국소설의 정신사적 연구』,일지사, 1989.
7) 바흐친(M.Bakhtin)에게 어떤 발화도 한 발화자에게만 종속될 수가 없다. 발화는 여러 발화자 사이의 상호작용의 산물이며, 더 광범하게는 발화에 발생된 복합적인 모든 사회적 상황의 산물이다. 언어는 처음부터 끝까지 사회적인 것이다. 이러한 타자화된 주체, 사회적인 개인으로부터 바흐친의 대화적인 시각이 형성된다. 바흐

　본고에서는 김동리의 소설이 이중성을 보인다는 입장을 긍정하지만, 해방기의 소설을 역사적인 현실과 원형적 현실을 드러내는 작품으로 양분해서 다루지는 않을 것이다. 그렇게 하기에는 중간적인 성격을 지닌 작품들이 있어 무리가 따르기 때문이다. 이에 본고에서는 김동리의 해방기 소설을 정치적 상황에서 이념 대립의 혼란상과 자유주의 이념을 선택하는 고민을 드러낸 작품, 일상적 상황에서 가족 관계의 동요와 모성에의 연민을 드러낸 작품, 그리고 원형적 상황에서 운명에의 대결 의지를 드러낸 작품으로 나누어 각각에 속하는 작품의 특성 및 그들 상호간의 연관성을 구체적으로 살펴볼 것이다.

　본고에서의 이러한 검토는 김동리 문학의 전체적 면모를 파악하는데 긴요한 작업이 될 뿐만 아니라 해방기 문학의 전체적 면모를 파악하는데도 긴요한 작업이 될 것이다.

II. 해방의 혼란상과 자유주의의 수용

　해방기 김동리의 소설 중에서 정치적 상황을 다룬 작품들은 강대국에 의해 타율적으로 해방이 된 한반도의 혼란상을 여실하게 제시하면서 그 극복 방향을 모색하고 있다. 여기에서 김동리는 조선인에 대한 미소 강대국의 횡포를 비판하고 있을 뿐만 아니라, 이념 대립에 의한 민족 구성원 상호간의 심각한 대립도 연민의 시선 속에서 비판하고 있다. 이때에 민족주의자와 반공주의자는 성실하고 순박한 인물로 긍정시되는 반면에 친일파와 공산주의자는 타산적이고 비열한 인물로 부정시된다.

　<지연기>(『동아일보』,1946.12.1-19)의 '김정운은 일제 말기에 정광여

친에게 인간의 이질성은 바로 담론의 이질성이 된다. 이동상태의, 변전 상태의, 미완으로서의 인간의 파악은 담론을 지배하는 일원성의 목소리, 절대적인 목소리의 부정, 담론 사이의 무한한 대화에로 나아간다. 최현무, 「미하일 바흐찐과 후기 구조주의」,『바흐찐: 문학사회학과 대화이론』, 까치, 1987, pp.267-271.

학교의 교무주임 대리로 있으며 말석 교원들에게 대동아전쟁의 이념을 장황하게 설명해주던 친일파이다. 그런데 그는 해방 후에 교장 대리가 되자 학교의 비품을 빼돌려 자신의 사욕을 채우며 그 일로 책임을 지고 학교에서 쫓겨나게 되자 그를 추종하는 교사들과 함께 학생들을 선동하여 복직운동을 벌이면서 좌익 이념가로 행세한다. 이처럼 김정운은 겉으로는 학원의 자유화와 친일파 교사 축출이라는 그럴듯한 구호를 내걸고 양심적인 인사처럼 행세하지만, 속으로는 자신의 복직을 도모하고 자신에게 적대적인 교사들을 쫓아내고자 하는 비열한 인물일 뿐이다. 이를 통해 김동리는 당시에 좌익으로 행세하던 지식인들이 대개 김정운 같은 사이비 이념가일 뿐임을 나타내고 있다.

그렇지만 주인공 '백정후'는 일제 말기에는 창씨를 거부하고 학생들에게 한글 학습을 강조하다가 밀고를 당해 서대문서로 잡혀가 감옥 생활을 했던 민족주의자이다. 그는 해방이 되어 학교로 다시 돌아와서 순수한 학생들이 김정운 같은 사이비 이념가에게 이용당하는 것을 안타까워한다. 그리하여 백정후는 "이 학교는 여러분께 그러한 데모 행렬보다 한글과 국사를 가르치는 것이 더 긴급하다고 생각하는 자유를 가졌다"[8]라고 하면서, 학생들이 정치 단체의 전위대가 되어 데모 행렬에 참가하기보다는 우선적으로 한글과 국사를 익혀야 함을 간곡하게 요청하고 있다.

백정후는 김정운과 같은 타락한 인물들이 활개치는 해방기의 현실을 개탄하며 민족 구성원 모두가 단합하여 민족 기상을 펼칠 새로운 계기를 마련하고자 한다. 하지만 김정운의 집은 때마다 하얀 쌀밥만 먹을 정도로 풍족한데도 백정후의 집은 밀수제비도 넉넉하게 먹을 수 없는 곤궁한 형편이듯이, 당대의 현실은 김정운의 집 굴뚝 위 전기줄에 걸린 채 이따금씩 꼭지를 살랑살랑 흔들며 파란 하늘 위로 날아오르다가는 한 길도 채 못 올라가 거꾸로 내려 박히는 백정후의 아들 재혁의 새하얀 가오리

---

8) 김동리, <지연기>, 《향토기》, 수선사, 1949, pp.170-171.

연과도 같은 암담한 형편이다.

<지연기>에서는 백정후의 시선을 통해 부녀자를 강간한다는 북쪽의 소련군이나 전차 승객들에게 강제로 디디티 소독을 시키는 남쪽의 미군를 함께 비판하고 있다. 하지만 남북한의 이념 대립을 가속화한 그들 외세를 대등한 비중으로 비판하고 있는 것은 아니다. 미군의 조선민족에 대한 인격적 모독보다 소련군의 부녀자 강간사건에 훨씬 부정적인 태도를 보여주고 있기 때문이다.9)

장편 <해방>(『동아일보』,1949.9.1-1950.2.16)에서 좌익 지식인인 '신철수'도 <지연기>의 김정운처럼 사이비 이념가이다. 신철수는『해방주보』라는 이름 없는 신문의 주필이자 편집국장으로 이런 직함을 이용해 공갈과 사기를 일삼는데, 사주의 딸인 여기자 '윤정혜'를 이용하여 여성동맹에 마수를 뻗치며 인민을 앞세워 여러 여자들과 엽색 행각을 벌이기도 한다.

그러나 여기에서 신철수에 대한 비판 역시 김정운의 경우와 마찬가지로 그의 비윤리적인 행위에 중점을 두고 있다. 좌익 이념가가 비윤리적인 행위를 하기에 그가 선택한 이념 역시 잘못된 것이란 방식으로 비판하고 있기에 좌익 이념가에 대한 본질적인 비판이 이루어지지 않고 있는 것이다. 신형기의 지적처럼 "<해방>의 경우 인물형상은 이념적 내용을 결여하고 있으며 좌우는 기껏해야 윤리적으로 가름되고 있을 뿐"10)이다.

좌익에 대한 김동리의 거부감은 여수와 순천 반란 사건을 다룬 <형제>

---

9) 소련군에 대한 김동리의 비판의식은 <혈서부족>(『백민』 7, 1947.2)에서도 그대로 이어지고 있다. 여기에서 주인공 순녀'는 만주에서 병든 남편을 이끌고 간신히 국내로 돌아왔지만, 여비가 없어 고향인 경상도까지 가지 못하고 서울에 머물다 남편의 상을 당한다. 이때에 구걸로 연명하던 그녀와 딸 옥희를 동정해 방공굴로 인도한 할머니의 아들 '황생원'이 아내를 잃은 것이 북쪽에서 원숫놈의 병정들과 도적놈들에게 욕을 당해 대동강물에 빠져죽었기 때문이라고 한다. 이처럼 다른 작품에서도 반복해서 소련군에 대한 적의를 환기시키고 있는 것이 그러하다.

10) 신형기, 앞의 책, p.202.

(『백민』,1949.3)에도 그대로 나타나고 있다.11) 여기에서 형 '인봉'은 우익 단체인 대동청년단에 참여하고 있고, 아우 '신봉'은 좌익 단체인 농민조합에 참여하여 형제간에 대립하고 있다. 그런데 신봉은 5·10선거를 방해하다가 잡혀간 일 때문에 인봉을 오해하여 마을이 인민공화국의 천하가 되자 조카인 '윤수'와 '정수'를 경찰서에 넘기며 인봉도 잡으려 다닐 정도로 인륜을 무시한다.

이에 인봉은 사돈인 '윤규'의 집에서 숨어 지내며 경찰서와 학교가 국군에 의해 탈환이 되자 가족을 찾아 나선다. 그때에 인봉은 경찰서 안마당에서 피투성이로 누워 있는 윤수와 아래턱이 떨어져 나가고 한쪽 눈이 빠져서 얼굴이 반밖에 남아 있지 않은 정수, 윤수의 손목만 자꾸 쓸고 앉아 있는 아내를 보게 된다. 이러한 비참한 가족의 모습을 보면서 인봉 역시 눈앞에 신봉이 있다면 그저 단숨에 손으로 찢어서 죽여 버릴 것 같은 증오심을 갖게 된다.

> '빨갱이는 씨도 남기지 말고 죽여얀당게' 그들은 이렇게 외치며 이종석의 집을 휩쓸었다. 이종석은 집에 없었다. 처음 툇마루 앞에서 붓잡힌 것이 이종석의 딸—열세살 난 학생이었다. 군중은 장작 가비로 이 열세살 난 계집앵의 머리를 때리고 발길로 지르고 하여 그가 피투성이로 완전히 늘어진 것을 본 뒤에야 물러 섰다. 다른 한 패는 방 안에 누어 있는 이종석의 아버지를 그렇게 만들고 또 한 패는 세간을 있는대로 다 부시어

---

11) <혈거부족>에서 버릇처럼 공산주의 시대를 되뇌이는 '윤서방'도 김정운과 신철수처럼 사이비 이념가이다. 그는 남편의 상중에 있는 순녀를 밤중에 몰래 겁탈하려다 발각되어 망신을 당할 뿐만 아니라, 막벌이 일을 하는 '박서방'에게 토굴을 하나 소개하면서 전 재산인 칠백환을 받아 챙긴다. 이런 몰염치한 윤서방이 비판받고 있는 것과 달리 <상철이>(『백민』 11, 1947.11)에서 '대한 독촉 청년회'의 별동대에서 반공 활동에 나서고 있는 '상철이'는 순박한 인물로 옹호되고 있다. 김동리의 해방기 소설에서 지식인뿐만 아니라 민중 역시 좌익 측의 인물은 부정적으로 제시되고 우익 측의 인물의 긍정적으로 제시되고 있는 것이다.

놓았다.[12]

　인용문은 좌익 가족에 대한 우익 측의 복수 행위 역시 얼마나 잔인하게 이루어지는가를 잘 보여준다. 해방기 조선에서 냉전 체제가 야기한 외래 이념의 대립으로 인해 한 민족 한 핏줄이라는 공동체의 연대감은 완전히 깨어지고 극단적인 증오의 감정 속에서 형제와 이웃이 서로를 원수로 삼게 되는 양상이 적나라하게 제시되고 있기 때문이다.

　이때에 농민조합 출신 남로당원 가족의 집에 복수하려 가는 '대청원'과 '족청원'에 휩쓸려 인봉도 신봉의 집을 습격하려 가지만, 신봉처럼 혈연의 정을 냉정하게 끊지 못한다. 짚둥우리에 숨어 있던 조카의 목숨이 위태로울 때에 본능적으로 조카를 옆에 낀 채 담을 넘어 달아나고 있듯이, 인봉은 이념이나 원한보다 혈연적 유대를 중시하고 있다. 이동하의 지적처럼 인봉의 이러한 행동은 "그 첫째는, 적어도 우익 쪽의 사람에게 있어서는, 이데올로기상의 충돌이 낳은 원한보다도 혈연에 의한 유대감이 더 강할 수 있다는 생각이며, 그 둘째는 맹자가 말한 바를 연상케 하는 인의 정신"[13]을 보여주고 있는 것이다.

　<형제>에서도 이념 때문에 인륜을 저버리는 신봉과 원한에도 불구하고 인륜을 중시하는 인봉을 통해 좌익 측을 부정시하고 우익 측을 긍정시하고 있다. 이런 점은 <지연기>에서 김정운 같은 좌익 측의 인물을 사이비 이념가로 제시하면서 신랄하게 비판하고, 백정후 같은 우익 측의 인물을 온건한 민족주의자로 제시하면서 은연중에 옹호하고 있듯이, 좌익 이념에 대한 김동리의 지속적인 거부감에 기인한다.

　김동리에 의하면, 좌익 이념의 핵심인 유물사관은 지구의 출처와 태양계의 모체는 더 추궁하지 못하는 것이기에 그것의 근본을 이루는 물질의 형이상학적 근거는 몹시 유치하고 천박한 이론일 뿐이다. 유물사관에서

---

12) 김동리, <형제>, 『황토기』, 앞의 책, pp.79-80.
13) 이동하, 앞의 책, p.78.

는 정신의 주인공인 인간이 동물에서, 동물은 다시 더 적은 미생물에서, 미생물은 죽은 자연에서 생겨난 것이라고 하며 물질의 우위성과 독립성을 주장하고 있지만, 미생물이 생겨날 수 있는 지구는 죽은 자연이 아니라 산 자연으로 정신과 물질의 그러한 구별을 초월한 생명체란 것이다. 따라서 김동리는 공산주의가 물질적 생활자료의 산출방법이 다른 면에서 인간의 자유 향상의 욕구라는 생명력에 의존해 있다는 점을 깨닫지 못한다고 비판한다.14)

또한 김동리는 유물변증법이 이러한 원론적인 측면에서뿐만 아니라, 조선 문단에서 구체적으로 실현됨에 있어서도 결정적인 오류를 범했다고 본다. 좌익 측의 민족문학은 표면에 내세우는 것과는 달리 계급문학이지 민족문학일 수 없다는 것이다. 박헌영의 남로당이 정치적으로 '부르주아 민주주의 혁명'이란 테제를 내걸고 프롤레타리아 계급혁명을 실행시키고자 하고 있듯이, '조선문학가동맹'15)에서도 민족문학이란 기치아래서 철두철미 계급문학을 행하고 있다는 것이다.

물론 민족에 계급이 없는 것은 아니지만 문제는 언제나 어떤 것을 보다 강조하는가에 달려있으며, 작품의 주체의식이 민족에 있는가 계급에 있는가 하는 것으로 민족문학과 계급문학의 여부가 결정된다는 것이다. 그러하기에 조선문학가동맹의 문학은 계급문학으로 '당의 문학'일 뿐이며 민족문학이 아니란 것이다. 그러므로 김동리는 자신이 주도하는 '조선청년문학가협회'16)의 문학이야말로 '인간의 문학'으로 참다운 민족문학

---

14) 김동리, 「순수문학과 제3세계관」, 『대조』제4호, 1947.8, p.20.
15) 좌익 쪽에서는 임화, 김남천, 이원조, 이태준이 주도한 '조선문화건설 중앙협의회'(1945.8.18)와 이기영, 한설야, 송영, 윤기정이 주도한 '조선프롤레타리아 예술동맹'(1945.9.30)이 결합하여 일본제국주의의 잔재의 소탕, 봉건주의 잔재의 소탕, 국수주의의 배격, 진보적 민족문학의 건설, 조선문학의 국제문학과의 제휴라는 다섯 개 항목을 강령으로 선포하면서 '조선문학가동맹'(1946.2.9)이 결성되었다. 권영민, 『해방직후의 민족문학운동연구』,서울대학교출판부, 1986, pp.9-20.
16) '조선문학가동맹'에 대응하는 우익 측의 문학 단체로 '전조선문필가협회'가 있었지만, 그것은 문인들만의 단체도 아니며 소속원들의 현실 대응력에도 한계가 있

이라고 여긴다.

이처럼 김동리는 소설과 비평에서 시종 좌익 이념을 부정시하고 있다. 그렇다고 그가 공산주의를 일방적으로 매도하고 자유주의를 일방적으로 옹호한 것은 아니다. 그는 해방기에 공산주의와 자본주의를 대치할 제3세계관을 추구하고 있었기 때문이다. 김동리는 「순수문학과 제삼세계관」(『대조』4호, 1947.8)에서 자신의 순수문학이 현실에의 관심을 전혀 배제한 '상아탑류의 문학'이 아니라 새로운 세계관에 입각한 '신인간주의 문학'이라고 주장한다.17) 이런 김동리의 제3세계관은 김동석에 의해, "좌도 아니오 우도 아닌 제3노선? 희랍신화의 영웅 아킬레스가 영원히 거북의 느린 거름을 따라가지 못하는 그 노선을 김동리는 걸어가려고 하고 있는 것이다."18)라는 신랄한 비판을 받는다. 미소에 의해 한반도가 분활된 해방기에 김동리의 이런 입장은 현실적으로 거의 불가능한 이상론으로 여

었다. 그리하여 당시 김동리, 조연현, 조지훈, 서정주, 임서하, 곽하신, 곽종원 등의 소장 문인들은 적극적인 문학 활동을 위해 별도의 조직체가 필요하다는 데 의견의 일치를 보아서 1946년 4월4일에 '조선청년문학가협회'를 정식으로 결성한다. 한국문인협회편, 『해방 문단 20년』 정음사, 1965. pp.141-145.

17) 김동리는 순수문학의 기조가 되는 휴머니즘을 서양적인 범주에 제한하여 3기로 나누어 설명한다. 제1기는 고대의 휴머니즘으로 소크라테스와 플라톤을 대표로 하는 희랍계의 이성적 인간 정신과, 기독을 대표로 하는 히부라이계의 고차원적 영혼생장의 인간확립이 그것이다. 이 시기는 신화적 미신적 궤변과 계율에 대한 항거와 타파로써 가장 원본적인 인간성의 기초가 확립된 기간이라고 본다. 그리고 제2기는 르네상스로서 표현된 신본주의에 대한 인본주의 승리가 그것이다. 신본주의에 대한 반발로서 시작된 것이기에 제1기적 휴머니즘의 부흥이라고는 해도 특히 헬레니즘계의 이성적 인간정신이 주가 된다. 그러한 정신이 오늘날의 신민한 과학시대를 초래한 것도 사실이나 현대 과학정신의 발달과 난숙은 공식주의적 번쇄이론과 과학주의적 기계관을 산출하였을 뿐이라고 비판한다. 이에 제3기는 철학에 있어 니체와 하이데거, 딜타이 등에 의해, 문학에 있어 헷세와 만, 지드 등에 의해 지향되었고, 민주주의의 조류 속에서 개성의 자유와 인간성의 존엄을 목적하는 휴머니즘에로 선양되었다는 것이다. 그리고 이러한 현대 휴머니즘의 본격적 출발은 '동서정신의 창조적 지양'에 따른 새로운 정신적 원천의 양성으로서만 가능하다고 본다.

18) 김동석, 「순수의 정체-김동리론」, 『신천지』 제21호, 1947.11, p.195.

겨졌기 때문이다.

<윤회설>(『서울신문』,1946.6.6-26)에서 '종우'가 이러한 제3세계관을 추구하고 있다. 여기에서 종우는 남녀의 육체적인 결합에 적극적인 관심을 보이며 열성적으로 예술가 동맹에 참여하는 '혜련'을 못마땅하게 여긴다. 그럼에도 불구하고 그는 유물사관이 인간을 획일화하고 자유정신을 말살하는 비인간적인 이념임을 설교하면서 그녀와 결혼한다. 구렁이에게 작아 먹힘으로써 새끼를 친다는 두꺼비 설화처럼 종우는 혜련과 결혼함으로써 그녀의 공산주의 이념을 포괄한 제3의 이념을 생성하고자 한다는 것이다. 자본주의와 공산주의를 동시에 지양해야 한다는 종우의 이런 생각은 물론 김동리의 제3세계관의 논리에 의거한 것이다.

김동리에 있어 물질 우위의 공산주의든 정신 우위의 자본주의든 용납하기 힘든 외래적이고 서구적인 정치 이념이었다. 그러하기에 김동리 자신은 진정한 인간성 옹호를 위해서 새로운 길을 모색하여 "자본주의적 기구의 결함과 유물변증법적 세계관의 획일주의적 공식성을 함께 지양하야 새로운 보다 더 고차원적 제3세계관을 지향"[19]하고자 했던 것이다. 김동리는 유물변증법의 대안으로 '상생상극의 변증법'을 내세운 바 있는데, 그것은 존경하던 백형 김정설의 음양론에 의거한 것이다.[20]

---

19) 김동리, 「본격문학과 제3세계관의 전망」,『문학과 인간』,청춘사, 1952, p.130.
20) 김정설에 의하면, 만사만물이 대체로 음양에 속하지 않는 것이 없는데, 서양에서 관념·물질이라 하거나 인도에서 공·색이라 하는 것이 추리법, 실험법,변증법 등의 존재론적 포착법인데 대하여, 음양론은 상을 있는 그대로 직접적으로 관찰하는 취상법(取象法)에 의한다. 취상법은 주객이 분리되어 직감적인 것, 영감적인 것을 뜻하는 서양의 직관(intuition)과도 다르며, 주객이 갈라지기 전의 즉관(卽觀)의 인식이며, 이러한 즉관에 의할 때에 우주의 본질과 변화가 제대로 포착될 수 있다. 이에 의거한다면 즉관에 의거하지 않은 유물론이나 유심론 모두 일방적인 인식일 뿐이다. 서양에서는 물질적·관념적이라는 원칙으로써 사물을 관찰하고 설명하여 왔지만, 동양에서는 심이니 색이니 하는 말 대신에 통합적인 음양으로 사물을 관찰하고 설명하여 왔다는 것이다. 김정설, 『풍류정신』, 정음사, 1986, pp.111-112.

그런데 당대의 현실은 결국 제3세계관을 추구하던 김동리에게 좌우익 이념 중의 하나를 선택하도록 강요한다. 이에 그는 우익 측의 자유 민주주의 이념을 선택하게 된다. 장편 <해방>에서 이러한 선택의 불가피성을 '이장우'를 통해 보여주고 있다.

> "자네가 말하는 좌익이니 우익이니 하는 것은 결국 이 두 개의 세계를 의미하는 거야. 그것이 단순히 우리 민족에 국한된 좌우익이 아니요 38선만이 아닐세. 이것은 지극히 평범하고 정식적인 말 같지만 동시에 지극히 근본적이요 원칙적인 판단이라는 것을 알아야 하네. 왜 그러냐 하면 이것이 현실이기 때문이다. 현실이란 이와 같이 두 개의 세계의 싸움이란 것을 알아야 돼. 우리가 정치를 한다는 것은 이 두 개의 싸움에 뛰어드는 것 뿐이야. 그 어느 '한개의 세계'에 가담하여 다른 '한개의 세계'와 싸우는 것이야."
> "이 '두 개의 세계'를 지양한 '제3의 세계'의 출현을 상상할 수는 없는가?"
> "자네와 같은 이상이나 희망으로는 가능하겠지. 그러나 가장 현실적이요 구체적인 방법은 어느 '한개의 세계'가 다른 '한개의 세계'를 극복하는 길 밖에 없어."[21]

인용문에서 이장우는 냉전 체제에 편입된 당시의 남한이 현실적으로 미국의 자본주의를 선택하지 않을 수 없는 상황임을 강조하고 있다. 좌·우익의 세계를 지양한 제3세계를 기대하는 '하윤철'의 생각이 실현 가능성이 없는 공상에 불과하다는 것이다. 이런 점은 미소의 냉전 논리를 김동리 역시 이 시기에는 피할 수 없는 일로 받아들이게 되었음을 나타내고 있다.[22] 이것은 역사적 상황의 변화 속에서 이념 선택이 개인의

---

21) 김동리, <해방>, 『동아일보』, 1950.2.9.
22) 1948년 8월 15일 이후 남북한의 단독 정부수립과 더불어 한반도에서의 좌우대립은 일단락 된다. 북한에서는 소련의 공산주의가 선택되어야 했고, 남한에서도 미

주체적 선택을 벗어난 운명적 필연성을 지닐 수밖에 없다는 점을 김동리 역시 인정해야 했다는 것이다.

Ⅲ. 가족 관계의 동요와 모성에의 연민

김동리의 해방기 소설 중에서 일상적 상황에서 가족 관계를 다루고 있는 작품들도 주목할 만하다. 이들 작품은 가족 관계의 동요 속에서 부성이 배제된 모성 편향성을 강하게 드러내고 있는데, 이런 점은 김동리의 심층화된 가족사를 짐작하게 해 주는 중요한 특징이다. 또한 이들 작품은 구체적 현실에서 강한 모성 지향성을 보여줌으로써 구체적 현실인 역사적 상황을 다룬 작품과 모성적 무속을 중시하는 원형적 상황을 다룬 작품을 연결해주는 역할을 하기도 한다.

<미수>(『백민』6호, 1946.12)에는 젊은 시기에 과부가 되어 딸만을 위해 살아 온 헌신적인 어머니가 나온다. 그녀는 딸이 성장하여 결혼한 뒤에는 사위 집에 함께 살다가 딸이 먼저 죽자 외손자들에 대한 걱정으로 재혼한 사위의 집에 그대로 얹혀 지낸다. 그런데 그녀는 딸의 제삿날이 돌아오자 허망한 자신의 신세를 한탄하여 복어 알을 먹고 자살을 시도하지만 미수에 그친다. 이 어머니는 딸과 외손자들을 위하며 자기를 희생하며 살아왔지만, 주체적으로 살아오지 못했기에 그러한 삶은 허무한 것일 수밖에 없다.

국의 자유주의가 필연적으로 선택될 수밖에 없었기 때문이다. 이에 남한의 문단에서도 '전조선문필가협회'와 '조선청년문학가협회'의 작가들이 중심이 되어 중간파와 전향 문인을 광범하게 수용한 '한국문학가협회'가 1949년 12월 17일에 결성되고, 그들이 대공문화전선에 함께 나서고 있다. 임화와 김남천 등 '조선문학가동맹'의 핵심 작가들은 1948년 이전에 이미 월북하였고, 월북이나 지하투쟁을 선택할 수 없었던 정지용과 박태원 등은 전향성명을 발표하고 보도연맹에 참여하여야 했던 것이다.

<어머니와 그 아들들>(『삼천리』,1948.8)의 어머니도 <미수>의 어머니와 다를 바가 없다. 그녀도 일찍 과부가 되어 갖은 고생을 하며 아들 삼 형제를 정성껏 키웠으나 어느 아들에게도 몸을 의탁하지 못한 채 죽는다. 큰아들은 술과 싸움과 노름에 젖어 있어 의탁할 수 없었으며, 오랫동안 얹혀 살던 둘째아들에게는 막내의 결혼문제로 마음이 상해서 쫓겨났고, 어려운 형편에 단칸방에 겨우 새살림을 차린 막내아들과도 함께 지낼 수 없었던 것이다. 그녀는 죽음이 임박하자 그래도 큰집에서 죽어야 한다는 생각에 힘들게 큰아들을 찾아가지만, 형편이 나은 아우가 어머니를 모시지 않는 것에 분개한 큰아들이 둘째아들의 집으로 그녀를 도로 데려감으로써 형제간에 싸움이 벌어지는 와중에 숨을 거두고 만다. 그녀 역시 자식에게 헌신하며 살아왔지만 주체적 삶을 잃어버린 박복한 어머니일 뿐이다.

이처럼 <미수>와 <어머니와 그 아들들>에서는 자식에게 정성을 다 바쳤음에도 불구하고 불행한 어머니가 연민의 시선 속에서 제시되고 있다. 가족 관계를 다룬 대부분의 김동리의 소설에서 아버지의 존재는 찾아보기 어려우며, 어머니의 존재는 큰 비중을 차지하고 있다.[23] 그리하여 가부장적 권위나 질서에 의한 가족간의 위계는 크게 흔들리고 있는데, 이런 점은 김동리의 유년 체험에 그 원인을 찾아야 할 것 같다.

> 아버지의 술은 날이 갈수록 심해졌다. 끼니는 거의 뒷전이요,
> 술만 거의 시간마다 한 잔씩이었다. 거기다 술이 취하시면 어
> 머니에게 싸움을 걸고 가족들을 들볶았다.

---

23) 일제강점기의 <바위>(『신동아』55호, 1936.5)에서 아버지는 아들 '술이'를 잃은 뒤에 밤마다 술이 취해 와서 아내를 때리며 죽어 버리라고 졸랐던 인물이고, <동구 앞길>(『문장』13호, 1940.2)에서 영감은 아들을 뺏긴 순녀가 아이를 몰래 만나다 본처에게 견디기 힘든 행패를 당해도 속수무책으로 방관하는 인물이다. 이들 작품에서는 여성들이 연민의 대상이 되고 있지만, 이렇게 연민의 대상이 되는 여성은 아내가 아니라 어머니이다.

　　어머니는 그러한 아버지가 심히 못마땅한데다가, 내가 또 술
을 좋아해서, 빨갛게 취한 채, 툇마루에서 뜰로 데굴데굴 구르
는 꼴 눈뜨고 못 보겠다고 화가 치밀어, 아버지와 나에 대한
제재랄까 보복이랄까, 그러한 동기에서 교회로 나가게 되었다.
그것도 아버지가 알지 못하게 몰래 나간 것이 아니라, 신주단
지를 밖에다 내어다 버린 뒤 교회로 나갔으니 어머니의 결의
는 대단한 것이었다. 그 당시 경주지방에서는 집집마다 신주단
지를 집안에 봉안했는데, 그것은 단지 농신(農神)을 가리키는
것이 아니고, 광의의 천지신명을 의미하는 상징같은 것이었는
데, 어머니는 예수를 믿기 위하여 이것을 집밖에 내어다 버렸
던 것이다. 그러니까 어머니는 두 가지 신을 모시지 않겠다는
결의였겠지만 아버지에 대해서는 극단적인 도전이기도 했다.
　　이리하여 아버지와 어머니의 전쟁은 시작되었고, 그 결과는
아버지를 점점 더 심한 알콜중독자로 몰아갔고, 우리 집은 날
로 더 음울한 분위기에 싸이게 되었다.24)

　　인용문에는 심한 주정을 부리는 김동리의 아버지와 이를 용납하지 못
하는 어머니 사이의 심각한 대립이 잘 드러나고 있다. 박해받는 어머니
와 의지박약한 가해자 아버지의 모습은 김동리에게 큰 충격을 주었던 것
이다. 그리하여 김동리는 이러한 아버지를 차츰 무섭고 밉고 원망스럽게
여겼으며, 아버지에게 그러한 곤욕을 겪어야 하는 어머니를 한없이 애처
롭고 분하고 억울하게 여겼다고 한다.

　　그렇지만 김동리의 이러한 태도는 그가 어머니에게 지나치게 편향되고
있음을 보여준다. 그는 여러 형제들 중에서도 특히 어머니에게 친근감을 지
니고 있었는데, "몸이 작은 것만 어머니를 닮았을 뿐 아니라 영혼까지도 철
저히 어머니를 닮은 것"25)같다고 할 정도이다. 김동리는 어린 시기부터 아
버지에 대한 거부감 속에서 어머니에 대한 강한 애착심을 갖고 있었기에 박

---

24) 김동리, 「나의 이력서」, 『밥과 사랑과 그리고 영원』, 사사연, p.189.
25) 위의 책, p.72.

복한 어머니들의 삶에 대해 유달리 강한 관심을 보였던 것이다.

또한 <심정>(『학풍』4호, 1949.4)에는 어머니를 모시고 효성을 다하지 못함을 몹시 안타까워하는 자전적 주인공 '균'의 심정이 토로되고 있다. 그는 큰 형님의 집에 함께 사는 어머니를 방문할 겸 동아대학의 문학 강연에 초청되어 부산으로 내려왔는데, 예기치 않은 설사로 누워 있게 되자 팔십 가까운 노모가 지극 정성으로 그를 간호한다.

> 어머니는 곁에서 쉴 새 없이, 찬송가를 부르다 기도를 올리다 하며, 손으로 균의 이마를 짚어주고 있었다. 팔십이나 가까이 된 늙은 어머니를 이렇게도 괴롭히고 수고를 끼치는 것이, 균에겐 그러나 송구스럽고 미안한 생각보다 어이한 노릇인지 형언할 수 없는 만족과 든든한 생각이 들었다. 더구나 몇 번인가 잠결에 눈이 뜨이자, 바로 이마 위에 훤언한 달이 있고, 또 곁에 어머니가 누어 있는 것을 발견했을 때마다, 지나간 어느 소년 시절에 꾸다 꾼 꿈을 마저 꾸는 듯한, 그러한 행복감에 잠기곤 하였다.26)

그런데 흥미로운 것은 인용문에서 균이 자신에 대한 노모의 힘든 간호를 균이 송구스럽게 여기지 않고 오히려 만족스럽게 여기고 있는 점이다. 어머니는 어떤 경우에도 자식들의 보호자여야 한다고 여기며 그러한 보호 속에서 행복감을 느끼는 균의 이러한 의식은 강한 모성편향성을 드러내는데, 작가 김동리의 모성편향성을 대변하고 있는 것이다.27)

이처럼 해방기 김동리의 소설에서 어머니는 헌신적인 여성상으로 긍정

------

26) 김동리, <심정>, 『학풍』4, 1949.4, p.108.

27) <바위>에서 문둥병에 걸린 '술이 어머니'에게 집요하고도 간절한 소망은 집을 떠나버린 아들과의 재회였으며, <동구 앞길>에서 친정의 형편 때문에 웃마을 '양주사'의 첩이 된 '순녀'에게 가장 큰 기쁨은 자식들을 보러 가는 길이었다. 이런 면도 모성의 헌신에 대한 김동리의 애착과 무관하지 않을 것이다. 그녀들은 모성을 궁극에까지 추구하고 있는 인물들이기 때문이다.

적인 제시되고 있는 반면에, 같은 여성이라도 아내는 속물적인 여성상으로 부정적으로 제시되고 있다. <지연기>에서 백정후는 속물적인 아내에게 경제적인 무능력으로 인해 암묵적으로 비난받고 있다. 아내는 해방의 기쁨에 취하여 집안 형편을 도외시하는 남편 대신에 아들에게 화풀이를 한다. 백정후 역시 이런 사정을 짐작하면서 귤 깍지 하나 만한 분량에 십 원을 준다며 미군의 소독약을 훔치는 아이들 틈에 끼여 있는 아들의 뺨을 때리며 자조적인 심정에 빠져들고 있다.

그리고 <인간동의>(『문예』10호, 1950.5)에서 '장익'도 그의 창작 활동을 무시하고 경멸하는 비속한 아내로 인해 심한 내적 갈등을 보이고 있다. 황폐한 가정 생활에 염증을 느끼는 장익에게 아름답고 지성적인 '지애'가 '마력을 가진 향수'처럼 다가온다. 하지만 이상과 현실 사이에서 방황하던 장익은 일본으로 떠난 지애를 찾아가려 부산에서 밀항선을 기다리다가 신경쇠약 속에서 결국 자살하고 만다.[28]

앞에서 살펴본 것처럼 일상적 상황에서 가족관계를 다룬 해방기 김동리의 소설에서 아버지는 부재하며 어머니만 부각되고 있다. 또한 같은 여성이라도 어머니는 헌신적이고 자애롭다는 점에서 긍정시되고 있는 반면에 아내는 이기적이고 속물적이란 점에서 부정시되고 있다. 이렇게 어머니가 유달리 중시되고 있는 것은 가정의 평화를 파괴하는 가해자 아버지와 희생자 어머니라는 어린 시기의 체험이 김동리에게 일종의 강박관념으로 작용하여 모성 편향성을 갖게 되었기 때문인 듯하다.

---

28) <인간동의>에서 장익의 이런 방황과 좌절은 일제강점기에 <혼구>의 '강정우'가 국민학생인 딸을 기생으로 만들어 풍족한 생활을 하도록 하겠다는 세속적인 욕망의 대변자인 '송또상'과 어떻게 해서든지 공부를 계속하겠다는 간절한 소망을 드러내는 '학숙'의 사이에서 어느 쪽이 바른 선택인가에 대한 확신을 갖지 못하고 방황하는 것과 다를 바가 없다. 오히려 장익은 강정우보다 비실제적인 충동적 죽음을 선택하고 있다. 이런 장익의 행동은 격변기에 주체가 자신을 방향을 바르게 설정하고 결단을 내린다는 것이 얼마나 어려운 일인가를 잘 말해준다. 작가 의식을 대변하는 주인공의 이런 방황과 좌절은 전후 <밀다원시대>의 '이중구'나 <실존무>의 '김진억'에게도 그대로 이어지고 있다.

<무녀도>, <달> 등 원형적 상황을 다룬 김동리의 작품에서 바탕이 되고 있는 무속 신앙은 모성적 포용성에 기반을 둔 전통적 믿음의 산물이다. 그렇다면 김동리의 무속에 대한 강한 관심은 이러한 모성편향성에 그 원인을 찾을 수 있을 것이다.

IV. 구경적 삶과 운명에의 초극

일반적으로 김동리 문학의 주류는 원형적 상황에서 운명에 대한 대응의지를 보여주는 작품들이다. 그런데 해방기 김동리의 소설 중에서 이러한 작품은 다른 시기에 비해 그 비중이 현저히 낮아서 <달>과 <역마>를 들 수 있을 정도이다. 김윤식이 "해방공간의 성격상, 정치적 방향성 결정이 모든 것에 앞선다는 것은 새삼 말할 것도 없는 일이다."[29]라고 하듯이, 원형적 상황을 다룬 작품의 비중이 이렇게 낮은 것은 해방기의 역사적 특수성 때문이다. 이에 목적문학과 공리문학을 부정하며 순수문학을 표나게 내세우던 김동리도 해방기에는 민족의 최우선 과제인 민족국가의 건설을 위한 문학활동을 최우선시 할 수밖에 없었던 것이다.

<달>(『문화』1호, 1947.4)에서 '달이'는 어머니 '모랭이' 무당이 꿈에 달을 품고 낳은 아들이다. "달득은 달을 보고 반드시 정국을 생각하는 것 같지도 않았다. 그저 달을 보는 것만이 즐겁고 자꾸 그리운 것 같았다"라고 하듯이, 달이는 달에 이끌려 강물에 뛰어든다. 글방 훈장의 딸 '정국'이 그와의 염문 때문에 자살한 적이 있지만, 그녀의 죽음 때문에 그가 죽는 것은 아니다.

　　　　열 아흐레 스무날 즈음하여 하늘의 달이 기울기 시작하면

---

29) 김윤식,「해방후 남북한의 문화운동」,『해방공간의 민족문학연구』, 열음사, 1989. p.34.

그의 가슴은 그지없이 어둡고 쓸쓸하여졌다. 스무 사흘, 나흘 즈음에, 밤도 이슥하여, 동쪽 하늘 끝에 떠오르는 그믐달을 바라볼 때엔 자기 자신이 임종이나 하는 것처럼 숨이 가쁘고 가슴이 답답했다. 한 달에도 달을 못 보는 한 열흘 동안 그는 동면하는 파충류처럼 방 한구석에 이불을 뒤집어 쓴 채 낮이고 밤이고 잠으로만 세월을 보내는 것이었다. 그리하여 초사흘 초나흘께부터 다시 서쪽 하늘가에 실날 같은 초생달이 비치기 시작하면 날로 더 차 가는 달의 얼굴과 함께 그의 가슴은 차츰 부풀어오르며 숨결도 높아지는 것이었다. 그리하여 초아흐레에서 열 아흐레까지 한 열흘 동안이 그에게 있어서는 행복의 절정인 듯했다.[30]

인용문에서 달이의 삶은 달의 성쇠와 운명적 일체감을 보이고 있다. 이처럼 달이의 죽음 역시 달에 융합하고자 한 운명의 실현이었던 것이다. 그의 외삼촌과 머슴이 끝내 그의 시체를 건지지 못하고, 어머니 모랭이가 숲 위로 둥실 떠오른 달을 향해 '아아, 저기 달이!'라고 외치는 것은 모두 그가 달과 일체화되었음을 나타내고 있다. 모랭이는 이전에 신령님께서 달님을 점지한 것이기에 아들 달이가 자연의 달님으로 돌아갔다고 한다. "샤머니즘의 신은 자연 속에도 있고, 사람 속에도 깃들어 있는데, 달이 물에 몸을 던진 것은 그 모체에 대한 향수랄까 그런 것에 이끌리어 견딜 수 없었기 때문"[31]이란 것이다.

이러한 달이의 죽음은 <무녀도>에서 '모화'의 죽음이 자연의 섭리에 순응함으로써 현실의 제약을 넘어선다는 것과 같다. 그러나 모화의 경우에 비해 달이의 죽음은 그가 자연의 달로 돌아갔다는 점이 보다 강조되고 있다. 그러니까 <달>은 <무녀도>보다 현실의 비극성은 다소 약화된 데 비해 운명에의 대응 의지는 더욱 강화되고 있다는 것이다.

---

30) 김동리, <달>, 김동리선집, 신한국문학전집26, 어문각, 1977, p.423.
31) 김동리, 「나의 문학과 샤머니즘」, 『문학사상』170, 문학사상사, 1986.12, p.164.

그런데 무당인 <무녀도>의 모화와 <달>의 모랭이가 이렇게 자연의 달에 집착하는 이유는 무엇인가. 그것은 그들이 달을 자연 질서의 중심에 놓고 있기 때문이다. "무당의 정신세계는 자연질서에 가장 가까운 형식으로 놓인다. 그 자연의 형식은 태양의 밝은 쪽이 아니라 달의 어둠이다. 전자를 태양계라면 후자는 태음계로서, 여성적 생성과 사멸의 순환을 상징한다."32)라고 한다. 이처럼 무당들은 자연의 질서와 가장 가까운 형식으로 태음계를 숭상하고 있기에 그렇게 달에 집착하고 있다는 것이다.

그리고 <역마>(『백민』12호, 1948.1)의 '성기' 역시 당사주에서 '시천역'이라 부르는 하늘의 기운을 타고났기에 떠돌이 생활을 해야 하는 운명에서 벗어날 수 없다. 또한 화개장터도 그러한 성기의 삶과 근본적으로 일치하는 지리적 장소이다. 땅의 기운 역시 성기에게 그러한 운명을 부여하고 있다는 것이다. 이런 공간 설정은 할머니와 어머니, 그리고 성기에까지 이르는 3대의 삶이 지형적 개연성 속에 있으며, 나아가 지형과의 인과적 운명 속에 있음을 함께 드러내기 위한 소설적 장치이다.33)

성기에게 있어 이러한 운명의 필연성은 <황토기>에서 명산의 지기를 타고 태어난 천하장사인 '억쇠'와 '덕보'가 그들의 능력을 세상에 펼치지 못하고 그들간의 덧없는 싸움만 계속하며 넘치는 힘을 무의미하게 소모해야하는 것처럼 인간의 의지와 노력으로 피할 수 없는 냉혹한 자연의 질서에 의거한 것이다.

> 그러나 설흔 여섯 해 전에 꼭 하룻밤 놀다 갔다는 젊은 남
> 사당의 진양조 가락에 반하야 옥화를 배게 된 할머니나, 구름
> 같이 떠돌아다니는 중과 인연을 맺어 성기를 가지게 된 옥화
> 나 다같이 화개장터 주막에 태어났던 그들로서는 별로 누구를

---

32) 김윤식,「해방공간에서 전후문학에 이른 길」,『한국문학의 근대성 비판』, 문예출판사, 1993, p.332.
33) 최시한,「현대소설의 구조시학적 연구-김동리를 중심으로」, 서강대 석사논문, 1980, p.100.

원망할 턱도 없는 어미 딸이었다. 성기에게 역마살이 든 것은
어머니가 중 서방을 정한 탓이요, 어머니가 중 서방을 정한 것
은 할머니가 남사당에게 반했던 때문이라면, 성기의 역마운도
결국은 할머니가 장본인이라, 이에 할머니는 성기에게 중질을
시켜서 살을 때우려고도 서둘러 보았던 것이고, 중질에서 못다
푼 살을 이번에는 옥화가 그에게 책장사를 시켜 마저 풀어 보
려도 했던 것이다.34)

인용문에서는 남사당에게 반하여 딸 '옥화'를 낳게 된 할머니와 떠돌이 중과의 인연으로 아들 성기를 낳게 된 옥화의 운명이 가문의 업보로 성기에게 이어지고 있음을 나타내고 있다. 또한 성기의 그러한 운명은 피할 수 없는 일임에도 불구하고 할머니는 중노릇을 시켜 살을 때우려고 해보고, 어머니는 책장사를 시켜 그것을 풀어 보려고 한다. 하지만 그러한 시도는 운명을 거슬리는 일이기에 실패할 수밖에 없다.

성기는 "갸름한 얼굴에 흰자위 검은자위가 꽃같이 선연한 두 눈"을 지닌 '계연'에게 가슴이 찌르르하게 끌려 혼인하고자 하나 운명적으로 그녀와 이별해야 한다. 계연은 서른 여섯 해 전에 화개장터에서 할머니와 하룻밤 놀다간 남사당의 딸로 성기의 이복 이모였기 때문이다. 이런 점은 옥화가 계연의 왼쪽 귓바퀴 위에 있는 조그만 사마귀 한 개를 발견함으로써 드러난다. 계연의 그러한 사마귀는 옥화도 있는 것으로, 그들이 이복 자매임을 알려주는 신체적 특징이기 때문이다. 그런데 여기에서 흥미로운 점은 옥화가 계연과의 혈연관계를 확인하는 방식이다. 옥화는 아버지를 통해서가 아니라 악양에 가서 명도를 불러 그것을 확인한다. 이런 점은 논리를 넘어선 초월적 영역인 무속적 신앙 즉 '샤머니즘'35)를 김

---

34) 김동리, <역마>,『백민』, 1948.1, p.62.
35) 샤머니즘이 학문용어로 처음 등장한 것은 1704년에 출판된 홀랜드 상인 이데스
   (E.Y.Ides)의 여행기에서 퉁구스의 박수무당을 지칭한 것에서 비롯한다. 동양에서는
   그보다 약 오백년 앞서 남송 서몽신의 삼조북맹회편의 3권에 여진어로 무희(巫姬)

동리가 얼마나 신뢰하는가를 잘 보여주고 있다.36)

<역마>에서도 성기와 계연의 근친상간이 암시되고 있지만, 그들의 근친상간은 1936년에 발표된 <무녀도>의 '욱이'와 '낭이'의 경우에 비해 그 강도가 훨씬 약하다. 이복 오빠인 욱이와의 근친상간으로 낭이가 임신을 하고 유산을 하는 <무녀도>는 충격적인 상황 속에서 섬뜩한 분위기를 보여주고 있으나, <역마>에서 이복 이모인 계연과 성기와의 근친상간은 밝은 분위기 속에서 암시적으로 제시되고 있을 뿐이다. 그리하여 <무녀도>에서와 같은 비윤리성을 <역마>에서는 찾아볼 수 없다.37)

또한 <역마>에서 성기의 삶 역시 자연의 질서에 합치해야 한다는 점에서 <달>에서 달이의 삶과 다를 바가 없지만 <역마>가 <달>보다 운명에의 대응 의지를 보다 능동적으로 보여주고 있다. 달이 죽음을 통해 초월적인 해결책을 찾고 있다면, 성기는 병에서 회복되어 엿판을 매고 집을 떠나듯이 현실적인 해결책을 찾고 있기 때문이다. "자연과 인간의 융합이라는 이상을 극단적으로 추구한 <달>이 다소 병적인 시적 세계에 머물고 있다면, <역마>는 보다 안정된 모습을 보여"38)주고 있다는 것이다. 두 작품의 이러한 차이점은 김동리가 단독정부 수립을 앞둔 남한의 정치적 상황의 변화를 점차 현실적인 차원에서 인정하게 되었으며, 그러한 입장의 정립 속에서 일시적이나마 낙관적 전망을 갖게 되었음을 나타내는 것이라 할 수 있다.

<달>과 <역마>에서 달이와 성기는 운명으로 인해 자신을 소멸하거

를 신민(神民) 또는 살만(薩滿)이라 한 것에 나타난다. 조흥윤,「무는 종교 현상」,『문학사상』170호, 문학사상사, 1986.12, p.152.

36) 김동리는 1978년의 장편 <을화>에서도 태주 할미가 어린아이인 '기호'를 죽여 그 혼을 불러내어 이승과 저승을 맺는 역할을 하는 사건을 넣고 있다.

37) 1947년 단행본에 실린 <무녀도>는 개작되어 욱이와 낭이의 근친상간적 관계가 암시적인 언급에 그치고 있다. 이것은 해방기에 이르면 근친상간 같은 비윤리적인 요소를 김동리가 의도적으로 배제하고자 했다는 점을 말해준다.

38) 진정석,「김동리 문학 연구」,서울대 석사논문, 1993. p.9.

나 소중한 존재를 잃고 있다. 그러나 그러한 소멸과 상실은 인간의 가치를 실현하는 극적 전환의 계기를 이룬다. 천이두는 "그의 구도적 계기는 역설적이게도 그의 등장인물들의 격렬한 소멸의 순간에 포착된다. 그의 등장인물들이 처참하게 죽는 순간에 그의 신앙적 단서는 시작된다."39)라고 한다. 이처럼 원형적 상황을 다룬 작품의 주인공들에게 소멸의 순간은 바로 생성으로 연결되고 있기 때문이다.

<달>에서 달이는 물에 몸을 던져서 오히려 달과 합일되고, <역마>에서 성기는 엿판을 둘러메고 육자배기 가락으로 제법 콧노래까지 흥얼거리며 집을 떠난다. 이러한 그들의 행동은 자연의 섭리에 대한 인간의 맹목적인 굴종이나 순응이 아니라, 운명에 순응함으로써 오히려 역설적으로 그것에 맞서는 인간의 의지를 보여주고 있는 것이다.

이처럼 김동리는 자연의 질서에 순응함으로써 자연의 힘에 대항하고자 한다. 바로 이런 점이 냉혹한 자연에 의해 좌절하고 파괴당하는 김동인 소설이나 자연에 맹목적으로 투항함으로써 그러한 현실을 잊고자 하는 이효석 소설에서는 찾아보기 어려운 김동리 소설의 특성인 것이다. 김동리에 의하면 김동인의 자연은 인간을 배척하고 억압하는 적대자일 뿐이고, 이효석의 자연은 소박한 자연찬미에 의거한 서정적인 도피처일 뿐이다.

이에 김동리는 '생의 구경적 형식'이라는 새로운 문학을 추구한다. 인간은 천지 사이에서 태어나 천지 사이에서 살고 있기에 인간과 천지 사이에는 떠날 수 없는 유기적 관련이 있으며, 이 유기적 관계에 의거해 인간들에게는 공통된 운명이 부여되어 있다는 것이다. 김윤식이 거듭 강조한 바 있듯이, 김동리에 있어 인간에게 부여된 이 공통된 운명을 발견하고 그것의 타개에 노력하는 것이 바로 '구경적 생'이며 그것을 형상화한 것이 문학이다.40)

---

39) 천이두, 「허구와 현실」, 『동리문학이 한국문학에 미친 영향』, 앞의 책, p.185.
40) 김동리에 대해 지속적 관심을 보이던 김윤식은 최근 반근대주의 내지 초근대주의의 대표적 작가로 김동리를 고평한다. 합리적 계몽성을 거부하는 '구경적 삶의 형

조연현은 "어떤 관념이나 신앙을 사상할 때 사상된 관념이나 신앙이 사상일 수 있으나 씨에 있어서는 그와 반대로 사상을 관념화하고 신앙하고 있으면서 이를 사상이라 사유하고 있는 것이다."41)라고 김동리가 신앙과 사상을 혼동하고 있다고 비판한다. 그러나 종교와 달리 문학은 자아를 통하여 지속적으로 새로운 신을 찾고 있다는 점에서 독자성을 갖는다고 김동리가 대답하고 있듯이, 종교와 문학을 혼동하고 있다기보다는 문학을 종교처럼 절대시하고 있다. 일제강점기부터 김동리는 "천하에 내 문자를 해독할 이 하나 없는 그러한 시대가 오더라도, 또 내 울음이 천하에 아무데도 통하지 않는 그러한 세상이 오더라도 나는 역시 말하리라. '내 일생은 문학에 바치겠다'"42)라고 하여 문학의 길에 대한 절대적 태도를 보여주고 있었다.

앞에서 살펴보았듯이 김동리는 해방기 극단적인 정치 우위의 문학 활동 속에서도 <달>과 <역마> 같은 원형적 상황을 다룬 작품을 창작하여 상당히 높은 성취를 거두고 있다. 해방기에 이런 작품이나마 나올 수 있었던 것은 김동리가 문학의 길을 종교처럼 절대시하면서 시종 현실의 부조화와 소외를 극복할 수 있는 궁극적인 방향을 진지하게 모색하던 예술가로서의 작가였기 때문일 것이다.

식'이 <황토기>, <무녀도> 계열의 창작과 논리적 설명인 비평으로 나타나며 그러한 작품들이 시종 일관성을 보여주면서 높은 성취를 이루고 있다는 것이다. 그러나 이러한 평가 역시 역사적 상황을 다룬 작품도 김동리의 소설 전체에서 큰 비중을 치지하고 있다는 점을 무시한 것이나. 심롱리 소설의 섬토에서 그러한 작품들을 그냥 배제해 버리기보다는 구체적 검증을 통해 왜 그것들이 무의미한가를 충분히 밝혀 주었어야 했기 때문이다. 김윤식,「전통지향성의 한계-김동리론」,『한국근대작가논고』,일지사, 1974. 김윤식,「구경적 생의 형식-김동리」,『한국현대문학사』, 일지사, 1976. 김윤식,「구경적 삶의 형식과 문학관 형성과정에 대한 연구」,한국학보 71집, 1993년 여름호. 김윤식,『한국근대문학사상연구2』,아세아문화사, 1994.
41) 조연현,『문학과 사상』,세계문학사, 1949, p.169.
42) 김동리,「문학하는 것」,『조광』,1940.1, p.157.

V. 마무리

　본고에서는 해방기에 발표된 김동리의 소설을 세 가지 성향으로 나누어 각각의 특성 및 상호간의 관련성을 구체적으로 검토하였다. 그런데 해방기 김동리의 소설은 다른 시기의 작품들에 비해 원형적인 상황에서 운명에의 대응 의지를 다룬 작품의 비중이 현저히 낮은 반면에 역사적 상황에서 이념의 대립을 다룬 작품이 훨씬 큰 비중을 차지하고 있었다.

　역사적 상황을 다룬 작품들에서는 해방을 맞은 한반도의 혼란 속에서 그 극복 방향을 모색하고 있는데, 김동리는 조선인에 대한 미소 강대국의 횡포를 비판하고 있을 뿐만 아니라, 이념 대립에 의한 민족 구성원 상호간의 심각한 대립도 함께 비판하고 있었다. 이때에 민족주의자와 반공주의자는 성실하고 순박한 인물로 긍정시되는 반면에 친일파와 공산주의자는 타산적이고 비열한 인물로 부정시되고 있었다. 또한 일반적으로 김동리는 우익 측의 대표적 작가로 여겨지고 있으나, 해방기 소설의 검토에서도 알 수 있듯이 그는 좌우익의 이념을 지양한 제3세계관을 추구한 작가였다. 그렇지만 남북한 단독 정부 수립 시기에 김동리 역시 역사적인 필연성으로 우익 측의 자유주의를 선택하고 있었다.

　또한 일상적 상황에서 가족간의 대립을 다룬 작품도 주목할만한데, 지극히 헌신적이지만 박복한 어머니와 한없이 자애롭고 든든한 어머니에 대한 강한 연민의 정을 보여주고 있는 이들 작품들에는 무능한 아버지와 박해받는 어머니의 심각한 대립 속에서 어머니에게 강한 애착심을 갖게 된 김동리의 심층의식이 투영되고 있었다. 그리하여 김동리가 모성적 포용성에 바탕을 둔 무속에 심취하게 된 의식의 근원을 짐작할 수 있었다. 그런데 이러한 모성적 포용성은 원형을 상황을 다룬 작품의 바탕이 되는 본질적 측면이기에, 일상적 상황을 다룬 작품들은 역사적 상황을 다룬 작품들과 원형적 상황을 다룬 작품들의 연결고리가 된다는 점을 알 수 있었다.

그리고 해방기 극단적인 정치 우위의 문학 활동 속에서도 김동리는 <달>과 <역마> 같은 원형적 상황을 다룬 작품에서, 자연의 질서에 합치하여 운명을 적극적으로 수용함으로써 역설적으로 운명에 능동적으로 대항한다는 '생의 구경적 형식'을 창작에 실현하여 비교적 높은 성취를 이루고 있었다. 해방기에 이런 작품이 나올 수 있었던 것은 김동리가 문학의 길을 종교처럼 절대시하면서 시종 현실의 부조화와 소외를 극복할 수 있는 궁극적인 방향을 진지하게 모색하던 예술가로서의 작가였기 때문이라 할 수 있었다.

김동리뿐만 아니라 해방기에 활동한 다른 좌우익 작가들에 대한 세부적인 검토는 이후 분단으로 이질화된 한국문학사의 흐름을 정당하게 포착하고자 할 때에 긴요한 과제일 것이다. 이에 앞으로 전후 남한 문단의 정통파로 자리잡은 조연현, 조지훈 등 다른 청년문학가협회 작가들 및 남북한 문학사에서 모두 배제된 임화, 이원조 등 조선문학가동맹 작가들에 대한 후속 연구를 통해 본고의 미비점을 보완하고자 한다.

이문열 소설의 권력, 애정, 예술

I. 들어가며

이문열은 80년대이래 최근에 이르기까지 한국 문단의 가장 주목받는 소설가의 한 사람이다. 그의 독자층은 고등학교를 갓 졸업한 직장인에서 중년의 대학교수까지 폭넓게 분포되어 있다. 그것은 이문열의 소설이 박학한 지식을 간명하게 제공하여 대다수 독자들의 교양 욕구를 채워 주고 있으며, 다양한 제재를 유려하고 참신하게 표현하여 전달 효과를 극대화하고 있기 때문일 것이다.

좋은 작품도 다수의 독자에게 널리 읽혀야만 자신의 가치를 제대로 실현할 수 있다. 이런 점에서 이문열 소설의 강한 대중적 호소력은 큰 장점이다. 그런데 이러한 장점에도 불구하고, 이문열의 작가 의식은 의외로 여겨질 정도로 다수의 논자들에 의해 신랄하게 비판받고 있다. '비관적 낭만주의', '관념 편향적 창작 방법', '허무주의적 반이념', '복고적 사대부 의식', '관념적 보수주의'등으로 일컬어지고 있는 부정적 평가가 그러하다.[1] 물론 '냉엄한 현실주의', '점진적 개혁주의' 등의 긍정적인 평가가

---

1) 이동하,「낭만적 상상력의 세계인식」,『우리 세대의 문학』1집, 1982. 정호웅,「관념편향적 창작방법의 한계」,『문예중앙』,1986년 봄호 김명인,「한 허무주의자의 길 찾기」,『사

없는 것은 아니다.2) 그러나 이런 긍정적인 평가는 부정적인 평가에 비해
열세인 편이다.

부정적이든 긍정적이든 간에 이러한 기왕의 평가는 이문열의 시각과
그것의 의의를 파악하는데 일정하게 기여하고 있다. 그럼에도 불구하고
그것들에서 다소 미흡하게 여기는 점은 대부분의 논자들이 이문열의 소
설 일부만을 검토하고 있거나, 전체를 검토하고 있는 경우에도 그들 작
품들의 상호 관련성을 충분히 밝혀 주지 못하고 있다는 것이다.

이에 필자는 이문열의 출신 기반과 관련해서 그의 소설의 본질적인 문
제라 할 수 있는 권력, 애정, 예술이 전체 작품 속에서 어떻게 구현되고
있으며, 어떻게 상호 관련을 맺고 있는가를 구체적으로 살펴보고자 한다.
물론 그것들은 한 작품 내에서도 서로 얽혀 있어서, 그것들을 분리해서
살피는 작업이 작품의 유기성을 해칠 위험성은 있다. 그러나 논의의 초
점을 보다 분명히 드러내기 위해 이러한 방식을 택하기로 한다.

II. 변혁의 거부와 권력에의 좌절

이문열의 소설 중에서 <들소>, <우리들의 일그러진 영웅>, <칼레파
타 칼라> 등의 중·단편과 <영웅시대>, <황제를 위하여> 등의 장편
은 권력의 문제를 다루고 있다. 이들 작품이 권력에 대한 혐오감을 드러
낸다고 여겨지기도 하나, 작품을 세밀하게 읽어보면 권력 자체를 본질적
으로 혐오하거나 기피하고 있지 않다는 점이 바로 드러난다. 그런데도
간혹 이문열이 권력을 혐오하거나 기피하고 있다고 여겨진 것은 그의 작

상문예운동」, 1990년 겨울호 권순긍,「중세 보편주의에의 향수와 신식민주의의 망론」,
『문학의 시대』4집, 인동, 1988. 박일용,「관념적 보수주의 이념의 서사적 구현」,『이문
열』,류철균편, 살림, 1993.
2) 이남호,「낭만이 거부된 세계의 원형적 모습」,『문학의 위족』,민음사, 1990. 신영덕,「
점진적 개혁론의 현실주의」,『이문열』,앞의 책.

품이 권력의 부패상이나 부당성에 대한 고발은 직설적으로 드러내지만, 권력에의 열망은 은밀하게 숨기거나 조심스럽게 드러내고 있기 때문이다.

<들소>는 자유롭고 평등한 개인들의 결합체인 원시 공동체 사회에서 조직적으로 개인을 억압하고 지배하는 전제적 권력이 어떻게 생겨나고, 그것이 얼마나 부당한 수단과 방법을 통해 이루어지는가를 잘 보여준다. 여기에서 집단의 힘을 조직하고 이용하는 교활한 음모가인 '뱀눈'은 차츰 전제적 권력자로 변모한다. 부족의 성년 의례인 첫 번 째 들소 사냥에서 뱀눈은 '그'가 먼저 차지한 좋은 장소를 가로채어 '맨 처음 들소를 찌른 자'가 되며, 거의 죽어 가는 들소에게 달려가 맨손으로 뿔을 눌러 주저앉힘으로써 '뿔을 누른 자'라는 최상의 영예까지 얻는다. 그 뒤의 맹수 사냥에서도 뛰어난 역량을 보여 집단의 신망을 확보하는데, 동년배는 물론이고 연장자까지도 반대급부를 기대하여 자기들의 공로를 '뱀눈'에게 양보하기 때문이다. 그리하여 그는 '위대한 자'가 되어 혈족의 권위를 상징하는 '위대한 어머니'를 누르게 되고, 마침내는 '존엄한 분'이 되어 전제 권력을 갖는다. 이처럼 권력은 집단의 힘을 조직하고 이용할 줄 아는 교활한 음모가와 소수의 주변 인물들의 이익에 봉사하는 부정적인 산물이다.

이러한 전제 권력의 비인간성에 대한 사제 '큰 목소리'의 비판과 저항은 동료들의 무관심과 냉대 속에서 좌절한다. 그리고 이러한 큰 목소리의 비판과 저항이 개인의 자유를 억압하는 권력 자체에 대한 것은 아니다. 그의 권력에 대한 저항은 권력 자체에 대한 것이라기보다는 그것이 기존의 체제에 대한 변혁이란 점 때문이다. "우리가 힘써 불길한 변혁을 막지 못한다면 우리들 대부분은 저 평원 지방에 있는 노예보다 더욱 비참하게 되리라는 것, 노동은 정당한 대가를 받지 못하고 생산은 반대급부 없이 빼앗기게 되리라는 것, 썩은 고기 더미 옆에서 굶주리게 되고, 털가죽 더미 곁에서 추위에 떨게 되리라"[3]라고 하듯이 그는 전제 권력의

발생을 불길한 변혁으로 보아서 반대하고 있다.

이문열이 권력을 본질적으로 혐오하거나 기피하고 있지 않다는 것은 작가의 의식을 대변하는 '그'의 권력에 대한 태도에서 잘 드러난다. '그'는 자신을 회유하기 위해 전제 권력자가 보내 오는 고기와 과일, 화려한 제복, 아름다운 여자들을 처음에는 감사의 기쁨으로 나중에는 희미한 복종감으로 받아들이고 있다. 결국 '그'는 전제자가 베푼 호의에 감격해서 '뱀눈'과 그의 추종자들이 원하는 개인 숭배의 그림을 저항감 없이 그려 주며 권력의 위세와 혜택에 영합한다.

그리하여 <들소>에서는 집단 구성원들의 적극적이고 자발적인 노력에 의한 변혁 의지를 궁극적으로 부정한다. 혈족의 으뜸가는 용사인 '붉은 노을'은 '뱀눈'을 추종하는 자들의 음모에 대항하다가 곰의 앞발에 치어 죽은 것처럼 위장되어 독살 당하며, 혈족의 자유를 되찾고자 한 '큰 목소리'는 벼락을 맞아 죽은 것처럼 위장되어 불에 타서 죽게 된다. 이러한 것이 그러한 점을 잘 말해 주고 있다.

권력자의 부당함과 간교함을 강조하면서도 결국 그러한 권력에 순응하는 인물은 어느 시골 초등학교를 통해 권력의 양상을 우의적으로 그린 <우리들의 일그러진 영웅>에서도 그대로 나타난다. 전제적 권력자인 급장 '엄석대' 역시 <들소>의 '뱀눈'처럼 교활한 수단과 방법으로 학급을 전제적으로 지배한다. 서울에서 전학 온 '한병태'의 엄석대에 대한 일시적인 비판과 저항은 '큰 목소리'의 경우와 마찬가지로 다른 동료들로부터 철저히 배제되고 거부될 뿐이다. 한병태는 선생님에게 엄석대의 비행을 일러바쳐 그의 횡포를 막고자 하지만 오히려 자신만 야단을 맞는다. 결국 급우들의 괴롭힘과 따돌림, 부당한 처벌과 가혹한 대우로 인해 한병태는 마침내 엄석대에게 완전히 굴복하고 만다. 그리고 엄석대의 특별대우로 다른 추종자들보다 많은 특권을 누릴 수 있게 되자, 권력의 단맛

---

3) 이문열, <들소>, 《젊은 날의 초상》, 민음사, 1981, p.262.

에 흠뻑 취해 그의 왕국이 영원히 지속되기를 믿고 바라기까지 한다.

이러한 인물들의 의식과 행위에서 잘 드러나고 있듯이, 이문열은 전제적 권력자가 집단 구성원들을 강제적으로 통제하고 그것을 통해 자신의 이기적인 욕망을 충족하는데 급급할 뿐이라고 비난하면서도, 결국은 그러한 부당한 권력에 순응하며 오히려 그로 인한 혜택을 바란다는 것이다. 이것은 결국 성민엽의 적절한 지적처럼 "변혁에의 두려움으로 스스로 미래를 향해 닫아 버리고 거기서 결과된 전망의 결여는 이문열의 현실 비판을 '비판하면서의 수락'으로 규정지어 버림으로써 필경 현실 순응 내지 현실 옹호라는 뜻하지 않은 귀결에 봉착하"[4]게 된다.

<우리들의 일그러진 영웅>에서는 '엄석대'가 몰락하고 학급의 변혁이 이루어진다. 하지만 그러한 변혁은 그들 급우들과는 초월적인 위치에 있는 새로운 선생님에 의해 돌발적으로 이루어진 것이다. 그리고 선생님에 의해 엄석대의 교활함과 전횡이 탄로되고 그의 권위가 일시에 무너지자, 그때까지 어떠한 반항도 못하던 다른 급우들이 일제히 그를 비난하고 심지어는 욕설까지 하며 부화뇌동한다. 이것은 작가를 대변하는 인물인 '한병태'를 제외한 그들 급우들이 시류에만 편승하는 천박한 우중임을 강조하고 있는 것이다.

> 실업자가 되어 한발 물러서서 보니 세상이 한층 잘 보였다. 내가 갑자기 낯선, 이상한 곳으로 전학 온 듯한 느낌을 가지게 된 것은 그 무렵이었다. 그전 학교에서의 성적이나 거기서 빛났던 내 자랑들은 아무런 소용이 없는, 그들만의 질서로 다스려지는 어떤 가혹한 왕국에 내던져진 느낌—그리고 거기서 엄석대는 아득한 과거로부터 되살아 나왔다. 이런 세상이라면 석대는 어디선가 틀림없이 다시 급장이 되었을 것이다—나는 그렇게 단정했다. 공부의 석차도 싸움의 순위도 그의 조작에 따

---

4) 성민엽,「개인과 자유를 향한 열망」,『이문열론』,삼인행, 1991, p.82.

라 결정되고, 가짐도 누림도 그의 의사에 따라 분배되는 어떤
반, 때로 나는 운 좋게 그 반을 찾아내 옛날처럼 석대 곁에서
모든 걸 함께 누리는 꿈을 꾸다가 서운함 속에 깨나기까지 했
다.[5]

    중년이 되어 일상적인 사회 생활에 제대로 적응하지 못한 '한병태'는
'엄석대'의 전제적 체제를 강하게 동경하기도 한다. 그리고 우연히 수갑
에 묶인 엄석대를 발견한 한병태는 그의 불행을 동정하여 눈물까지 흘린
다. 이것은 결국 한병태가 엄석대의 절대 권력에 의거한 일사불란한 질
서와 그에 따른 풍요와 안락을 그리워하는 사이비 비판자였을 뿐임을 말
해 주는 것이다.
    초기작인 <새하곡> 역시 마찬가지이다. 여기에는 군대에서 사병들이
겪는 부당한 고통과 좌절이 삽화적으로 제시되고 있는데, 사관학교 중퇴
생인 '강 병장'이 이들 사병들의 방패자로서 역할을 한다. 그는 장교들의
부당한 명령을 거부하고 보안 대원의 압력을 배제하여 사병들의 권익을
지킨다. 하지만 그것은 본질적인 방법에 의한 궁극적인 승리이기보다는
부차적인 방법에 의한 일시적인 승리일 뿐이다. 나중에 강 병장은 화자
인 '이 중위'에게 그의 행위가 허망한 것이었다고 하며 자신의 아들은 장
교로 군대에 보내겠다고 하는데, 이것은 그가 권력의 위력을 절감하고
자신의 패배를 인정한다는 것이다.
    그렇다면 사병의 부당한 피해를 고발한다는 전반적인 상황 설정과는
달리, 서영채의 지적처럼 <새하곡>은 결국 군대에는 장교와 사병이라는
절대적인 경계가 존재하고 있으며, 비록 불합리할지라도 그것은 움직일
수 없는 현실이기에 그 경계를 뛰어넘으려는 강 병장 같은 인물의 행동
은 결국 좌절할 수밖에 없다는 점을 말하고 있는 셈이다.[6]

---

5) 이문열, <우리들의 일그러진 영웅>, 이상문학상 수상작품집, 문학사상사, 1987,
   p.84.

　<칼레파 타 칼라>는 다소 예외적으로 권력에 대한 집단 구성원들의 직접적인 저항과 변혁의 과정을 그리고 있다. 그러나 이 작품 역시 변혁의 허망함을 강조하고 있을 뿐이다. <칼레파 타 칼라>는 진취적이고 우아한 아테네를 동쪽에 두고, 보수적이고 강건한 스타르타를 서쪽에 두고 있는 희랍의 가상 국가 아테르타를 배경으로 삼고 있다. 귀족 출신이면서도 부패하고 쇠약한 아테르타의 왕정을 폐지하는 데에 앞장을 서서 시민들의 만장일치로 초대 집정관에 선출되었으며, 그 뒤에도 매년 재선된 집정관 '티라나투스'는 우연히 신경 과민한 지식인 '소피클레스'가 자신들이 압제를 받고 있을지 모른다는 의심을 품으면서 폭군으로 여겨지게 된다.

　'소피클레스'의 의심은 선거에 패한 정치가와 독자로부터 소외된 비극 시인의 동조를 얻게 되고, 도시 빈민층의 노골적이고 구체적인 불평 불만 속에서 상승 작용을 일으킨다. 마침내 무장한 시민군의 봉기로 '티라나투스'는 종말을 맞는다. 하지만 국가의 발전을 위한 순수한 열정으로 변혁에 앞장선 대다수 시민들의 기대는 전혀 어긋나게 된다. 봉기를 뒤에서 사주한 음모가는 새로운 권력자가 되어 자신의 이익과 향락만을 챙기고, 정통성과 합법성을 인정받고자 자국의 경제적인 손상을 감수하며 외세인 아테네에 전적으로 의존한다. 그러자 이를 용납하지 않는 스타르타의 공격에 의해 국가가 완전히 멸망하고 만다.

　그런데 "개인의 차원에서는 동기의 순수성이 결과를 합리화시킬 수도 있다. 그러나 집단의 차원에서는 동기의 순수성만으로 그 엄청난 결과가 합리화될 수 없다. 그렇다면 집단 행동은 그 명분과 지향점보다 그 실질적 진행 양상의 숨은 흐름에 대한 냉정한 통찰만이 사회적 행위의 정당성을 보장해 줄 수 있다. 따라서 <칼레파 타 칼라>가 허무주의적이고 보수주의적인 시각에의 경사를 조금은 보여주고 있다고 하더라도 그 냉

---

6) 서영채,「소설의 열림, 이야기의 닫힘」,『이문열』, 앞의 책, pp.176-177.

정한 현실 통찰은 경청할 만한 것이 아닐 수 없다"7)라는 이남호의 지적
은 수긍하기 어렵다.

동기의 순수성만으로 결과를 합리화시킬 수 없는 것은 집단의 차원에
서뿐만 아니라 개인의 차원에서도 마찬가지이다. 개인도 동기가 순수하
다고 잘못된 논리를 정당화하거나 해로운 행위를 용서받을 수는 없다.
개인이든 집단이든 올바른 결과는 동기뿐만 아니라 상황과 과정에 대한
올바른 인식과 실천의 산물이다. 그리고 집단의 차원에서는 동기의 순수
성만으로 결과가 합리화될 수 없다는 논리와 변혁이란 불순하며 허망한
결과만을 가져다준다는 작품의 진행은 전혀 별개의 사안이다. 또한 작가
가 설정한 상황과 인물에 의거해서 이루어진 과정과 결과를 놓고서, '냉
정한 현실 통찰'의 산물이라 여기는 것은 타당한 근거에 의해서가 아니
라 작가의 시각에 논자가 동의함을 보여주는 것일 뿐이다.

변혁이란 역사적으로 과도한 물적 인적 수탈 같은 구체적인 쟁점을 통
해 일어났다. 그러므로 <칼레파 타 칼라>에서 변혁이 어떤 지식인의 신
경 과민한 의심에서 비롯한다고 그린 것이나, 대다수 시민들의 참여를
음모가의 술책에 넘어간 경박한 행동으로 그린 것이 명분과 지향점보다
그 실질적 진행 양상의 숨은 흐름에 대한 냉정한 통찰에 의거한 것이라
보기는 어렵다. 그러한 흐름은 구체적 상황과 구체적 인물에 의한 현실
적인 상호 작용의 산물이 아니다. 그것 역시 생리적으로 변혁을 거부하
는 이문열의 관념적이고 보수적인 시각의 산물인 것이다.

<영웅시대>와 <황제를 위하여> 등의 장편 역시 변혁 이념의 거부와
권력에의 좌절을 그리고 있다. <영웅시대>가 서구적인 공산주의 이념을
실천하여 지상천국인 공산주의 국가 건설에 동참하고자 하는 '이동영'을
통해 그러한 이념과 체제의 허망함을 고발하고 있다면, <황제를 위하여
>는 동양적인 천명사상에 의거해 정감록의 비기를 실천하여 남조선이란

---

7) 이남호, 앞의 책, p.125.

새로운 왕조를 개국하여 전제 군주가 되고자 하는 '백성제'를 통해 그렇게 하고 있다. 이때 유물사관이나 천명사상은 모두 인간의 자유 의지와 무관한 외적 필연성에 의지하고 있다는 점에서 동일하다. 또한 프롤레타리아 혁명의 실현에 대한 공산주의자들의 믿음과 열정은 정씨 왕조의 개국에 대한 정감록 신봉자들의 믿음과 열정에 상응한다.

'이동영'이 천석 지주의 외아들로 시대적 변혁기와 가문의 쇠퇴기에 서구적인 유물사관에 의거해 공산주의 국가 건설에 동참함으로써 자신과 가문의 영달을 도모하고자 했다면, 아버지 정처사의 원대한 계획과 배려로 '백성제'는 전통적인 도참비기에 의거해 전제적 정씨 왕조를 개국하여 천명을 실현하고자 했다. 그렇다고 그들 두 인물이 시종 그러한 이념의 철저한 신봉자이자 확고한 실천자였던 것은 아니었다. '이동영'은 찬연한 이념의 불꽃이나 혁명에 대한 열정 대신에 "아는 것은 다만 마비와도 같은 둔감, 까닭 모를 공포와 혼란, 그리고 끝 모를 무력감"8)을 느끼고 있다. 그리고 '백성제'도 "믿음이라는 것은 수에 있지 않다. 단 하나라도 내게 내려진 천명을 믿어 주는 사람이 있는 한, 내 스스로 그들을 상심하게 만들 수는 없었다"9)라고 자신의 무모한 행위를 반성하고 있다.

이문열은 <영웅시대>와 <황제를 위하여>에서 공산주의와 전제주의를 비판할 뿐만 아니라 민주주의 역시 비판하고 있다. 국민의 나라라고 하지만, 비유로서 다스리는 자의 자세를 깨우치기 위함이지 천하의 임자가 백성이란 뜻은 아니며, 국민에 의한 나라라는 것도 민심을 중시한다는 것이지 지각없는 백성들이 다스리는 자를 스스로 뽑는다는 뜻은 아니고, 국민을 위한 나라라는 것도 백성의 호응을 얻어 용이하게 부리기 위한 한갓 구호요 구실일 뿐이란 것이다.

그러니까 민주주의도 제왕을 대신하여 백성들 위에 군림하려는 사특한 자의 술수이거나, 동양을 침략하기에 앞서 그 군주를 내몰고 자기들의

---

8) 이문열, <영웅시대>상, 민음사, 1984, p.36.
9) 이문열, <황제를 위하여>, 제삼세대 한국문학24, 삼성출판사, 1983, p.340.

앞잡이를 대신 세우려는 서구의 간교한 계략에 지나지 않는다는 것이다. 이념 및 체제란 지배하는 쪽의 구실과 수단이지, 지배받는 쪽에서는 어떤 것이든 본질적인 차이가 없다고 본다. 즉 어떠한 이념에 의한 체제이냐 하는 것이 중요한 것이 아니라, 어떻게 그것이 이상적인 형태로 실현될 수 있는가가 중요하다는 것이다.

이에 미루어 본다면 이문열은 모든 정치적 이념을 비판하고 있는 듯하다. 하지만 그 중에서도 가장 적극적으로 비판하고 있는 것은 공산주의 이념이며, 은연중에 선호하고 있는 것은 전제주의 이념이다.10) 민주주의 체제도 공산주의 체제도 천민적 권력에 불과하기에 다소라도 나은 체제는 천명을 받은 황제와 그를 받드는 귀족들이 권력을 독점하는 전제주의 체제일 수 있다는 것이다. <황제를 위하여>에서 논리적으로는 황제를 비판하며 거부하는 듯하지만, 은근히 그의 입장을 지지하고 공감하는 태도를 보여주고 있는 것도 작가의 이러한 시각에 기인한다.

김현은 "<황제를 위하여>에서 옹호되고 있는 것은 도교 계통의 신앙, 낡은 노장의 답습 혹은 동양적이고 소박한 아나키즘이다"11)라고 하여, 황제가 동양적인 무정부주의를 선호하고 있다고 본다. 하지만 황제가 장황하고 번거롭다며 노장사상을 비판하고 있듯이, 그가 무정부주의를 추구하고 있다고 보기는 어렵다.

이문열이 몰락한 조선 왕조와 선비로 표상 되는 사대부 집단을 얼마나 선호하고 있는가는 ≪우리가 행복해지기까지≫의 제1부 <장려했느니, 우리 그 낙일>과 ≪그대 다시는 고향에 가지 못하리≫의 <롤랑의 노래>, <정산 선생>, <종손>, <킹자의 꿈>, <사라진 섯늘을 위하여>, <맹

---

10) <황제를 위하여>에서 '황제'가 척가장 시절에 만나게 되는 공산주의자 '이현웅'을 조급하고 망상적인 인물로 구현하고 있는 것, <영웅시대>에서 '이동영'이 동지들의 몰락과 파멸 속에서 배신을 강요당한 끝에 결국 공산주의 체제에서 탈출을 기도한다는 것 등에서 공산주의에 대한 이문열의 거부감이 잘 드러나고 있다.
11) 김현,「베끼기의 문학적 의미」,<황제를 위하여>, 앞의 책, p.435.

춘중하> 등에 잘 나타나고 있다. <장려했느니, 우리 그 낙일>에서는 전제 체제에의 강한 향수 속에서 일제 강점에 대한 전민족적 항거인 3·1운동을 조선조 마지막 군왕의 밀령에 따른 것으로 나타내고 있고, <정산선생>에서는 해방 직후에 공화주의자들을 신랄하게 비난하고 왕정복고를 주장하는 '정산선생'을 조선조 선비들의 권화로서 극진히 예찬하고 있는 것이 그러하다.

그리고 <황제를 위하여>가 연의적인 명나라 장회소설의 의고적인 문체로 빌어 오고 있듯이, <롤랑의 노래>와 <정산 선생> 등은 변려문이나 전기의 의고적인 문체를 빌어 오고 있다. 복고적인 의식은 의고적인 기법에 의거할 정도로 이문열은 소재에 따라 문체를 다양하게 변화시키고 있는 것이다.12) 이러한 점은 그가 작품의 내용뿐만 아니라 문체에도 얼마나 많은 관심을 기울이고 있는가를 잘 보여준다.

그런데 이문열의 전제주의와 사대부 집단에 대한 강한 애착은 재지 사족인 영남 남인의 후손이라는 그의 출신 기반에 깊이 관련되어 있다. 조선시대 송시열을 비롯한 노론이 주자학을 절대시하면서 '봉건적 관료제'를 이상적인 통치 방식으로 생각했다면, 이에 반해서 영남 남인은 인자하고 현명한 국왕에 의해 영도되는 '순수 봉건제'를 이상적인 통치의 방식으로 생각했다. 영남 남인은 갑술옥사 이후에 장기 집권한 노론의 박해 속에서 중앙 권력에의 진출은 좌절되었지만 그래도 고향에 많은 땅을 소유한 재지사족으로서 재기의 기회를 엿보고 있었다.

이문열은 퇴계 이황의 학통을 이어받아 기해예송에서 영남 남인의 대표로서 노론의 우암 송시열과 맞선 갈암 이현일의 후손이다. 그는 대표적 영남 남인 문중인 재령 이씨 영해파의 동족 부락이었던 경북 영양군 석보면에서 출생했다.13) 가족사를 그린 <영웅시대>와 <변경>에 나타나고 있듯이, 이문열은 월북한 아버지로 인해 고향에서의 터전을 상실하

---

12) 김화영,「가치의 무게와 노래의 가벼움」,『세계의 문학』,1981년 봄호.
13) 류철균,「이문열 문학의 정통성과 현실주의」,『이문열』, 앞의 책, pp.13-16.

고, 어린 나이에 고통스러운 타향으로 유랑 생활을 해야 했다.

　그렇지만 이문열에게 고향의 문중은 영화로운 과거를 회상하게 하는 성스러운 영역이었고, 명문 사대부 출신으로 잃어버린 중앙 권력을 회복해야 한다는 문중의 열망은 몰락한 집안을 다시 일으켜야 한다는 개인의 열망과 부합하면서 그의 의식을 은밀하면서도 강력하게 지배했던 것이다. 그리하여 송성욱의 지적처럼 "아버지 상실이란 자각이 곧 문중을 그리워하게 하였던 것이다. 그리하여 그는 사대부 정신을 견지하고 있는 우리 시대의 유일한 사대부 작가가 되기로 마음을 먹"[14]게 되었다는 것이다.

　이에 이문열은 근왕주의적인 사대부 의식에 최고의 가치를 부여함으로써, 서구적인 근대적 지식의 폭넓은 습득에도 불구하고 변혁을 그렇게 위험시하며, 시대착오적인 전제주의 권력 체제와 그것을 주도하던 근왕적인 사대부들을 그렇게 찬양할 수 있었던 것이다. 또한 한편으로는 권력의 부당성과 부패성을 혐오하고 비난하면서도 다른 한편으로는 권력에의 순응과 동경의 이중적인 태도를 드러내게 되었던 것이다.

III. 운명적 만남과 왜곡된 애정

　애정 문제를 다룬 이문열의 대표적인 장편소설로 <레테의 연가>와 <추락하는 것은 날개가 있다>를 들 수 있다. <레테의 연가>가 '민승우'란 중년 화가와 '이희원'이란 잡지사 여기자와의 비규범적인 관계를 통해 절제된 정신적 애정을 제시하고 있다면, <추락하는 것은 날개가 있다>는 고지식한 법대생 '임형빈'과 자유분방한 여대생 '서윤주'와의 관계를 통해 향락적인 애정을 제시하고 있다.

　독자들은 이렇게 극단적으로 다른 경향의 작품이 어떻게 한 작가에 의

---

14) 송성욱,「이문열의 고향 의식과 사대부 정신」,위의 책, p.42.

해서 쓰여질 수 있는가 하는 의아심을 가질 수도 있다. 그러나 두 작품은 그렇게 상반되는 외양에도 불구하고 본질적인 속성은 동일하다. 둘 다 왜곡된 애정을 추구하고 있다는 점이 그러하다. <레테의 연가>에서의 절제된 정신적인 사랑은 <추락하는 것은 날개가 있다>에서의 다른 극 단적인 성향인 광적인 집착에 의한 향락적인 사랑을 자체에 배태하고 있 다.15)

<레테의 연가>의 3장 '타오르는 계절'의 첫머리에는 <추락하는 것은 날개가 있다>의 표제를 나타내는 "대추 야자 싹트면 아름다운 시절. 추 락하는 이는 모두 날개를 갖는다."라는 잉게보르크 바하만의 시구가 인 용되고 있다. 그리고 '이희원'의 10월 9일의 일기에는 "<추락하는 모든 이는 날개를 가진다……> 내가 요즈음 느끼는 것은 그 날개다. 솟아오 르는 이의 그것보다 더 아름답고 황홀한 날개, 그러나 끝내는 삶의 진창 에 부러진 채 처박힐 그 날개."16)라고 하여, 탐닉적인 비상에의 열정을 재차 암시하고 있다. 이런 것 역시 그러한 점을 잘 말해 준다.

<레테의 연가>에서 빈곤과 무명의 오랜 수련 끝에 화가로서 화려한 성공을 거둔 '민승우'와 그의 예술적 자질을 미리부터 예견한 지성적인 여기자 '이희원'의 애절한 정신적 사랑은 독자들의 관심을 끌만 하다. 그 러나 이러한 사랑은 이광수의 <사랑>이나 박계주의 <순애보>의 연장 선상에서 작가의 관념이 추상적으로 구현되고 있는 것일 뿐이다.

독자의 감상적인 인간애에 호소하는 이러한 정신적 사랑이 단지 헌신 적이고 절제된 것이라는 이유로 최고의 사랑인 것처럼 미화될 수는 없다. 물론 헌신적이고 절제된 사랑을 실천한다는 것이 얼마나 어렵고 힘든 일

---

15) <영웅시대>의 '안 나타샤'에게서 완전히 상반되는 애정 양상이 동시에 드러남
   도 그러하다. 그녀는 공산주의자로서의 출세를 위해서는 자신의 몸을 대가로 제
   공하는 등 지극히 냉정하고 타산적인 애정을 실현하지만, 소녀 시절에 짝사랑한
   '이동영'에 대해서는 그야말로 헌신적인 애정을 실현하는 극단적인 양면성을 드
   러낸다.
16) 이문열, <레테의 연가>, 중앙일보사, 1983, p.133, p.183.

인가를 진지하게 추구한다면 그것대로 의의를 지닐 것이다. 그러나 이러한 사랑을 일방적으로 긍정시하는 것은 숭고한 사랑을 고양하기보다는 오히려 비현실적인 사랑을 맹목적으로 동경하게 만들 위험성이 크다.

'민승우'의 초인적인 의지와 몇 번의 우연이 개입하여 그들은 추악한 성이 배제된 고상한 정신적인 사랑을 계속 지켜 나간다. 그는 금지된 사랑을 하더라도 거기에 추악한 성만 끼여들지 않는다면 아무도 그 부도덕성을 비난하지는 않으나, 허락된 것이라도 거기에 추악한 성이 끼여들면 부도덕하다는 비난을 받는 법이라고 여긴다. 이것은 그들 두 사람이 성적인 욕망만 절제할 수 있다면 그들의 사랑이 도덕적일 수 있음을 강조하고 있는 것이다.

그러나 그들은 결혼이라는 형식을 통하지 않은 남녀의 결합을 윤리적으로나 법률적으로 금지하고 죄악시하는 한국 사회에서 생활하고 있다. 그러므로 공식적인 규범에 따른다고 한다면 그들의 애정은 정신적이든 육체적이든 간에 비도덕적일 수밖에 없다. 그리고 공식적인 규범에 따르지 않고 개인의 실존적 가치관에 충실한다고 한다면, 그것이 자발적이고 진실한 선택일 때 도덕적일 수 있다. 그런데도 성이 배제된 애정만 도덕적일 수 있다는 것은 관념적이고 보수적인 애정관을 보여주는 것일 뿐이다. 그러한 성향은 서두에서 결혼은 여자에게 과거의 사랑을 모두 망각해야 하는 '레테의 강'을 건너는 것이라고 말하는 데에서도 잘 나타나고 있다.

<추락하는 것은 날개가 있다>에서, C읍이라는 소도시 출신으로 서울의 명문 법대에 합격하여 새학 중에 고시에 합격할 것이란 기대를 받던 '임형빈'은 동숭동 문리대 교정의 벤치에서 우연히 '서윤주'를 만나 광적으로 집착한다. 그는 "참다운 사랑은 일생에 한번밖에 앓지 않는 홍역과 같은 것이라고 한 라프카디오 현의 말은 적어도 내게는 바로 맞아떨어진 셈이었습니다. 그때 이후 나는 세상의 어떤 여자에게서도 그녀에게서와 같은 감정을 느껴 보지 못했으니까요"[17]라고 하듯이, 그녀를 아름다움 그 자체로 느

끼며 사랑하게 된 것이다. 그러나 융통성 없고 규범적인 그와 달리 그녀는 학비를 벌기 위해서 몸을 팔기도 할 정도로 자유분방한 성의식을 지닌 여대생이었기에 그들 사이엔 파국이 이미 준비되어 있었다.

두 사람은 우여곡절 끝에 동거 생활에 들어가지만, 생활상의 문제로 인한 서로의 감정 충돌과 아들의 장래를 걱정하여 그녀를 설득하려는 부친의 방문으로 헤어지게 된다. 그 후에 '서윤주'는 미군 병사와 결혼하여 미국으로 떠나고, '임형빈'은 군복무를 마치고 대기업의 사원이 되어 가정적인 여자를 만나 결혼을 한다. 하지만 아내에게서 애정을 갖지 못하자, 이혼을 결심하고 혼자 미국 지사로 자리를 옮겨가서 우연히 산타모니카 해안에서 그녀를 만난다. 그녀를 만나게 될 것 같은 예감 속에서 건너 쪽 벤치에 앉아 있는 그녀를 보게 된다고 하듯이 그들 두 사람의 만남은 시종 운명적이다.

이러한 운명적인 만남은 <레테의 연가>에서도 마찬가지다. "나는 교무실 한 모퉁이에서 심장을 깊숙이 찔러 오는 듯한 두 줄기 빛을 느꼈다. 사십 명이 넘는 교직원 틈에 끼어 있는 그의 두 눈에서 쏟아진 빛이었는데 놀란 내가 마주 보았을 때는 어느 새 자취도 없이 사라진 뒤였다. 그러나 나는 끔찍한 신탁과도 같은 예감에 젖어 들었다. '저 빛과 내 삶은 반드시 어떤 연관을 가지리라 한다."[18]라고, '이희원'은 처음 국어 교사로 부임하던 날부터 '민승우'와의 인연에 대한 강한 예감을 갖는다. 그리고 두 사람 모두 그 학교를 떠남으로 해서 헤어 진 몇 년 뒤에 다시 만나게 되는 것도, 그 뒤의 지속적인 만남이 얼마간 중단되었다가 다시 이어지게 되는 것도 우연이라 부를 수 있는 운명적인 계기에 의거한다. 애정이 이렇게 운명적인 만남에서 비롯한다고 여길 때 과장되고 왜곡된다.

산타모니카 해안에서 기적적으로 만난 '임형빈'과 '서윤주'는 재결합한다. 그러나 삶에 대한 억누를 수 없는 허망감에 젖어 있는 그녀의 무분별

---

17) 이문열, <추락하는 것은 날개가 있다>, 자유문학사, 1988, p.38.
18) 이문열, <레테의 연가>, 앞의 책, pp.136-137.

하고 무절제한 사치와 탐닉으로 두 사람은 파멸을 맞게 된다. 그러한 파멸은 "모든 걸 아무런 담보 없는 미래에만 맡겨 두고 현실을 메마르게 죽여 가는 것, 남들은 꼭 그렇게 사는 것 같지도 않던데…… 얼마든지 삶을 즐기면서도 미래를 준비해 가던데…… 그래 다 늙은 버린 뒤에 있은 들 뭐가 있단 말이야? 왜 그 불확실한 행복 때문에 이 젊은 날을 희생해야 돼?"19)라는 찰나주의적 향락 의식에 기인한다.

<레테의 연가>에서의 극도로 절제된 정신적인 애정과 애절한 이별, <추락하는 것은 날개가 있다>에서의 찰나적이고 향락적인 애정과 비참한 파국을 보면서 독자는 이러한 결과가 매우 부자연스럽다는 생각을 갖게 된다. 그것은 이문열이 현실에 존재하지 않거나 혹은 극히 예외적인 경우로만 존재하는 극단적인 애정을 본질적인 것처럼 그리고 있기 때문이다. 이문열의 소설에서 일상성에 바탕을 둔 건강한 애정을 찾아보기 어려운데, 그것은 여자들에게 진실한 애정이 현실적인 조건에 비해 지극히 미미한 것으로 여겨진다고 보기 때문이다.

<들소>에서 '그'가 모든 정열과 정성을 바쳐 사랑한 '초원의 꽃'은 "사람은 현란하게 꾸며진 말을 벗기면 모두 저마다의 소를 쫓고 있을 뿐이에요. '뱀눈'은 권력의 소를 쫓고, '달무리'는 그 뱀눈이 나누어주는 부귀의 소를 쫓는 식으로…… 그런데 제가 쫓는 소가 무엇인지 아세요? 그것은 풍요와 안락의 소예요. 그리고 뱀눈을 좋아하는 것은 그가 바로 그것들을 줄 수 있기 때문이죠"20)라고 물질적인 안락과 풍요를 선택한다.

그런데 이문열의 소설에서 작가를 대변하는 인물들은 권력의 획득에 필요한 교활함과 힘을 갖고 있지 못하기에 어느 누구도 권력자가 될 수 없다. 그렇지만 그들이 사랑할 만한 가치가 있는 여자들은 무엇보다도 권력의 부산물을 선호하고 있기에 그들의 사랑은 실패하게 된다. 이처럼 이문열은 사랑할 만한 가치가 있는 아름답고 재능 있는 여자는 순수한

---

19) 이문열, <추락하는 것은 날개가 있다>, 앞의 책, p.276.
20) 이문열, <들소>, 앞의 책, p.276.

영혼의 교감을 나눌 수 있는 진실된 남자를 선택하기보다는 풍요와 안락이라는 물질적인 욕망을 채워 줄 수 있는 교활한 권력자를 선택한다고 여긴다.

그러나 이런 이문열의 애정관은 왜곡된 것이다. 그는 자신의 체험과 인식을 다른 사람의 체험과 인식으로 보편화하여 부분을 전체로 확대하고 있다. 그의 시각처럼 권력의 부산물인 풍요와 안락만을 좇는 여자만 있는 것은 아니다. 그런데도 이문열의 애정관은 지나친 피해 의식과 그것에 비례하여 보다 강화된 고집스런 선민 의식으로 이렇게 왜곡되고 있는 것이다. 자신은 명문의 후손이며 뛰어난 능력의 소유자이기에 천박한 우중과는 달리 존중받고 혜택받아야 하는데 그렇지 않아 부당하다는 것이다. 즉 자신이 사랑하고자 하는 여자 역시 당연히 자신을 사랑해야 하는데도 그를 거부하고 있는데, 이것은 고상한 가문의 후손이며 비범한 존재인 자신에게 잘못이 있는 것이 아니라, 천박한 이익을 선호하는 상대 여자에게 있다는 것이다.

IV. 권력, 애정의 부재와 예술에의 초월

<그해 겨울>에서 '영훈'은 창수령을 넘어가며 "아름다워서 진실할 수 있고 진실하여 아름다울 수 있다. 아름다워서 선할 수 있고, 선해서 아름다울 수 있다. 아름다워서 성스러울 수 있고 성스러워서 아름다울 수 있다."[21]라고 설경의 아름다움을 찬양한다. 그는 예술이 일상적인 모든 것을 초월하는 가치를 지닌다고 본다. 그러나 아름다움과 선함 및 성스러움과는 별개의 가치이다. 선하고 성스러운 아름다움이 존재하듯이, 악하고 천박한 아름다움도 존재할 것이기 때문이다.

이렇게 아름다움이 모든 가치를 향해 열려 있다는 영훈의 생각은 심미

---

21) 이문열, ≪젊은날의 초상≫, 앞의 책, p.198.

주의에 기반을 둔 것으로 작가 이문열의 심미적 예술관을 대변하고 있다. 심미주의는 예술이 그것의 고유한 세계를 갖고 있으며 일상 현실에서 소중하게 여기는 가치들이 거기서는 효능을 발휘하지 못할 수도 있다고 여겨, 예술의 가치가 그것이 전달하는 주제가 아니라 그 주제를 담는 형식에 의해 결정되어야 한다고 본다. 다시 말하면 예술을 삶으로부터 떼어내어 생각해 보자는 것이다. 심미주의는 '예술을 위한 예술'이라는 이름으로 불려지기도 하거니와, 이 말을 처음 사용한 고티에는 문학이 도덕적 가치들을 무시할 수 있으며, 나아가서는 아름다움이 하나의 절대적 가치로 높아질 수 있음을 부각시키고 있다.22)

　<들소>에서 '그'가 "그때는 기껏 고기와 가죽을 얻기 위해서였지만 이제는 네 존재 자체이다. 이제 나는 너를 나만의 선과 색으로 영원히 잡아 두고자 한다. 누구에게 바쳐지는 것도 아니고 영력을 얻기 위해서도 아니다. 가장 가치 있는 것의 화체 바로 그림 자체를 위해서이다"23)라고 하거나, <시인>에서 '취옹'이 "시는 도가 아니야. 도도 틀림없이 만상의 원뜻을 보기는 하되 그걸 무언가 하나로 바꾸어 보지. 그러나 시는 있는 그대로 놓아두고 보네"24)라고 하는 것에도 예술을 목적 자체로 삼으며 일상 생활과 분리시켜서 보는 심미주의적 태도가 그대로 드러난다.

　<금시조>에서 스승인 '석담'은 "저 아이에게는 재기가 너무 승하오. 점획을 모르고도 결구가 되고, 열두 필법을 듣지 않고도 조정과 포백과 사전을 아오. 재기로 도근이 막힌 생래의 자장이오"25)라고 기법보다는 주제를 중시하는 이념적인 예술관을 드러낸다. 하지만 제자인 '고죽'은 "도대체 종이에 먹물을 적시는 일에 도가 있은 들 무엇이며, 현묘함이 있은 들 그게 얼마나 대단하겠읍니까? 도로 이름하면 백정이나 도둑에게도

---

22) R. V. Johnson,『심미주의』,이상옥 역, 서울대출판부, 1979.
23) 이문열, <들소>, 앞의 책, p.248.
24) 이문열, <시인>, 미래문학, 1991, p.154.
25) 이문열, <금시조>, 제3세대 한국문학24, 앞의 책, p.388.

도가 있고, 뜻을 어렵게 꾸미면 장인이나 야공의 일에도 현묘함이 있습니다. 천고에 드리우는 이름이 있다 하나 이 나가 없는데 문자로 된 된 나의 껍데기가 낯모르는 후인들 사이를 떠돈들 무슨 소용이 있겠느냐"[26]라고 스승의 입장을 비판하는 심미적인 예술관을 주장한다.

이처럼 <금시조>에서는 예술은 최고의 경지를 도모하는 자신의 수양이면서 다른 사람의 삶에 기여할 수 있는 도이어야 한다는 '석담'의 이념적 예술관과 예술은 기예의 연마이며 자신의 위안과 안녕에 우선적으로 기여할 수 있는 것이어야 한다는 '고죽'의 심미적 예술관이 팽팽하게 맞서고 있다. 고죽의 심미적 예술관이 예술의 독자성을 중시하는 서구적인 근대적 예술관을 반영하고 있다면, 석담의 이념적 예술관은 '문자향'과 '서권기'를 중시하는 전통적인 '예도사상'에 입각한 추사 김정희의 서화론을 계승하고 있는 것이다.[27]

그러나 상반되는 예술관을 대립적으로 제시하던 이문열은 비약적인 선택을 한다. '고죽'이 임종시에 자신의 작품을 모두 불에 태우는 과정에서 "금시조가 사악한 용을 잡기 위해 바다를 칼로 치듯이 가르고, 향상이 물을 가로막으며 큰 강을 건너는 듯한 기세로(金翅劈海 香象渡河)"라는 서화의 최고 경지를 이루었다고 하여 고죽의 입장을 옹호하고 있는 것이 그러하다.[28]

이러한 기법 중시의 예술, 예술을 위한 예술은 <시인>에서 더욱 강조되고 신비화된다. <시인>은 "김병연은 안동인이다. 그의 할아버지 익순은 선천 부사로서 순조 임신년에 서적 홍경래에게 항복한 죄로 주살 당

---

26) 위의 책, p.401.
27) 김일렬,「근대적 예술가 정신과 중세적 예도사상」,『이문열』, 앞의 책, p.117.
28) 이문열 소설에서는 종종 이처럼 상반되는 입장을 드러낸 뒤에 최종적인 선택을 한다. 천명에 의한 실록과 합리에 의한 반대 증명을 교체시키는 <황제를 위하여>나, 내세적 구원과 현세적 구원의 의의를 교체시키는 <사람의 아들>과 <영웅시대> 등에서 대립되는 입장의 제시와 최종적인 선택으로 작가의 의도를 드러내는 것이 그러하다.

하고 그 가문은 폐족이 되었다. 병연이 스스로 천지간의 죄인으로 일컫고 항상 삿갓을 쓰고 하늘을 보지 않으므로 세상 사람들이 그를 김삿갓이라 칭한다"라는 널리 알려진 「대동기문」의 기록과는 달리, 황오의 「김사립전」, 신석우의 「기김대립사」 등의 기록을 바탕으로,[29] 삿갓 김병연의 삶을 재해석하고 있다.

<시인>에서 '김병연'은 일찍부터 '김익순'이 조부임을 알고 있었으며, 신분 상승이라는 권력욕이 혈연적 윤리 의식을 억제하여 고뇌 끝에 '논정가산충절사탄 김익순죄통우천(論鄭嘉山忠節死嘆金益淳罪通于天)'이라는 시를 쓰게 되었고, 권력 추구의 계속적인 좌절이 그로 하여금 일탈된 삶을 살게 했다는 것이다. 그리하여 "작가가 김병연에게서 자신의 일면을 발견하고 동일시의 연민과 공명은 느꼈음을 알 수 있다."[30]라고 하듯이, 김삿갓의 삶을 통해 이문열 자신의 삶을 대변하고자 한다.

이에 김삿갓의 시적 경향도 알려진 것처럼 풍자적이고 냉소적인 현실 비판에 본령을 두고 있었던 것이 아니라, 안정적이고 관조적인 침잠의 단계를 거쳐 현실을 초월하는 독자적 경지의 달성에 목표를 두고 있었던 것이라고 본다.

> "제 값어치로 홀 우뚝한 시. 치자에게 빌붙지 않아도 되고 학문에 주눅이 들 필요도 없다. 가진 자의 눈치를 살피지 않아도 되고 못 가진 자의 증오를 겁낼 필요도 없다. 옳음의 자로써만 재려 해서도 안 되고 참의 저울로만 달려 해서도 안 된다. 홀로 갖추었고, 홀로 넉넉하다."
>
> "허지만 사람은 모여 살아야 하고 세노녀 분불에 얽매이기 마련입니다. 무언가로 가려주고 채워주지 않으면 안 될 몸도 있습니다."
>
> "시인은 바로 그러한 것들에서 벗어난 자다. 그 모든 것을

---

29) 박일용, 앞의 글, pp.135-140.
30) 유종호,「어느 시인의 초상-이문열 재독」,『세계의 문학』,1994년 봄호, 민음사, p.188.

떨쳐버린 뒤에야 참다운 시인이 난다."[31]

'김병연'이 금강산에서 만난 '취옹'과의 대화에서는 예술이 인간 공동체와 사회의 문물 제도를 초월하는 것이며, 그 자체로 지위와 재산과 명예를 갈음하는 최상의 것이라고 말한다. 또한 이러한 예술관에 입각하여 김병연의 희화시에 나타나는 민중성을 야유하기도 한다. 그의 민중성이란 끝내 자신도 그들 중의 하나로 주저앉아야 된다는 울분과 한의 표출이며, 자신에게는 세상을 원망하고 꾸짖고 조롱할 권리가 있다는 믿음 때문이란 것이다. 그리하여 민중성의 구현에 따른 민중들의 갈채와 그의 도취 사이에 걷잡기 힘든 상승 작용이 일어나 세상에 대한 악의의 강도를 높이고 시의 파격을 확대시켜 나갔으며, 시의 전체적인 구조보다 자구의 신기함을 찾고 기발함을 짜내었다는 것이다.

그러나 '김병연'은 이러한 자신의 천박성을 재성찰하게 되자 초월적이고 자족적인 진정한 예술을 추구해 나가서, 주위의 경물과 조화된 자연의 일부가 되어 모습이 사라지기도 하며, 새를 읊으면 새 중에서도 가장 고운 새가 어디선가 날아와 지저귀고, 바람을 읊으면 바람 중에도 가장 시원한 바람이 불어오는 조화옹의 경지에까지 이른 것으로 그려진다. 이것은 예술가가 창작을 통해 바로 창조주가 된다는 극단적 심미주의를 나타내는 것이다.

그런데 이러한 이문열의 심미주의를 예술의 독자성과 자율성을 실현하기 위한 진지하고 고통스런 자기 모색의 소산으로 보기는 어렵다. 진정한 예술의 추구가 <들소>에서는 실용적인 목적을 위한 조잡한 그림과 구별되는 예술적인 들소 그림이 몇 천년 뒤에 동굴 속에서 우연히 발견된다는 암시적 차원에서 실현되고, <금시조>에서는 자신의 서화를 모두 불태우는 '고죽'의 행위 속에서 환각적인 차원으로 실현되며, <시인>에

---

31) 이문열, <시인>, 앞의 책, p.149.

서는 '김병연'의 말년에 고소설에서나 볼 수 있는 허황한 도술적인 차원에서 실현되고 있을 뿐이다.

그렇다면 명문 집안으로서의 문중 의식을 중시하는 이문열이 이처럼 심미적이고 초월적인 예술관을 보여주고 있는 것은 무엇 때문인가. 그에 있어 예술 활동은 권력 집단에의 편입이 좌절되자 그것에 대한 보상으로 선택한 것이었기 때문이다. <들소>에서 '그'가 사제자의 위치에서 전제자인 '뱀눈'의 신하이자 분장사의 처지로까지 전락하고 사랑한 '초원의 꽃'마저 이웃 부족의 족장에게 화평의 정표로 보내지게 되었을 때에 실용적인 목적과 분리된 진정한 예술로서의 그림을 그리려 떠나는 것이나, <시인>에서 절실한 신분 상승에의 열망으로 과거를 보러 서울로 올라가 변성명하고 '안응수'란 명문 세도가의 문객으로 머물던 '김병연'이 문중 어른인 '김조순'에 의해 자신의 의도를 질책 받고 권력 집단에의 편입이 거부되자 유랑 시인의 길을 떠났다고 하는 것이 그러한 점을 잘 말해 준다.

이문열 소설에서 작가를 대변하는 인물들은 권력자가 될 수 없고, 자신들이 원하는 애정을 성취할 수 없었다. 인간의 본질적인 욕망인 권력과 애정에서 철저히 배제되어 있다고 할 때에 그러한 삶은 지극히 허망할 것이다. 이렇게 권력과 애정이 부재하기에, 그들은 대신의 심미적이고 초월적인 예술의 길을 선택했다. 그들 인물들과 마찬가지로 작가 역시 그러했음을 추정할 수 있다.

그러므로 권력의 획득과 애정의 성취에 실패하였으나, 명문의 후손이리는 선민적 자부심을 예술을 통해 실현하고자 한 이문열에 있어, 예술은 어떤 행위보다도 숭고하고 찬란한 빛을 뿜는 것이어야 했던 것이다. 이에 예술은 현실적 질서와 범위를 넘어서는 신성한 것으로, 예술가는 인간의 차원을 넘어서는 창조주로 여겨진다. 그래야만 현실에서의 좌절이나 소외로 인한 자존심의 손상을 예술 활동에 의해 보상받을 수 있기 때문이다.

V. 마무리

　이문열 소설에서 작가의 시각을 대변하는 인물들은 변혁 이념에 대한 강한 거부 의식을 보여주고 있었다. 그리고 전제적 권력에 대한 강한 욕망에도 불구하고 권력 집단에서 배제되고 있었으며, 진정한 애정의 추구에도 불구하고 권력의 부재로 인해 좌절하고 있었고, 그러한 패배에 대한 보상으로 심미적 예술을 선택하고 있었다. 비록 한때에 변혁 이념을 추종하여 가족을 돌보지 않은 아버지로 인해, 심각한 몰락의 고통과 고난을 겪어야만 했으나, 이문열 자신은 명문의 후손이면서도 다수의 천민으로부터 부당한 대우를 받았다는 피해 의식과 보상적으로 보다 강화된 선민적 자부심이 그러한 인식의 기반을 이루고 있었다.

　그러나 예술이 현실에서의 패배를 자기위안으로 보상하는 대체물이 될 수 있는 것도 아니며, 그렇게 선택한 예술이 다른 현실을 압도하고 넘어서는 최상의 것이 될 수는 없다. 또한 그러한 예술가가 절대자와 같은 초월적 능력을 갖는다고 보는 것은 더욱 허황한 착각일 뿐이다. 그러므로 이문열이 그와 같은 환상에서 벗어날 때에 그에게는 허무와 절망이라는 환멸만 존재할 것이다.

　그렇다면 이문열이 이러한 혼란과 파탄에서 벗어나 계속 자신의 능력을 충분히 발휘할 수 있기 위해서는, 지금처럼 자신의 관념적 시각을 완강하게 고집하여 역동적인 현실에 대한 긴장을 잃어버리는 대신에, 인간과 세계를 보다 치열하고 진지하게 응시하며, 전체적인 현실에 보다 과감하게 눈을 돌릴 수 있어야 할 것이다.

참고문헌

Ⅰ. 국내 저서

강동진,『일제의 한국침략정책사』,한길사, 1980.

강만길,『한국민족운동사론』,한길사, 1985.

강인숙,『한국현대작가론』,동화출판사, 1971.

강재언,『일제하 40년사』,풀빛, 1984.

구인환,『이광수소설연구』, 삼영사, 1966.

구자균,『조선평민문학사』,문조사, 1947.

권영민,『한국 민족문학론 연구』,민음사, 1988.

______,『해방직후의 민족문학운동연구』,서울대학교출판부, 1986.

김경용,『기호학이란 무엇인가』,민음사, 1994.

김동리,『문학과 인간』,청춘사, 1952.

김상일,『러셀 역설과 과학 혁명 구조』,솔, 1997.

김성수,『이상소설의 해석,』, 태학사, 1999.

김열규·신동욱 편,『김동인연구』,새문사, 1981.

김영민,『한국근대소설사』,솔, 1997.

김영작,『한말내셔널리즘 연구』, 청계연구소, 1989.

김우종,『한국현대소설사』,선명문화사, 1974.

김윤식,『한국근대문예비평사연구』,일지사, 1976.

______,『이광수와 그의 시대 ①·②·③』, 한길사, 1986.

______,『김동인연구』,민음사, 1987.

______,『이상연구』,문학사상사, 1987.

______,『이상소설연구』,문학과비평사, 1988.

______,『한국문학의 근대성 비판』,문예출판사, 1993.

______,『한국근대문학사상연구2』,아세아문화사, 1994.

김장동,『조선조 역사소설연구』,이우출판사, 1986.

김재용 외 3인,『한국근대민족문학사』,한길사, 1993.

김주현,『이상소설연구』,소명출판, 1999.

김중현 외,『대중문학의 이해』,청예원, 1999.

김태준,『조선소설사』,청진서관, 1933.

김현 편,『이광수』,문학과지성사, 1977.

김현실,『한국근대단편소설론』, 공동체, 1991.

김홍규,『문학과 역사적 인간』,창작과비평사, 1980.

대중문학연구회 편,『대중문학이란 무엇인가』, 평민사, 1995.

______________,『연애소설이란 무엇인가』,국학자료원, 1998.

민현기,『한국 근대소설과 민족현실』,문학과지성사, 1989.

박성봉,『대중예술의 미학』, 동연, 1995.

박용구,『역사소설입문』,을유문화사, 1969.

박종홍,『현대소설원론』,중문출판사, 1993.

백종기,『한국근대사연구』,박영사, 1981.

백 철,『조선신문학사조사 근대편』,수선사, 1948.

______,『조선신문학사조사 현대편』,백양당, 1949.

변태섭,『한국사통론』,삼영사, 1986.

서대석,『군담소설의 구조와 배경』,이대출판부, 1985.

서영채,『소설의 운명』,문학동네, 1996.

송희복,『해방기 문학비평 연구』,문학과지성사, 1993.

신동욱,『한국현대문학론』,박영사, 1981.

______,『한국현대비평사』,한국일보사, 1975.

신용하,『한국현대사와 민족문제』,문학과지성사, 1990.

신형기,『해방직후의 문학운동론』,제3문학사, 1988.

안자산,『조선문학사』,한일서점, 1922.

양문규,『한국근대소설사연구』, 국학자료원, 1994.

양병우,『역사의 방법』,민음사, 1988.

양상현 편,『한국근대정치사연구』,사계절, 1985.

윤명구,『개화기소설의 이해』, 인하대출판부, 1986.

윤병로,『현대작가론』,선명문화사, 1974.

이강수 편,『대중문화와 문화산업론』,나남출판, 1998.

이기동,『신라골품제와 화랑도』,일조각, 1984.

이기백,『신라정치사회사연구』,일조각, 1974.

이기백·차하순,『역사란 무엇인가』,문학과지성사, 1979.

이동하,『현대소설의 정신사적 연구』,일지사, 1989.

이상섭,『문학이론의 역사적전개』,연세대출판부, 1975.

이상신,『문학과 역사』,민음사, 1982.

이재선,『한국현대소설사』,홍성사, 1979.

이주형,『한국근대소설연구』, 창작과비평사, 1995.

이호룡,『한국의 아나키즘-사상편』,지식산업사, 2001.

임 화,『문학의 논리』,학예사, 1940.

장백일,『김동인문학연구』,인문당, 1989.

정석종 외,『전통시대의 민중운동(상)』,풀빛, 1981.

조동일,『한국문학통사5』,지식산업사, 1988.

조성면 편저,『한국 근대대중소설 비평론』, 태학사, 1997.

조연현,『문학과 사상』,세계문학사, 1949.

______,『한국현대문학사』,성문각, 1969.

조영암,『한국대표작가전』,수문관, 1953.

주종연,『한국근대단편소설연구』, 형설출판사, 1979.

진덕규,『현대민족주의의 이론구조』,지식산업사, 1983.

최봉영,『주체와 욕망』,사계절, 2000.

최원식,『한국근대소설사론』,창작사, 1986.

최재서,『문학과 지성』,인문사, 1938.

최창규,『새 한민족사』,금오출판사, 1975.

한영우,『조선전기사회경제연구』,을유문화사, 1986.

한우근,『한국통사』,을유문화사, 1987.

한점돌,『한국근대소설의 정신사적 이해』,국학자료원, 1993.

현길언,『현진건연구』,이우출판사, 1988.

Ⅱ. 국내논문 및 평론

강영주,「한국근대역사소설연구」,서울대 박사논문, 1986.

강인숙,「춘원과 동인의 거리」,『현대문학』122호, 1965.2.

고영학,「한국근대역사소설연구」,세종대 석사논문, 1986.

권덕규,「<대춘부>를 보고」,『매일신보』,1939.11.21.

권성우,「1930년대 한국 모더니즘소설 연구」,서울대 석사논문, 1989.

권오돈,「고증과 모랄」,『사상계』98호, 1963.1.

김남천,「작금의 신문소설-통속소설론을 위한 감상」,『비판』제52호, 1938.
　　　　12.

김동리,「월탄과 그의 <민족>」,『경향신문』,1947.

김동인,「<운현궁의 봄>을 쓰면서」,『삼천리』15호, 1933.9.

＿＿＿＿,「조선근대소설고」,『조선일보』1929.7.28-8.16.

김민정,「1930년대 후반기 모더니즘 소설 연구」,서울대 석사논문, 1994.

서준섭,「1930년대 한국모더니즘문학 연구」,서울대 박사논문,1988.

김병걸,「역사소설과 민중의식」,『문학과 지성』25호, 1976년 가을호.

김오성,「역사에 있어서의 인간적인 것」,『인문평론』16호, 1940.3.

김용구,「「국민문학」에 대한 고찰」,서울대 석사논문, 1980.

김우종,「역사의 투영체와 작가의 눈」,『신동아』56호, 1970.6.

김윤규,「작중 갈등의 양상과 성격을 통해 본 이인직 소설」,『국어교육연
　　　　구』14집, 경북대 국어과, 1982.

김윤식,「역사소설의 방법론적 전개」,『현대문학』100호, 1963.4.

＿＿＿,「역사소설의 양식개념고」,『문학사상』43호, 1976.4.

＿＿＿,「역사의 예술화」,『현대문학』106호, 1963,10.

＿＿＿,「정치소설 결여형태로서의 신소설」,『한국학보』31집, 1983년 여름호.

김종균,「현진건의 역사의식 연구」,『명지어문학』10집, 1978.

김종철,「상업주의소설론」,『한국문학의 현단계』2, 창작과비평사, 1983.

김종호,「1920-30년대 역사소설론 연구」,경북대 석사논문, 1987.

김주연,「역사와 문학」,『문학과 지성』11호, 1973년 봄.

김중하,「빙허의 사회인식에 대한 반성」,『어문학』33호, 어문학회, 1975.10.

김치홍,「한국현대역사소설연구」,명지대 석사논문, 1977.

김태현,「위기의 시대와 상품소설」,『문학의 시대』2, 풀빛, 1984.

김하명,「신소설과 혈의누와 이인직」,『문학』,1950.5.

류덕제,「1920-30년대「카프」의 창작방법론 연구」,경북대 석사논문, 1987.

문철주,「한국근대역사소설연구」,『경남어문』10집, 1983.

박계홍,「한국역사소설사」,『어문연구』,대전어문연구회, 1963.

박승규,「<혈의누>의 사상적 배경과 그 변질」, 호남대학 논문집 제6집,
　　　　1986.

박용구,「역사소설의 지명」,『문학예술』2권4호, 1955.4.

박용찬,「개화기 지식인의 시대인식과 현실대응 양상」,『국어교육연구』
　　　　23집, 경북대 사대 국어과, 1991.

박종홍,「김동인연구」,서울대 석사논문, 1982.

＿＿＿,「일제강점기한국역사소설연구」,경북대 박사논문, 1991.

박종화,「역사소설과 고증」,『문장』2권9호, 1940.10.

＿＿＿,「역사소설론」,『소설연구』,1956.

박　진,「현진건 저 <무영탑>」,『문장』1권11호, 1939.12.

반성완,「루카치의 역사소설 이론과 우리의 역사소설」,『외국문학』제3호, 1984년 겨울.

배기정,「1930연대 '가족사·연대기소설' 연구」,경북대 석사논문, 1988.

______,「<찔레꽃>의 전개 양상과 그 의미」,『국어교육연구』 26집, 국어 교육연구회, 1994.

백낙청,「역사와 역사의식」,『창작과비평』5호, 1967년 가을호.

백 철,「역사소설과 현대작품」,『자유문학』69호, 1963.5.

______,「역사소설의 역사적 의의」,『서울신문』,1954.11.11.

서영채,「1930년대 통속소설의 존재방식과 그 의미」,『민족문학사연구』4, 1993.

서인식,「역사문학론 해설」,『인문평론』,1939.11.

______,「역사와 문학」,『문장』1권8호, 1939.11.

서정주,「역사소설과 현실인식의 문제」,『국문학연구』5호, 효성여대, 1976.

성현경,「이인직 소설의 재평가-<은세계>의 경우」,『동양문화』16, 1975. 1976.

손정수,「1910년대 이광수의 문학론과 작품의 관련양상에 대한 고찰」, 『한국학보』제85호, 1996년 겨울호.

송민호,「국초 이인직의 신소설연구」,『고려대학교문리논집』 5, 1962.

______,「춘원 초기작품의 문학사적 연구」,『고려대 60주년 기념 논문집 인문과학편』, 1965.

송백헌,「한국근대역사소설연구」,단국대 박사논문, 1982.

송재영,「역사소설에의 문제제기」,『문학사상』39호, 1975.12.

신동욱,「현진건 작품론 시고」,『계명논총』5집, 1969.

신봉승,「역사소설연구-「단종애사」와 춘원연구를 중심으로」,『경희어문 학』6집, 1983.

신수정,「단층파 소설 연구」,서울대 석사논문, 1992.

신재성,「1920-30년대 한국역사소설연구」,서울대 석사논문,1986.

신춘자,「이인직 소설 연구」,『개화기 소설연구』, 인문당, 1990.

안회남,「통속소설의 이론적 검토」,『문장』제2권 9호, 1940.11.

염상섭,「소설과 역사」,『매일신보』,1934.12.23-24.

＿＿＿,「역사소설시대」,『매일신보』,1934.12.20-30.

오세영,「침묵하는 님의 역설」,『국어국문학』65·66합, 국어국문학회, 1974.12.

유금호,「역사소설 관점고」,『대유공전논문집』1집, 1980.

유기룡,「한국 기록문학의 형성과 근대지향성 연구」,『어문론총』11호, 1977.

유문선,「애정갈등과 통속소설의 창작방법: 김말봉의『찔레꽃』에 관하여」, 『문학정신』,1990. 6.

윤명구,「김동인연구」,서울대 박사논문, 1984.

윤백남,「대중소설에 대한 사견」,『삼천리』, 1936.2.

윤병로,「역사소설의 가능성」,『성대문학』9집, 1962.

윤부희,「최명익 소설 연구」, 이화여대 석사논문, 1993.

이강언,「1930년대 모더니즘소설연구」, 영남대 박사논문, 1987.

이동하,「1910년대 단편소설 연구」, 서울대 석사논문, 1982.

이병기,「역사문학과 정사」,『동아일보』,1939.3.28-30.

이상진,「대중소설의 반페미니즘적 경향-김말봉론」,『페미니즘과 소설비평 근대편』,한국여성소설연구회, 한길사, 1995.

이영희,「춘원의 역사소설고」,서울대 석사논문, 1984.

이원조,「<임꺽정전>에 대한 소고찰」,『조광』4권8호, 1938.8.

＿＿＿,「신문소설분화론」,『조광』2, 1938.2.

이이화,「역사소설 <장길산>과 <금환식>의 엉터리 고증」,『뿌리깊은 나무』9호, 1976.9.

이재선,「신소설의 외래적 요소」,『한국개화기소설연구』,일조각, 1977.

이재수,「신소설문학고」,『한국소설연구』,선명문화사, 1973.

이종호,「1930년대 통속소설 연구」,경북대 석사논문, 1995.

이주형,「1930연대 한국장편소설연구」,서울대 박사논문, 1984.

______,「<혈의누>와 <모란봉>의 시대적 성격검토」, 이숭녕고희기념논총, 1977.

이충희,「윤백남의 역사소설연구」,충남대 교육대학원 석사논문, 1985.

임성래,「<혈의누>연구」,순천대학 논문집 제2집, 1983.

임형택·강영주 편,『벽초 홍명희 <임꺽정>의 재조명』,사계절, 1988.

임　화,「(속)신문학사」,『조선일보』,1940.2.2-5.10.

______,「통속문학의 대두와 예술문학의 비극: 통속소설론에 대하여」,『동아일보』,1938.11.17-11.27.

전광용,「이인직연구」,서울대 논문집 6집, 1957.

전영태,「한국 근대소설의 대중성에 대한 고찰」,『한국학보』제33집, 일지사, 1983년 겨울호.

정영자,「김말봉소설의 양면성」,『부산문학』19집, 1986.

정창범,「역사소설과 reality」,『현대문학』10호, 1955.10.

정　철,「역사소설에 관하여」,『조선일보』,1929.11.12-14.

정태용,「역사와 역사소설」,『예술원보』6호,1961.

정한숙,「대중소설론」,『현대한국소설론』,고려대출판부, 1977.

조석래,「이인직의 문학과 그의 작가적 위치」,『어문학』 11호, 1964.

조정환,「한용운 시의 역설 연구」, 서울대 석사논문, 1982.

조진기,「작가와 역사해석」,『영남어문』1집, 영남대 국어국문학과, 1974.

진정석,「김동리 문학 연구」,서울대 석사학위논문, 1993

______,「최명익 소설에 나타난 근대성의 경험양상」,『민족문학사연구』제8호, 1995.

천상병,「사회와 윤리-김말봉의 『찔레꽃』론」,『한국장편문학대계』13, 성음사, 1970.

천이두,「허구와 현실」,『동리문학이 한국문학에 미친 영향』,중앙대문예창작과, 1979.

최금산,「김동인의 춘원연구시비」,『현대문학』245호, 1975.5.

최병우,「이상소설고」,서울대 석사논문, 1982.

최시한,「현대소설의 구조시학적 연구」,서강대 석사논문, 1980.

최원식,「현진건연구」,서울대 석사논문, 1974.

______,「<은세계>연구」,『창작과 비평』48, 1978년 여름호.

______,「<혈의누>소고」,『한국학보』제36집, 1984년 가을호.

최유찬,「1930년대 역사소설론 연구」,연세대 석사논문, 1983.

최인욱,「역사소설과 고증」,『월간문학』13호, 1970.3.

최혜실,「1930년대 한국모더니즘소설 연구」,서울대 박사논문, 1991.

최희연,「춘원 이광수의 역사소설연구」,연세대 석사논문, 1982.

춘 원,「<단종애사>에 대하여」,『삼천리』1호, 1929.6.

하현강,「역사소설을 보는 역사가의 눈」,『문학사상』1호, 1972.10.

한상규,「1930년대 모더니즘 문학에 나타난 미적 자의식에 관한 연구」,서
     울대 석사논문, 1989.

한설야,「벽초 <임꺽정전>을 읽고」,『조선일보』,1939.12.11.

한 식,「문학상의 역사적 제재」,『조선일보』,1937.8.29-9.4.

______,「역사문학 재인식의 필요」,『동아일보』,1937,10.3-7.

한영환,「한국 근대 역사소설의 연구」,『논문집』2집, 성신사대, 1969.

현진건,「무영탑 예고」,『동아일보』,1938.7.16.

현창하,「국초 이인직의 개화사상과 문학」,『조선학보』21, 2집, 1961.

홍기삼,「역사의식과 문학」,『현대문학』183호, 1970.3.

홍명희,「장편소설과 작자심경-<임거정전>을 쓰면서」,『삼천리』15호,
     1933.9

______,「조선일보의 <임꺽정전>에 대하여」,『삼천리』1호, 1929.6.

홍일식,「신소설의 사상적 배경」,『한국개화기의 문학사상연구』,열화당,
     1982.

홍재범,「1930년대 한국 대중비극 연구」,서울대 박사논문, 1998.

홍효민,「<흑두건>과 백남의 예술」,『삼천리』17호, 1934.9.

_____,「역사소설의 사적고찰」,『현대문학』2호, 1955.1.

황석영,「고증의 한계」,『뿌리깊은 나무』10호, 1976.10.

Ⅲ. 국외 저서

로만 야콥슨,『문학 속의 언어학』,신문수 편역, 문학과지성사, 1989.

뤼시엥 골드만,『계몽주의의 철학』, 이춘길 역, 지양사, 1985.

롤랑 부르뇌프·레일 월레,『현대소설론』, 김화영 편역, 문학사상사, 1986.

멜빈 레이더·버트람 제섭,『예술과 인간가치』, 김광명 역, 이론과실천사, 1991.

볼프강 라트,『사랑 그 딜레마의 역사』,장혜경 역, 끌리오, 1999.

쉴로미드 리몬-케넌,『소설의 시학』,최상규 역, 문학과지성사, 1985.

앤터니 이스톱,『시와 담론』,박인기 역, 지식산업사, 1994.

티보오데,『소설의 미학』,유억진 역, 신양사, 1959.

프란츠 슈탄첼,『소설형식의 기본유형』,탐구당, 1982.

채트먼,『이야기와 담론』,한용환 역, 고려원, 1991.

츠베탕 토도로브,『구조시학』,곽광수 역, 문학과지성사, 1977.

후건·유학령·허자강,『문학이론학습』,임춘성역, 제3문학사, 1989.

野崎昭弘,『역설의 논리학』,조비닝 역, 새날, 1993.

Carr, E. H.,『역사란 무엇인가』,길현모 역, 탐구당, 1980.

Fisher, Ernst 외,『예술의 새로운 시각』,정경임 편역, 지양사, 1985.

Hobsbawm, E. J.,『의적의 사회사』,황의방 역, 한길사, 1982.

Hughes, H. S.,『과학과 예술로서의 역사』,풀빛, 1981.

Muecke, D. C.,『아이러니』,문상득 역, 서울대출판부, 1980.

Nusinov, Isaak M. 외,『창작방법론』,홍면식 역, 문경사, 1949.

Schaff, A.,『역사와 진실』,김택현 역, 청사, 1982.

Wolff, Michael,『모순이란 무엇인가』,김종기 역, 동녘, 1997.

Arnold Hauser, *The Philosphy of Art History*, Alfred A. Knopf, 1956.

Collingwood,R.G.,*The Idea of History*,Oxford University Press,1961.

Cargile, James, *Paradoxes-A study in form and predication-*, Cambridge University Press, 1979.

Chiaromonte, Nicola, *The paradox of history: Stendhal, Tolstoy, Pasternak and others*, London, Wiedenfeld & Nicolson, 1970.

Fleishman, Avrom, *The English Historical Novel*, The Johns Hopkins Press, 1971.

Gans, Eric Lawrence, *Signs of paradox: irony, resentement, and other mimetic structures*, Stanford University Press, 1977.

Goldman, Arnold, *The Joyce paradox: form and freedom in his fiction*, London: Routledge & K. Paul, 1966.

Goldmann, Lucien, *Towards a Sociology of the Novel*, Tavistock Publcations, 1978.

Ignotus, Paul, *The paradox of Maupassant*, London, University of London Press, 1967.

Kainz, Howard P., *Paradox, dialectic, and system*, The Pennsylvania State University Press, 1988.

Lukacs, Georg, *The Historical Novel*, Penguin Book, 1969.

Peter Brooks, *The Melodramatic Imagination*, Yale University Press, New Haven and London, 1976.

Robert Scholes and Robert Kellogg, *The Nature of Narrative*, Oxford University Press, London and Oxford and New York, 1979.

Robert Stanton, *An Introduction to fiction*, Rinhart and Winston, 1965.

Woodcock, George, *The paradox of Oscar Wilde*, New York, Macmillan, 1950.

현대소설의 시각

인쇄일 초판 1쇄 2002년 11월 01일
　　　　　2쇄 2015년 08월 03일
발행일 초판 1쇄 2002년 11월 01일
　　　　　2쇄 2015년 08월 04일

지은이 박 종 홍
발행인 정 찬 용
발행처 국학자료원
등록일 1987.12.21, 제17-270호

서울시 강동구 성내동 447-11 현영빌딩 2층
Tel : 442-4623~4 Fax : 6499-3082
www. kookhak.co.kr
E- mail : kookhak2001@hanmail.net
ISBN : 978-89-279-0891-3 *93800
가 격 19.000원